FANTASY

Autorin

Die in Los Angeles lebende Melanie Rawn ist eines der großen Talente der zeitgenössischen Fantasy. Ihre Drachenprinz-Saga war in den USA nicht nur ein großer Publikumshit, sondern auch ein Lieblingskind der Kritik. »Die Entdeckung des Jahres«, jubelte das Magazin *Rave Reviews*. »Melanie Rawn tut für die Fantasy das, was Frank Herbert mit *Der Wüstenplanet* für die Science-fiction getan hat.«

Melanie Rawns Drachenprinz-Saga
im Goldmann Verlag:

1. Das Gesicht im Feuer (24556)
2. Die Braut des Lichts (24557)
3. Das Band der Sterne (24558)

In Vorbereitung:

4. Der Schatten des Bruders (24559)
5. Die Flammen des Himmels (24560)
6. Der Brand der Wüste (24561)

FANTASY

Melanie Rawn

DAS BAND DER STERNE

DRACHENPRINZ 3

Aus dem Amerikanischen
von Imke Brodersen

GOLDMANN VERLAG

Die Originalausgabe erschien 1989
unter dem Titel »Dragon Prince,
Book II, The Star Scroll,
Chapters 19–31« bei DAW Books, New York

Deutsche Erstveröffentlichung

Alle bedruckten Materialien dieses Taschenbuches
sind umweltfreundlich.
Sie sind chlorfrei und enthalten bereits Anteile
von Recycling-Papier.

Der Goldmann Verlag
ist ein Unternehmen der Verlagsgruppe Bertelsmann

Made in Germany · 1. Auflage · 10/92
Copyright © der Originalausgabe 1989 Melanie Rawn,
by arrangement with DAW Books, Inc., New York
Copyright © der deutschsprachigen Ausgabe 1992
by Wilhelm Goldmann Verlag, München
Umschlaggestaltung: Design Team München
Umschlagillustration: Whelan/Schlück, Garbsen
Satz: IBV Satz- und Datentechnik GmbH, Berlin
Druck: Elsnerdruck, Berlin
Verlagsnummer: 24558
Lektorat: SN
Redaktion: Antje Hohenstein
Herstellung: Peter Papenbrok
ISBN 3-442-24558-3

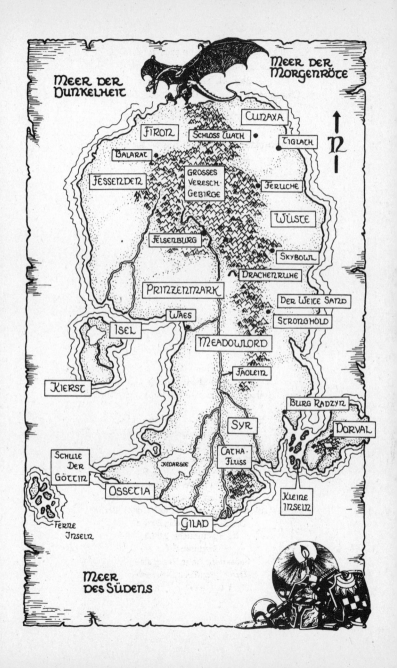

Für MaryAnne Ford

Die Schriftrolle

Kapitel 1

Graypearl, der schmucke Palast von Prinz Lleyn, lag auf der Spitze des Hügels inmitten einer Parklandschaft voll saftigem Frühlingsgras und blühenden Bäumen. Seinen Namen verdankte das Schloß dem sanften Schimmer, der es im Morgenlicht und bei Sonnenuntergang überzog. Es gehörte zu den wenigen Prinzenresidenzen, die niemals eine Festung gewesen waren. Noch nie hatte man auf Dorval Verteidigungsanlagen gebraucht, denn seit jeher herrschte Frieden auf der Insel und mit dem nahegelegenen Festland. Die Türme von Graypearl waren nicht für den Krieg, sondern um der Schönheit willen errichtet worden.

In geschwungenen Terrassen lagen die Gärten oberhalb eines kleinen Hafens, aus dem zur Erntezeit die Boote der Perlentaucher zu den Muschelbänken hinaussegelten. Ein Trupp von Gärtnern sorgte dafür, daß die allerorts sprießenden Frühlingsblumen, Kräuter und Bäume nicht außer Rand und Band gerieten – doch niemand konnte den Jungen in eine ähnliche Ordnung zwängen, der dort durch die Rosenbüsche rannte, wobei er einem komplizierten Muster folgte und dabei einen Ball aus Hirschleder vorantrieb. Er war eher klein und schmächtig für seine vierzehn Jahre, doch es gab zahlreiche Anzeichen, daß er noch wachsen würde, und er bewegte sich mit einer Behendigkeit, der die älteren Edelknaben bei ihren Kampfspielen mit den Holzschwertern und den stumpfen Messern bereits nachtrauerten. Der dunkelblonde Haarschopf umrahmte ein kluges, ovales Gesicht mit auffallend großen, klaren Augen, die je nach Stimmung

9

und der Farbe seiner Kleidung blau oder grün erschienen. Es war ein lebhaftes Gesicht, das Intelligenz und Feingefühl verriet und dessen Züge im selben Maße, wie sie alles Kindliche verloren, immer mehr seine vornehme Herkunft verrieten. Doch nichts ließ vermuten, daß er etwas anderes war als irgendein Edelsohn, der am Hof von Prinz Lleyn erzogen wurde und der es genoß, von seinen täglichen Pflichten erlöst, im Garten spielen zu können. Es gab keinerlei Hinweis darauf, daß er der einzige Sohn des Hoheprinzen war, dazu ausersehen, nicht nur die Wüstenländereien seines Vaters, sondern auch die Prinzenmark zu erben.

Prinzessin Audrite beobachtete den Knaben mit nachsichtigem Lächeln. Wie dieser Knabe waren auch die Söhne von ihr und Chadric, dem Erben von Lleyn, an andere Höfe gesandt worden und als wohlerzogene, junge Ritter zurückgekehrt. Sie waren dann keine kleinen Jungen mehr. Sie war jedesmal etwas traurig gewesen, daß sie ihr Aufwachsen nicht miterlebt hatte. Doch andere Jungen hatten ihre Zeit und manchmal auch einen Winkel ihres Herzens beansprucht. Mit seiner raschen Auffassungsgabe und seinem strahlenden Lächeln war Maarken, der älteste Sohn von Lord Chaynal von Radzyn und Cousin dieses Jungen, der da im Garten spielte, ihr besonders lieb gewesen. Dieser junge Prinz hier hatte jedoch etwas Besonderes. Aus Licht und Luft war er geschaffen, und nicht nur mit seinem jäh auflodernden Temperament, sondern auch seinem Sinn für Unfug hatte er sich schon öfter Ärger eingehandelt. Eigentlich hätte er an diesem Nachmittag nicht frei haben sollen wie die anderen Knappen, schuldete er ihr doch noch einhundert Verszeilen für sein gestriges Vergehen in den Küchen. Ein Haufen Pfeffer und eine berstende Fischblase waren daran beteiligt gewesen, nach den näheren Einzelheiten hatte sie lieber nicht so genau gefragt. Erfinderisch war er allerdings, der kleine Pol. Audrite mußte unwillkürlich lachen. Daß er dafür Verse abschreiben mußte, war eine angemessene Strafe. Hätte sie ihm einhundert Rechenaufgaben gegeben, so hätte er diese auf der Stelle gelöst, ohne darin eine Strafe zu sehen.

Die Prinzessin schüttelte ihren Seidenumhang auf und nahm auf einer Bank Platz. Sie wollte Pol spielen lassen, bis sie die richtigen Worte für das gefunden hätte, was sie ihm sagen mußte. Doch da flog nach einem kräftigen Tritt der Lederball genau an ihr vorbei, und der Junge kam so gerade noch vor ihr zum Stehen. Trotz seiner Überraschung begrüßte er sie mit einer formvollendeten Verbeugung.

»Verzeiht mir, Herrin. Ich wollte Euch nicht stören.«

»Schon gut, Pol. Ich habe dich nämlich gesucht und wollte nur noch ein Weilchen im Schatten sitzen. Wir haben einen recht heißen Frühling, nicht wahr?«

Er war noch zu unerfahren in der Kunst der höflichen Konversation, um ihr Geplauder über das Wetter aufzunehmen. »Was habt Ihr für Neuigkeiten?«

Audrite beschloß, ihm ebenso direkt zu antworten: »Dein Vater hat uns gebeten, dich eine Zeitlang fortzulassen. Er will, daß du über Radzyn nach Stronghold heimkehrst und dann mit ihm und deiner Mutter zum *Rialla* reist.«

Pols jungem Gesicht war die Aufregung abzulesen. »Nach Hause? Wirklich?« Als ihm auffiel, sie könnte ihn mißverstehen, setzte er schnell hinzu: »Das heißt, es ist natürlich schön hier, und ich werde Euch und Lord Chadric und meine Freunde vermissen...«

»Wir werden dich ebenfalls vermissen, Pol«, lächelte Audrite ihn verständnisvoll an, »aber nach dem *Rialla* wirst du ja wieder mit uns nach Graypearl ziehen und deine Ausbildung fortsetzen. Du weißt, daß es nicht üblich ist, daß ein Knappe Ferien bekommt und seine Erziehung zum Ritter und Edelmann unterbrechen darf. Meinst du, du hast bereits soviel gelernt, daß du Prinz Lleyn Ehre machen kannst?«

Pol grinste breit: »Wenn nicht, so wird mein Vater wissen, daß die Schuld ganz allein bei mir liegt.«

Audrite lächelte amüsiert. »O ja, als du damals bei uns ankamst, haben wir einen langen Brief über dich erhalten.«

»Aber da war ich doch noch ein Kind«, versicherte er und vergaß dabei völlig seine jüngste Schandtat. »Ich bringe niemanden mehr in Verlegenheit, das ist alles lange her.« Er hielt inne und schaute auf die See hinaus. »Allerdings muß ich dann wohl das Meer überqueren, nicht wahr? Ich hoffe, ich kann mich besser beherrschen als beim ersten Mal.«

Die Prinzessin fuhr ihm durch das Haar. »Du brauchst dich nicht dafür zu schämen, Pol. Du solltest stolz darauf sein. Alle Lichtläufer büßen nicht nur ihr Frühstück, sondern auch ihre Würde ein, wenn sie über Wasser reisen.«

»Aber ich bin ein Prinz, und ich sollte mich besser im Griff haben.« Er seufzte. »Na gut. Einmal nach Radzyn und zurück, das wird schon nicht so schlimm werden.«

»In zwei Tagen fährt ein Seidenschiff nach Radzyn. Prinz Lleyn hat bereits einen Platz für dich reserviert. Meath soll dich begleiten.«

Pol zog eine Grimasse. »Dann können wir wenigstens gemeinsam die Fische füttern.«

»Wahrscheinlich will die Göttin euch *Faradh'im* auf diese Weise Demut lehren! Geh ruhig gleich nach oben und fang an zu packen.«

»Natürlich, Herrin. Und morgen –«, er zögerte, »dürfte ich da wohl zum Hafen hinunter und Geschenke für meine Mutter und meine Tante Tobin besorgen? Seit ich hier bin, habe ich fast alles gespart, was mir Vater geschickt hat. Ich habe reichlich Geld.«

Er war auf dem richtigen Weg: Schon jetzt war er großzügig und sorgsam darauf bedacht, den Damen Freude zu machen. Dieses Gesicht und diese Augen würden in nicht allzu ferner Zukunft Herzen brechen, dachte Audrite und genoß die Vorstellung, daß er dann wieder in ihrer Obhut sein würde. »Du und Meath, ihr bekommt morgen frei. Aber ich meine mich zu entsinnen, daß du mir noch irgend etwas schuldest. Wie viele Zeilen waren es doch gleich?«

»Fünfzig?« fragte er hoffnungsvoll, um dann seufzend einzugestehen: »Hundert. Bis heute abend habe ich sie fertig, Herrin.«

»Wenn du sie mir erst morgen abend bringst, habe ich dafür Verständnis«, schlug sie vor und erntete dafür wieder ein breites Lächeln und eine dankbare Verbeugung. Und dann eilte Pol die Terrassen zum Palast hinauf.

Audrite blieb noch ein wenig im Schatten sitzen, bevor sie die Gärten wieder verließ. Geschmeidig und kraftvoll schritt sie aufwärts. Sie war eine leidenschaftliche Reiterin und daher trotz ihrer neunundvierzig Jahre noch schlank und beweglich. Sie öffnete ein Tor und blieb einen Moment stehen, um die Kapelle zu bewundern, die sich dort wie ein Juwel aus den Lustgärten erhob. Es hieß, der Kristalldom an den Klippen der Felsenburg sei die herrlichste Kirche der dreizehn Prinzenreiche. Für sie aber gab es nichts Schöneres als diese Kapelle von Graypearl – und das nicht nur, weil sie so großen Anteil an ihrer Errichtung hatte.

Von einer Burgruine auf der anderen Seite der Insel hatte man Steinsäulen hierher transportiert, um die Wände aus hellem Holz und strahlend buntem Glas abzustützen. Darüber wölbte sich eine bemalte Holzdecke mit kleinen, ungefärbten Fenstern, die nur scheinbar zufällig angeordnet waren. Man konnte die Kapelle wahrlich als Tempel bezeichnen: erleuchtet vom Feuer der Sonne und der Monde, offen für die Luft, erbaut aus den Schätzen der Erde und umströmt von dem Wasser, das weiter unten die Gärten tränkte. Audrite überquerte die schmale Brücke und trat zwischen die Säulen. Wieder einmal hielt sie angesichts der Schönheit dieses Ortes unwillkürlich den Atem an. Es war, als trete sie mitten in einen Regenbogen. Wenn es aber schon sie so bewegte, hier zu stehen und sich von allen Farben der Welt umarmen zu lassen, was mußte dieses Erlebnis dann erst für die *Faradh'im* bedeuten!

Die Nachbildung der Decke war am schwierigsten gewesen. Einige Säulen waren zerstört worden, und Audrite hatte Jahre gebraucht, bis sie erkannt hatte, wo jedes einzelne Fenster hingehörte. Die Bodenfliesen waren sorgfältig aus der Erde und dem darüber wuchernden Gras auf der anderen Seite von Dorval geborgen worden. Sie wiesen verschiedene Symbole für die Jahreszeiten auf und zeigten für jede Nacht des Jahres Stellung und Phasen aller drei Monde an. Jahrelang hatte Audrite ihre genaue Lage überprüft. Nach ihren Anweisungen waren zahlreiche neue Fliesen angefertigt worden, um jene zu ersetzen, die in dem anderen Turm vor langer Zeit ausgetreten oder zerbrochen worden waren. Ihre Berechnungen über die genauen Abstände zwischen Fliesen und Decke wie auch die Beobachtungen von Lleyns Lichtläufern, Meath und Eolie, hatten jedermann in Ehrfurcht versetzt.

Vor einundzwanzig Jahren hatte Prinz Lleyn von Andrade, der Herrin über die Schule der Göttin und alle Lichtläufer, erfahren, daß die verlassene Burg einst den *Faradh'im* gehört hatte. Jahrhundertelang hatte man die Steine zum Bau anderer Gebäude – auch für Graypearl – verwendet, doch sobald Lleyn in jenem Herbst vom *Rialla* zurückgekehrt war, begann man mit gezielten Ausgrabungen. Dieses Meisterwerk war der bedeutendste Fund gewesen. Neben einem weiteren. Audrite ging leise über die Sommerfliesen und lächelte angesichts der einzigartigen Schönheit der Kapelle und des unvergleichlichen Glücks, daß sie ihren Sinn begriffen hatte. Das Bauwerk war wieder zu dem geworden, was es einst gewesen war: der erstaunlichste Kalender der Prinzenreiche.

Sie hörte Schritte auf der Brücke und wandte sich um. Meath betrat die Kapelle und verneigte sich höflich. »Heute nacht haben wir Vollmonde«, sagte er und lächelte, denn er teilte ihre Freude über dieses Wissen.

»Ihr könnt sie nutzen, um mit Prinzessin Sioned Kontakt aufzunehmen«, entgegnete Audrite.

»Habt Ihr schon mit Pol gesprochen?«

»Ja. Ich muß Euch noch meine Aufzeichnungen über die Schriftrollen geben.« Sie runzelte die Stirn. »Meath, glaubt Ihr, daß es wirklich richtig ist, sie jetzt Andrade zu übergeben? Sie ist sehr alt. Vielleicht hat sie keine Zeit mehr, ihre Bedeutung zu entschlüsseln. Und vielleicht wird der nächste Herr oder die nächste Herrin der Schule der Göttin mit diesem Wissen nicht umgehen können.«

Schulterzuckend breitete der *Faradhi* die Hände aus. Seine Ringe glitzerten im Licht der Sonne in vielen Farben. »Ich bin sicher, daß sie uns noch alle überleben wird, und wenn auch nur aus reiner Sturheit.« Er lächelte und schüttelte dann den Kopf: »Und der andere Aspekt – zugegeben, es ist riskant. Aber mir ist es lieber, Andrade untersucht die Schriften jetzt und entscheidet, was mit ihnen getan wird, als daß wir abwarten, wer als nächstes in der Schule der Göttin herrschen wird.«

»Ihr habt sie gefunden«, sagte sie. »Ich habe so viele Worte wie möglich entziffert. Und die Göttin weiß, wie wenig ich wirklich verstanden habe«, fügte sie bedauernd hinzu, »doch die Verantwortung für die Schriften liegt bei Euch.«

»Ich habe sie zwar aus den Trümmern gezogen. Dennoch würde ich lieber nicht entscheiden müssen, was mit ihnen geschieht. Wenn sie so wichtig sind, wie wir vermuten, dann ist dieses Wissen zuviel für mich. Es wäre mir wohler, wenn die Schriftrollen in Andrades Händen liegen als in meinen. Sie wird sie entweder verstehen und nutzen können oder sie vernichten, falls sie zu gefährlich sind.«

15

Audrite nickte. »Kommt heute abend in meine Bibliothek. Dann gebe ich Euch meine Aufzeichnungen.«

»Danke, Herrin. Ich weiß, daß Andrade Eure Mühe zu schätzen wissen wird.« Wieder lächelte er. »Ich wünschte, Ihr könntet auch dort sein, um ihr Gesicht zu sehen!«

»Das wünschte ich auch. Ich hoffe nur, der Schreck ist nicht zuviel für sie.«

☆　☆　☆

Nachdem er seine hundert Verszeilen abgeschrieben und Prinzessin Audrite ausgehändigt hatte, durfte Pol am späten Vormittag mit Meath zum Hafen hinunter reiten. An der engen Hauptstraße des Dorfes schmiegte sich ein Geschäft an das andere. Das Angebot war zwar nicht so reichhaltig wie weiter unten an der Küste im Haupthafen von Dorval oder im Hafen von Radzyn. Doch auch hier gab es so manches, was Interesse erregen konnte: Kunsthandwerk aus Dorval, das anderswo kaum erhältlich war, kleine Gegenstände aus Seidenresten und raffiniert gefaßte Perlen, denen man die kleinen Fehler nicht mehr ansah, die in rohem Zustand ihren Wert gemindert hatten. Pol und Meath banden ihre Pferde vor einem Gasthaus an, wo sie später essen wollten. Dann schlenderten sie die Straße auf und ab, um die Auslagen zu begutachten.

Die Kaufleute kannten Pol natürlich. Ihre Taktik, wenn sie ihm etwas verkaufen wollten, war unterschiedlich. Die einen hatten den Reichtum seines Vaters im Hinterkopf und nannten schamlos überhöhte Preise. Sie hofften, daß dadurch etwas von diesem Reichtum auch für sie abfallen könnte. Den anderen ging es mehr um die Gunst des Herrschers. Diese boten ihre Ware daher weit unter Wert an, um den Prinzen als Stammkunden zu gewinnen. Pol sah sich gewöhnlich die Schaufenster an und fragte seinen Gefährten erst einmal nach einem vernünftigen Preis für das, worauf er ein Auge geworfen hatte. Erst dann kaufte er es. Geduldig begleitete Meath den Prinzen zweimal die Straße hinauf und hinunter, doch schließlich fragte er, ob Pol den ganzen Tag so verbringen wolle. Nur ein drittes Mal noch – doch dann sollte erst mal im Wirtshaus für ihr leibliches Wohl gesorgt werden.

Prinz Lleyn duldete keine rauflustigen Seeleute in seinem Hafen. Auch anderswo waren sie nicht wohlgelitten, doch von dem Palast hatten sie sich unbedingt fernzuhalten. Darum gab es in dem kleinen Hafen von Graypearl auch nichts, was solche Männer angezogen hätte: keine Schenken mit Schnaps und Schlägereien, keine verrufenen Gasthäuser, wo sie auf ihren Reisen logieren konnten, keine käuflichen Mädchen. Das Gesetz garantierte Sicherheit sowohl für die Anwohner als auch für die jungen Herren edler Abstammung, die als Knappen nach Dorval kamen. Und der alte Prinz selbst kam häufig herunter in den Hafen, um dort zu speisen oder einfach einen Tag an der frischen Luft zu verbringen. Das Wirtshaus, auf das sie zusteuerten, hatte Lleyn Meath vor Jahren gezeigt. Ein sauberes, freundliches Haus, in dem der Erbe des Hohenprinzen gut aufgehoben war. Doch selbst unter anderen Bedingungen wäre Pols Sicherheit durch Meaths imponierende Gestalt, seine breiten Schultern und seine *Faradhi*-Ringe gewährleistet gewesen.

»Seid gegrüßt im Namen der Göttin, Lichtläufer! Und der junge Herr desgleichen!« Giamo, der Wirt, kam hinter seiner Theke hervor, verbeugte sich respektvoll und führte sie dann an einen Tisch. »Euer Besuch ehrt mich! Also, wir haben heute guten kalten Braten und Brot, frisch aus dem Ofen, und die ersten Beeren des Jahres, so süß, daß sie eigentlich gar keinen Honig brauchen. Meine Frau, dieses Schleckermaul, tut allerdings jede Menge darüber. Ist das in Eurem Sinne?«

»Prächtig«, sagte Meath mit einem glücklichen Seufzer.

»Bringt mir noch einen Humpen dazu und etwas Passendes für meinen Freund hier.«

Pol warf ihm einen äußerst vorwurfsvollen Blick zu. Als der Gastwirt gegangen war, sagte er: »Was ist denn ›passend‹ für mich? Ein Glas Milch etwa? Ich bin doch kein Kleinkind, Meath!«

»Nein, aber weder groß noch stämmig genug für Giamos Bier. Nicht mit gerade mal vierzehn! Wachst noch ein paar Fingerbreit und seht zu, daß Ihr etwas Fleisch auf die Rippen bekommt, dann werden wir weitersehen.« Meath grinste. »Außerdem mag ich nicht einmal daran denken, was Eure Mutter mir erzählt, wenn ich Euch betrunken mache.«

Pol zog einen Flunsch und widmete seine Aufmerksamkeit dann den anderen Besuchern des Gasthauses. Ein paar Perlentaucher saßen herum. Man erkannte sie leicht an ihren schlanken, sehnigen Körpern, den gut entwickelten Brustmuskeln und den Narben an den Händen. Wenn sie die Muscheln aus den Felsspalten lösten, verletzten sie sich leicht. Ihre von Wasser und Salz gegerbte Haut war in den Wintermonaten blasser geworden, doch bald würden sie wieder in ihren kleinen Booten hinausfahren und von der Sommersonne während der Arbeit von Kopf bis Fuß gebräunt werden. Lleyns Knappen segelten gerne mal einen Tag hinaus zu den Perlenbuchten – Pol allerdings nicht. Als er zum ersten Mal diese winzigen Boote ohne Tiefgang an der Mole gesehen hatte, war ihm entsetzlich schlecht geworden.

In einer Ecke feilschten zwei Kaufleute beim Essen genüßlich um ein paar Seidenmuster, die vor ihnen auf dem Tisch lagen. Daneben umwarb ein junger Mann ein hübsches Mädchen. Sie vergaß sogar das Essen, als er ihr etwas ins Ohr flüsterte, das sie in stürmisches Gelächter ausbrechen ließ. An der Tür saßen fünf Soldaten, vier Männer und eine Frau mittleren Alters, alle in leichter Rüstung, jedoch ohne Schwerter, wie es das Gesetz hier vorschrieb. Sie trugen die feste, rote Tunika mit dem Abzeichen des Prinzen Velden von Grib, der weißen Kerze.

»Meath?« fragte Pol leise. »Was machen die denn hier in Graypearl?«

»Wer?« Meath sah sich um. »Ach, die. Der Botschafter von Grib ist heute morgen angekommen. Es geht irgendwie um Seide.«

»Aber es gibt doch einen Vertrag, daß alle Seide für immer über Radzyn geht.«

»Na, sie können schließlich versuchen, Lleyn herumzukriegen. Aber ich glaube nicht, daß sie irgend etwas ausrichten können. Ihr braucht Euch wahrhaftig nicht um die Einkünfte Eures Onkels zu sorgen – oder um Eure eigenen«, schloß er scherzhaft.

Pol sagte verärgert: »Dorval kann mit seiner Seide tun, was es will –«

»Solange die Wüste den Gewinn sieht?« Meath lachte und hob dann beschwichtigend die Hand, als ihn Pols blaugrüne Augen anblitzten. »Tut mir leid. Das ist mir einfach herausgerutscht.«

»Ich habe von Verträgen und vom Gesetz gesprochen, nicht von Gewinn«, sagte Pol streng.

»Ihr werdet sicher auch noch lernen, daß die Begriffe sehr dehnbar sind, wenn es um Geld geht.«

»Nicht, seit mein Vater Hoheprinz ist«, protestierte Pol. »Gesetz ist Gesetz, und er sorgt dafür, daß die Gesetze befolgt werden.«

»Also, das ist alles viel zu abstrakt für einen einfachen Lichtläufer wie mich, Hoheit«, sagte Meath, wobei er kaum ein neuerliches Grinsen unterdrücken konnte.

Giamo kam mit einem Tablett und stellte zwei gewaltige Teller mit Essen vor sie hin, dazu einen Krug Bier für Meath und einen fironesischen Kristallkelch mit einer klaren blaßrosa Flüssigkeit, auf der goldfarbene Perlen einen leichten

19

Schaum bildeten. Unter dem aufmerksamen Blick seines Gastgebers nahm Pol einen Schluck und lächelte überrascht. »Köstlich! Was ist das?«

»Meine Hausmarke«, erwiderte Giamo zufrieden. »Der beste und raffinierteste Apfelwein, ganz leicht rötlich.«

»Es schmeckt wie der Frühling selbst«, sagte Pol, »und ich fühle mich auch durch den Kelch geehrt, in dem es serviert wird.«

»Die Ehre gebührt meiner Frau«, antwortete Giamo und verbeugte sich. »Nicht jede Frau kann von sich sagen, daß ein so hoher Herr an ihrem Tisch gespeist und aus ihrem wertvollsten Besitztum getrunken hat.«

»Wenn sie nicht zuviel zu tun hat, kann ich sie vielleicht in der Küche aufsuchen und ihr danken.«

»Wenn Ihr in Ruhe aufgegessen habt«, lachte Giamo. »Meine gute Willa könnte einem Drachen den Schwanz abschwatzen.«

Lichtläufer und Prinz langten zu. Der gesunde Appetit eines Jungen im Wachstum und eines so kräftigen Mannes wie Meath machte sich schnell bemerkbar. Meath rief nach einem Nachschlag von dem Fleisch und dem leichten Brot, und Pol tat es ernstlich leid, daß er zu satt war, um es ihm nachzutun. Er hielt sich an ein Schälchen Beeren, nippte an seinem Apfelwein und fragte sich, ob sich Giamo wohl von einer Flasche trennen würde. Er wollte sie seiner Mutter mitbringen, denn sie liebte guten Wein.

Die Perlentaucher waren gegangen und hatten drei Schiffszimmerleuten Platz gemacht, die sich einige Krüge Bier gönnen wollten. Der junge Mann und das Mädchen wurden jetzt von den zwei Seidenkaufleuten geneckt. Pol grinste in sich hinein, als die beiden erröteten. In ein paar Jahren würde er sicher auch einmal dort drüben in der angenehmen Gesellschaft eines charmanten Mädchens sitzen. Doch das hatte keine Eile.

Als Meath schließlich zum Platzen voll war, lehnte er sich mit seinem Krug Bier in der Hand zurück und war wieder ansprechbar. »Ihr habt Euch noch nicht darüber geäußert, ob Ihr in den Geschäften etwas entdeckt habt.«

»Hm. Die grünen Seidenschuhe waren hübsch und auch dieser Perlmuttkamm. Aber Prinz Chadric hat mir gesagt, ein Mann sollte einer Dame nur dann ein Geschenk kaufen, wenn er sich auf den ersten Blick vorstellen kann, wie sie es trägt oder benutzt.«

Der Lichtläufer lachte. »Eine ausgezeichnete Regel – und zweifellos der Grund dafür, warum Audrite immer so bildhübsch aussieht.«

»Wendet diesen Rat doch mal bei dem neuen Zimmermädchen im Westflügel an«, schlug Pol mit unschuldiger Miene vor. »Ich habe gehört, daß Ihr bei ihr bis jetzt wenig Glück gehabt habt.«

Meath verschluckte sich an seinem Bier. »Woher wißt Ihr –«

Pol lachte nur.

Willa, Giamos Frau, kam jetzt aus der Küche. Sie wischte sich die Hände an der Schürze ab und wollte sich offensichtlich von ihrem hochgestellten Gast loben lassen. Die Kaufleute waren im Aufbruch, wobei sie sich noch immer freundschaftlich um die Seide stritten. Das junge Mädchen rief als Antwort auf irgendeinen Geistesblitz ihres Gefährten: »Oh, Rialt, du bist unmöglich!« Und die Schiffbauer lachten daraufhin und prosteten den beiden zu. Es herrschte eine gute, freundliche Stimmung, bis plötzlich einer der Soldaten seinen Stuhl zurückstieß und aufsprang. Er brüllte mit einer solchen Heftigkeit los, daß alle Köpfe im Raum herumflogen. Meath sah Stahl aufblitzen und sprang hoch. Instinktiv schob er dabei seinen breiten Körper zwischen Pol und die Soldaten. Die Kaufleute, die zwischen ihrem Tisch und den zornigen Gribenern an der Tür gefangen waren, warfen dem Lichtläufer einen flehentlichen Blick zu, und er nickte beruhigend.

»Jetzt aber Ruhe«, sagte Meath wie beiläufig, »Ihr solltet das besser draußen regeln.«

Normalerweise sprachen seine Größe, seine breiten Schultern und die Ringe für ihn. Aber das hier waren altgediente Reiter, die offenbar sehr wütend waren und jede Einmischung, auch die von einem Lichtläufer, zurückwiesen. Der Bärtige, der den Streit offenbar angezettelt hatte, zischte: »Das geht dich nichts an, Lichtläufer.«

»Steck das Messer weg«, gab Meath zurück, diesmal schon etwas weniger freundlich. Die Kaufleute versuchten, sich mit ihrer raschelnden Seide in der Hand vorbeizudrükken, und das Mädchen war in seinen Stuhl zurückgesunken.

Willa marschierte nach vorn. Ihre Hände hatte sie auf ihre Hüften gestützt. »Wie könnt Ihr es wagen, den Frieden dieses Hauses zu stören?« baute sie sich auf. »Und das in Gegenwart des –«

Meath unterbrach sie, ehe sie Pols Identität preisgeben konnte. »Raus mit euch, bevor ihr einen sehr großen Fehler macht, Freunde.«

Die Frau, der Uniform nach die Befehlshaberin des Trupps, zog ihr Messer. »Ihr habt ein lautes Mundwerk, *Faradhi*, und Ihr beleidigt uns, Ihr begeht einen Fehler, wenn Ihr in diesem Tonfall mit der Garde von Prinz Velden sprecht.«

Der Bärtige hob drohend sein Messer, so daß dessen Klinge silbernes Sonnenlicht vom Fenster her reflektierte. Willa stieß einen lauten Protestschrei aus. Die Kaufleute versuchten, hinter ein paar Stühlen zu verschwinden. Und auf einmal sauste durch die plötzliche Stille das Messer auf Meaths Brust zu.

»Nein!« schrie eine junge Stimme. Meath wich dem Messer leicht aus, während Lichtläufer-Feuer funkensprühend in der Mitte des Soldatentisches aufloderte. Die Gribener sprangen mit einem Aufschrei zurück, und diesen kostbaren Überraschungsmoment nutzte Meath und stürzte sich auf sie. Zwei warf er an die Wand, und die Frau schubste er auf die entsetzten Kaufleute. Rialt schüttelte die Hand seiner Freundin ab und warf sich auf den bärtigen Soldaten. Die drei Zimmerleute, deren dünne Hemden kaum die mächtigen Muskeln bedeckten, kippten hastig ihr Bier hinunter, ehe auch sie in den Kampf eingriffen.

Am Ende der Schlägerei hatte Meath einen wunden Kiefer und einen leichten Schnitt am Arm. Das hinderte ihn jedoch nicht daran, einen umgedrehten Tisch auf einen der Gribener zu legen, als der dumm genug war, nicht dort zu bleiben, wo Rialt ihn niedergetreten hatte. Zwei der Zimmerleute hielten einen zweiten Soldaten fest, damit Rialt ihn nach Herzenslust zusammenschlagen konnte. Willa war dabei, die bewußtlose Frau mit zusammengeknoteten Servietten zu fesseln. Der vierte Soldat war kopfüber gegen den gemauerten Herd geflogen; der fünfte lag platt auf dem Boden, und der dritte Zimmermann setzte sich gemütlich auf seinen Rücken und grinste zu Meath hoch.

»Vielen Dank für die Unterhaltung, Herr Lichtläufer! Ich habe nicht mehr soviel Spaß gehabt, seit ich im anderen Hafen gearbeitet habe.«

»Gern geschehen«, antwortete Meath und schaute sich nach Pol um. Der Junge flößte gerade dem bleichen Mädchen etwas Bier ein. Er war unverletzt, und Meath merkte, daß seine Knie vor Erleichterung etwas nachgaben. Er wußte wirklich nicht, was er Sioned hätte erzählen sollen, wenn ihr Sohn verletzt worden wäre. Giamo kam schnaufend die Kellerstufen herauf und stieß einen entsetzten Schrei aus. Meath klopfte ihm auf die Schulter.

»Alles unter Kontrolle. Aber ich fürchte, wir haben Eure Gaststube verwüstet.« Er blickte hinunter, als sich geschickte Hände an seinem Arm zu schaffen machten. »Ist nicht weiter schlimm«, sagte er zu Willa.

»Nicht schlimm?« schnaubte sie und zog den Verband fest, für den sie ein paar Streifen von ihrer Schürze abgerissen hatte. »Es ist also nicht weiter schlimm, daß es in meinem Haus beinahe Tote gegeben hätte! So, und jetzt findet heraus, wer diese Raufbolde sind und was hier vorgeht. Ich hole derweil einen guten, starken Wein. Der wird das Blut ersetzen, das Ihr verloren habt.«

Meath wollte widersprechen. Er hielt die Wunde nur für einen Kratzer – doch dann erinnerte er sich an den ausgezeichneten Wein, mit dem ihn Prinz Lleyn im letzten Herbst in diesem Gasthaus verwöhnt hatte. Begeistert erklärte er seine Zustimmung. Willa schnaubte erneut.

Einrichtung und Geschirr hatten mehr Schaden davongetragen als die Beteiligten selbst. Rialt würde allerdings ein paar Tage lang Schmerzen in der Schulter haben. Die Kaufleute waren jedoch mehr in ihrer Würde verletzt als an ihren Hinterteilen. Meath stellte einen umgeworfenen Stuhl auf, probierte aus, ob er noch hielt, und zeigte auf die Kommandantin aus Griben, die auf dem Boden saß, die Hände hinter dem Rücken zusammengebunden. »Nehmt Platz«, lud er sie ein.

Mürrisch und unbeholfen gehorchte sie. Ihre rote Tunika war an der einen Schulter etwas dunkler, doch Meath war sich sicher, daß die Wunde nur oberflächlich war. Drei ihrer Gefährten würden gewaltige Kopfschmerzen bekommen, und der vierte würde eine Weile nicht ganz gerade laufen können. Nachdem Meath sich davon überzeugt hatte, daß ihr Zustand einigermaßen zufriedenstellend war, stellte er sich mit verschränkten Armen vor ihre Anführerin. Ihre wütende Forderung, er solle sie sofort losbinden, beeindruckte ihn nicht.

»Kommandantin«, sagte er, »es ist mir völlig gleichgültig,

ob Ihr vor Prinz Veldens Schlafzimmer Wache steht, wenn er seine Frau mit seiner Anwesenheit beglückt. Ihr wißt, welche Gesetze hier gelten.«

»Das war eine private Angelegenheit zwischen mir und meinen Männern«, fauchte sie. »Ihr habt kein Recht...«

»Ich habe das Recht eines jeden Menschen hier, dafür zu sorgen, daß die Gesetze befolgt werden. Ich will ein paar Sachen wissen, und zwar gleich: Euren Namen, die Namen Eurer Männer und den Grund für diesen Verstoß gegen Prinz Lleyns Frieden. Und dann werdet Ihr Euch bei denen entschuldigen, die Ihr heute beleidigt habt, und Wiedergutmachung für den angerichteten Schaden leisten.«

»Entschuldigung!« Sie sog hörbar den Atem ein und funkelte Meath an.

Der blickte hinab, als Pol ihn am Ärmel zupfte. »Was ist?«

»Ich habe Giamo losgeschickt, die Patrouille zu holen. Sie werden bald hier sein.«

»Gute Idee. Danke.« Der Junge war etwas blaß, schien sich jedoch im Griff zu haben. »Geht es Euch gut?«

»Ja. Aber ich glaube nicht, daß es einfach um eine Meinungsverschiedenheit ging«, fügte er nachdenklich hinzu. »Eigentlich bin ich sicher, daß der mit dem Bart das Ganze absichtlich angezettelt hat.«

Meath fürchtete sich beinahe, den Grund dafür herauszufinden. Ebensowenig wollte er sich erklären lassen, wie Pol das Feuer beschworen hatte. Meath und Eolie hatten ihm nie gezeigt, wie das ging. Vielleicht hatte Sioned es getan, ehe Pol Stronghold verlassen hatte, doch Meath bezweifelte das. Pol hätte ihm sicher davon erzählt.

Der *Faradhi* schaute in die klaren Augen hinunter. »Und warum soll er einen Kampf angezettelt haben?« fragte er leise.

»Weil er mich töten wollte«, meinte Pol mit einem Achselzucken. »Rialt hat verhindert, daß er sein zweites Messer werfen konnte. Ihr wart mit den anderen beschäftigt und habt es nicht gesehen. Aber er hat auch beim ersten Mal nicht auf Euch gezielt. Er war hinter mir her.«

Es war unnatürlich für einen Vierzehnjährigen, daß er so ruhig über solche Dinge sprach. Meath wollte ihm einen Arm um die Schultern legen, doch Pol entschlüpfte ihm und ging zur Kellertür hinüber, wo gerade Willa mit einigen irdenen Weinkrügen aufgetaucht war. Pol sicherte sich einen davon und nahm einen tiefen Schluck. Dann half er ihr, die anderen zu servieren. Meath kippte den Inhalt seines Krugs in zwei Zügen hinunter und wandte sich dann dem Mann zu, der bewußtlos unter dem umgedrehten Tisch gefangen lag.

Er war in jeder Hinsicht unauffällig – nach Größe, Gewicht, Teint und Gesichtszügen –, und gerade diese Unauffälligkeit machte ihn gefährlich. Wer würde auf irgend etwas außer der Uniform und dem Bart achten, wenn man diesen Mann sah? Doch beides war so auffällig, daß Meath sich einfach wundern mußte. Selbst wenn es für Velden von Grib einen zwingenden Grund gab, Pol zu töten, erschien es Meath doch kaum glaublich, daß jemand dumm genug sein konnte, einen Mörder in den eigenen Prinzenfarben auszusenden, es sei denn, er rechnete damit, daß niemand glauben würde, er könnte so dumm sein. So komplizierte Gedankengänge bereiteten Meath Kopfschmerzen. Aber er konnte sich lebhaft vorstellen, wie es werden würde, einen regierenden Prinzen des versuchten Mordes anzuklagen. Es war viel leichter, Velden von der Komplizenschaft freizusprechen und zu dem Schluß zu kommen, daß die Uniform nur als Tarnung gedient hatte, um dem Mörder als Mitglied der Abordnung aus Griben Zutritt zu Graypearl zu verschaffen. Zufällig waren die Soldaten zur selben Zeit hier im Gasthaus gelandet wie Pol.

Außerdem war da der Bart, eine Verkleidung, die fast so leicht abgelegt werden konnte wie eine Uniform. Meath kniete sich hin, um das Gesicht des Mannes aus der Nähe zu betrachten.

»Wonach schaut Ihr?« fragte Pol, der ihm über die Schulter blickte.

»Ich bin mir nicht sicher«, gestand Meath. »Ich glaube nicht, daß er diesen Bart schon sehr lange hat. Er ist ungleichmäßig und noch nicht genug gewachsen, um gut geschnitten zu sein. Und diese Stelle hier an seinem Kinn ist praktisch kahl.«

Der Junge kniete sich neben ihn und betastete den Bart. Als er dem Blick des Lichtläufers begegnete, waren Pols Augen schreckgeweitet. »Merida«, flüsterte er.

»Unmöglich. Sie sind in dem Jahr, wo Ihr geboren wurdet, fast alle vernichtet worden. Walvis hat sie in der Schlacht bei Tiglath erwischt.«

»Ein Merida«, wiederholte Pol störrisch, »die Narbe an seinem Kinn ist genau an der richtigen Stelle. Sie sind ausgebildete Mörder. Und wer sonst würde mich töten wollen?«

Meath hörte, daß Pols Stimme nun doch höher wurde. Er stellte den Jungen auf die Beine, nahm sich einen weiteren Krug Wein vom Tisch und reichte ihn Pol, nachdem er den Jungen fest auf einen Stuhl gesetzt hatte.

Rohan hatte seinen Sohn aus Sicherheitsgründen nach Dorval geschickt. Er hatte sich darauf verlassen, daß Meath, Sioneds Freund seit ihrer Studienzeit an der Schule der Göttin, seine Leibwache sein würde, falls der Junge einmal die unmittelbare Umgebung von Graypearl verließ. Meath zitterten die Hände bei dem Gedanken, was hätte geschehen können.

Pol hatte seine Farbe und sein Gleichgewicht wiedergefunden. Er gratulierte den Kaufleuten und den Zimmerleuten zu ihrer Schlagkraft und redete so unbeschwert, als hätte es sich um eine gewöhnliche Kneipenschlägerei gehandelt und nicht um einen Versuch, ihn umzubringen. Aber der sorglose Knappe von Lleyn war verschwunden und hatte einem jungen Mann Platz gemacht, der jetzt wußte, was sein Tod wert war. Rohan und Sioned würden erfahren, daß ihr Sohn in wenigen Augenblicken einen großen Schritt voran gemacht hatte. Pols Identität war nun bekannt, doch als er Rialt für dessen Schnelligkeit dankte, schien ihn die tiefe Verbeugung, die ihm galt, doch zu verunsichern. Das machte Meath wieder sicherer, wenn er auch nicht gleich verstand, weshalb das so war.

Die Patrouille traf ein. Meath war froh, ihnen die Gefangenen übergeben zu können. Sie würden vor Prinz Lleyn gebracht werden; der Befragung des Merida sah er mit grimmiger Freude entgegen.

»Es tut mir leid wegen des Schadens«, sagte Pol zu Giamo, »Euer Kelch ist zerbrochen. Ich verspreche, ich werde auf dem *Rialla* Ersatz dafür besorgen.«

»Mein Kelch?« rief Willa aus. »Große Göttin, was ist schon ein dummer Kelch? Wenn Euer Lichtläufer nicht Feuer gerufen und sie damit erschreckt hätte, wäre sicher mehr kaputt gegangen als mein Kelch und ein paar Möbel!«

Den Eindruck, daß Meath das Feuer verursacht hatte, stellte Pol nicht richtig. »Trotzdem, Ihr bekommt einen neuen Kelch aus Firon, wenn ich im Herbst zurückkehre.«

Einer der Kaufleute räusperte sich. »Wohl gesprochen, Hoheit. Aber ich bin doch anderer Meinung als die gute Willa. Daß Ihr gerufen habt, hat sie abgelenkt und mir wohl meine heile Haut, vielleicht sogar das Leben gerettet. Mag sein, daß Tapferkeit zu den Pflichten eines Prinzen zählt, doch Mut verdient immer eine Belohnung.«

»Wir wissen, daß Ihr nichts für Euch selbst annehmen würdet«, sagte sein Kollege, »aber kommt doch in unser Lager, wenn Ihr Zeit habt, und sucht Euch etwas aus, wovon Ihr glaubt, daß es zur legendären Schönheit Eurer Mutter passen würde.«

Pol wollte widersprechen, doch Meath unterbrach ihn geschickt. »Ihr seid sehr großzügig, und im Namen der Höchsten Prinzessin Sioned schlagen wir ein.« Eine Zurückweisung wäre eine Beleidigung gewesen, doch Pol war noch nicht Prinz genug, um das zu verstehen. Die meisten Leute waren überzeugt, daß Höhergeborene etwas Besonderes waren, tapferer und besser als normale Menschen. Man mußte ihnen zutrauen, daß sie die Prinzenreiche und Güter beherrschen konnten. Aber wenn sie nicht besser waren, worauf sollte man dann hoffen? Ein Tribut in Gestalt feiner Seide würde diesen Glauben symbolisieren, so wie Willa durch einen neuen Kelch Genugtuung finden konnte. Hier hatte Pol den richtigen Instinkt gehabt, auch wenn er noch nicht begriff, daß er etwas viel Wichtigeres getan hatte, als für etwas Zerbrochenes Ersatz zu versprechen.

Aber er verstand genug, um Meath zuzustimmen: »Danke. Meine Mutter wird sehr dankbar sein. Werdet Ihr dieses Jahr nach Waes reisen, um sie dort in Eurer Seide zu sehen?«

»Nicht einmal Drachen könnten uns daran hindern, Hoheit.« Die beiden machten eine elegante Verbeugung, und Pol lächelte. Nur Meath sah das amüsierte Aufblitzen in den blaugrünen Augen.

Als sie später nach Graypearl zurückritten, blieb Meath sehr wortkarg. Er überlegte, wie er Prinz Lleyn den Vorfall erklären sollte. Der Ablauf an sich war völlig klar, doch er war beunruhigt über den Merida und die Feuerbeschwörung. Auf halber Höhe des Schloßhügels warf er Pol einen Blick zu und sagte: »Ihr wißt, daß es sicher einfachere Methoden gibt, um kostenlos an ein Geschenk für Eure Mutter zu kommen.«

»Ist das die Geschichte, die Ihr ihr erzählen wollt?«

»Schon möglich. Aber was mich am meisten beschäftigt, ist Eure kleine Darbietung mit dem Feuer. Halt, ich will mich nicht beschweren. Sie waren überrascht und haben deshalb schlecht gekämpft. Und Ihr habt den Tisch nicht einmal angesengt«, meinte er lobend.

»Vielleicht verleiht mir Lady Andrade meinen ersten Ring«, erwiderte Pol leichthin.

»Und vielleicht erzählt Ihr mir lieber, wer Euch das beigebracht hat«, sagte Meath ernst.

»Niemand. Ich habe einfach –, ich mußte sie doch ablenken, und das schien mir das Einfachste.«

Meath starrte zwischen den Ohren seines Pferdes hindurch auf die Straße. »Ihr habt die Fähigkeit von beiden Seiten geerbt, also ist es wohl kaum eine Überraschung, daß Ihr einfach Eurem Instinkt gefolgt seid.« Unter einem schattigen Baum zügelte Meath sein Pferd, und Pol tat es ihm nach. Meath sah dem Jungen direkt ins Gesicht und hielt seinen Blick bewußt fest. »Muß ich Euch wirklich sagen, wie gefährlich Euer Instinkt sein kann, mein Prinz?«

Als Meath den Titel an Stelle seines Namens gebrauchte, mußte Pol schlucken. Doch er konnte Meaths Augen nicht ausweichen. Der Lichtläufer überlegte kurz, wie lange er Pol wohl noch auf diese Weise beeinflussen konnte. Diese uneingeschränkte Konzentration, die einen so sicher in Bann schlug, wie ein Drache ein Schaf oder ein Reh mit einem einzigen Blick aufspießen konnte, war etwas, das alle *Faradh'im* während ihrer Ausbildung bei Lady Andrade lernten. Während er Pols Blick festhielt, fiel ihm auf, daß die Augen des Jungen trotz ihrer Farbe nichts vom Meer an sich hatten. Sonnenüberglänzter Wüstenhimmel lag darin, grenzenloses Blau wie in den Augen seines Vaters. Auch Smaragde, so hell wie der, den seine Mutter am Finger trug, und die Farbe des Mondlichts, wenn es durch ein Blatt fällt. Aber keine Farben des Meeres, nicht bei diesem Sohn der Wüste.

Meath hob seine Hände, so daß seine Ringe die Lichtstrahlen einfingen, die durch das Blätterdach über ihnen fielen. »Mein Vater war ein einfacher Schmied in Gilad, und meine

Mutter eine Fischerstochter, die den Anblick des Meeres haßte. Von ihr habe ich die Gabe, die mich zum *Faradhi* machte. Der erste dieser Ringe ist für das Rufen des Feuers. Drei Jahre habe ich es geübt, bevor ich ihn mir verdient hatte. Ich war schon über zwanzig, als ich endlich würdig war, meinen vierten Ring zu tragen, und erst nach zwei weiteren Jahren erhielt ich den fünften und sechsten. Ihr mögt eine größere Begabung haben als ich – aber Ihr habt auch mehr zu verlieren, als ich jemals besaß.«

»Mehr zu verlieren?« Pol runzelte erstaunt die Stirn. »Meint Ihr nicht, daß ich mehr zu gewinnen habe?«

»Nein«, sagte Meath schroff. »Ihr seid für zwei Arten der Macht geboren. Ihr seid Prinz, und eines Tages werdet Ihr Lichtläufer sein.«

»Aber ich könnte alles verlieren. Ist es das, was Ihr meint?« flüsterte der Junge. »Meath –«

»Ja?« Er senkte seine Hände zum Hals des Pferdes.

»Es war richtig, mir Angst einzujagen. Habt Ihr das bei Maarken auch gemacht.«

»Habe ich.« Er erneuerte bewußt seine Kontrolle über die blaugrünen Augen, und der blonde Kopf senkte sich. Meath wußte, daß diese Lektion von Sioned hätte kommen müssen – sie kannte selber beide Arten der Macht. Doch heute war der richtige Zeitpunkt, und er mußte sichergehen, daß die Lektion verstanden wurde. »Es hat auch mir Angst eingejagt«, gab er zu. »Jeden Tag meines Lebens, bis ich mich selbst kennenlernte. Dazu ist die Ausbildung in der Schule der Göttin da, Pol. Sie lehrt Euch, Euren Instinkt und Eure Macht zu gebrauchen, aber sie lehrt Euch auch, wann Ihr sie nicht gebrauchen sollt. Es ist genauso wie mit Eurer Ausbildung als Knappe und Ritter. Ihr lernt Eure Kräfte als Krieger und als Prinz kennen.«

»Aber es gibt etwas, das ein Prinz manchmal tun muß, was den Lichtläufern aber verboten ist.«

31

Meath nickte. »*Faradh'im* dürfen ihre Gabe niemals zum Töten benutzen. Wenn Ihr Euch selbst kennt und Vertrauen in Euch selbst habt, Pol, werdet Ihr keine Angst mehr haben.« Er fuhr dem Jungen mit der Hand über die Schulter. »Kommt, laßt uns weiterreiten. Es ist spät.«

Sie waren fast am Tor, als Pol noch einmal ansetzte: »Meath? Habe ich heute das Richtige getan?«

»Muß ich diese Frage beantworten oder Ihr?«

»Ich glaube – ich glaube, es war richtig. Nein, ich bin sogar sicher.« Als sie unter dem steinernen Torrahmen hindurchritten, fügte er hinzu: »Aber wißt Ihr, es ist wirklich blöd. Ich muß die ganze Zeit an Willas zerbrochenen Kelch denken.«

An den Ställen trennten sie sich. Pol mußte dem Herrn der Knappen Bericht erstatten, während Meath Chadric und Audrite über die Ereignisse des Tages informieren wollte. Die Geschichte wie auch die Gefangenen waren ihnen voraus geeilt, und Lleyn befragte gerade die Kommandantin der Soldaten aus Griben. Chadrics ältester Sohn Ludhil brachte die irritierende Nachricht, daß es dem bärtigen Soldaten irgendwie gelungen war, sich in seiner Zelle zu erhängen.

Kurz darauf trat Lleyn in Audrites Sonnenzimmer. Mit seinen über achtzig Jahren war er wie brüchiges Pergament, das über Glas ausgebreitet ist. Er stützte sich auf seinen Holzstock und lehnte die Hilfe von Sohn und Enkel ab, als er sich setzte. Seine schönen, nicht mehr ganz scharfen Augen verengten sich, als er sie auf Meath richtete. Er faltete seine Hände über dem geschnitzten Drachenkopf am Handgriff seines Stocks und sagte: »Nun?«

»Herr, Eurem Gesicht zufolge weiß die Kommandantin aus Griben weder, wo der Merida herkommt, noch etwas über den Anlaß des Streits«, sagte Meath mit einem Schulterzucken. »Vermutlich sagt sie sogar die Wahrheit.«

»Vermutungen interessieren mich nicht«, knurrte Lleyn. »Ich will wissen, was geschehen ist.«

32

»Pol meint, daß der Merida den Kampf absichtlich provoziert hat. Und da er sich selbst getötet hat, würde ich sagen, er hatte etwas zu verbergen.«

»Aber warum ausgerechnet jetzt dieser Anschlag auf Pols Leben?« fragte Chadric. »Sie hatten doch bestimmt genug Gelegenheiten, als er noch auf Stronghold war.«

»Du solltest Gerüchten mehr Beachtung schenken«, sagte sein Vater. Als Audrite erschreckt den Atem anhielt, nickte Lleyn und sagte: »Ich sehe, meine Liebe, du hast mich verstanden.«

Chadrics klares, freundliches Gesicht nahm einen finsteren Ausdruck an. »Wenn du damit auf diesen angeblichen Sohn von Roelstra anspielst —«

»Er müßte knapp einundzwanzig sein. Pol ist gerade vierzehn«, bemerkte Lleyn.

»Aber das ist doch lächerlich!« protestierte Audrite. »Selbst wenn der Junge wirklich Roelstras Sohn ist, müßte sich erst einmal die ganze Prinzenmark hinter ihn stellen. Und das wird nicht geschehen. Rohan hat gut daran getan, Pandsala als Regentin einzusetzen — nur ein Dummkopf wird Sicherheit und Wohlstand für einen unbekannten Emporkömmling aufs Spiel setzen.«

»Gut gesprochen«, brummte Lleyn und strich über den Drachenkopf, »aber leider ist Rohan nun mal ein ehrenhafter Dummkopf. Er wird sich verpflichtet fühlen, diesen jungen Mann zu treffen und ihn anzuhören.«

»Weder das eine noch das andere ist ein Beweis«, sagte Chadric, »das ist doch alles reine Spekulation.«

Meath sagte: »Gerade der Mangel an Beweisen macht doch Roelstras ›Sohn‹ so gefährlich.«

»Aber Lady Andrade«, erinnerte Audrite die anderen, »war doch in der Nacht der Geburt dabei.«

»Vielleicht weiß sie, was passiert ist, vielleicht aber auch nicht«, entgegnete Lleyn, »und trotz all ihrer Autorität als

Herrin in der Schule der Göttin ist sie schließlich auch Rohans Tante und nicht gerade ein unparteiischer Zeuge.«

Chadric schüttelte den Kopf und erhob sich. »Es geht gar nicht darum, wer dieser junge Mann nun wirklich ist, Vater. Es geht vielmehr darum: Wiegt der Anspruch eines Blutsverwandten von Roelstra mehr als all die Jahre, in denen Rohan dieses Land, das er durch Krieg gewonnen hat, so gut regiert hat?«

Lleyns Augen funkelten. »Ich sehe mit Dankbarkeit, daß meine Erziehung nicht verschwendet war und daß du nicht nur die Augen, sondern auch den Verstand deiner Mutter geerbt hast. Du hast den Punkt getroffen, Chadric. Wen unterstützen wir, falls es soweit kommt? Wenn dieser Jüngling tatsächlich Roelstras Sohn ist, stellen wir uns dann auf seine Seite und unterstützen den Anspruch auf das Erbe, der schließlich Prinzen an der Macht hält? Oder stärken wir Rohan und seiner Herrschaft in Prinzenmark den Rücken?« Er lächelte dünn. »Eine solche Wahl ist für einen Prinzen nicht gerade angenehm.«

Meath beugte sich vor. »Hoheit, es muß sich doch erst noch zeigen, ob dieser Mensch wirklich der ist, für den er sich ausgibt. Doch selbst, wenn er es nicht ist, wird es einige geben, die lieber glauben –«

»Oder so tun, als glaubten sie«, stimmte Lleyn zu, »nur um Unheil zu stiften. Wir müssen das Gegenteil beweisen.«

»Jetzt verstehe ich, warum Pol plötzlich eine Zielscheibe für die Merida wird«, sagte Audrite unbehaglich. »Miyon von Cunaxa gewährt ihnen noch immer Unterschlupf, auch wenn er das Gegenteil behauptet. Möglicherweise steckt er hinter dem heutigen Vorfall. Natürlich wird man nie etwas beweisen können. Doch ohne Pol als Erben der Prinzenmark würde dieser Emporkömmling mit offenen Armen aufgenommen werden, und Miyon würde lieber mit jemand anderem zu tun haben als mit Rohan oder dessen Sohn. Und ich verstehe jetzt auch, warum Rohan den Jungen diesen Sommer bei sich und in Waes haben will.«

»Sie wollen auch weiter zur Felsenburg«, bestätigte Lleyn.

Chadric wischte den Emporkömmling mit einer Hand vom Tisch. »Wenn sie Pol erst mal sehen und er sie so für sich gewinnt wie alle anderen –«

»Dann bleibt immer noch zu beweisen, daß der andere ein Lügner ist«, erklärte Lleyn. »Glaubst du, Leute wie Miyon werden Pol nur wegen seines – zugegebenermaßen gewinnenden – Lächelns unterstützen?«

»Es sind die Menschen der Prinzenmark, die er für sich gewinnen wird«, meinte Chadric.

»Die Menschen der Prinzenmark nehmen nicht am *Rialla* teil und stimmen dort für die Wahrheit. Die einzige verläßliche Zeugin ist Andrade, und sie muß einen Beweis erbringen, den die Prinzen als absolute Wahrheit anerkennen können.«

»Da wäre noch Pandsala«, warf Meath ein.

»Ach ja, Pandsala«, schnaubte Lleyn. »Darf ich Euch daran erinnern, daß die Regentin abdanken kann, wenn der Junge zum Hohenprinzen ausgerufen wird?« Er schüttelte den Kopf. »Ich mag das alles nicht. Überhaupt nicht. Meath, ehe Ihr von Radzyn aus in die Schule der Göttin aufbrecht, müßt Ihr unbedingt ausführlich mit Chay und Tobin reden.«

Viel später erst holte Meath in seinen eigenen Gemächern die Kiste mit den Schriftrollen heraus, die aus der alten Lichtläufer-Burg stammten. Sie waren in der alten Sprache geschrieben. Obwohl die Schrift der neuen sehr ähnelte, sagten ihm die Worte nichts. Doch manche Wörter waren bis zum heutigen Tag fast unverändert geblieben – bei der Wahl eines Vornamens wurde beispielsweise meist die alte Bedeutung berücksichtigt –, und als er eines der Pergamente entrollte, biß er sich auf die Lippe. Hier fehlte das übliche

Motiv von Sonne und Monden auf der ersten Seite. Im Gegensatz zu allen anderen Schriftrollen waren die Lichtquellen für die *Faradhi* hier nicht abgebildet. Diese Rolle trug ein anderes Muster, einen sternenübersäten Nachthimmel. Lange starrte er auf den Titel, der ihn beim ersten Mal so entsetzt hatte, und auf Worte, die er ohne Schwierigkeiten übersetzen konnte.

Die Hexenkunst.

Kapitel 2

Pandsala, Regentin der Prinzenmark und Tochter des einstigen Hohenprinzen Roelstra, blickte voller Zorn auf den Brief auf ihrem Tisch. Ein Leben ohne ihre Schwestern wäre für sie sicher viel einfacher gewesen. Siebzehn Töchter hatte ihr Vater gehabt. Zehn waren zwar zum Glück inzwischen verstorben – einige an der Seuche von 701, andere erst später –, doch es waren noch immer zu viele übrig, als daß sie unbesorgt sein konnte.

Die Überlebenden waren allein durch ihre Existenz schon eine Strafe. Briefe wie der, den sie gerade vor sich hatte, kamen immer wieder in der Felsenburg an. Bitten um Geld, um einen Gefallen, um ein gutes Wort beim Hohenprinzen Rohan und vor allem Bitten, das Haus ihrer gemeinsamen Kindheit besuchen zu dürfen. Pandsala hatte die ersten fünf Jahre ihrer Regentschaft damit zugebracht, ihre Schwestern mit mancherlei Methoden aus der Felsenburg zu vertreiben. Sie dachte gar nicht daran, auch nur eine von ihnen zurückkehren zu lassen, nicht einmal für einen Tag.

Aber es war die Jüngste von ihnen, die überhaupt noch nie

in der Felsenburg gewesen war, die Pandsala jetzt Verdruß bereitete. Selbst wenn Chiana jedes Wort in der planvollen Absicht geschrieben hatte, ihre mächtige Halbschwester zu beleidigen, hätte sie diese nicht mehr verärgern können. Sie setzte eine Vertrautheit voraus, die Pandsala abstieß; sie gab sich selbst sogar den Titel »Prinzessin«, als wäre ihre Mutter, Lady Palila, Roelstras Frau gewesen und nicht nur seine Mätresse. Chiana war in Waes geboren und an verschiedenen Orten aufgewachsen, die ersten sechs Jahre sogar in der Schule der Göttin. Offensichtlich zog sie es vor, zu vergessen, daß auch Pandsala in jenen sechs Jahren dort gelebt hatte und ihren Charakter sehr genau kannte. Ihre seltenen Begegnungen sowie Chianas Briefe waren Beweis genug, daß sie sich nicht verändert hatte. Mit beinahe einundzwanzig war ihre arrogante Selbstsucht schlimmer denn je. In ihrem Brief deutete Chiana an, daß sie durchaus bereit sei, Pandsala mit ihrer Anwesenheit zu beehren, sollte diese sie für den Sommer in die Felsenburg einladen. Doch Pandsala hatte sich schon vor langer Zeit geschworen, daß Chiana keinen Fuß in diese Burg setzen würde, solange sie dort etwas zu sagen hatte.

Einige der anderen Schwestern hatten Chiana reihum aufgezogen, nachdem Lady Andrade sich geweigert hatte, sie wieder in die Schule der Göttin aufzunehmen. Zuerst hatte Lady Kiele von Waes, die dort verheiratet war, das Mädchen zu sich genommen. Doch irgendwann war Chiana ihr zu anspruchsvoll geworden, und nachdem Prinzessin Naydra Lord Narat geheiratet hatte, hatte Kiele Chiana in Port Adni abgeladen. Die Insel Kierst-Isel war ein ausgezeichneter Platz gewesen, da er so weit entfernt lag, wie Pandsala es gerne hatte. Doch nach einigen Wintern war selbst Naydras Geduld erschöpft. Um diese Zeit hatte Lady Rabia, Chianas wirkliche Schwester, Lord Patwin von den Catha-Höhen geheiratet, und das Paar hatte das heimatlose Mädchen eingeladen, bei ihnen zu leben. Als Rabia im Kindbett starb, war Chianas Zeit dort abgelaufen, und sie hatte wieder in Waes gelebt, bis Kiele sie bei dem Versuch erwischte, Lord Lyell zu verführen. Jetzt schrieb sie von Naydras Küstenschloß aus.

Pandsala schaute grimmig auf den Titel »Prinzessin« und den großzügigen Federstrich, mit dem Chiana unterschrieben hatte. Sie wußte sehr genau, warum das Mädchen in die Felsenburg kommen wollte: damit Chiana am Ende des Sommers auf dem *Rialla* ganz selbstverständlich zu Pandsalas Gefolge gehören würde und sich an alle Prinzen und deren unverheiratete Erben heranmachen konnte. Wenn sie auch kein Land besaß, so würde Rohan sie doch mit einer beachtlichen Mitgift versehen, wie er es bei allen ihren Schwestern bei deren Hochzeit getan hatte. Außerdem machte schon allein ihre Schönheit sie zu einer begehrten Partie. Aber Pandsala würde ihre verhaßte kleine Schwester nie im Leben unterstützen.

Sie schrieb eine kurze, deutliche Absage und unterzeichnete mit ihren eigenen Titeln und ihrer Unterschrift. Dann lehnte sie sich in ihren Stuhl zurück, sann über diese Worte nach, die ihre Macht kennzeichneten, und dachte an ihre anderen Schwestern. Von den vier Töchtern, die Roelstra mit seiner einzigen Ehefrau gehabt hatte, lebten nur noch sie und Naydra. Lenala war an der Seuche gestorben, und Ianthe war vor vierzehn Jahren in Schloß Feruche umgekommen. Die dumme, harmlose Lenala und die schöne, ebenso intelligente wie gewissenlose Ianthe; sie standen für die Extreme unter Roelstras Nachkommen. Die anderen überlebenden Töchter mußte man irgendwo dazwischen einordnen: Kiele war dumm, aber nicht harmlos, glücklicherweise auch nicht gerissen genug, um eine wirkliche Gefahr darzustellen. Naydra war intelligent genug, ihr Los bewußt zu akzeptieren. Pandsala nahm an, daß ihre Ehe mit Narat sogar glücklich war. Chiana andererseits war schön und intelligent und ein ständiges Ärgernis. Was die anderen anging, so konnte sich Pandsala nicht einmal erinnern, wie sie aussahen. Moria lebte friedlich in einem Gutshaus in den Bergen des Veresch; Moswen lebte teils in ihrem Stadthaus in Einar, teils besuchte sie Kiele in Waes und Danladi in Hoch-Kirat, die Tochter von Roelstra und Lady Aladra. Vor vierzehn Jahren, als Rohan zum Hoheprinzen ausgerufen wurde, hatte sich Danladi auf Stronghold mit Prinzessin Gemma angefreundet, die nach dem Tode ihres Bruders Jastri als einzige aus dem Adelshaus Syrene übriggeblieben war. Prinz Davvi hatte seine kleine Cousine unter seinen Schutz gestellt, und Danladi wurde in Gemmas Gefolge aufgenommen. Aber egal, was die anderen Töchter von Roelstra taten, dachten oder zu tun gedachten – Pandsala wußte, daß sie keine Gefahr bedeuteten. Jede war auf ihre Weise schön und einigermaßen intelligent, doch keine stellte eine Bedrohung dar.

Und Pandsala selbst? Sie lächelte leicht und hob die Schultern. Sie war weder so schön noch so gerissen wie Ianthe, aber dennoch war sie alles andere als dumm und hatte in den Jahren ihrer Regentschaft so manches gelernt. Sie fragte sich, ob ihre tote Schwester von ihrer Hölle aus (denn in irgendeiner Hölle mußte sie gelandet sein) wohl Pandsalas gegenwärtige Stellung und ihren Einfluß sehen konnte. Pandsala hoffte es. Denn dieser Anblick würde Ianthe mehr foltern als alle auch nur erdenklichen anderen Strafen.

Pandsalas dunkle Augen wurden zu Schlitzen und ihre Finger zu Krallen, wenn sie an Ianthe dachte. Obwohl ihr Ruin durch die Hand ihrer Schwester mehr als zwanzig Jahre zurücklag und sie sich längst gerächt hatte. Die letzte Geliebte ihres Vaters, Palila, war schwanger gewesen und sollte einige Zeit nach dem *Rialla* von 698 niederkommen. Doch für den Fall, daß sie früher dran sein sollte, waren drei hochschwangere Frauen in ihrer Begleitung. Sollte Palila den kostbaren männlichen Erben gebären, so wollte Ianthe diesen durch die Tochter einer der anderen Frauen ersetzen. Dies zumindest war der Plan, in den sie Pandsala eingeweiht hatte.

Die Regentin stand von ihrem Schreibtisch auf, ging zu den Fenstern und starrte über die enge Schlucht, die der Faolain in die Berge gegraben hatte. Sie hörte das Wasser in der Tiefe rauschen, doch kein Laut des Alltagslebens in der Burg drang zu ihr hoch. Allmählich beruhigte sie sich wieder und konnte die Vergangenheit noch einmal aufleben lassen, ohne wieder in wilde Wut zu verfallen, ja sogar einigermaßen leidenschaftslos.

Die meisten Leute hatten gemeint, sie verdiene, was ihr in jener Nacht vor langer Zeit geschehen war. Sie hatte Palila versprochen, falls diese ein weiteres Mädchen gebären sollte, dieses gegen den Knaben einer der Dienerinnen auszutauschen. Ein besonderer Trank sollte bei ihnen vorzeitige Wehen auslösen. Roelstra hätte seinen lang ersehnten Erben bekommen, Palila wäre die allmächtige Mutter dieses Erben geworden, und Pandsala hätte freie Bahn für ihre Jagd auf den jungen Prinzen Rohan gehabt. Beide Pläne waren wahnwitzige Vorhaben, die nur aufgehen konnten, wenn die ungeborenen Kinder das richtige Geschlecht hatten. Die Pläne waren so wahnwitzig, daß Ianthe Pandsala in der Nacht von Chianas Geburt skrupellos bei Roelstra denunzierte. Die schlaue Ianthe – Pandsala sah noch immer ihr Lächeln vor sich, als Roelstra seine eben geborene Tochter und Pandsala ins Exil in die Schule der Göttin verbannte. Ianthe wurde mit dem wichtigen Grenzschloß Feruche belohnt.

Doch die wirkliche Ironie an dem allen war nicht, daß Pandsala durch Andrades Erziehung ihre *Faradhi*-Gaben erkannt hatte, auch nicht ihre gegenwärtige Machtposition. Das Lächerliche war, daß eine der Dienerinnen nur Augenblicke nach Ianthes Verrat tatsächlich einen kleinen Jungen zur Welt gebracht hatte. Wäre die Zeit auf ihrer Seite gewesen, so hätte nicht Ianthe, sondern Pandsala gesiegt.

Ihr Blick wanderte zu ihren Händen und den fünf Ringen, die sie sich als Lichtläuferin erworben hatte. Ein weiterer Ring, besetzt mit Topas und Amethyst, symbolisierte ihre Regentschaft. Im Sonnenlicht strahlte der goldene Stein der Wüster heller und durchdringender als das dunkelviolette Juwel der Prinzenmark. Und das war recht so, sagte sie sich.

Ihre mangelnde töchterliche Ergebenheit in die Ziele ihres verstorbenen Vaters machte ihr so wenig zu schaffen wie ihre mangelnde Liebe zu ihren Schwestern. Vor Jahren hatte sie die Herausforderung von dem Mann angenommen, der ihr Ehemann hätte sein können, zugunsten des Jungen, der ihr Sohn hätte sein können. Ihr Leben hatte wieder einen Sinn bekommen, als Rohan sie als Pols Regentin einsetzte. Für diese beiden regierte sie streng und gut; für sie hatte sie aus diesem Land ein Muster an Ordnung und Wohlstand gemacht; für sie hatte sie gelernt, wie ein Prinz zu denken. Alles für sie.

Sie kehrte zu ihrem Tisch zurück und versiegelte den Brief an Chiana. Sie sah ihre Ringe schimmern. Unter allen Töchtern von Roelstra hatte nur sie die Gabe geerbt; es kam nicht aus seiner Linie, sondern aus der ihrer Mutter, Prinzessin Lallante, seiner einzigen rechtmäßigen Ehefrau. Wäre Ianthe ähnlich begabt gewesen – Pandsala schauderte selbst jetzt noch. Ianthe wäre mit den Fähigkeiten der Lichtläufer wahrlich unbesiegbar gewesen.

Doch Ianthe war tot, und Pandsala lebte, und zwar als ranghöchste Frau nach der Höchsten Prinzessin. Dabei fiel ihr ein, daß sie noch einen Bericht an Sioned schreiben mußte, und sie vergaß Chiana, die anderen Halbschwestern und die Vergangenheit.

Auch Lady Kiele von Waes saß an diesem Abend an ihrem Schreibtisch und dachte an die Gabe, die Pandsala besaß und sie nicht. Kiele machte das Beste aus dem, was sie hatte – doch wieviel mehr würde sie erreichen können, wenn sie die Fähigkeit hätte, das Sonnenlicht zu weben und zu sehen, was die anderen lieber verborgen hielten.

Sie strich die Falten ihres grüngoldenen Gewands glatt und tröstete sich mit dem, was sie wirklich besaß. Doch bald würde sie in Waes ein Abendessen für Prinz Clutha geben müssen, um die Vorbereitungen für das diesjährige *Rialla* zu besprechen, Vorbereitungen, die sie und Lyell nahezu ruinieren würden. Clutha hatte Lyell niemals verziehen, daß dieser sich im Krieg mit der Wüste auf Roelstras Seite geschlagen hatte, und all die Jahre, in denen sie verdächtigt und beobachtet worden waren, waren nicht gerade amüsant gewesen. Clutha war auf die Idee gekommen, Waes die gesamten Ausgaben für die Versammlung, die alle drei Jahre stattfand, tragen zu lassen. Dadurch würden seine Herren niemals ausreichend Mittel besitzen, um anderswo Unheil stiften zu können. Es nagte fast unablässig an Kiele, daß sie sich in dem äußerst engen Rahmen zu bewegen hatten, den ihr Lehnsherr ihnen ließ. Lyell dagegen schien das überhaupt nichts auszumachen. Er war nicht klug genug und außerdem viel zu dankbar, daß man ihm sein Leben, ja sogar seine Stadt gelassen hatte.

Kiele ließ ihre Finger über den goldenen Reifen auf ihrem Tisch laufen. Es war kein richtiges Krönchen, denn so etwas in der Gegenwart ihres Prinzen zu tragen würde nicht einmal sie wagen. Ihr hübscher Mund verzog sich, als sie noch einmal ihre Chancen abschätzte, eines Tages eine richtige Krone zu tragen. Wenn nicht noch viele Leute starben, schien die Sache unmöglich. Obwohl Clutha schon alt wurde, war er doch bei bester Gesundheit, ebenso sein Sohn Halian. Die Blutsbande zwischen seiner Familie und Waes liefen über die mütterliche Linie und waren so weitläufig, daß Kiele nicht hoffen durfte, jemals Erbin von Meadowlord zu werden.

Sie konnte höchstens dafür sorgen, daß eine ihrer Halbschwestern Halian ehelichte. Vor ein paar Jahren war sie diesem Ziel schon sehr nahe gewesen, bis Cipris, ihre Auserwählte, einem seltsamen, langwierigen Fieber zum Opfer gefallen war. Halian hatte Cipris sehr gemocht, was ihn jedoch nicht davon abgehalten hatte, sich mit einer Mätresse zu trösten. Er hatte mit dieser Frau mehrere Kinder gezeugt, lauter Mädchen, wofür Kiele der gnädigen Göttin dankte. Wäre ein Sohn geboren worden, so wäre dieser der nächste Erbe von Meadowlord geworden – ohne jede Blutsverwandtschaft mit Kiele.

Halian war mit dieser Mätresse glücklich gewesen und hatte eigentlich keine Lust gehabt, überhaupt zu heiraten. Doch nun war seine Geliebte gestorben. Kiele lächelte, als sie ihre Unterschrift unter einen Brief setzte, mit dem sie ihre Halbschwester Moswen für den Sommer nach Waes einlud. Moswen würde eine wunderbare Frau für Halian abgeben, wenn sich Kiele auch fragte, warum sie sich eigentlich bemühte, eine Tochter der verhaßten Palila auf den Thron zu hieven. Doch dann zuckte sie die Achseln. Sie arbeitete mit dem, was sie hatte. Moswen war im richtigen Alter und recht hübsch. Außerdem war sie Kiele für einige frühere Gefälligkeiten dankbar und hungerte nach dem äußeren Glanz der Macht. Sie sah die Juwelen, die schönen Kleider, die Ehrerbietung, und all das wünschte sie sich. Von den wirklichen Zusammenhängen sah und verstand sie nichts. Kiele fand sie daher bestens geeignet für ihre Pläne, denn sie würde leicht zu unterweisen und zu beeinflussen sein. War Clutha erst einmal tot und Halian wie Lyell der Wachsamkeit des alten Herrn entronnen, würde Kiele mit Meadowlord nach Belieben spielen können. Halian war er-

43

wiesenermaßen ein Mann, der über das zu lenken war, was er zwischen den Beinen trug – genau wie Lyell. Wenn Moswen Halian lenkte und Kiele sie…

Ein Lichtreflex im Spiegel ließ Kiele aufmerken. Die Tür hinter ihr schwang auf, und ihr Gatte trat ein. Lyell war ein grobknochiger, blasser Mann, dessen blaue Augen und nahezu farbloses, blondes Haar durch die offiziellen Farben von Waes, rot und gelb, noch blasser wirkten. Kiele runzelte etwas die Stirn, als er auf sie zukam, denn sie hatte seinen Knappen befohlen, ihn in Grün zu kleiden, damit seine Farben zu ihrem eigenen Kleid paßten. Sie wären ein gut abgestimmtes Paar gewesen und hätten Clutha geehrt, weil sie seine Farben trugen. Doch Lyell war stur, was seine Familienehre anbelangte, und trug bei allen offiziellen Anlässen seine eigenen Farben. Manchmal hatte Kiele schon Vorteile aus seiner Dickköpfigkeit gezogen, denn sie hätte sicher schon einige taktische Fehler begangen, würde Lyell nicht so streng die Traditionen beachten. Bei diesem Gedanken regte sich bei ihr ein Anflug von Dankbarkeit, und bis er den Raum durchquert hatte und hinter ihr stand, war aus ihrem Stirnrunzeln ein Lächeln geworden.

»Du bist so schön«, sagte er leise und streichelte ihre nackte Schulter.

»Danke, mein Gebieter«, sagte sie sittsam, »ich hatte dieses Gewand eigentlich für das *Rialla* aufheben wollen, aber –«

»Trag es doch auch beim *Rialla*. Nicht einmal Prinzessin Sioned kann so etwas Prächtiges haben.«

Bei dem Gedanken an Rohans Gemahlin, die Lichtläuferin, mit ihrem rotgoldenen Haar und den tiefgrünen Augen, der Grün noch besser stand als Kiele, beschloß sie, das Kleid doch nicht auf dem *Rialla* zu tragen. »Wolltest du mir etwas sagen?«

»Es ist ein Brief für dich gekommen. Aus Einar. Du sagtest,

daß du beim Ankleiden nicht gestört werden wolltest, darum habe ich ihn für dich geöffnet.« Er holte ein gefaltetes Blatt Pergament aus der Tasche.

Sie fluchte unwillkürlich, als sie die Handschrift und die Überreste eines dunkelblauen Wachssiegels erkannte. Dann zwang sie sich zu Gelassenheit, legte den Brief beiseite und sagte: »Er ist von meiner alten Amme Afina, die einen Kaufmann in Einar geheiratet hat.« Das war die Wahrheit, doch sie erzählte nicht, daß Afina die einzige Dienerin gewesen war, die sie in der Felsenburg versorgt hatte, nachdem ihre Schwester der Seuche erlegen war. Afina hatte nach Waes kommen wollen, hatte sich jedoch davon überzeugen lassen, daß sie im lebhaften Hafen Einar weit nützlicher sein würde. Sie war das erste Glied in Kieles Informantenkette. Kaufleute bekamen alles mit und gaben es gewöhnlich an ihre Frauen weiter.

»Ein wirklich langweiliger Brief, alles Familienklatsch. Ich weiß wirklich nicht, warum du dich mit einer alten Dienerin abgibst, Kiele.«

»Sie war sehr gut zu mir, als ich klein war.« Da das Gespräch sicher darauf hinauslaufen würde, wie unpassend es war, daß die Herrin von Waes mit einer einfachen Kaufmannsfrau in Briefkontakt stand, lenkte Kiele ihn ab, indem sie die Arme zusammennahm, so daß die Vertiefung zwischen ihren Brüsten deutlicher sichtbar wurde. Wie von ihr beabsichtigt, glitten Lyells Finger ihre Schultern hinab.

»Laß uns später zum Essen hinuntergehen«, schlug er vor.

»Lyell! Ich habe den ganzen Nachmittag gebraucht, um mich anzukleiden.«

»Ich brauche nur einen Augenblick, um dich auszukleiden.«

»Wir können es uns nicht leisten, Clutha zu beleidigen«, schalt sie, zwinkerte ihm aber zu: »Jeden anderen Abend ...«

»Aber genau jetzt wäre es richtig. Ich habe deine Frauen

gefragt. Es ist genau der richtige Zeitpunkt, um einen weiteren Erben zu zeugen.«

Kiele schwor sich, die Kammerfrau zu entlassen, die geplaudert hatte. Sie hatte früh gelernt, daß Männer auf Abwege gerieten, wenn ihre Frauen schwanger waren. Ihr Vater hatte den Anblick seiner schwangeren Mätressen nie ertragen können. Kiele hatte ihre Pflicht erfüllt und Lyell einen Sohn und eine Tochter geschenkt. Wenn sie heute nacht ein Kind empfinge, würde sie im Spätsommer unbeweglich und unförmig sein – obwohl sie dann all ihren Verstand und all ihren Charme brauchte. Denn dann würden die anderen Frauen sich auf ihrer Jagd nach den reichsten und mächtigsten Männern von ihrer besten Seite zeigen. Lyell war für sie der Schlüssel gewesen, aus den Gefängnismauern der Felsenburg zu entfliehen; sie liebte ihn nicht und hatte ihn nie geliebt. Doch er war nützlich, und er gehörte ihr. Sie würde ihn nicht in fremde Betten kriechen lassen. Wenn sie erst über Moswen und Halian Meadowlord regierte, konnte Lyell so viele Mätressen besteigen, wie er wollte. Doch jetzt noch nicht.

Sie lächelte ihn an: »Vorfreude erhöht das Vergnügen, Lyell. Und nun sei doch bitte so lieb und such meine grünen Schuhe. Schließlich warst du es, der sie neulich unters Bett gestoßen hat.«

Er küßte sie auf die Schulter und gehorchte. Kiele verschloß Afinas Brief in ihrem Schmuckkästchen und steckte den Schlüssel in eine Tasche ihres Unterrocks. Lyell kam aus dem Schlafzimmer gerade rechtzeitig zurück, um zu sehen, wie sie ihre grünen Strümpfe glattzog. Er kniete neben ihr nieder, um ihr in die Samtschuhe zu helfen.

»Wenn du weiter deine Röcke hebst, vergesse ich, daß es Clutha je gegeben hat«, neckte er sie.

Sie zog den Rock absichtlich noch etwas höher. »Gibt es ihn?«

»Kiele!«

Doch sie entzog sich ihm, indem sie vom Stuhl glitt. Sie lachte, als sie den goldenen Reif auf ihre hochgesteckten dunklen Zöpfe setzte.

Das Bankett wollte nicht enden. Prinz Clutha sprühte vor Ideen, um das diesjährige *Rialla* glanzvoller denn je zu gestalten. Dabei waren, bei der Göttin, bereits die Kosten des letzten so hoch gewesen, daß Kiele ein halbes Jahr lang kein neues Kleid bekommen hatte. Sie sah sich gezwungen, ärgerlich schweigend und mit einem Lächeln auf den Lippen zuzuhören, wie Lyell aus lauter Stolz Plänen zustimmte, die ihn an den Bettelstab bringen würden. Die meisten Veranstaltungen würden von den Prinzen finanziert werden, wobei Rohan sicher wie üblich die höchsten Kosten trug. Für die Preise der Pferderennen und das grandiose Bankett am letzten Abend war jedoch Lyell verantwortlich; Clutha gab dafür nur seinen Namen her. Kiele schwor sich, daß dieser alle drei Jahre stattfindende Aderlaß ein Ende haben mußte, war Halian erst Prinz von Meadowlord und Moswen die Frau an seiner Seite.

Clutha hatte seinen Lichtläufer mitgebracht, einen vertrockneten, gebrechlichen alten Mann mit tiefdunklen Augen, die für Kieles Geschmack zu viel sahen. Sie wußte, daß Lady Andrade jedes Mal detaillierte Berichte erhielt, wenn er Clutha nach Waes begleitete. Nach dem Essen kam der alte *Faradhi* ins Eßzimmer geschlurft, wobei ihn Cluthas Knappe begleitete. Der junge Mann verbeugte sich kurz und elegant vor Kiele. Seine schönen, dunklen Augen verengten sich dabei mißbilligend angesichts ihrer imitierten Krone. Sie revanchierte sich, indem sie eine Braue hochzog, und fragte sich, ob sein Rang wohl niedrig genug war, daß sie sich ihrerseits eine gezielte Beleidigung leisten konnte.

Clutha blickte von der Liste der Ausgaben auf: »Ihr seid vom Glanz des letzten Sonnenlichts umgeben, Tiel.«

»Hoheit, Riyan und ich haben gerade die Nachricht erhalten, daß Prinz Ajit von Firon tot ist. Ein Herzanfall.«

Kiele gab angemessene Laute der Bestürzung und Trauer von sich, doch ihre Gedanken rasten. Ajit hatte keine direkten Erben. Sie versuchte, sich die Seitenlinien des Prinzenhauses von Firon ins Gedächtnis zu rufen, und überlegte, ob sie mit irgend jemandem davon verwandt oder verbündet war.

Clutha seufzte tief und schüttelte sein kahles Haupt: »Eine schlimme Nachricht. Wie oft habe ich ihm gesagt, er solle sich das Leben so leicht machen, wie es Männern in unserem Alter zukommt.«

Kiele hustete, um ein Kichern zu verbergen, denn sie erinnerte sich daran, daß Ajit auf dem diesjährigen *Rialla* eine neue Frau, seine siebte, hatte nehmen wollen. Halian fing ihren Blick auf, und seine Lippen zuckten.

»Dann wird es also in diesem Jahr am Letzten Tag eine Hochzeit weniger geben«, bemerkte er.

Sein Vater brauste auf: »Du wirst unseren Cousin, den Prinzen, mit dem nötigen Respekt betrauern, du unverschämter Dummkopf.«

»Ich wollte nicht respektlos sein«, sagte Halian reumütig, doch seine Augen verrieten Kiele, daß er den alten Mann tot und verbrannt wünschte. Verstohlen warf sie ihm einen mitleidigen Blick zu, ehe sie auf ihren Schoß blickte. Ja, wenn Moswen schlau vorging und seine Ungeduld seinem Vater gegenüber auszunutzen wußte, war er wie eine reife Frucht. Clutha benahm sich, als sei sein Sohn noch immer ein Jüngling von zwanzig, nicht ein Mann, der sich den Vierzig näherte. Kiele mußte Moswen nur gut beraten. Dann würde sie noch vor dem Herbst Prinzessin sein.

Die Nachricht von Ajits Tod dämpfte auch Lyell. Kiele war voller Dankbarkeit dafür. Als er in ihrem riesigen Himmelbett eingeschlafen war, kehrte sie in ihr Ankleidezimmer zurück und zündete eine Kerze auf ihrem Schreibtisch an. Zusammen mit dem Spiegelbild war das so hell, daß sie den Brief von Afina überfliegen konnte.

Vielleicht erinnert Ihr Euch an meine Schwester Ailech, die in Eurer Kindheit in der Felsenburg diente, wenn auch nicht so ehrenvoll an Eurer Seite wie ich, sondern in den Küchen. Wir haben uns nie sehr nahegestanden, denn sie hat mich um meine Stellung beneidet. Aber nach all diesen Jahren habe ich Nachricht von ihrer Familie. Wie Ihr vielleicht wißt, ging sie mit Lady Palila nach Waes, als beide hochschwanger waren, und sie bekam einen Sohn, einen schönen jungen Mann mit dunklen Haaren und grünen Augen. Ailech starb kurz nach seiner Geburt, und da auch ihr Mann starb, wurde Masul von meinen Eltern aufgezogen, die auf Gut Dasan in der Prinzenmark ihr Alter verbringen dürfen. Masul ist wie ein Habicht im Sperlingsnest, denn mit seinen schwarzen Haaren und den grünen Augen ähnelt er so gar nicht dem Rest unserer blonden, braunäugigen Familie. Ailechs Mann hatte ebenfalls dunkle Augen und war noch kleiner als wir, doch Masul soll ungefähr so groß sein wie Euer alter Vater. Aber ich schwatze über Dinge, die Euch nichts bedeuten können.

Afina schrieb nie etwas, das Kiele nichts bedeutete, und beide wußten das. Kiele hatte sie gebeten, ihre Kontakte in der Prinzenmark zu nutzen, um sichere Informationen über den Knaben herauszubekommen, den man für Roelstras Sohn hielt. Sie hatte den ganzen Winter über einen bestimmten Plan im Kopf gehabt und ihn in allen Variationen durchgespielt – bisher alles reine Spekulation. Doch nun hatte der Pfeil, den sie ins Blaue abgeschossen hatte, offensichtlich unerwartet ein Ziel getroffen. Sie lachte vor Entzücken leise auf. Dann blickte sie rasch zu der offenen Tür zum Schlafzimmer hinüber, doch Lyell regte sich nicht.

Jene Nacht bei dem *Rialla* hatte Kiele immer schon fasziniert. Vier Neugeborene in einer Nacht, eine Prinzessin im Exil und eine belohnt, eine Mätresse, die in ihrem Bett verbrannte. Eines der vier Babys war Chiana gewesen, dieses unausstehliche Gör. Wenn Kiele irgend etwas mit Pandsala gemeinsam hatte, dann war es die Aversion gegen ihre Halbschwester.

Aber war Chiana wirklich Roelstras Tochter? Kiele kicherte leise, als sie den Brief anzündete und zusah, wie er auf einem polierten Messingteller zu Asche zerfiel. Afina hätte den Teil mit den grünen Augen nicht wiederholen müssen. Roelstras Augen hatten diese Farbe gehabt. Und war Masul nicht fast so groß wie Roelstra? Kiele mußte sich auf die Lippen beißen, um nicht laut zu lachen.

Sie holte Pergament und Tinte heraus, um einen kurzen Brief an Afina zu schreiben. Sie dankte ihr für den Brief und bat um weitere interessante Neuigkeiten aus ihrer Familie, die ihr bei den anstrengenden Vorbereitungen für das *Rialla* Zerstreuung liefern würden. Am Schluß bat sie noch um ein Geschenk, eine von diesen Kleinigkeiten, mit denen Afina sie schon aufgeheitert hatte – etwas in schwarz und grün. Richtig gelesen, sollte das heißen, daß Masul selbst das Geschenk sein sollte. Als sie den Brief unterzeichnet und versiegelt hatte, kam ihr eine weitere Idee. Sie schrieb einen zweiten Brief, eine in hübsche Worte verpackte Einladung an ihre kleine Schwester Chiana. Sie solle ihr doch den Gefallen tun, nach Waes zu kommen und ihr bei den Vorbereitungen für die diesjährigen Veranstaltungen helfen. Der Gedanke, daß Chiana selbst den größten Unterhaltungswert für Kiele darstellen würde, brachte sie wieder zum Lachen, als sie das Pergament faltete und versiegelte.

Kiele wog den Brief an Moswen eine Weile in der Hand, bevor sie ihn verbrannte. Wenn Chiana hier war, konnte Moswen nicht kommen. Und beim Gedanken an ihre andere Halbschwester hätte sie fast laut gelacht, denn was konnte amüsanter sein, als Chiana auf Halian anzusetzen, um dann mitzuerleben, wie er sie plötzlich zurückwies, wenn ihre niedrige Herkunft bekannt wurde. Kiele schlang die Arme um ihre Knie, als der Brief verbrannte, und wiegte sich mit unterdrückter Heiterkeit vor und zurück.

Doch plötzlich wurde sie wieder nüchtern. Sie wußte, daß sie vorsichtig sein mußte. Die äußeren Merkmale, die Afina erwähnt hatte, würden eine Hilfe sein, gleichgültig, wer die wahren Vorfahren des Jungen waren. Wenn Kiele Masul erst einmal vor sich hatte, würde sie beurteilen können, ob die grünen Augen und die Größe mit einer entsprechenden Ähnlichkeit der Gesichtszüge zusammenfielen. Lady Palila hatte kastanienbraunes Haar gehabt. Wenn Masuls Haare sehr schwarz waren, würde Kiele seine angebliche Abstammung durch eine leichte Rottönung herausstreichen können. Auch die richtige Kleidung war wichtig. Und Schmuckstücke. Sie durchwühlte ihr Schmuckkästchen und fand eine Amethystbrosche, die man zu einem Ring umarbeiten konnte. Das würde ein weiterer Hinweis auf den wahren Erben der Prinzenmark sein. Sie konnte ihn machen lassen, wenn die übrigen Schmuckstücke für das *Rialla* neu gefaßt oder umgearbeitet wurden. Schlimmstenfalls hatte sie einen neuen Ring, falls sich der Junge als ganz und gar unmöglich erweisen sollte.

Falls Masul jedoch glaubwürdig als Roelstras Sohn durchging, würden ihr alle Wege offenstehen, ihn zu benutzen, selbst wenn er in Wirklichkeit von niedriger Herkunft war. Allein öffentliche Demütigung von Chiana, wenn ihre Abstammung angezweifelt wurde, war das alles wert. Die Beweislast würde bei denen liegen, die glaubten, er sei von gewöhnlicher Herkunft. Denn in jener Nacht war es chaotisch zugegangen, und das war das einzige, was man mit Sicherheit wußte.

Aber falls die Gerüchte wahr sein sollten und Masul wirk-

lich ihr Halbbruder war... Kiele grinste in den Spiegel und
malte sich genüßlich die Folgen aus: Pandsala aus der Felsenburg vertrieben, Pol seiner Güter beraubt, Rohan gedemütigt. Sie sah Lyell als Masuls Günstling und sich als seine
Beraterin, die ihn lehrte, ein Prinz zu sein, und über ihn die
Prinzenmark regierte.

Sie betrachtete die beiden Briefe. Einer würde nach Einar
gehen und Masul holen, der andere nach Port Adni und
Chiana bringen. Sie würde Masul bis zum *Rialla* versteckt
halten, ihn unterweisen und ihn davon überzeugen, daß er
nur mit ihrer Hilfe siegen konnte. Er durfte nicht mit Chiana
zusammentreffen, bevor die Prinzen versammelt wurden.

Aber alles hing davon ab, ob er als Roelstras Sohn durch-
gehen konnte. Kiele betrachtete im Kerzenschein ihr Spiegelbild und fragte sich, ob es wahr sein konnte – und ob sie
das wirklich wünschte. Ein Hochstapler, der die Wahrheit
fürchten mußte, würde viel leichter zu lenken sein als der
echte Sohn des alten Hoheprinzen. Sie kannte den Charakter
der Nachkommen ihres Vaters nur zu gut.

Kapitel 3

Pol hatte seine erste Reise über die Meerenge zwischen Radzyn und Dorval nicht gerade in bester Erinnerung. Seine
Mutter hatte ihn gewarnt, daß ein *Faradh'im* und Wasser
sich nicht vertrügen. Doch Pol, der sich wie alle elfjährigen
Jungen für sehr klug hielt und sich seiner Stellung als Sohn
des Hoheprinzen durchaus bewußt war, hatte ihr nicht geglaubt.

Sein erster Schritt an Bord hatte ihn eines Besseren be-

lehrt. Er erinnerte sich, daß er zu seinen Eltern zurückge-
schaut hatte, die mit seiner Tante Tobin und seinem Onkel
Chay auf dem Kai gestanden und auf das Unausweichliche
gewartet hatten. Das Schiff bewegte sich ein wenig in der
Strömung. Pol hatte gemerkt, wie er grün wurde. Er war zur
Reling getaumelt und wurde dort von einem Seemann erwischt, ehe er über Bord fallen konnte. Dann hatte er sich gewaltig übergeben und war bewußtlos zusammengebrochen.
Nach einem langen, elenden Tag in seiner privaten Kabine
gipfelte die Entwürdigung darin, daß er am Abend vom
Schiff getragen und sofort ins Bett gesteckt wurde.

Am nächsten Morgen hatten seine Augen weniger ge-
glüht, und sein Magen hatte offensichtlich auch da bleiben
wollen, wo er hingehörte. Pol hatte sich aufgesetzt und ge-
stöhnt. Jeder einzelne Muskel seines Körpers hatte von der
Heftigkeit seiner Reaktion auf die Überfahrt geschmerzt. Ein
sehr alter Mann hatte vor dem Kamin gedöst. Das Geräusch
ließ ihn aus seinem Nickerchen auffahren, und ein freundliches Lächeln gesellte sich zu den Falten seines Gesichtes.

»Ich dachte, du würdest eine ruhige Nacht auf festem
Boden zu schätzen wissen, ehe wir nach Graypearl reiten.
Geht es dir besser? Oh, ich sehe schon. Du hast schon
wieder Sommersprossen auf der Nase, keine grünen Flecken
mehr.«

So hatte Pol Prinz Lleyn von Dorval kennengelernt. Er
hatte das Frühstück, das der alte Prinz vorgeschlagen hatte,
ausgeschlagen, und sie waren in den großen Palast hinaufgeritten, wo sich alles versammelt hatte, um den zukünftigen
Hoheprinzen zu begrüßen. Dank jener Nacht konnte Pol sich
entsprechend würdevoll benehmen, und seine Dankbarkeit
war so groß, daß er den gebeugten alten Mann, dem er von
seinen Eltern anvertraut worden war, beinahe anbetete.

Ähnliche Vorbereitungen hatte man auch in Radzyn getroffen, so daß Pol und Meath sich nach den Strapazen der

Reise erst einmal ausschlafen konnten, ehe sie offiziell in Burg Radzyn eintrafen. Man geleitete sie vom Schiff aus gleich in ein kleines Haus am Hafen, das Lord Chaynal gehörte, und steckte sie unter kühle Decken. Am anderen Morgen wurden sie von Pols Cousin Maarken begrüßt.

»Ich frage lieber nicht, wie die Überfahrt war«, sagte er und lächelte mitfühlend, als die beiden ihn müde anblinzelten. »Ich erinnere mich selbst noch viel zu gut daran. Aber ihr seht ja beide schon ganz lebendig aus.«

Meath blickte ihn leidvoll an: »Letzte Nacht hatte ich da so meine Zweifel.« Er drehte sich zu Pol um und fragte: »Geht es Euch besser, Prinz?«

»Na ja. Es wird nie einfacher, oder?« seufzte Pol.

»Nie!« bestätigte Meath. »Möchtet ihr etwas essen?« Maarken mußte lachen, als sie das Gesicht verzogen. »Schon gut, dumme Frage. Draußen stehen Pferde, falls ihr glaubt, ihr könnt euch bereits im Sattel halten.«

Das konnten sie. Die Leute im Hafen brachen zwar nicht in Jubelrufe aus, hielten aber in ihrer Arbeit inne, um Pol und ihren jungen Herrn zu grüßen. Maarken sah seinem Vater sehr ähnlich: groß, athletisch gebaut, mit dunklen Haaren und grauen Augen wie das Sonnenlicht, wenn es durch Morgennebel fällt. Allerdings war er von leichterer Statur als Chaynal; die schlanken Knochen seiner Vorfahren mütterlicherseits hatten sich bei ihm gestreckt, waren nicht stärker geworden. Mit seinen sechsundzwanzig Jahren hatte er das Versprechen von Größe und Stärke bereits eingelöst, das in seinem jüngeren Cousin bislang nur zu ahnen war. Außerdem trug er sechs Lichtläufer-Ringe und Pol noch keinen. Als sie die Umgebung der Stadt verließen und auf die Straße gelangten, die sich zwischen den frisch gesäten Feldern hindurchschlängelte, fing er den neidvollen Blick des Jungen auf und lächelte.

»Eines Tages wirst du deine eigenen haben. Erst als ich

zum Ritter geschlagen war, ließ mich Vater an die Schule der Göttin und zu Lady Andrade gehen.«

»Wie ist sie?« fragte Pol. »Ich habe nur undeutliche Erinnerungen an sie aus der Zeit, als ich klein war. Und Meath und Eolie sagen mir immer nur, daß ich es eher herausfinden werde, als mir lieb ist.«

Meath grinste und zuckte die Achseln. »Das ist doch die reine Wahrheit, nicht wahr, Maarken?«

Die beiden waren Freunde, seit Maarken als Knappe an Lleyns Hof gewesen war. Der junge Lord erklärte seinem Cousin: »In Waes wirst du Gelegenheit haben, sie selbst zu sehen. Dieses Jahr wird es ein richtiges Familientreffen geben. Andrade bringt Andry mit, und Sorin soll von Prinz Volog zum Ritter geschlagen werden.«

Die Zwillinge Andry und Sorin waren Maarkens einundzwanzigjährige Brüder. Sie hatten für ihr Leben verschiedene Wege gewählt. Andry hatte wie Maarken die *Faradhi*-Gaben geerbt, hatte jedoch keinen Grund dafür gesehen, erst Knappe und Ritter zu werden, da er immer nur Lichtläufer hatte werden wollen. Als Sorin nach Kierst zu Volog geschickt wurde, kam Andry zu Sioneds Bruder, Prinz Davvi von Syr. Doch schon nach wenigen Jahren hatte er bei seinen Eltern endlich Gehör gefunden. Seine Fortschritte beim Erwerb der Ringe hatten ihn in seiner Entscheidung bestärkt.

Über Pols Kopf hinweg sah Maarken zu Meath hinüber: »Wann brecht Ihr denn zur Schule der Göttin auf?«

»Morgen früh, sobald ich Euren Eltern meine Aufwartung gemacht habe.«

»Wenn ich mich nicht täusche, braucht Ihr eine Eskorte.« Er wies auf die schweren Satteltaschen von Meaths Pferd. Als der Lichtläufer sich versteifte, setzte Maarken rasch hinzu: »Keine Sorge, ich frage nicht weiter. Aber selbst als es Euch letzte Nacht so schlecht ging, habt Ihr Euch nicht davon getrennt, als das Gepäck vom Schiff getragen wurde. Es ist also wichtig, und Ihr braucht eine Eskorte, um es – und Euch – zu beschützen.«

Meath lächelte gequält: »Ich wußte nicht, daß ich mich so auffällig verhalten habe. Ich will nur ein paar Soldaten, Maarken. Zu viele würden Verdacht erregen.«

Pol sah seinen Freund an: »Dann muß es sehr wichtig sein. Warum habt Ihr mir nicht erzählt, daß Ihr gleich zur Schule der Göttin reitet? Ihr habt es Maarken über das Sonnenlicht erzählt, oder? Wie soll ich denn jemals ein Prinz werden und die richtigen Entscheidungen treffen, wenn mir nie einer sagt, was los ist?« Und mit einem Schulterzucken fügte er hinzu: »Ihr braucht es gar nicht zu sagen. Ich werde lernen, was ich brauche, wenn ich es wirklich wissen muß.«

»Genieß deine Unwissenheit, Pol«, sagte Maarken. »Wenn du erst älter bist, wirst du mitunter mehr wissen, als dir lieb ist. Und dann ist es meistens noch das Falsche.«

Die Straße schlängelte sich durch Weideland, wo hohes Frühlingsgras auf die Pferde wartete. Vor ihnen ragten die eindrucksvollen Türme von Burg Radzyn auf, wo Maarkens Vorfahren seit Jahrhunderten lebten. Links unter ihnen nagte die See unablässig an den Klippen. Rechts konnte Pol weit jenseits der Weiden den Beginn des Weiten Sandes erkennen, der im Sonnenlicht golden schimmerte.

Wieder verstand Maarken seinen Blick: »Immer ist er dort drüben, nicht wahr?« murmelte er. »Und wartet. Wir arbeiten so hart für dieses schmale grüne Band entlang der Küste, aber wenn wir es nur kurze Zeit vergessen, wird der Sand in einem einzigen Winter alles wieder verschütten.« In ganz anderem Tonfall fragte er dann: »Wie geht es eigentlich dem alten Prinzen zur Zeit?«

»Er ist gesund und rüstig für sein Alter. Und er hofft, daß du dich noch an ihn erinnerst. Als ob man ihn je vergessen könnte!«

»Er hinterläßt schon einen bleibenden Eindruck – besonders auf der Kehrseite, wenn er einen bei etwas Verbotenem erwischt.«

Pol zuckte zusammen: »Woher weißt du?...«

Maarken grinste: »Ach, glaub mir, das passiert jedem mal. Aber es beruhigt mich ungemein, daß er diese Methode offenbar bei Prinzen genauso anwendet wie bei gewöhnlichen Herrschaften. Wie lange hat es gedauert, bis du wieder sitzen konntest?«

»Einen ganzen Tag«, gab Pol etwas säuerlich zu.

»Dann muß er dich mögen. Bei mir hat es zwei Tage gedauert.« Maarken stellte sich in den Steigbügeln auf und spähte zur massigen Burg Radzyn hinüber. Dann lächelte er zufrieden: »Da sind Mutter und Vater mit den neuen Fohlen. Sie wollten mitkommen und dich abholen, aber der Stallmeister bestand darauf, daß sie die Pferde heute begutachten. Er ist ein echter Tyrann. Kommt, laßt uns zusehen.«

Sie galoppierten los, übersprangen mehrere Zäune und zügelten ihre Pferde erst vor Prinzessin Tobin, die in ihren ledernen Reithosen sehr anziehend aussah. Mit einem Freudenschrei sprang sie vom Pferd. Pol stieg ab und ließ sich umarmen und küssen. Dann hielt ihn seine Tante auf Armeslänge von sich ab und betrachtete ihn erstaunt mit ihren dunklen Augen.

»Chay!« rief sie ihrem Mann zu. »Komm her und schau dir an, was Lleyn uns anstelle des Kükens geschickt hat, das wir ihm vor drei Jahren übergeben haben.«

Pol merkte, daß er zu seiner Tante hinabsehen mußte. Er hatte gar nicht gemerkt, wie sehr er gewachsen war. Ihre Schläfen waren grauer geworden, und weiße Strähnen durchzogen ihre schwarzen Zöpfe, doch ansonsten war sie so, wie er sie in Erinnerung hatte: schön wie eine Sternennacht. Pol sah auf, als Chay zu ihnen herüberkam, und war wieder erstaunt, daß er nicht zu sehr aufschauen mußte, um in diese durchdringenden, grauen Augen zu sehen.

»Also, Tobin«, mahnte Chay und umarmte Pol kurz, »es ist bestimmt Pol. Oder Rohan hat sich gewaltig verjüngt. Meine eigenen grauen Haare sagen mir, daß die Zeit nicht rückwärts läuft, also muß es Pol sein. Du scheinst die Überfahrt ganz gut überstanden zu haben«, fügte er hinzu und fuhr dem Jungen durchs Haar.

»Inzwischen schon. Aber du hättest mich gestern abend sehen sollen. Und ich fürchte, ich habe irgendwas Schreckliches mit dem Deck angestellt.«

»Das macht gar nichts«, tröstete ihn Tobin. »Es beweist nur, daß du die *Faradhi*-Gabe hast.« Sie drehte sich um und lächelte Meath an: »Willkommen in Radzyn. Und vielen Dank, daß Ihr Euch unterwegs um Pol gekümmert habt.«

»Das kann ich nicht gerade behaupten, Herrin«, sagte der Lichtläufer, als er sich von seinem Pferd schwang. »Seid gegrüßt im Namen der Göttin, Herr!« fuhr er fort und verbeugte sich vor Chay. »Ich überbringe Euch die besten Grüße von Prinz Lleyn und seiner ganzen Familie.«

»Schön, daß Ihr hier in Radzyn seid«, gab Chay zurück, »und es ist gut zu wissen, daß der alte Knabe wohlauf ist. Wenn Ihr nicht zu müde seid, dann kommt doch alle drei mit und seht Euch unsere neuen Fohlen an.« Er legte Pol kameradschaftlich den Arm um die Schulter. »Ich bin unverschämt stolz auf sie – wie auf meine gesamte Brut«, fügte er mit einem Lächeln in Richtung auf seinen Ältesten hinzu.

Als sie zum Zaun der Pferdekoppel gingen, bemerkte Meath: »Die Söhne und Lichtläufer der Wüste sind ebenso gut wie ihre Pferde. Ich weiß das aus Erfahrung, Herr.«

Tobin nickte stolz. »Ihr werdet merken, daß in diesem Jahr jedes etwas ganz Besonderes ist. Pol, siehst du die sechs kleinen Prachtstücke dort drüben? Drei Graue, ein Fuchs und zwei beinahe Goldene?«

Bei ihrem Anblick hielt Pol den Atem an. Spielerisch sprangen sie auf ihren langen Beinen herum und bewegten sich eher graziös als linkisch, obwohl sie erst wenige Tage alt waren. Besonders die zwei goldfarbenen Fohlen schlugen Pol in Bann. In Farbe und Größe wie auch in der Dunkelheit von Mähne und Schweif ähnelten sie einander wie zwei Drachen, die aus derselben Schale geschlüpft waren. »Sie sind herrlich!« rief er aus.

»Das müssen sie auch sein.« Chay verschränkte seine Arme auf dem obersten Balken des Zauns und sah träumerisch zu den Fohlen hinüber. »Ihr Blut läßt sich bis zum Anbeginn der Welt und wieder zurück verfolgen, denn sie stammen von meinen besten Stuten und dem alten Schlachtroß Eures Vaters, Pashta, ab. Wenn es Pferdeadel gibt, dann siehst du ihn hier. Pashtas letzte Nachkommen sind noch schöner als die ersten.«

»Seine letzten?« Pol sah zu seinem Onkel hoch.

Chay nickte. »Er starb im letzten Winter. Sehr leicht und in sehr hohem Alter – und voller Selbstbewußtsein. Fast als ob er gewußt hätte, wie diese sechs werden würden. Bis zum nächsten *Rialla* sind sie für dich bereit.«

»Für mich?« Pol konnte sein Glück nicht fassen.

»Für wen sonst?« Chay schlug ihm auf die Schulter. »Du weißt, es ist Radzyns Pflicht, seine Prinzen mit ordentlichen Pferden zu versorgen. Alle sechs gehören dir.«

Der Junge starrte ehrfürchtig die Fohlen an und stellte sich vor, wie sie in drei Jahren aussehen würden. Wie sie gebaut waren und an dem Spiel ihrer Ohren konnte er den alten Pashta erkennen – den geliebten Hengst seines Vaters, auf dem er seiner Mutter Sioned auf einem *Rialla*-Rennen die Hochzeitssmaragde erkämpft hatte. »Danke, Herr«, brachte Pol heraus. »Sollen sie wirklich mir gehören?«

»Natürlich.«

»Aber ich brauche keine sechs Pferde für mich allein. Würde es... würdet Ihr böse sein, wenn ich die anderen verschenke?«

59

»An wen denkst du dabei?« fragte Chay neugierig.

»Mein Vater würde sicher gerne einen Sohn von Pashta haben. Und Mutter wird auf einem der goldenen zauberhaft aussehen. Sie und Vater sollen die beiden haben, ein perfektes Paar.« Er hielt inne. »Wäret Ihr einverstanden, Herr?«

»Vollkommen. Und jetzt Schluß mit diesem ›Herr‹-Getue, sonst sag' ich gleich noch ›Eure Hoheit‹ zu dir. So, nachdem das erledigt ist, möchtest du sicher die Stute sehen, die du für mich nach Waes reiten sollst. Ich brauche einen einfühlsamen Reiter mit einer ruhigen Hand für sie. Wenn du mir einen Gefallen tun willst, dann kannst du sie im Sommer draußen in der Wüste trainieren. Willst du?«

Pol strahlte: »Und ob!«

Sie brachten den restlichen Vormittag damit zu, diverse Stuten und Wallache anzusehen, die in Waes verkauft werden sollten, einschließlich des Pferdes, das Pol für diesen Sommer gehören sollte. Die hübsche, kastanienbraune Stute betrachtete Pol zunächst aufmerksam mit ihren großen, dunklen Augen und stupste ihn dann als Freundschaftsangebot mit ihrer weichen Nase an. Er war entzückt, und nur seine wachsende Müdigkeit hielt ihn davon ab, sich auf der Stelle auf ihren Rücken zu schwingen.

Nach dem gemütlichen Mittagessen in der Burg verlangte Tobin von Pol, daß er sich ausruhte. Nicht einmal so gesunde, junge Burschen wie er konnten eine Überfahrt aufrecht überstehen, wenn sie zum *Faradhi* geboren waren. Bald darauf verschwand auch Maarken, um ein paar Dinge zu erledigen. Meath jedoch blieb noch zurück.

»Herr, aus Gründen, die ich nicht nennen darf, habe ich eine Bitte an Euch. Es hat mit Lady Andrade zu tun.«

Chay hob die Achseln: »Grund genug. Die Bitte sei gewährt.«

»Danke, Herr. Würdet Ihr mir zwei Soldaten für meine Reise zur Schule der Göttin zur Verfügung stellen?«

Tobin wandte ihm den Kopf zu: »Maarken hat bereits so etwas erwähnt. Braucht Ihr mehr Schutz als Eure Ringe? Was habt Ihr bei Euch, Meath? Etwas in Eurem Kopf oder an Eurem Leib?«

Verlegen entschuldigte er sich: »Verzeiht, Herrin, aber das kann ich Euch nicht sagen.«

»Lichtläufer!« beschwerte sich Chay resignierend. »Lichtläufer und ihre Geheimnisse! Natürlich bekommt Ihr Eure Wachen, Meath. Ich werde heute abend entsprechende Anordnungen geben.«

»Vielen Dank, Herr. Und dann habe ich Euch noch etwas zu sagen. Es ist ebenfalls geheim und muß unter uns bleiben.«

Die Prinzessin hob die Augenbrauen, stand auf und schlug vor: »Vielleicht in den hinteren Gärten, auf dem Weg zu den Klippen?«

Meath sagte nichts, bis sie zwischen den Kräuterbeeten den Kiesweg entlang spazierten und weit unter sich die Brandung tosen hörten. Niemand anders hielt sich in diesem Teil der Gärten auf, und sie würden jeden Eindringling kommen sehen, lange bevor er sie hören konnte. Er berichtete ihnen von dem Zwischenfall in der Taverne, Pols Meinung dazu und vor allem von dem anschließenden Gespräch mit Lleyn, Chadric und Audrite. Chay ballte die Hände zur Faust, und Tobins schwarze Augen verengten sich gefährlich, doch keiner sagte ein Wort, ehe Meath geendet hatte.

»Hat Sioned es schon erfahren?« fragte Tobin.

»Ich habe es ihr gestern über das Sonnenlicht berichtet, Herrin. Sie war nicht gerade erfreut«, fügte er hinzu und untertrieb leicht.

»Das kann ich mir vorstellen«, stieß Chay hervor. »Also gut, Pol wird von noch mehr Augen bewacht werden als üblich, und wir werden sicher alle aufatmen, wenn er sicher

61

zurück in Graypearl ist. Das *Rialla* macht mir allerdings Sorgen. Glaubt Ihr, Rohan läßt sich überzeugen und ändert seine Meinung? Er sollte den Jungen besser nicht mitnehmen!«

»Sioned hat nichts davon erwähnt, also gehen sie wohl davon aus, daß sie ihn beschützen können«, antwortete Meath.

»Und Rohan hat alles schon ein Jahr geplant. Verdammt!« Tobin trat gegen einen Stein. Ihre Fäuste steckten tief in ihren Hosentaschen. »Ich dachte, wir wären diese verfluchten Merida seit Jahren los.«

»Ich lasse Pol ungern allein«, sagte Meath langsam, »nicht einmal in den Händen seiner eigenen Eltern. Er bedeutet mir so viel, nicht nur als der künftige Hoheprinz und als Sohn meiner alten Freundin. Ich liebe diesen Jungen, als wäre er mein eigener Sohn. Aber ich muß schnellstmöglich zur Schule der Göttin.«

»Ist es so wichtig, was Ihr bei Euch tragt?« fragte Chay, um gleich darauf die Hand zu heben. »Verzeiht. Ich werde nicht weiter fragen, ganz gleich, was es ist. Noch in der Dämmerung bekommt Ihr morgen meine besten Pferde und zwei meiner besten Leute. Sie kennen den schnellsten und sichersten Weg.« Er lächelte kurz. »Und sie werden sich um Euch kümmern, wenn Ihr die Flüsse überquert.«

Meath wand sich. »Bitte, Herr! Erinnert mich bloß nicht daran.«

Der *Faradhi* ließ sie allein. Chay und Tobin gingen weiter den Klippenweg entlang und dachten über Meaths Bericht nach. Schließlich setzten sie sich mit dem Rücken zur See auf eine steinerne Bank. Vor ihnen ragte ihr Schloß auf: begehrt, doch niemals eingenommen, beschützte es den schlafenden Jungen.

»Er hat überhaupt nichts von ihr«, sagte Chay unvermittelt. »Seine Haare sind etwas dunkler als die von Rohan, und um den Mund sieht er anders aus, aber ansonsten ist es, als hätte er überhaupt keine Mutter gehabt.«

»Beziehungsweise, als könnte Sioned ebensogut wirklich seine Mutter sein.«

»Wann werden sie es ihm sagen?«

»Ich weiß nicht. Sie haben nie darüber gesprochen. Eines Tages muß er es wohl erfahren – wenn er älter ist und es versteht.«

»Du meinst, wenn es die Umstände erfordern. Du weißt genauso gut wie ich, daß Sioned ihm niemals freiwillig sagen wird, daß sie nicht seine wahre Mutter ist.«

»Sie ist seine wahre Mutter! Bis auf die Tatsache, daß sie ihn nicht geboren hat, ist Pol in jeder Hinsicht Sioneds Sohn, nicht der von Ianthe.«

Chay drückte ihre Hand. »Mich brauchst du nicht zu überzeugen. Aber wie wird er reagieren, falls er es von jemand anderem als von ihr oder Rohan erfährt? Die Gefahr wird von Jahr zu Jahr größer.«

»Kleiner«, widersprach Tobin störrisch. »Es gab niemals auch nur die kleinste Andeutung darüber. Wenn es jemand wüßte, hätte er längst geredet.«

»Es gibt Wissen, und es gibt Beweise«, erinnerte Chay sie. »Ich sorge mich um letztere.«

»Woher sollen denn Beweise kommen!« zürnte sie. »Die wenigen, die damals in Skybowl und Stronghold waren, lieben uns und ihn und werden immer dasselbe sagen wie Sioned und ich. Und die in Feruche – pah!« Mit einem arroganten Schulterzucken tat die Prinzessin den Gedanken ab. »Was zählt das Wort von ein paar Dienern gegen das von zwei Prinzessinnen?«

Chay wußte, daß so ein Anflug von Hochmut bei ihr bedeutete, daß sie sich bedroht fühlte. »Nehmen wir einmal an«, schlug er trotz der warnenden Blitze aus ihren Augen vor, »gesetzt den Fall, daß die Frauen noch leben, die Ianthe in jener Nacht geholfen haben, die das Baby gewaschen und die Wiege geschaukelt haben…«

»Man würde ihnen keinen Glauben schenken.«

»Dann zähl nach, wieviel hundert Leute wußten, daß Rohan in Feruche festgehalten wurde. Und wie viele von denen die Tage zählen können, ohne ihre Finger zur Hilfe zu nehmen.«

Tobin ließ sich nicht beeindrucken. »Sie war früh dran. Jeder wird glauben, daß sie schon schwanger war, ehe sie Rohan einfing.«

»Und wer soll dann der Vater gewesen sein?«

»Keine Ahnung. Und wen kümmert's schon? Jeder glaubt, daß das Baby mit ihr im Feuer umkam, also ist es egal, wessen Kind es war.«

Chay schüttelte den Kopf. »Die drei älteren Halbbrüder sind noch am Leben. Man hatte sie damals sicher hereingeführt, damit sie den jüngsten Sohn ihrer Mutter sehen konnten. Sie sind *keine* Dienstleute, Tobin. Sie sind die Söhne einer Prinzessin und dreier Lords des Hochadels. Und was ist, wenn Sioned beweisen soll, daß sie ein Kind geboren hat? Sie kann an ihrem Körper kein Zeichen aufweisen, das dafür spräche.«

Mit einem triumphierenden Lächeln sagte Tobin: »O doch, sie kann. Myrdal kennt Kräuter, die bei einer Frau Milch fließen lassen, selbst wenn sie nicht geboren hat. Und das Stillen verändert die Brüste einer Frau.«

»Daran habe ich nicht gedacht«, gab er zu. »Aber trotzdem kann irgend jemand dich und Sioned und Ostvel in jener Nacht in Feruche gesehen haben, als das Schloß in Flammen aufging.«

»Du fürchtest dich vor Schatten wie ein Lichtläufer mit dem ersten Ring, Chay.«

Er runzelte die Stirn und sah sie an: »Du findest also nicht, daß man es Pol sagen sollte, nicht wahr? Du würdest das Geheimnis ewig bewahren. Verstehst du nicht, daß wir es ihm sagen müssen? Damit er es nie durch Gerüchte erfahren muß, die ihn verletzen würden und ihn an seiner Identität zweifeln ließen. Und, was noch schlimmer ist, solche Gerüchte könnten alles erschüttern, was Rohan bis heute aufgebaut hat. Denk doch an diesen Unsinn über den angeblichen Sohn von Roelstra!«

»Chay, genau das ist es: Unsinn. Wenn er es wagt, beim *Rialla* aufzutauchen, wird ihn ganz Waes auslachen. Und dasselbe wird passieren, wenn es jemals Gerüchte über Pol gibt«, schloß sie.

»Du bist genauso stur und blind wie Sioned!«

»Stur bestimmt. Aber nicht blind. Ich verstehe, was du meinst. Aber ich sehe nicht ein, warum man es Pol jemals sagen sollte. Sein ganzes Selbstverständnis gründet sich auf seine Abstammung von seinem Vater, dem Hohenprinzen, und die *Faradhi*-Gaben, die ihm anscheinend Sioned vererbt hat. Wie willst du es einem Kind erklären, daß es der Enkel von jemandem wie Roelstra ist – oder daß damals sein Vater seinen Großvater getötet hat?«

»So etwas sagt man einem Kind wirklich nicht. Aber wenn er erwachsen ist und zum Ritter geschlagen wurde, mit ein paar selbsterworbenen Lichtläufer-Ringen...«

»Nein. Es gibt keinen Grund dafür.«

Chay kannte seine Frau gut genug, um zu wissen, daß weitere Diskussionen sinnlos waren. Er erhob sich, zog sie an sich, und sie gingen zurück zur Burg.

»Aber du stimmst mir doch wenigstens darin zu«, sagte er, »daß er im Moment beschützt werden muß. Er wird eine eigene Leibwache bekommen. Maarken wäre hervorragend dafür geeignet. Er kann gut mit dem Schwert und dem Messer umgehen, er ist ein erwachsener Mann und noch dazu ein *Faradhi*. Pol wird keinen Verdacht schöpfen und auch nicht aufbegehren, wenn sein Vetter über ihn wacht.«

Tobin sah lächelnd zu Chay auf. »So wie du damals über Rohan gewacht hast.«

»Auch diese Pflicht tritt Radzyn keinem anderen Lord der Wüste ab.«

☆　☆　☆

Der künftige Herr von Radzyn war seiner Burg im Moment allerdings fern und in Gedanken sogar noch ferner. Maarken hatte die Ställe auf Isulkian verlassen. In der alten Sprache hieß das Tier ›Schneller Wind‹.

Chay hatte den Hengst nach den nomadisierenden Wüstenstämmen genannt, die auftauchten und verschwanden, wie es ihnen beliebte. Und immer wieder stahlen sie dabei einen Zuchthengst. Die Isulk'im behielten die Hengste, die sie, manchmal am hellichten Tage, entführten, nie lange und brachten sie in ausgezeichneter Verfassung zurück, sobald sie ihre Stuten gedeckt hatten. Er hätte ihnen gern einen preisgekrönten Hengst überlassen, nur um seine Nerven zu schonen, weil er sich ständig fragen mußte, wann seine Pferde wohl verschwinden würden. Doch die Isulk'im wiesen solche Angebote stolz zurück. Sie fanden es viel amüsanter, sich Chays Zuchthengste auf ihre Weise auszuborgen.

Der Hengst machte seinem Namen alle Ehre, als Maarken ihn auf die Straße lenkte, die vom Schloß fort nach Süden führte. Schließlich zügelte ihn der junge Mann und lachte, als das Tier ärgerlich den Kopf auf und ab warf, weil es noch immer dem Frühlingswind nachjagen wollte.

»Spar dir das für später, alter Freund. In Waes werden wir ein richtiges Rennen reiten, und dann wird es ernst. Ich brauche ein paar Saphire, um den Hals einer gewissen blauäugigen Dame damit zu schmücken.«

Maarken ritt in ruhigerem Tempo weiter und war kaum überrascht, daß er den Weg nach Whitecliff eingeschlagen hatte. Es lag etwas weiter im Landesinneren als Radzyn und war der Wohnsitz des Erben, sofern der verheiratet war. Chay hatte nie dort gelebt, denn er war bereits Herr von Radzyn, als er Tobin heiratete. Whitecliff wurde seit vielen Jahren von Kämmerern geführt. Aber wenn es nach Maarken ging, würde es ab dem Herbst wieder richtig bewohnt und seiner eigentlichen Bestimmung gerecht werden.

Er wußte, daß er es seinen Eltern schon lange hätte sagen müssen. Aber er konnte es ihnen nicht gestehen, daß er keineswegs vorhatte, sich in diesem Jahr in Waes eine der vielen Jungfrauen auszusuchen. Er hatte seine Braut nämlich schon längst gefunden. Oder vielleicht hatte auch sie ihn gefunden. Er war sich nicht ganz sicher, was davon zutraf, aber es war auch nicht weiter wichtig. Er war einfach glücklich, daß es so gekommen war. Schon der Gedanke an Hollis brachte ihn zum Lächeln, und daß diese Reaktion eher zu einem weit Jüngeren paßte, kümmerte ihn nicht im geringsten. Seit seiner Kindheit hatte er reichlich verliebte Dummköpfe um sich gehabt; vor allem seine Eltern konnten als verantwortlich dafür gelten, seine Vorstellungen von einer Liebesehe gefestigt zu haben. Sein Vater hatte über fünfzig Winter gesehen, und seine Mutter war nur wenige Jahre jünger, doch die Blicke, die sie austauschten, wenn sie sich unbeobachtet glaubten, waren unmißverständlich. Rohan und Sioned verhielten sich ebenso, desgleichen Walvis und Feylin, die in Remagev herrschten. Selbst der ernsthafte Prinz Chadric und Prinzessin Audrite hatten ein solches Vorbild abgegeben. Maarken hatte sich so etwas immer gewünscht: dies Lächeln, die heimlichen Blicke, selbst die Temperamentsausbrüche. Er wollte eine Frau, neben der er ebenso arbeiten wie schlafen konnte, der er seine Gedanken wie auch sein Herz anvertrauen konnte. Ohne eine solche Gemeinschaft wäre das Eheleben kaum etwas anderes, als jeden Morgen neben einer Fremden aufzuwachen.

Er errötete, als er daran dachte, wie oft er eben das getan hatte – und an den ersten Morgen, an dem er neben Hollis erwacht war. Es hätte nicht geschehen dürfen, und Andrade hatte geschäumt, als sie davon erfuhr. Doch er hatte sich wenig um die Wut seiner Tante geschert.

Er war neunzehn gewesen und keineswegs unerfahren. Sein Vater hatte ihm sogar einmal einen Brief von Prinz Lleyn gezeigt, in dem sich der alte Mann sarkastisch über Maarkens außerordentliche Anziehungskraft auf Frauen jeden Alters ausließ: *Praktisch alle, die in meinem Palast einen Rock tragen, sind seit seinem vierzehnten Lebensjahr hinter ihm her, und letztens ist er wohl nicht so schnell gerannt, wie er gekonnt hätte. Er scheint es sogar zu genießen, eingefangen zu werden.* Chay hatte ihm den Brief erst gezeigt, als Maarken zur Schule der Göttin aufbrach, um sich zum *Faradhi* ausbilden zu lassen. Sie hatten darüber gelacht, Maarken mit tiefroten Wangen, Chay mit väterlichem Stolz.

Aber solche Geplänkel waren nur Versuche gewesen, bei denen aufflammende Begierde und Neugier rasch befriedigt wurde. Hollis hatte in ihm ein Feuer entfacht, das seit nunmehr sechs Wintern unablässig brannte.

Schon bald nach seiner Ankunft in der Schule der Göttin hatte Andrade entschieden, daß sein erster Ring, den er auf ungewöhnliche Weise erworben hatte, tatsächlich galt. Rohan hatte ihm den granatbesetzten Silberring während des Feldzugs gegen Roelstra übergeben, nachdem Maarken Feuer herbeigerufen hatte. Er hatte Andrade bewiesen, daß er den Ring verdiente, und sie hatte ihm einen schmucklosen Silberreif gegeben, den er mit dem Granat am rechten Mittelfinger tragen sollte. Er hatte in ihre blaßblauen Augen gesehen und sie sagen hören, daß er anderntags in den Wald gehen und die Göttin über seine Zukunft als Mann befragen müsse. Zuvor jedoch, um Mitternacht, würde eine *Faradhi*-Frau zu ihm kommen und ihn zum Mann machen.

Theoretisch wußte man nicht, mit wem diese erste Begegnung stattfand. Der Versuch, es herauszubekommen, wurde in der Schule mißbilligt, und außerdem war es sowieso nicht weiter wichtig. Die Göttin selbst verhüllte die Lichtläufer auf geheimnisvolle Weise und verbarg ihre Identität vor den Mädchen oder Jungen, die in dieser Nacht ihre Jungfräulichkeit verloren. Nur *Faradh'im* mit mindestens sieben Ringen beherrschten diese Kunst, nur diejenigen, denen die Verantwortung oblag, Mädchen zu Frauen und Knaben zu Männern zu machen.

Hollis hatte in jener Winternacht erst vier Ringe besessen. Manchmal fragte er sich, ob er es nicht in jedem Fall erraten hätte. Selbst in völliger Finsternis hatten seine Finger ihr goldenes Haar gefühlt. Maarken holte tief Luft, als könnte er den zarten Duft ihres Körpers wieder riechen.

Sprechen war verboten. Sie wußten das beide. Lippen waren nur zum Küssen und Liebkosen da, Stimmen nur, um verzückt aufzuschreien. Doch als es vorüber war und er noch klopfenden Herzens an ihrer Seite ruhte, flüsterte er ihren Namen.

Sie hielt den Atem an und versteifte sich. Maarken legte die Arme enger um sie und hielt sie fest, als sie ihm entschlüpfen wollte. »Nein«, flüsterte sie, »bitte nicht —«

»Du willst doch hierbleiben, so wie ich dich hier haben will.« Doch dann fügte er zögernd hinzu (er war doch noch sehr jung): »Oder?«

Sie zitterte etwas und nickte dann an seiner Brust. »Andrade wird mich umbringen.«

Maarken wurde schwindlig vor Glück. »Nur über meine Leiche«, erwiderte er leichthin, »aber sie wird mir kein Haar krümmen. Wir sind verwandt, ich werde Lichtläufer *und* Herr von Radzyn sein. Ich bin viel zu wichtig! Sie wird ein bißchen toben, aber das haben wir beide ja schon erlebt.«

Die Spannung wich von ihr. »Da wäre noch ein Problem.

Es sollte deine Mannesnacht sein. Ich habe nur vier Ringe, also habe ich dich vielleicht nicht richtig eingeweiht. Ich fürchte, ich habe meiner Pflicht nicht Genüge getan, o Herr.«

Maarken blieb der Mund offen stehen, doch dann bemerkte er den Schalk in ihrer Stimme. Mit seiner sanftesten Stimme sagte er: »Ihr müßt mich noch einmal unterweisen, Herrin. Ich bin kein sehr guter Schüler. Es mag sogar sein, daß wir die Lektionen die ganze Nacht fortsetzen müssen.«

Sie vergaßen, daß um Mitternacht eine andere Frau in Maarkens Kammer kommen würde. Sie vergaßen alles über dem süßen Genuß ihrer Körper. Ihr Haar war ein goldener Fluß, der in der Dunkelheit ein eigenes Licht zu verbreiten schien; fast blind strich er die herrlichen Flechten aus ihrem Gesicht, fuhr die Konturen von Nase, Wangen und Brauen entlang, lernte ihr Gesicht durch seine Berührung kennen, wie er es seit langem vom Ansehen kannte. Seine Hände erfuhren alles über sie und er erkannte alle Farben ihres Körpers ebenso klar wie die Farben ihres Geistes. Es waren satte, leuchtende Farben von Saphir, Perle und Rubin, die sich um ihn legten, das unnachahmliche Muster einer wunderschönen, lichterfüllten Seele.

Sie lagen beieinander und küßten sich, als sich die Tür langsam und quietschend öffnete. Maarken saß senkrecht im Bett, und Hollis stieß einen leisen Entsetzensschrei aus. Maarken konnte die Stimme der Frau in den seidigen Schatten nicht erkennen.

»So, so.« Plötzlich lachte die Frau nachsichtig. »Dann könnt ihr die Nacht ja eigentlich so fortsetzen, wie sie begonnen hat. Immer mit der Ruhe, Kinderchen.«

Die Tür schloß sich, und fort war sie.

Maarken schluckte. »Wer – was glaubst du, wer das war?«

»Ich weiß es nicht. Ich will es auch gar nicht wissen. Aber, ganz gleich, was sie gerade gesagt hat, wir bekommen Ärger, Maarken.«

»Ich liebe dich, Hollis. Es war richtig, was wir getan haben.«

»Für dich und für mich schon, aber nicht, was Andrade betrifft.«

»Zur Hölle mit Andrade«, sagte er ungeduldig, »ich habe dir doch gesagt, daß sie uns nicht bestrafen wird. Du hast gehört, was uns gerade gesagt wurde. Der Rest der Nacht gehört uns. Darauf bestehe ich. Und ich werde die Zeit bestimmt nicht verschwenden!«

»Aber –«

»Pst.« Mit einem Kuß brachte er sie zum Schweigen. Begehren glühte in seinen Adern und verwandelte sein Blut in geschmolzenes Sonnenlicht. Sie zögerte einen Augenblick, seufzte dann und sank ihm in die Arme.

Am nächsten Morgen ging er allein zu dem Baumkreis, in dem die *Faradh'im* ihre Zukunft befragten. Nackt kniete er vor dem spiegelglatten Teich unter einem Felsvorsprung. Er saß nicht vor dem Baum des Knaben oder dem des Jünglings, sondern vor dem Baum des Mannes. Eines Tages würde er sich den großen Föhren zuwenden, die seine Vaterschaft und sein Alter symbolisierten, doch jetzt noch nicht. Nach dem Lichtläufer-Ritual war er heute ein Mann. Er beschwor Feuer über dem unberührten Wasser, riß sich ein Kopfhaar aus, das für die Erde stand, aus der er geschaffen war, und fachte mit der Luft seines eigenen Atems die Flamme an. Im Feuer sah er ein Gesicht: sein eigenes mit den betonten Wangenknochen seines Vaters und den großen Augen seiner Mutter. Dann flackerte das Feuer, und ein anderes Gesicht erschien neben seinem. Er sah eine Hollis, die jetzt älter war, ihr lohfarbenes Haar geschmeidig um den Kopf geflochten und durch ein feines, silbernes Diadem mit einem einzelnen Rubin zusammengehalten. Das wies sie als Herrin von Burg Radzyn aus.

Als er sich in seinem Glück einigermaßen gefangen hatte

und zurückgekehrt war, wartete eine Strafpredigt von Lady Andrade auf ihn. Ihr Zorn über seine Mißachtung der Traditionen der Schule der Göttin prallte wirkungslos an ihm ab. Als sie schließlich ärgerlich nachfragte, ob er sein Verhalten bereue, lächelte er sie freundlich an:

»Ich habe Hollis in Feuer und Wasser gesehen.«

Andrade holte tief Luft und runzelte streng die Stirn. Doch sie verlor kein Wort mehr darüber, und weder Maarken noch Hollis wurden bestraft. Trotz allem war er der Erbe eines bedeutenden Lehens, Enkel von Prinz Zehava und Cousin des nächsten Hoheprinzen. Ohne die Zustimmung seiner Eltern und seines Hoheprinzen konnte er weder heiraten noch eine offizielle Wahl treffen. Doch er war erst neunzehn, und Hollis war zwei Jahre älter. Sie hatten Zeit.

Nachdem Hollis im darauffolgenden Sommer ihren fünften Ring erhalten hatte, wurde sie nach Kadar Water in Ossetia geschickt. Das lag nah genug für gelegentliche Besuche, und Unterhaltungen über das Sonnenlicht zwischen einer ausgebildeten *Faradhi* und einem Neuling auf diesem Gebiet waren problemlos. Für Maarken war es ein Anreiz, seine Studien zu vertiefen, um die Verständigung zu erleichtern. Die Tage waren erträglich, wenn er ihre Farben über das Sonnenlicht berühren konnte; die Nächte waren lang.

Hollis selbst war diejenige, die um Geduld bat. Sie bestand darauf, daß er weder mit seinen Eltern noch mit dem Hohenprinzen sprach, ehe sie beide den sechsten Ring besaßen, der für die Fähigkeit stand, das Mondlicht so gut verwenden zu können wie das Sonnenlicht. »Sie müssen wissen, daß ich dir – und ihnen – nützlich sein kann«, sagte sie ihm offen, »und du mußt beweisen, daß du alles gelernt hast, wozu du geboren bist. Ich lerne, was ich bei Hof wissen muß und wie man eine Burg führt. Das kann ich nur hier in Kadar Water. Ich muß für dich ebenso Dame wie Lichtläuferin sein. Außerdem muß ich mich auch mit Pferden auskennen, wenn ich eines Tages in Radzyn bin. Und wo könnte ich das besser lernen als in Kadar Water, bei eurer Konkurrenz?« Obwohl sie beide darüber gelacht hatten, war sie schnell wieder ernst geworden. »Es ist wichtig für mich, Maarken. So wichtig wie deine Ritterschaft für dich.«

Widerstrebend hatte er ihr zugestimmt. Jetzt aber betrachtete er die sechs glitzernden Ringe an seinen Fingern, während er Isulkians Zügel hielt, und fragte sich, warum er noch zögerte. Er konnte es seinen Eltern sagen oder auf das *Rialla* warten, wo sie Hollis selber treffen und ihren Wert erkennen würden. Andrade hatte Hollis in die Schule zurückgerufen. Das bedeutete, daß die junge Frau in Waes ihrem Gefolge angehören würde. Maarken war seiner Tante dankbar, aber auch argwöhnisch. Er kannte sie und wußte, daß sie nie etwas tat, ohne damit irgend etwas zu bezwecken. Wenn sie wollte, daß er Hollis heiratete, dann nicht, weil sie sich liebten. Sie hatte zwar nichts dagegen, daß sie glücklich waren, doch Andrade hatte sicher noch etwas anderes vor, und deswegen war ihm unwohl.

Auf seine Eltern konnte er noch nicht als Verbündete zählen, auch wenn sie immer sagten, daß sie ihn nur glücklich sehen wollten. Schließlich war er ihr ältester Sohn und Erbe, und das war selbst ohne die Verwandtschaft mit Pol eine wichtige Position. Er würde über den einzigen sicheren Hafen an der Wüstenküste herrschen, über den alle wichtigen Güter gingen: Pferde, Gold, Salz und Glasbarren wurden ausgeführt, Lebensmittel, Gebrauchsgegenstände und besonders die kostbare Seide wurden eingeführt. Die Pferde erzielten bei jedem *Rialla* höhere Preise, doch der wahre Reichtum Radzyns beruhte auf Handel. Maarkens Großvater war reich gewesen, sein Vater noch reicher, und er selbst vermochte kaum abzuschätzen, wie reich er selbst sein würde. Darum mußte er eigentlich eine Frau heiraten, die ihm an Herkunft und womöglich Vermögen ebenbürtig war.

Hollis war eine ungewöhnliche Frau, doch sie war die Tochter von zwei einfachen *Faradh'im* aus der Schule der Göttin, die beide keine besondere Verwandtschaft aufweisen konnten. Ihre und Maarkens Kinder würden sicherlich die Gabe erben, da sie beide sie ja besaßen. Maarken hatte bereits seine Erfahrungen mit dem Argwohn und dem Neid, dem jemand ausgesetzt war, der sowohl Lichtläufer als auch Sohn einer einflußreichen Familie war.

Er lenkte sein Pferd die Straße entlang auf Whitecliff zu und hielt bei den Bäumen, die seine Mutter vor seiner Geburt hatte pflanzen lassen. Kühler Schatten umgab ihn, und er ließ sich von Isulkians ungeduldigem Getänzel nicht beeindrucken. Durch die Bäume hindurch konnte er das Haus sehen, seine von blühendem Wein geschmückten, massiven Steinmauern. Ställe, Weiden, Gärten, ein Sandstrand am Fuß der Klippen, ein gemütliches, kleines Heim – das alles würde ihm gehören, und er würde Hollis hierherführen, bevor die Zeit der Stürme begann. Sie würden diesen Winter damit verbringen, am warmen Kamin Wind und Regen zu lauschen. So hatte er es sich immer vorgestellt, schon als Junge, wenn er mit seinem Zwillingsbruder Jahni hierher geritten war, um Hausherr zu spielen. Sie waren viel zu klein gewesen, um so etwas Absonderliches wie Frauen in ihre Spiele einzuschließen. Sein Bruder war schon seit Jahren tot, und hin und wieder fragte sich Maarken, wie es gewesen wäre, wenn sie beide mit ihren Gemahlinnen in diesem schönen, alten Haus gelebt hätten, wenn ihre Kinder durch die Zimmer getobt wären oder im Hof Drachen gespielt hätten. Er lächelte traurig und ritt weiter.

Ganz gleich, was Andrade plante, sie würde es bekommen. Sie bekam es immer. In der Hoffnung auf einen Thronerben mit *Faradhi*-Gaben hatte sie ihre Schwester mit Prinz Zehava verheiratet. Statt dessen hatte Maarkens Mutter die Gabe geerbt. Dann hatte Andrade Sioned und Rohan zusam-

mengebracht, und dieses Paar hatte einen Sohn, der beides
war: *Faradhi* und Hoheprinz. Sie hatte sie alle zusammenge-
führt wie preisgekrönte Hengste und Stuten. Maarken überlegte, ob sie wohl für Pol trotz seiner Jugend schon ein Mädchen im Blick hatte. Sie würde nichts gegen eine Verbindung von Maarken mit einer Lichtläuferin einzuwenden haben, da hierdurch die nächste Generation mit *Faradhi*-Ga-
ben gesichert wäre. Doch er wußte auch, wie sehr sich die
zarten, eleganten Finger seiner Großtante um sein Leben
schließen würden, wenn er nicht achtgab. Möglicherweise
war das auch der Grund für das kühle Verhältnis zwischen
ihr und Sioned. Andrade hatte sie und Rohan benutzt, um
ihren Lichtläufer-Prinzen zu bekommen, und beide lehnten
sich dagegen auf. Schlimmer noch: Seit Pols Geburt trug Sioned nur noch den Smaragdring ihres Gatten, nicht die sieben
anderen, die sie als *Faradhi* erworben hatte – zum sichtba-
ren Zeichen, daß sie sich nicht länger von Andrade und der
Schule der Göttin lenken lassen wollte. Und genau das beunruhigte die anderen Prinzen.

Es hätte sie zwar auch nicht getröstet, wenn Andrade über
Rohan und Sioned regiert hätte. Es war nur der Gedanke,
daß die zwei Arten der Macht überhaupt miteinander verschmolzen. Da war ja nicht Pol allein, sondern auch Maarken, sein jüngerer Bruder Andry und Riyan von Skybowl.
Die anderen Prinzen fürchteten die Macht eines Lords, der
nach Belieben Feuer beschwören, jeden Hof über einen
Lichtstrahl beobachten und überall fremde Augen und Ohren benutzen konnte. Lichtläufer hatten strenge Vorschriften: das Verbot, ihre Gabe zum Töten zu benutzen, das
ebenso strenge Gebot, daß der Vorteil des einen Landes
nicht auf Kosten eines anderen gesucht werden durfte. Doch
was hatte Andrade mit Regenten im Sinn, die beide Arten
der Macht besaßen?

Sie bewegten sich auf einem schmalen Grat. Maarken war

bisher noch nie vor eine Entscheidung gestellt worden, doch er wußte, es würde eines Tages soweit kommen. Dem mitunter gehetzten Ausdruck in Sioneds Augen nach hatte sie ihre Entscheidung bereits getroffen – und was auch dabei geschehen war, es hatte ihr Angst eingejagt. Mit seinen Eltern konnte er über solche Dinge nicht reden. Trotz ihrer drei Ringe würde seine Mutter ihn nicht verstehen. Zwar hatte sie eine gewisse Macht und war Herrin von Radzyn, doch sie dachte nicht wie eine Lichtläuferin. Sie war nie in der Schule der Göttin ausgebildet worden. Beim Gedanken an Sioned entspannte sich Maarken jedoch ein wenig. Mit ihr würde er über all dies sprechen können. Sie war die erste gewesen, die beide Formen der Macht besessen hatte. Und sie hatte die gleiche Angst um ihren Sohn, die Maarken um sich und seine ungeborenen Kinder hegte.

Er wendete seinen Hengst, bevor er die Tore von Whitecliff erreichte, denn noch wollte er, der künftige Herr, dort nicht einreiten. Ein einziges Wort zu seinem Vater, daß man doch die Einrichtung im Hinblick auf seine Hochzeit herrichten könnte, würde seinen Eltern verraten, daß er endlich ernsthaft daran dachte, eine Frau zu wählen. Aber er wollte warten und erst mit Sioned reden. Und in Waes würden alle selbst sehen können, wie wunderbar Hollis war, ohne daß er etwas sagen mußte.

Nur mit ihr an seiner Seite wollte er durch die Tore von Whitecliff reiten.

Kapitel 4

Der Hoheprinz lag lange faul im Bett und nahm dann sein Frühstück aus frischem Obst und Blätterteighörnchen ein. Mit Wasser verdünnter Wein spülte alles hinunter. Neben seinem Ellenbogen lag ein Stapel von Schreiben, von denen das oberste mit etwas Apfelbutter beschmiert war. Normalerweise arbeitete Rohan sogar beim Essen, doch heute vernachlässigte er seine Pflichten und beobachtete amüsiert, wie seine Gemahlin die Nerven verlor.

Ihr türkisfarbener, seidener Morgenrock bauschte sich auf, als sie hin und her lief. Dreimal schon hatte sie ihr langes, rotgoldenes Haar geflochten und wieder gelöst, weil sie mit ihrer Frisur nicht zufrieden war. Bei jeder raschen Bewegung ihrer Finger blitzte ihr Smaragd im Sonnenlicht auf. Über einem Sessel lagen mehrere Gewänder, doch sie hatte mit der Anprobe noch nicht einmal begonnen, weil sie noch immer mit ihren Haaren beschäftigt war. Ihre gemurmelten Flüche und ärgerlichen Ausbrüche waren für Rohan eine prächtige Unterhaltung.

Schließlich bemerkte er: »Für mich hast du dir nie so viel Mühe mit dem Ankleiden gemacht.«

Sioned sah ihn wütend an: »Söhne sehen genauer hin als Ehemänner, besonders wenn der Sohn drei Jahre fort war!«

»Dürfte ein einfacher Ehemann wohl einen Vorschlag machen? Warum machst du dich nicht einfach so zurecht wie immer? Pol will schließlich seine Mutter sehen, nicht die prachtvoll gewandete, juwelengeschmückte Prinzessin.«

»Meinst du?« sagte sie unglücklich und wurde rot, als er anfing zu lachen. »Laß das! Ich weiß, daß es verrückt ist, aber ich muß die ganze Zeit daran denken, wie sehr er sich verändert haben muß.«

»Er wird gewachsen sein, bessere Manieren haben und ein besseres Verständnis für seine Stellung«, zählte Rohan auf. »Mir ging es als Knappe genauso. Aber in allem, worauf es ankommt, wird er noch derselbe sein – und er wird dich genauso schön finden, wie du in seiner Erinnerung warst.« Er grinste und wischte sich die Hände ab. »Vertrau mir.«

»Jetzt hast du die Krümel wieder im ganzen Bett verteilt.«

»Oh, ich bin davon überzeugt, daß es in Stronghold genügend Laken und Diener gibt, um es frisch beziehen zu lassen. Und jetzt komm mal her, und laß mich deine Haare richten, du verrücktes Weib.«

Sie setzte sich mit dem Rücken zu ihm auf das Bett, und er flocht ihr Haar geschickt zu einem einzigen Zopf. »Du hast kaum graue Haare«, bemerkte er dabei.

»Wenn ich welche finde, reiße ich sie ja auch heraus.«

»Wenn ich das täte, wäre ich bald kahl. Gib mir die Nadeln und halt still.« Er drehte den Zopf zu einem weichen Knoten auf und küßte ihren Nacken, bevor er den Knoten mit einfachen, silbernen Haarnadeln feststeckte. »So. Jetzt sieh dich mal an.«

Sie ging zu ihrer Ankleidekommode, sah in den Spiegel und nickte. »Wenn du jemals keine Lust mehr haben solltest, zu regieren, dann nehme ich dich gern als Zofe. Das ist gar nicht so übel. Und was die grauen Haare angeht – deine sind eben einfach silbern statt golden. Ich wußte nicht, daß du so eitel bist.«

Er grinste. »Ich sage so etwas nur, damit meine brave, pflichtbewußte Gattin mir schmeichelt.« Er warf das Betttuch über die Pergamente, streckte und räkelte sich. Dann fuhr er mit den Fingern durch seine Haare, gähnte ausgiebig und streckte sich noch einmal. Nicht nur zur Schau.

»Deine brave, pflichtbewußte Gattin muß dich dringend daran erinnern, daß wir heute morgen zu tun haben«, meinte Sioned.

»Wirklich?« Über die Schulter warf er einen Blick auf die Bettdecke. »Ach ja, da waren ein paar Berichte, aber sie sind anscheinend verschwunden.«

Sie kicherte. »Hat dir eigentlich schon mal jemand gesagt, daß du unmöglich bist?«

»Aber ja. Du. Andauernd.« Er ging zu ihr und öffnete den Gürtel ihres Morgenmantels. »Zieh dich an. Unser Jungdrache wird bald hier sein.«

Doch der Trupp aus Radzyn hatte Verspätung. Rohan und Sioned warteten in der Empfangshalle, und Sioned lief immer wieder auf und ab, wobei die Hacken ihrer Stiefel auf den blauen und grünen Bodenfliesen klapperten. Rohan machte es sich in einer Fensternische bequem und sah ihr zu. Ihre Ungeduld war wirklich sehr unterhaltsam. Auch er wartete ungeduldig auf seinen Sohn, doch je aufgeregter sie wurde, desto besser konnte er sich seltsamerweise entspannen.

Schließlich brachte ein Diener die Nachricht, daß man den Trupp des jungen Herrn vom Turm der ewigen Flamme aus gesehen habe. Sioned warf Rohan einen schuldbewußten Blick zu, so daß er nicht mehr fragen brauchte, wer denn dort oben einen Ausguck postiert hatte. Sie strich ihr Haar und ihre Kleider glatt, atmete tief durch und schritt dann durch die großen, geschnitzten Türen, die für den Hohenprinzen und die Höchste Prinzessin aufgehalten wurden. Rohan betrachtete seine Frau wohlgefällig. So schön sie auch war in ihren prächtigen Kleidern mit seinen Smaragden, am besten standen ihr doch Reitkleider, denn die betonten ihre schlanke Figur und die langen Beine. Reitkleider oder gar nichts außer der Flut ihres offenen Haares, fügte er in Gedanken hinzu.

Sie standen nebeneinander auf der obersten Stufe des Portals. Sioned war aufs äußerste angespannt. Rohan bemerkte die Aufregung unter den Bediensteten, die unten im Hof zusammengelaufen waren. Die Pferdeknechte stritten darum, wer die Ehre haben dürfte, Pols Zügel zu halten, wenn er abstieg; die Köche diskutierten, wer sich seine Leibspeisen richtig gemerkt hatte. Rohan hatte eigentlich angenommen, daß sie diesen Streit schon vor einigen Tagen beigelegt hätten. Die Wache von Stronghold trat unter dem Kommando von Maeta an, wobei noch letzte Staubkörnchen von blitzsauberen blauen Tunikas und glänzenden Harnischen gewischt wurden. Und das alles für einen Jungen, staunte Rohan und vergaß dabei völlig, daß man ihm bei seiner Heimkehr von seinem Ziehvater in Remagev den gleichen Empfang bereitet hatte. Aus dem Wachhaus hörte er die laute Frage, wer in Stronghold Einlaß verlange. Die Antwort hörte er nicht, doch er wußte, was Chay sagte: »Seine Hoheit, Prinz Pol, Erbe der Wüste und der Prinzenmark!« Stolz stieg in Rohan auf. Er würde seinem Sohn den halben Kontinent übergeben: vom Meer der Morgenröte bis zum Großen Veresch. Er würde ihm auch Gesetze hinterlassen, mit denen man dieses Land in Frieden regieren konnte, die Macht, diese Gesetze durchzusetzen, und die *Faradhi*-Fähigkeit, die für seine Sicherheit bürgte. Er sah Sioned an, die seit einundzwanzig Jahren – sein halbes Leben lang – für seine Sicherheit sorgte. Sie hatte ihre Gabe und ihre Weisheit für ihn eingesetzt, ganz gleich, was Andrade davon hielt. Zusammen waren sie unbesiegbar. Pol würde Rohans Macht und Wissen und Sioneds Lichtläufer-Gaben besitzen. Auch wenn sie ihn nicht selbst geboren hatte.

Instinktiv wußte er, daß er eben erst den Grund für ihre Unsicherheit entdeckt hatte. Wäre mehr Zeit gewesen, dann hätte er sie jetzt damit aufziehen können, bis sie ihre Ängste vergessen hätte. Pol war ebensosehr ihr Sohn wie seiner, und er hatte sicherlich mehr von ihr als von Ianthe. Beim Gedanken an die tote Prinzessin strafften sich Rohans Schultern. Aber er entspannte sie gleich wieder und nahm Sioneds Hand. Wenn sie sich auch äußerlich anders gab, so konnte er doch immer sagen, wie sie sich wirklich fühlte, wenn er sie berührte. Ihre langen Finger, die trotz der Frühlingswärme kalt waren, bebten ein wenig und reagierten überhaupt nicht auf seinen sanften Druck. Fürchtete sie, daß Pol ihr mit den Jahren entwachsen könnte? Begriff sie denn immer noch nicht, daß die Bindung durch ihre Liebe unendlich viel mehr wog als alle Blutsbande?

Die Tore zum inneren Hof öffneten sich und ließen die Reiter ein. Pol ritt an der Spitze, wie es sich für einen heimkehrenden jungen Herrn gehörte. Ihm folgten Chay, Tobin und Maarken mit zehn Soldaten. Rohan hatte jedoch nur Augen für seinen Sohn. Unter den Jubelrufen der Leute ritt Pol zur Treppe und verbeugte sich im Sattel formvollendet vor seinen Eltern.

Rohan und Sioned erwiderten den Gruß mit hoheitsvollem Nicken und unterdrückten ein Lächeln über Pols jugendliche Ernsthaftigkeit. Aus dem Augenwinkel sah Rohan, daß Chay breit grinste und Tobin die Augen zum Himmel verdrehte, er zwinkerte ihnen jedoch nicht zu. Als Pol abstieg, schritten Rohan und seine Frau die Stufen hinunter.

»Willkommen zu Hause, mein Sohn«, sagte Rohan, und Pol verbeugte sich erneut sehr förmlich. Lleyn und Chadric hatten ihm wirklich gute Manieren beigebracht, doch nach dem Lächeln zu schließen, das plötzlich über sein Gesicht glitt, hatten sie seine Persönlichkeit dabei nicht verformt. Jetzt war nur noch die Frage, ob er seine Förmlichkeit vor der Dienerschaft ablegen konnte, die ihn von klein auf kannte und ebenso stolz und amüsiert war wie seine Eltern.

Pol bestand die Probe, streifte sein förmliches Benehmen ab und lief die Treppe hinauf in die offenen Arme seiner Mutter. Sioned drückte ihn fest an sich und ließ ihn dann los, damit er auch seinen Vater umarmen konnte. Rohan verstrubbelte den dunkelblonden Haarschopf seines Sohnes und lachte ihn an.

»Ich dachte schon, wir würden nie mehr ankommen!« rief Pol. »Tut mir leid, Mutter, daß wir so spät kommen, aber Maarken wollte eine Antilope jagen. Allerdings ist sie uns bei Rivenrock entkommen.«

»So ein Pech«, bedauerte Sioned, »vielleicht können wir die Jagd morgen fortsetzen. Du siehst so durstig aus, als wäret ihr den ganzen Tag auf der Jagd gewesen. Sollen wir hineingehen und etwas Kaltes trinken?«

»Darf ich erst noch alle anderen begrüßen? Und außerdem muß ich mich noch um mein Pferd kümmern. Onkel Chay hat es mir für den Sommer anvertraut. Ich soll es zum *Rialla* reiten.«

Sein Vater gab mit einem Nicken seine Zustimmung, und Pol stob davon. Jetzt war Rohan maßlos stolz auf den Jungen. Stronghold hatte gesehen, daß Pol sich verändert hatte: Auftreten und Benehmen waren so, wie es von einem edlen jungen Prinzen verlangt wurde. Doch dann hatte ihn sein Gefühl aufgefordert, die alten Freunde aufzusuchen. Rohan fragte sich, ob Pol das bewußt tat, weil er wußte, wozu es gut war, und verneinte die Frage. Die Echtheit und Spontaneität seines Verhaltens machten ihn um so sympathischer. Chay war abgestiegen und kam zur Treppe. Mit einem durchtriebenen Grinsen verbeugte er sich tief und ehrerbietig vor Rohan. Der wehrte empört ab.

»Fang du nicht auch noch an!«

»Ich wollte nur dem guten Beispiel Eures Sohnes folgen, mein Prinz«, entgegnete Chay. »Und wenn Ihr meiner Wenigkeit und meinem unbedeutenden Sohn vergeben mögt, werden wir Pols Beispiel weiterhin nacheifern und ebenfalls unsere Pferde versorgen. Ihr gestattet, mein Prinz?«

»Weg hier, du Riesenesel«, schimpfte Tobin und gab ihm einen Puff, als sie an ihm vorbei die Treppe hochlief.

Rohan sah sich nach Pol um. Der Junge war der Mittelpunkt eines lebhaften, fröhlichen Haufens von Soldaten, Bogenschützen, Pferdeknechten und Zimmermädchen; sogar Rohans Haushofmeister meinte offensichtlich, er müsse sich eher um den jungen Herrn als um den alten kümmern. Rohan schüttelte verwirrt den Kopf, als er seine Schwester in die Arme schloß. Daß sein Sohn einen unwiderstehlichen Charme besaß, war ihm bisher verborgen geblieben. Tobin küßte Sioned und klärte beim Eintreten die Lage.

»Er ist genau wie du damals, Rohan«, erklärte sie. »Ich schwöre, jeder in Radzyn hätte für ihn gegen Drachen gekämpft, und ich glaube kaum, daß das in Graypearl anders war.«

»Als ich etwas jünger war als er jetzt«, erinnerte Rohan sie, »da lief ich als Bote zwischen einer gewissen Prinzessin und ihrem Zukünftigen hin und her. Mitternächtliche Verabredungen, geheime Schäferstündchen – ist Pol auch darin unterrichtet?«

Trotz ihrer Jahre errötete Tobin. »Ich weiß nicht, aber wenn, dann stellt er sich hoffentlich nicht halb so tölpelhaft an wie du damals. Es hat mich zehn Jahre meines Lebens gekostet, als Vater mich das eine Mal mit Chay erwischt hat!«

»Das war nicht mein Fehler!« protestierte Rohan. »Außerdem hat man euch bei Hunderten von Treffen nur einmal erwischt.«

»Hunderte! Hört euch das an!« In der Kühle der großen Halle trat sie einen Schritt zurück und musterte die beiden. »Rohan, du hast ja zugelegt. Es ist unglaublich.«

Sioned kicherte. »Fett anzusetzen gehört zu den Privilegien des Älterwerdens.«

»Ich bin nicht fett«, sagte Rohan. Er piekste Tobin in den Bauch, der noch so fest war wie der eines jungen Mädchens. »Du scheinst dieses Vorrecht jedenfalls nicht zu nutzen.«

»Wenn sie das täte«, kommentierte Chay, der gerade in die

Tür trat, »dann würde ich sie in den Kerker werfen und fasten lassen. Sioned, du bist ja inzwischen noch schöner geworden.« Er küßte sie einmal und gleich noch ein zweites Mal. »Was ist das hier für ein Gerede vom Älterwerden? Und was dich betrifft«, er legte Rohan lachend beide Hände auf die Schultern, »du könntest dich immer noch hinter einer Schwertklinge verstecken. Wieso bin ich eigentlich der einzige, der hier älter wird?«

Sioneds Augenbrauen hoben sich. »Allein dein Anblick macht alle Frauen in Stronghold schwach, und du fragst so etwas?«

»Oh, ich vergöttere diese Frau!« seufzte er glücklich. »Aber die Blicke gelten nicht mir, sondern Maarken. Weißt du schon, daß er mich gebeten hat, Whitecliff diesen Sommer neu herzurichten?«

»Oho!« lachte Sioned. »Sehe ich da Enkel auf dich zukommen?« Als sie Maarken, rot bis über beide Ohren, im Eingang stehen sah, winkte sie ihn herüber, um ihn umarmen zu können. »Kein Wort mehr darüber, versprochen!«

»Vielen Dank«, sagte er aufatmend. »Pol möchte, daß wir schon ohne ihn hoch gehen. Er kommt bald nach. Myrdal hat ihn erwischt.«

Tobin nickte und stieg die Haupttreppe hinauf. »Und sie wird ihn nicht so schnell gehen lassen. Also haben wir Zeit, über die Gefahr zu reden, in der er schwebt.«

Die Wärme des Familientreffens gefror zu Schweigen. Tobin, die den anderen schon ein paar Stufen voraus war, seufzte, drehte sich um und hob entschuldigend die Schultern.

»Wir müssen einfach darüber sprechen. Kommt schon.«

Rohan versuchte, die Stimmung zu retten, als sie ihr folgten, und flüsterte Chay hörbar zu: »Wie schafft sie es eigentlich immer, daß ich mir in meinem eigenen Haus wie ein Gast vorkomme?«

»Lieber als ein Gast als ein Diener«, erwiderte Chay philosophisch. »Du solltest mal sehen, was sie mit den Lords und
Prinzen anstellt, die dumm genug sind, uns zur Jagd oder
zum Erntefest einzuladen.«

»Danke, das habe ich erlebt. Alle drei Jahre beim *Rialla*.
Sie und ich hatten dieselben Eltern und dieselbe Erziehung.
Wieso bringt sie das fertig, Chay, und ich nicht?«

Tobin hatte den Treppenabsatz erreicht und sah über die
Schulter zurück: »Oh, der arme, ungeschickte, schüchterne
Hoheprinz«, spottete sie. »Du machst das auch, du merkst es
bloß genauso wenig wie Pol.«

Seit Rohan den Titel des Hoheprinzen übernommen hatte,
hatte sich die Zahl der Leute, die in Stronghold kamen und
gingen, vervierfacht. Immer häufiger kamen Botschafter aus
anderen Prinzenreichen und blieben immer länger, obwohl
Rohan gar nicht ständig hofhalten wollte, wie Roelstra es in
der Felsenburg getan hatte. Sioneds Lichtläufer-Fähigkeiten
machten die Anwesenheit von Abgesandten bei Hof eigentlich überflüssig; sie konnte schneller direkt mit den *Farad-
h'im* an anderen Höfen verhandeln, als Nachrichten durch
Kurieren hin und her geschickt wurden. Außerdem sprach
man unter Lichtläufern kurz und kam gleich zur Sache, anders als bei den endlosen Höflichkeiten und taktischen
Spielchen, durch welche Botschafter ihre Existenz rechtfer-
tigten. Rohan und Sioned waren froh, daß sie keinen formellen Hof brauchten. Besonders als Pol noch klein war, hatten
sie trotz ihres hohen Ranges wirkliches Familienleben aufrechterhalten wollen.

Dennoch kamen und gingen die Abgesandten auch weiterhin, und es war notwendig geworden, Stronghold dem erhöhten Besucherstrom anzupassen. Manchmal waren jedes
Schlafgemach, jedes Vorzimmer und sogar die Korridore
voller Menschen, die zu ihrem Pech alle gleichzeitig eingetroffen waren. Wenn es Beschwerden gab, überhörte Sioned

diese geflissentlich. Sie entschuldigte sich auch nie für solche Unbequemlichkeiten, denn sie betrachtete alle außer ihrer Familie und engen Freunden als Eindringlinge: Man mußte sie achten, verpflegen und mit ihnen sprechen, doch sie wurden nicht ermutigt, länger als notwendig zu bleiben. Rohans Mutter, Prinzessin Milar, hatte aus der Festung Stronghold ein Heim für ihre Familie gemacht, und Sioned hatte nicht die Absicht, es zu einem Hof werden zu lassen, der nur der Bequemlichkeit von Fremden diente.

Rohan hatte jedoch auf einer Einrichtung bestanden. Es gab zwar einen großen, formellen Audienzsaal, den man von der Haupthalle aus betrat, doch dieser war viel zu imposant für vertrauliche Gespräche in entspannter Atmosphäre. Darum hatte er einen kleineren, intimeren Raum in der Nähe ihrer eigenen Zimmer für seine Arbeit ausgewählt. Unten im Audienzsaal lagen keine Teppiche, es gab keine gepolsterten Stühle, und eine Wand war von einem riesigen bestickten Wandbehang bedeckt, der Stronghold zeigte, ein deutlicher Fingerzeig auf die Stärke des Schlosses und die Macht seiner Bewohner. In dem oberen Raum aber bedeckte ein herrlicher Teppich aus Cunaxa in sattem Grün, Blau und Weiß den Steinfußboden. Kleinere Wandbehänge zeigten die Berge des Vere im Frühling. Die Fenster gingen zum Hof hinaus, wo die Dienerschaft arbeitete und für eine angenehme Geräuschkulisse sorgte. In diesem schönen Raum hatten viele fruchtbare Gespräche zwischen Rohan und seinen *Athr'im* oder den Gesandten dieses oder jenes Prinzen stattgefunden.

Während die Familie es sich auf den Sofas und Sesseln bequem machte, wies Sioned die Diener an, allen kühlen Wein zu bringen und sich dann zurückzuziehen. Ein Becher blieb auf der Anrichte für Pol stehen. Sioned hoffte, daß er sich Zeit ließ. Wenn er im Zimmer war, konnten sie nicht über Gefahren sprechen. Nicht, daß die Sorge um seine Sicherheit ihn geängstigt hätte, eher im Gegenteil. Er würde dann versuchen, sich davonzustehlen, um sich nicht ständig überwacht zu fühlen – und dadurch die Gefahr vergrößern.

»Du gestattest doch«, wandte sich Chay an Rohan, obwohl sein Gesichtsausdruck zeigte, daß diese Bitte reine Formalität war und er auf jeden Fall sprechen würde. »Ich werde Maarken Pol als Leibwache mitgeben, wenn er in die Prinzenmark reist. Er sollte die Gegend sowieso kennenlernen. Nicht nur um seiner Bildung willen, sondern aus strategischen Gründen, falls du vorhast, ihn einmal zu Pols Feldherrn zu machen.«

»Das ist mittlerweile eine festgeschriebene Verpflichtung von Radzyn«, erwiderte Rohan. »Die Stellung gebührt Maarken wegen seiner Ausbildung und seines Verstandes wie auch seiner Geburt wegen.«

»Danke, mein Prinz«, antwortete der junge Mann.

»Es wird allerdings noch eine ganze Weile dauern, bis dein Vater seinen Posten hergibt – trotz seines fortgeschrittenen Alters. Ich nehme an, es gibt noch mehr, Tobin?«

»Natürlich.« Trotz des Samtpolsters schob sie einen Stiefel unter ihren Oberschenkel. »Ich sorge mich wegen der Berichte, die Meath uns über diesen angeblichen Sohn von Roelstra gegeben hat. Es war mir bisher egal – schließlich ist der Anspruch lächerlich –, aber diejenigen, die dumm genug sind, den Jungen aus irgendwelchen eigensüchtigen Motiven zu unterstützen, könnten uns Ärger bereiten. Es wird schwer zu erkennen sein, ob sie ihm wirklich glauben oder ob sie nur so tun, um damit Unruhe zu stiften. Was willst du unternehmen, Rohan?«

»Nichts. Jedenfalls nicht direkt. Allein schon, wenn ich zugebe, daß ein Problem besteht, mache ich die Gerüchte glaubwürdiger. Unser Besuch in der Prinzenmark wird die Hoffnungen dieses Emporkömmlings schneller zunichte machen als alles andere. Ich nehme genügend Soldaten mit, um Stärke zu demonstrieren, aber auch nicht mehr, als angemessen sind. Außerdem haben wir diese Reise schon geplant, bevor es diese Gerüchte gab. Daher wird es nicht so aussehen, als ob wir damit die Bewohner um Unterstützung bäten.«

Tobin nickte zustimmend. »Eine überstürzte Reise ohne vorherige Ankündigung hätte als Zeichen von Sorge und Schwäche interpretiert werden können.« Sie nahm einen Schluck Wein und nickte erneut. »Wenn Maarken dabei ist, um Pol heimlich zu bewachen, kann er nebenbei alles Notwendige über die Prinzenmark lernen, falls es zur Schlacht kommt.«

»Es wird keinen Krieg geben.«

Rohan hatte nicht einmal laut gesprochen, doch seine ruhige Stimme ließ seine Worte um so überzeugender klingen.

Seine Schwester zog die dunklen Brauen zusammen. »Wenn nötig, wirst du kämpfen. Trotz deinem ganzen Gerede über Ehre und Gesetz gibt es Zeiten, wo nur das Schwert die richtige Antwort ist. Du weißt das ebenso gut wie ich. Auch Pols Ausbildung soll schließlich dafür sorgen, daß er es ebenfalls weiß.«

»Er wird nicht mit dem Schwert leben wie unser Vater.«

Falls Tobin die Warnung in Rohans Stimme gehört hatte, dann überhörte sie diese geflissentlich. »Sei kein Dummkopf. Ich sage doch nicht, daß Pol den Krieg lieben soll wie Vater. Ich sage nur, daß es Zeiten gibt, wo ein Prinz kämpfen muß, oder er ist nicht länger Prinz.«

Rohan begegnete ruhig ihrem Blick. »Du hast recht, Tobin. Aber er ist auch dann kein Prinz mehr, sondern ein Barbar. Und das ist es, was mein Sohn lernen soll, und zwar nicht so schmerzhaft wie ich.«

In das betretene Schweigen, das Rohans Worten folgte, platzte Pol mit seinem hellen Haar, den leuchtenden Augen und seiner grenzenlosen Energie. Sein aufgeregtes Lächeln verschwand im Nu, als er die angespannte Stimmung im Raum spürte. Nach einem kurzen Blick in die Runde sagte er: »Ich merke immer, wenn man über mich redet. Ihr seid alle sofort stumm.«

Sein gereizter Ton verärgerte Rohan. »Wenn du anklopfen und warten würdest, bis man ›Herein‹ ruft, könnten wir vorher geschickt das Thema wechseln.«

Pol erstarrte und wurde rot. Sioned warf ihrem Mann einen zornigen Blick zu und stand auf. »Komm, trink etwas«, sagte sie zu ihrem Sohn.

Er folgte ihr bereitwillig zur Anrichte und fragte dort: »Ist er wütend auf mich?«

»Nein, mein Drachenjunge.«

»Ich bin kein Baby mehr, Mutter. Wann hört ihr endlich auf, mich wie ein Kind zu behandeln?«

»Du warst ein Kind, als du fortgingst. Wir haben uns jetzt noch nicht wieder an dich gewöhnt.«

»Ich bin jetzt erwachsen«, erklärte er entschieden. »Ich brauche nicht behütet zu werden. Was könnte so schlimm sein, daß alle schweigen, wenn ich ein Zimmer betrete?«

Sioned biß sich auf die Lippen. Als sie versucht hatte, Rohans zornigen Ausbruch abzumildern, hatte sie die Dinge nur noch schlimmer gemacht. Sie wollte Pol die Hand auf die Schulter legen, zog sie jedoch zurück. Er war so anders, dieser junge Mann, der anstelle ihres kleinen Jungen heimgekehrt war. Er hatte teilweise bereits die Züge eines Erwachsenen, und auch seine Erwachsenenaugen beobachteten anders. Ihre Kehle war wie zugeschnürt. Schmerzhaft sehnte sie sich nach ihrem Kind. Doch Pol hatte recht: Er war kein Kind mehr. Dennoch gab es Dinge, die er nicht erfahren durfte – und eine Wahrheit, die man so lange wie möglich vor ihm verbergen mußte. Wenn sie seine Liebe und sein Vertrauen nicht erhalten konnte, würde sie beides vielleicht für immer verlieren, wenn er hinter das Geheimnis kam.

»Mutter, worüber habt ihr gesprochen?«

Sie war so nervös, daß sie seiner direkten Frage nicht begegnen konnte. *Behandle mich wie einen Erwachsenen,* baten seine Augen.

Maarken rettete die Lage, indem er Pol nach Einzelheiten der Knappenausbildung fragte, die er wie Pol unter Chadric genossen hatte, und die Stimmung im Raum entspannte sich allmählich. Auf die neugierigen Fragen seiner Verwandten hin erzählte Pol bereitwillig wie jeder Junge, der lange von zu Hause fort gewesen ist und viel gelernt hat. Sioned aber bedauerte zutiefst, daß die Unbefangenheit seiner ersten Begrüßung dahin war, seit sie ihn enttäuscht hatte.

Nachdem sie ihren Wein getrunken hatten, führte Chay Tobin zu ihren Gemächern, damit sie sich ausruhen konnten. Rohan mußte sich noch seinen diversen Schreiben zuwenden, wie Sioned ihm mit honigsüßer Stimme mitteilte, wodurch sie sich einen grimmigen Blick einhandelte. Sie fragte Pol, ob er ihr helfen würde, die Arbeiten im Garten zu beaufsichtigen, und versuchte, nicht allzu verletzt zu sein, als er ablehnte. Er hatte Myrdal versprochen, sie im Wachhaus zu besuchen. Maetas Mutter, die ehemalige Kommandantin der Wache von Stronghold, war Pols besondere Freundin, und Sioned mochte die alte Frau nicht um die Freude seiner Gesellschaft bringen.

Maarken fragte, ob er sie statt Pol begleiten dürfe, und sie nahm sein Angebot mit etwas Neugier an. Er interessierte sich überhaupt nicht für Blumen und Kräuter. Ihr ging es ähnlich, doch als Herrin von Stronghold war sie dafür verantwortlich, daß alles blühte und gedieh. Sie schritten die Kieswege entlang und überquerten die kleine Brücke, die sich über den Gartenbach wölbte, der nicht nur schön war, sondern auch der Bewässerung diente. Durch die Schneeschmelze in den hohen Bergen des Vere war das Rinnsal angeschwollen und sprudelte in der Fontäne em-

90

por, die einmal Prinzessin Milar hatte anlegen lassen. Sioned sprach unterwegs mit den Gärtnern, doch sie war nicht ganz bei der Sache, denn sie versuchte gleichzeitig, sich an etwas zu erinnern. Als sie und Maarken allein neben der hohen, blütenförmigen Fontäne standen, fiel es ihr wieder ein und sie lächelte.

Sie waren diesen Weg auch an jenem Morgen entlanggewandert, als Maarken seine Eltern davon überzeugt hatte, daß er in der Schule der Göttin nicht nur Grundkenntnisse erwerben sollte. Tobin hatte drei Ringe für die Fähigkeiten erhalten, die Sioned ihr mit Andrades Zustimmung beigebracht hatte, doch sie hatte nie eine richtige Ausbildung durchlaufen. Chay hatte sich der Vorstellung, daß sein Sohn solche Dinge lernen würde, offen widersetzt. Er hatte sich auch mit Tobins Können nie richtig anfreunden können, obwohl er die Vorteile daraus durchaus zu schätzen wußte. Doch er fürchtete, daß die vereinigte Macht eines *Faradhi* und eines einflußreichen Lords Feindseligkeiten und Argwohn hervorrufen würde. Sioned hatte Maarken damals geholfen, Chay zu überzeugen, daß sein Talent unbedingt richtig ausgebildet werden müßte. Am Morgen darauf waren sie durch die Gärten geschlendert, und er hatte versucht, ihr mit den richtigen Worten seine Dankbarkeit und Erleichterung mitzuteilen.

Sie spürte, daß er wieder einmal ihre Unterstützung brauchte, wartete jedoch, bis er das Thema selbst anschnitt. Sie betrachtete das Werk seiner Großmutter, dieses Wasserspiel inmitten der Wüste, und schließlich fing er an.

»Was Whitecliff angeht«, sagte er und seufzte dann, »so will ich es nicht herrichten lassen, weil ich anfange, eine Frau zu suchen. Ich habe sie längst gefunden.«

Sioned nickte langsam und verfolgte den Tanz der feinen Tröpfchen, die in den Teich fielen und beim Eintauchen Ringe hervorriefen, die sich gegenseitig überlagerten. Jeden

Augenblick wurden sie durch neue und wieder neue Tropfen ersetzt. »Sie ist also eine Lichtläuferin.«

»Woher weißt du das?«

»Wenn nicht, dann hättest du deinen Eltern gesagt, daß du eine bestimmte Frau im Kopf hast und hättest sie vielleicht sogar nach Radzyn gebracht oder gefragt, ob du sie den Sommer über hierher einladen kannst. Aber weil du all das nicht getan hast, nehme ich an, daß du dir ihrer Zustimmung nicht sicher bist. Und das deutet darauf hin, daß sie die Ringe trägt.«

Er trat gegen den weißen Kies auf dem Weg um die Fontäne. »Dann weißt du auch, warum ich dir das alles erzähle und nicht ihnen.«

»Du glaubst, du bräuchtest meine Hilfe.« Sie sah ihm direkt ins Gesicht. Ihr Smaragd sog begierig das Sonnenlicht ein; sein Blitzen verriet, wie viel er schon in sich aufgenommen hatte. »Maarken, du hast alles getan, was von einem jungen Lord erwartet wird. Lleyn hat dich auf deine Rolle als Ritter und *Athri* vorbereitet. Du warst in anderen Prinzenreichen und auf Landgütern, um gutes und schlechtes Regieren zu erleben. Doch Andrade hat dich auch gelehrt, *Faradhi* zu sein, und das macht dich anders. Ich vermute, du denkst, wenn du eine Lichtläuferin zur Frau nimmst, entscheidest du dich klar für eine und damit gegen die andere Seite.«

Maarken biß sich auf die Lippen. »Wir haben beschlossen, daß wir beide erst einmal unsere Ausbildung beenden wollen, ehe wir heiraten. Aber jetzt trage ich schon den sechsten Ring und nage noch immer daran herum wie ein Drache an einem Hirschknochen.«

Sie saßen auf dem Beckenrand der Fontäne. Sioned legte ihm mit tröstender und ermutigender Geste die Hand auf den Arm. Maarken streckte seine langen Beine aus. Seine Stiefelabsätze gruben sich in den Kies, und er starrte auf seine Knie.

»Ich hatte vor, abzuwarten, damit sie ihr beim *Rialla* un-
voreingenommen begegnen können und selbst erkennen,
wie sie ist. Aber du hast recht, Sioned. Ich weiß einfach
nicht, was in meinem Leben wichtiger ist: Herr von Radzyn
zu sein oder Lichtläufer. Ich weiß nicht, wie sehr das sich gegenseitig beeinflussen wird, oder wie ich beides in Einklang
bringen kann. Ich dachte immer, ich könnte meinem Land,
meinem Prinzen und mir selbst am besten gerecht werden,
wenn ich beides bin. Doch wenn ich eine Lichtläuferin
wähle, sieht es so aus, als gehörte ich mehr zu der einen Seite
als zur anderen. Und das bringt Andrade ins Spiel – obwohl
sie dabei nichts zu suchen hat. Ich – der Teil von mir jedenfalls, der Herr von Radzyn sein wird – kann einfach nicht zulassen, daß sie sich einmischt.«

»Maarken.« Sioned wartete, bis er sie ansah, und dann
zeigte sie auf ihre Wange. Dicht neben ihrem Auge hatte sie
eine kleine, halbmondförmige Narbe. »Mein eigenes Feuer
zeichnete mich, weil ich die Not meines Prinzen und meines
Prinzenreiches über alles andere stellte, auch über meine
Faradhi-Eide. Ich vertraute meinem eigenen Verstand und
meiner Entscheidung mehr als der Führung durch Andrade.
Frag mich nicht, was geschah und wie es geschah, denn ich
werde es dir nicht sagen. Aber ich habe genutzt, was ich war,
um das zu bekommen, was ich für richtig hielt.« Ihrer Autorität als Prinzessin verdankte sie Loyalität ihrer Leute, Pols
wahre Herkunft geheimzuhalten, doch ihr Lichtläufer-Feuer
hatte Schloß Feruche und Ianthes Leiche verzehrt, nachdem
Sioned Rohans Sohn an sich genommen hatte. Einem
Freund hatte sie es zu verdanken, daß sie Pols Mutter nicht
selbst mit Feuer getötet hatte, was den Lichtläufern streng-
stens untersagt war. Doch es wäre nicht das erste Mal gewesen, daß sie mit ihren Gaben getötet hätte. Die *Faradhi* in ihr
wand sich vor Scham, doch die Prinzessin wußte genau, daß
solche Dinge notwendig waren.

Sie hielt Maarkens grauen Augen mit ihrem Blick stand. »Es ist eine schwierige Wahl. Und sie ist einsam. Doch sie lehrt dich etwas sehr Wichtiges: Furcht.«

»Furcht vor Andrade?«

»Nein. Furcht vor deiner eigenen Macht. Maarken, du bist ein starker Mann, und du weißt, daß deine Stärke tödlich sein kann. Du hast gelernt, im Training vorsichtig zu kämpfen, um andere nicht zu verletzen. Als Lichtläufer ist es das gleiche, und das gilt noch mehr für jemanden, der auch ein großer Herr ist. Mit deinem Tun wirst du Vorbild für Pol und Andry und Riyan. Es wird einmal mehr von euch geben, doch du bist der erste.«

»Was ist mit dir? Du bist Lichtläuferin und Prinzessin, also beides.«

»Ich stehe irgendwo dazwischen. Obwohl meine Familie mit Syr und Kierst verbunden ist, ist in mir kein Prinzenblut. Ich war erst *Faradhi* und dann Prinzessin, und das hat meine Entscheidungen immer beeinflußt. Manchmal reagiere ich als Lichtläuferin auf die eine Weise und als Herrscherin ganz anders, und beides deckt sich nicht immer mit meinen Zielen.«

»Ich glaube, ich verstehe es jetzt«, sagte er nachdenklich. »Ich kenne die Art der Macht, die ich als Krieger besitze, genau. Und eines Tages werde ich Pols Feldherr sein und eine Armee hinter mir haben. Ich kenne auch meinen Einfluß als Sohn meines Vaters, und ich weiß, wie vorsichtig ich mit dieser Macht sein muß.« Er streckte die Hände aus, so daß seine Ringe das Sonnenlicht einfangen konnten. »Die hier stehen für eine andere Art der Macht. Du hast deine Wahl bereits getroffen, Sioned. Du trägst nur Rohans Ring.«

»Die anderen sind auch noch da – wie Narben«, murmelte sie. Doch dann fuhr sie sanfter fort: »Ich wette, deine Auserwählte paßt in jeder Hinsicht zu dir, Maarken. Sie ist sicher genauso begabt und wird auch eine gute Herrin für Radzyn abgeben. Ist das nicht ein Zeichen dafür, daß du die beiden Seiten bereits verknüpft hast, ob du dir nun dessen bewußt bist oder nicht? Was du vor Jahren am Faolain getan hast, hat es doch bewiesen?«

Sie sah ihm an, daß er sich daran erinnerte. Mit seinen zwölf Jahren hatte er damals erkannt, daß es militärisch notwendig war, die Brücken über den Faolain zu zerstören, und er hatte sein Lichtläufer-Talent dazu benutzt. Brandpfeile wären zu gefährlich gewesen, denn Roelstras Soldaten wären vielleicht zum Löschen auf die Brücken gerannt und dabei umgekommen. Doch Maarkens Feuer hatte sie so erschreckt, daß sie nichts unternahmen. Alle überlebten. Staunend über die kluge Entscheidung des Jungen, hatte Rohan Sioned davon erzählt. Maarken hatte seinem Prinzen gedient, aber gleichzeitig als *Faradhi* gehandelt. Für diese Tat hatte Rohan Maarken seinen ersten Ring verliehen.

»Ich bin froh, daß du der erste bist«, erklärte Sioned. »Rohan kennt die Möglichkeiten der Prinzen und ich die der Lichtläufer. Doch du bist beides. Pol könnte kein trefflicheres Vorbild haben als dich.« Sie schwieg einen Augenblick lang und wartete, bis er sie wieder ansah. Dann lächelte sie. »Daher brauchst du wirklich keine Hilfe, was diese junge Dame angeht. Du bekommst sie natürlich, doch eigentlich brauchst du sie gar nicht.«

»Vielleicht nicht. Aber ich werde dennoch froh sein, dich in der Nähe zu wissen.«

»Du mußt mir ihren Namen jetzt nicht verraten, weißt du«, fuhr sie leichthin fort. »Ich bin gespannt, ob ich sie in Andrades Gefolge erkennen kann. Und ich wette um alle Juwelen, die sie sich für ihr Hochzeitsgeschmeide wünscht, daß es mir gelingt!«

Jetzt lächelte Maarken endlich. »Sioned! Du brauchst ihr doch keine Mitgift zu geben.«

»Wieso Mitgift? Habe ich etwa nicht das Recht, meinen

Neffen bei seiner Hochzeit in etwas Glanz zu sehen? Wenn ich verliere, kannst du ja den Wandteppich haben, den du immer so gemocht hast. Ich fand schon immer, daß er eigentlich in ein Schlafzimmer gehört.«

Maarken wurde rot. Schließlich gab er auf und lachte mit ihr. »Gut, ich schlage ein. Ich kann nur gewinnen – und glaub ja nicht, ich wüßte nicht, daß du das alles so geplant hast.«

»Irgendwas an diesen *Riallas* reizt mich einfach zum Wetten. Habe ich dir je erzählt, daß ich mit einer von Roelstras Töchtern gewettet habe, sie würde Rohan niemals bekommen? Diesen Smaragd gegen alles Silber, das sie trug – und sie klimperte von Kopf bis Fuß.«

»Ich kenne dich. Du wettest nur, wenn du ganz sicher bist, daß du gewinnst. Sonst hättest du nie deinen Ring gesetzt.«

»Wie scharfsinnig Ihr seid, Herr.« Ihre Mundwinkel zuckten leicht. Sie stand auf und strich sich das sonnenwarme Haar aus der Stirn. »Es wird zu heiß hier draußen. Kannst du dir vorstellen, wie die Sommer in Remagev sind? Walvis und Feylin kommen mit ihren Kindern ein paar Tage her, um der Hitze zu entgehen.«

»Remagev erinnert mich immer an einen Drachen, der im Sand schläft. Meinst du, ich könnte hinreiten, es mir wieder einmal ansehen und mit ihnen zurückkehren? Man sagt, Walvis habe in den letzten Jahren in dem alten Kasten Wunder bewirkt.«

»Es ist kaum wiederzuerkennen. Ich –« Sie stockte, denn die Luft um sie herum schimmerte in bunten Farben und Lichtmustern, die sie in ihren Gedanken berührten. Mit beiden Händen packte sie Maarkens Arm, als sie sah, daß er von dem Gewebe ebenso gefesselt war wie sie. Die Lichtstrahlen wurden intensiver, als die Stimme eines *Faradhi* mit einer kurzen, erschreckenden Botschaft zu ihnen drang: mit einem Hilfeschrei.

Meath hatte bald gemerkt, daß seine Ausritte in den Hügeln von Dorval keine ausreichende Vorbereitung für die lange Reise zur Schule der Göttin gewesen waren. Jedesmal, wenn er überlegte, ob die Qualen einer Seereise nicht doch der Meuterei jedes einzelnen seiner Muskeln vorzuziehen wären, rief er sich die Überquerung des Pyrme auf einem kleinen, lecken Floß ins Gedächtnis. Man hatte ihm wenig Zeit zur Erholung gegönnt; denn wenn Lord Chaynal seinen Leuten befahl, schnell ein Ziel zu erreichen, dann gehorchten sie. Meath erinnerte sich daran, daß es zumindest eine Brücke über den Faolain und in einem Gut von Prinz Davvi frische Pferde gegeben hatte. Er war jedoch zu erschöpft, um das herrliche Tier unter sich schätzen zu können. Sie hatten Syr schon hinter sich und ritten durch das offene Weideland zwischen Pyrme und Kadar. Als der Nachmittag immer weiter fortschritt, fragte sich Meath mit einem Anflug von Verzweiflung, ob seine Eskorte überhaupt je rasten würde. Der breitschultrige, etwa dreißigjährige Mann und die etwas ältere Frau schienen unermüdlich. Meath mußte zugeben, daß sie sehr gut vorankamen, doch er fürchtete bereits, daß man ihn am nächsten Morgen im Sattel festbinden müßte.

Revia ritt vor ihm und ihr Kamerad Jal dicht hinter ihm. Ihre Schwerter und Bögen wurden durch seinen Status als Lichtläufer verstärkt, und das vervollständigte ihre Bewaffnung. Seine Ringe hatten ihnen das Floß verschafft, obwohl bereits andere Passagiere warteten, und in den Höfen und Dörfern unterwegs hatte ihr Anblick dafür gesorgt, daß sie rasch bedient wurden. Lady Andrade war in allen Prinzenreichen bekannt, respektiert und gefürchtet. Einen ihrer *Faradh'im* zu unterstützen war nicht nur ein Gebot der Gastfreundschaft, sondern auch sehr ratsam.

Als die ersten beiden Reiter auf den niedrigen Hügeln im Norden auftauchten, war Meath nur etwas neugierig. Daß sich ein dritter, vierter und fünfter dazu gesellte, war noch kein Anlaß zu Besorgnis. Als diese aber genau auf sie zu ritten und er die gezogenen Schwerter blitzen sah, spannten sich seine schmerzenden Muskeln. Sein Körper reagierte zögernd, und er wußte, daß er langsam sein würde, bis ihn der Kampf aufgewärmt hatte. Es war jetzt klar, daß diese blanken Schwerter nur Kampf bedeuten konnten.

Revia griff nach ihrem Bogen. Sie schlang die Zügel um den Sattelknauf und lenkte ihr Pferd mit Knien und Fersen, während sie den ersten Pfeil auflegte. Die fünf Reiter wurden schneller, und Meath versuchte zu schätzen, wann sie in die Reichweite des langen, todbringenden Bogens gelangen würden. Selbst für den besten Bogenschützen war es schwierig, beim Reiten genau zu zielen. Doch Lord Chaynal hatte ihm die Besten versprochen. Meath sah voller Verblüffung, daß Revia bereits den zweiten Pfeil auflegte, noch ehe der erste sein Ziel gefunden hatte. Das rot-weiß gefiederte Geschoß sah aus wie eine exotische Blume, als es sich kurz vor den galoppierenden Pferden in das grüne Gras bohrte. Er war nur eine Warnung. Wenn sie nicht abdrehten, würde der nächste Schuß treffen.

Mit schußbereitem Bogen ritt Jal neben ihn und sagte: »Schnell, Herr. Reitet vor zu den Bäumen dort drüben. Wir erledigen die hier, falls es nötig ist, und kommen dann nach.«

Meath wäre lieber geblieben, um mit ihnen zu kämpfen. Doch die Schriftrollen waren zu wichtig. Er wollte Jals Vorschlag gerade befolgen, als weitere zehn Reiter auf dem Hügel auftauchten. Ihre blanken Schwerter spiegelten das Sonnenlicht wider.

»Rasch, Herr! Zu den Bäumen!« rief Jal.

»Oder Lord Chaynal läßt uns den Rest unseres Lebens seine Ställe ausmisten«, fügte Revia ruhig hinzu und schoß Pfeil um Pfeil ab.

Anstatt dem Rat zu folgen, zügelte Meath sein Pferd so

stark, daß es sich aufbäumte. Er band die Zügel wie Revia und Jal fest, um die Hände frei zu haben. Dann griff er jedoch nicht zum Schwert, sondern hob beide Hände, so daß seine Ringe das Sonnenlicht einfangen konnten. Er wollte damit allerdings nicht die Angreifer warnen, daß sie das Gesetz verletzten, indem sie mit gezogenen Schwertern auf einen Lichtläufer zukamen. Sie wollten eindeutig angreifen und scherten sich offensichtlich um kein Gesetz. Er bündelte vielmehr das Sonnenlicht, um eine dringende Botschaft zur Schule der Göttin zu senden.

Die Soldaten aus Radzyn deckten ihn mit ihren Pferden. Meath nahm wahr, daß einer der Angreifer gefallen war. Zwei weitere waren verwundet, und das Pferd des vierten wieherte schrill, als es von einem Pfeil in den Hals getroffen wurde. Die Entfernung minderte jedoch die Schlagkraft der Pfeile, und die anderen ritten weiter voran.

Meath eilte den Strang aus Sonnenlicht entlang zur Westküste. Ein kühler, grauer Nebel verlegte ihm den Weg. Er verfluchte das Frühlingswetter, das diesen Ort in undurchdringlichen Nebel hüllte, kehrte um und warf die Stränge in nordöstliche Richtung, nach Stronghold. Er kannte Sioneds Smaragd, Saphir, Onyx und Bernstein seit langem. Er wob das Licht um ihr Farbenmuster und berührte sie. Dann teilte er ihr kurz mit, wo er war, in welcher Gefahr er sich befand und daß das, was er bei sich trug, nicht in falsche Hände gelangen durfte.

Ohne auf eine Antwort zu warten, zog er sich zurück und trieb sein Pferd nach vorn neben Revia. Dann hob er wieder die Hände. Er konnte Feuer herbeirufen, wenn er es wollte, doch ein Feuer konnte töten oder über die Wiesen rasen, wenn er es nicht gut genug kontrollierte. Er wollte als ein Lichtläufer auf der Durchreise nicht eine Spur der Verwüstung hinterlassen.

Deshalb beschwor er die Luft. Hinter der ersten Gruppe

der feindlichen Reiter erhoben sich Staub, verdorrte Grashalme und kleine Steinchen von den Feldern und wirbelten zu einer Windhose von der Größe eines kleinen Drachen zusammen. Durch die Staubmassen sah er, daß sich die Pferde in Panik aufbäumten und daß die Männer versuchten, ihre Tiere zu bändigen.

Jal fluchte erstaunt. Revia schoß weiter ihre Pfeile ab, lachte jedoch jetzt, da ihr Ziel näherrückte und sie keinen zweiten Ansturm mehr zu befürchten hatten. Ein Mann ging schreiend zu Boden, als ein Pfeil sich in seine Wange bohrte. Ein anderer jedoch spornte wütend seinen Hengst an und stürmte weiter, obwohl ihn Jal in den Oberschenkel traf. Er setzte sich auf und warf ein Messer.

Meath stöhnte auf, als er an der Schulter getroffen wurde. Durch den Schock der Verwundung verlor er die Kontrolle über seinen Wirbelsturm. Die Verletzung war doch gar nicht so schlimm, versuchte er sich zu sagen; es steckte nur ein Wurfdolch in seiner Schulter, also weder in der Lunge noch im Herzen. Er tastete nach dem Griff und zog das Stahlmesser mit großer Anstrengung heraus. Es kam ihm vor, als fiele er sehr langsam und als würden seine Knochen zu Wasser. Zahllose Farben zersplitterten um ihn herum; die Schattierungen der Bäume und Blumen, der Wiese und des Himmels verwandelten sich in buntes fironesisches Glas, verloren an Tiefe und zersprangen schließlich wie farbige Gläser mit einem schrecklichen Geräusch in viele scharfe Scherben. Die weichen Halme des Frühlingsgrases waren zu kristallenen Klingen geworden, als er auf sie stürzte. Dann waren alle Farben verschwunden.

☆ ☆ ☆

Sioned hielt den Atem an angesichts der Dringlichkeit von Meaths Gewebe und noch einmal, als es jäh verschwand. »Maarken! Hilf mir, ihn zu finden! Schnell!«

Er folgte ihr über die gewebten Lichtstrahlen und suchte das vertraute Muster von Meath. Doch er war nicht so geübt wie Sioned und fand nur die Farben, konnte Meath aber nicht sehen. Sioned jedoch sah alles: wie Meath die Luft beschwor und wie er von dem scharfen, glitzernden Messer getroffen wurde. Sie sah ihren Freund fallen und stieß einen halb schluchzenden, halb zornigen Laut aus.

Die gegnerischen Reiter sammelten sich, als sich der Sturm plötzlich auflöste. Sie stürmten auf die beiden Soldaten aus Radzyn und auf den Lichtläufer los, der ungedeckt im Gras lag. Sioned wußte, daß sie die drei töten würden. Sie traf keine bewußte Entscheidung; sie tat, was notwendig war. Mit der Unbarmherzigkeit der Not griff sie nach jedem Menschen mit den *Faradhi*-Gaben, der sich in der Umgebung aufhielt, wand alle Farben zusammen: helle, seidene Lichtfäden in den Händen einer meisterlichen Weberin. Sie wob das Sonnenlicht, wie sie einst den Sternenglanz zusammengesponnen hatte, und richtete seinen Schein direkt auf den Weg vor den Mördern.

Lichtläufer-Feuer loderte auf, eine dicke, tödliche Flammenwand. Die Angreifer ritten mitten hinein, denn es war zu spät, die Pferde zu zügeln. Sioned konnte weder ihre Schreie noch ihren dumpfen Aufprall hören, doch sie sah, wie das Feuer nach ihren Kleidern griff, als sie sich am Boden wälzten und die Flammen zu ersticken suchten.

Die Frau in den Farben von Radzyn sprang aus dem Sattel und hievte Meaths großen, kantigen Körper hoch, so gut es ging. Ihr Begleiter half ihr sofort, warf jedoch ängstliche Blicke über die Schulter auf das Feuer. Meath wurde über seinen Sattel gelegt, und Augenblicke später ritten sie auf die schützenden Bäume zu. Als die drei außer Sicht waren, ließ Sioned das Feuer erlöschen. Es hinterließ eine Narbe, die sich quer über das Feld zog, schwarze Asche, die wie eine abschreckende Grenzlinie vor den Feinden lag.

Sie hatten nicht vor, diese zu überqueren. Staub erhob sich so hoch wie Meaths Windhose, als sie eilends die Pferde bestiegen, die sie noch ergreifen konnten, und davongaloppierten. Ihre Verwundeten überließen sie sich selbst.

Sioned wartete, bis sie fort waren, und benutzte dann alle ihre Kräfte, um das fest gesponnene Farbenband wieder aufzulösen. Drüben in Stronghold zitterte Tobin im Sonnenlicht, das durch das Schlafzimmerfenster fiel, und Chay schüttelte verzweifelt ihre Schultern und rief ihren Namen, bis sie endlich wieder zu sich kam. Neben dem Wachhaus hielt Myrdal Pol im sonnenbeschienenen, äußeren Hof in den Armen und spürte, wie der Junge unter einem Ansturm der Macht zitterte. Sie hatte gesehen, daß die Höchste Prinzessin Feuer und andere Elemente beschwören konnte, doch mit Pol geschah etwas anderes. Schließlich zuckte er krampfartig zusammen, kam wieder zu sich und lächelte sie sogar kurz an, ehe er ohnmächtig in ihre Arme sank.

Maarken, der starke Strang im Zentrum ihres Gewebes, wurde als letzter erlöst. Sioned trennte sich von ihm, und gemeinsam kehrten sie über die Lichtbahnen nach Stronghold zurück. Sie hatte keinen Blick für die saftigen Wiesen von Syr unter ihnen oder die stolzen Berge des Vere, sie wollte nur noch zurück in ihren sicheren Garten.

Doch plötzlich waren andere Farben da, ein gleißender, verwirrender Wirbel aus allen Farben des Regenbogens, der vor Schreck ebenso bebte wie sie selbst. Sioned zuckte zurück, und der andere ebenso. Sie öffnete die Augen und merkte, daß sie Maarken anstarrte, dennoch konnte sie den Eindruck von Flügeln nicht loswerden.

Der junge Mann war schweißnaß und zitterte heftig. Er klammerte sich so fest an Sioneds Hände, daß der Smaragdring sich in ihre Haut grub. Seine Knöchel waren weiß. Sie konnte sich nicht erinnern, wann sie zusätzlich zu ihren Farben auch die Finger verschränkt hatten.

»Sioned«, flüsterte Maarken, und seine Stimme war noch nicht ganz fest, »was – was *war* das?«

Sie begegnete seinem Blick und sagte langsam: »Ich glaube... ich glaube, wir sind einem Drachen begegnet.«

Kapitel 5

In ihrer Jugend war die Frau schön gewesen. Doch selbst jetzt, wo man ihrem Gesicht ihre sechzig Jahre ansah und ihr schwarzes Haar eisengrau geworden war, umgab sie eine Kraft, die bei den meisten Menschen dahin war, wenn die Jugend erst unwiederbringlich verloren war. Ihre graugrünen Augen funkelten vor Ehrgeiz und vor böser Freude über ihren sicheren Triumph. Dieses unerschütterliche Vertrauen in ihren Sieg ließ die Frau nur halb so alt wirken, wie sie war. Ihr Körper war noch immer schlank und geschmeidig, obwohl die einstige Anmut einer bewußten Eleganz gewichen war. Sie war jetzt gesetzter und beeindruckte durch ihr Selbstbewußtsein. Eine solche Frau hätte ein Prinzenreich regieren sollen, nicht diese unbedeutende Siedlung in dem entlegenen Bergtal. Doch ihre Augen verrieten, daß sie sicher war, daß sie nicht für immer hier bleiben würde und daß sie eines Tages wirklich regieren würde: nicht nur ein einziges Prinzenreich, sondern alle!

Mit der Dämmerung wurde es kühl im Veresch. Die Frau wartete und blickte auf den Steinhaufen, der den Ostbogen eines Steinkreises markierte. Letzte feuerrote Strahlen der untergehenden Sonne berührten die Felsen. Schon bald würden die ersten Sterne über ihnen sichtbar werden. Sie hatte absichtlich alle versammelt, solange die Sonne noch schien. Die rasch herabsinkende Dunkelheit und das plötzliche Aufleuchten der Sterne war ein eindrucksvolles, urtümliches Schauspiel – besonders hier. Sollten die *Faradh'im* doch ihren Sonnenschein, ihre Bäume und ihre drei blassen Monde haben. Sie und die Ihren kannten seit unzähligen Generationen die Kräfte der Sterne und der Steine und ein ganz anderes Feuer.

Ein vollständiger Kreis aus neunundneunzig Menschen, die sich an den Händen gefaßt hielten und beinahe den Atem anhielten, stand in der engen Schlucht schweigend um die flachen Granitsteine herum. Früher war es schwierig gewesen, so viele zu versammeln, doch in diesem Frühjahr gab es Gerüchte wie junge Lämmer, und viele Leute waren herbeigeströmt. Während sie wartete, daß das letzte Sonnenlicht erlosch, sann sie über die Zauberkraft in diesem Vielfachen von Drei nach. Drei war eine besondere Zahl seit den Anfängen der Welt. Drei Monde am Himmel, drei Winter, bis sich die Drachen wieder paarten, drei große Landschaften: Berge, Wüste und Flußniederungen. Die Prinzen trafen sich alle drei Jahre einmal. Die Alten hatten drei Götter verehrt: die Göttin, den Vater der Stürme und den Namenlosen, dessen Festung diese Berge waren. Vor langer Zeit hatten die *Faradh'im* die Macht geleugnet, die sie heute nacht hier anrufen würden – wie dumm sie doch waren! Denn es gab auch drei Lichtquellen: Sonne, Monde und Sterne. Bei neunundneunzig Menschen im Kreis war die Hundert, der Zahl des Namenlosen, der über alles herrschte.

Prinzessin Ianthe hatte drei Söhne gehabt. In gleichem Abstand voneinander standen sie um die hüfthohen Steine und teilten den Kreis in drei Bögen auf. Sie spürte die rohen, wenig ausgebildeten Kräfte, die sie von einer Großmutter geerbt hatten, die zu den letzten reinblütigen *Diarmadh'im* gehört hatte. Obwohl Lallante ein jämmerlicher Feigling gewesen war und ihr wahres Erbe verleugnet hatte, hatte sie es doch genutzt, den Hoheprinzen Roelstra einzuwickeln. Aus der Ehe war Ianthe hervorgegangen, die drei ehrgeizigen und dennoch formbaren Söhnen das Leben geschenkt hatte. Sie waren die Eckpfeiler der Macht, die sie heute nacht beschwören würde, und ihretwegen war sie sich ihres Erfolgs so sicher.

Vierzehn Jahre zuvor war »Sieg« ein Wort der anderen gewesen. Für sie war es nur noch ums Überleben gegangen – wie seit Jahrhunderten für ihr ganzes Volk, seit die Lichtläufer aus ihrem Exil auf Dorval auf den Kontinent zurückgekehrt waren und die *Diarmadh'im* und deren Macht, Sprache und Traditionen zerstört hatten. Unbarmherzig hatten die Lichtläufer unter drei Anführern – auch da diese Zahl, dachte sie verbittert – die *Diarmadh'im* in abgelegene Berggegenden getrieben, sie gehetzt und abgeschlachtet. Die Namen dieser drei Anführer waren noch heute verboten, damit nicht der Wind deren Geist zu diesen letzten Zufluchtsstätten führte.

Doch jetzt hatte sie selbst drei Anführer, sagte sie sich, als sie Ianthes starke Söhne musterte. Sie würden ihr gehorchen und ihr Werk vollbringen, und sie würde triumphieren. An dem Tag, als man sie zu ihr in den Schutz der Berge gebracht hatte, war ihre Jugend zurückgekehrt.

Die Sonne war untergegangen, und in der Dunkelheit leuchtete der erste Stern. Die Frau breitete die Hände aus, so daß der einzelne, winzige Lichtpunkt genau zwischen ihren gespreizten Fingern stand. Zwischen ihren erhobenen Armen breitete sich Sternenglanz aus. Sie ballte die Hände zu Fäusten, während sie mit halb geschlossenen Augen das kalte Feuer verknüpfte und in der Mitte verankerte, ehe sie das Lichtband um die Steine und durch sie hindurch wand.

Ihre Eckpfeiler, die Söhne von Ianthe, begannen zu zittern. Deren Erschaudern jagte durch den Ring der Hände und Körper zwischen ihnen, und die Stärke der Frau wuchs, als sie die Energie der neunundneunzig Leben einsog, die durch das Sternenfeuer verbunden waren. Und diese Macht lenkte sie in den Steinkreis. Einen Augenblick später konnte man erkennen, was der Name ihres Volkes bedeutete: *Diarmadh'im,* Steinbrenner.

Sie stand so reglos da wie der Steinhügel, als vor ihren Augen eine Vision im kalten Schein weißer Flämmchen auftauchte. Zuerst sah sie lange, schöne Finger, die sich einem Kaminfeuer entgegenstreckten. Zehn edelsteinbesetzte Ringe steckten an den Fingern, und dünne Kettchen aus Gold oder Silber führten von jedem Ring zu den Armbändern an den knochigen Gelenken. Dann erschien ein stolzes Gesicht mit klaren Zügen. Das Haar war einst blond gewesen. Die blauen Augen strahlten noch immer und verengten sich etwas, als das Feuer frisches Holz fand und heller brannte. Doch die schmalen Hände näherten sich ihm weiter. Sie rieb sie, damit sie warm wurden. Lady Andrade aus der Schule der Göttin spürte die Kälte.

Ein Mann, der nur wenig jünger war als sie, legte ihr einen schweren, pelzbesetzten Mantel um die Schultern. Es war Lord Urival, der Herr der Lichtläufer und Präfekt von Lady Andrade. Schöne Augen von seltsamer goldbrauner Färbung leuchteten aus einem Gesicht voller Falten, an dem nichts Schönes war. Er zog einen Tisch neben ihre Stühle und setzte sich, wobei er an seinen neun Ringen rieb, ehe er die Falten seiner braunen Wollrobe um sich schlug.

Sie unterhielten sich kurz, was man vom Steinkreis aus nicht hören konnte, doch auf einmal flogen ihre Köpfe gleichzeitig herum. In die Vision trat ein großer, breitschultriger Lichtläufer mit dunklem Haar, der erst zwei Tage zuvor auf der Straße zur Schule der Göttin knapp dem Tode entronnen war. Sein Gesicht war von Erschöpfung und Schmerzen gezeichnet. Einen Arm hielt er verkrampft an der Seite, wodurch er instinktiv den unförmigen Verband um seine Schulter schützte. Er verbeugte sich, sagte etwas und stellte seine Satteltaschen auf den niedrigen Tisch.

Die Zuschauerin stieß enttäuscht den Atem mit einem Zischen aus. Ihre Truppen hatten diesen Mann nicht aufhalten können. Beim Namenlosen, der Anblick der Ledertaschen mit den kostbaren Schriftrollen darin war schwer zu ertragen! Hungrig heftete sie ihren Blick darauf. Als ihre Aufmerksamkeit sich wieder den Personen am Feuer zuwandte, war der verwundete Lichtläufer verschwunden.

Lord Urival öffnete die Satteltaschen und zog vier lange Röhren heraus. Wenig später war die erste Schriftrolle auf dem Tisch vor ihm ausgebreitet, und zwar so, daß Lady Andrade alles sehen konnte. Die Frau im Steinkreis hielt den Atem an, als sie das wertvolle Schriftstück erblickte. Von der alten Sprache war viel verlorengegangen, doch sie gehörte zu den wenigen, die mehr als nur ein paar Worte kannten. Mit genügend Zeit würden die Schriftrollen dennoch übersetzt werden, und das durfte nicht geschehen.

Lady Andrade sah die Schrift und schüttelte den Kopf. Als sie etwas zu Urival sagte, verbeugte sich dieser und verschwand aus der Vision. Bald darauf kehrte er in Begleitung eines jungen Mannes von etwa zwanzig Jahren zurück, der vier Ringe mit je einem winzigen Rubin trug. Er beugte sich aufmerksam über die Schriftrollen, wobei sich auf seinem Gesicht wachsende Faszination abzeichnete. Dann richtete er sich auf und rieb sich mit einer komischen Grimasse die Augen, was ihm ein kleines Lächeln von Andrade einbrachte.

Mit einem Mal wirbelte Lord Urival herum. Seine Finger rieben krampfhaft an seinen Ringen, und er starrte in die Flammen, offensichtlich genau auf die Frau in dem Kreis aus Sternenlicht. Auch der junge Mann drehte sich um und riß die blauen Augen unter dem hellbraunen Haar weit auf vor Erstaunen.

Hastig brach sie die Beschwörung ab und löste das Sternengewebe zwischen ihren Händen. Das Feuer in dem Kreis jagte zurück in den Steinhaufen, der einen Augenblick lang hell und ungebändigt aufflackerte. Dann wurde er dunkel, und bald war er nur noch ein Haufen Granitsteine in der Nacht.

Einige aus dem Kreis schwankten und stöhnten, als die Vision so unvermittelt abgebrochen wurde. Die Frau fluchte. Nächstes Mal mußte sie unbedingt daran denken, nicht nur die ängstliche Bereitwilligkeit, sondern auch die Stärke aller Teilnehmer zu überprüfen.

»Bringt mir den jungen Masul. Er lebt auf Gut Dasan in der Prinzenmark. Bringt ihn mir, egal wie, nur wohlauf und bei vollem Verstand. Ihr dürft ihm kein Haar krümmen.«

Alle neunundneunzig, bis auf drei, verbeugten sich vor ihr und verschwanden im Wald. Viele mußten sich auf ihre Kameraden stützen. Die Frau verschränkte die Finger und rieb die Handflächen aneinander, die leicht verbrannt waren. Es war eine mächtige Beschwörung gewesen, von der sie sich erst noch erholen mußte.

»Wozu brauchst du ihn?« fragte Ianthes Ältester trotzig. »Du hast doch mich.«

»Uns«, verbesserte ihn der nächstjüngere Bruder ruhig.

»Ihr seid noch nicht dran«, entgegnete sie mit fester Stimme.

Der Jüngste lächelte kurz: »Ja, Herrin Mireva. Natürlich.«

Sie sah die drei an und sah wieder die schmutzigen, verwilderten kleinen Jungen vor sich, aus denen sie junge Prinzen gemacht hatte. Ruval, der älteste, war schon ausgewachsen; ihm fehlten jedoch noch die festen Muskeln des Mannes. Mit seinen dunklen Haaren und blauen Augen ähnelte er seinem Großvater, dem alten Hohenprinzen, doch seine Augen waren die von Ianthe. Der ein Jahr jüngere Marron war noch ein ungelenker, knochiger Heranwachsender. Von allen dreien glich er seiner Mutter am wenigsten, denn er hatte die verhangenen Augen und das feuerrote Haar seines Vaters geerbt. Segev, der jüngste, war knapp sechzehn und in vieler Hinsicht noch ein Kind. Seine Augen waren graugrün wie die von Mireva, doch in ihrer Form ähnelten sie denen von Ianthe. Die schwarzen Haare aber hatte er von Roelstra geerbt. Er war der intelligenteste von ihnen und am leichtesten zu lenken. Mireva schätzte das. Er vertraute ihrer Klugheit und würde genau das tun, was sie ihm sagte, denn in ihm war ein Hunger, den ihre Versprechungen und ihre Macht am besten stillen konnten.

»Wozu er?« fragte sie plötzlich und wiederholte Ruvals Frage. »Weil keiner von euch alt genug ist. Ihr müßt über die Macht, die eure Großmutter euch vermacht hat, noch viel lernen. Bis dahin ist Masul eine nette, kleine Finte, die Rohan ein bißchen Ärger bereiten wird.«

»Besonders, wenn Ihr ihn erst einmal in der Hand habt«, bemerkte Marron mit einem Lächeln.

Mireva ging bewußt über den Spott hinweg, der sich unter seiner Bewunderung verbarg. »Am wichtigsten sind jetzt die Schriftrollen. Ihr habt sie gesehen, obwohl natürlich kein anderer sie sah. Als euer Volk hier herrschte, lebten die *Faradh'im* tatenlos auf ihrer Insel. Dann waren sie ohne Warnung plötzlich hier und bekämpften uns. Jahrelang haben sie uns heimlich beobachtet, unsere Fähigkeiten für ihre eigenen Zwecke genutzt und sie gegen uns gerichtet. Sie haben unsere Macht gebrochen und uns in die Berge gejagt. Dann haben sie bei den Menschen jede Erinnerung an uns getilgt und dafür gesorgt, daß wir und alle unsere Taten in Vergessenheit gerieten. Was sie über uns wußten, wurde jedoch niedergeschrieben. Und nun hat jemand die Schriftrollen gefunden und sie Lady Andrade in die Hände gelegt.«

»Sie verstand aber offenbar kein Wort«, gab Ruval zu bedenken.

»Sie wird es. Sie ist schlau. Und skrupellos. Sie wird wünschen, daß den *Faradh'im* unsere einstige Macht zur Verfügung steht.«

»Dann müssen die Schriftrollen zerstört werden«, überlegte Marron, »das ist doch leicht, selbst auf die Entfernung. Ein kleiner, gut gezielter Sternenbrand...«

»Nein! Ich muß wissen, was in ihnen steht! Ich muß wissen, wieviel verlorengegangen ist!«

»Dann muß man sie stehlen«, meinte Segev, »wie uns das Wissen gestohlen wurde. Man könnte...«

Mirevas Augen verengten sich im Sternenlicht, als sie ihn ansah. »Man könnte?« hakte sie nach.

»Jemand mit der Gabe könnte als Schüler in die Schule der Göttin gehen, ihr Vertrauen gewinnen und dann die Rollen stehlen.«

»An wen denkst du da?« fragte Marron betont sanft.

»Nicht an dich!« schoß sein jüngster Bruder zurück. »Du würdest so behutsam vorgehen wie ein brünstiger Drache!«

»Und du glaubst also, du könntest das tun?« spottete Ruval.

»Ich kann es. Und ich werde es tun.« Ein Lächeln glitt über Segevs harte Züge. »Und vielleicht kann ich gleichzeitig die Sache mit der guten Tante Pandsala in Ordnung bringen, die Großvater während des Krieges an Prinz Rohan verraten hat.«

»Dein Hauptziel müssen die Schriftrollen sein«, sagte Mireva. »Überlaß die Regentin mir. Und Masul, ihrem Möchtegern-Bruder.« Sie lachte vor Erregung leise auf. »Ausgezeichnet, Segev! Dein Plan ist eines Prinzen und *Diarmadh'im* würdig. Aber ich muß dir noch ein paar Dinge beibringen, ehe du gehst. Komm morgen abend zu mir.«

Sie verstanden, daß sie verabschiedet waren, und gingen. Mireva hörte das Zaumzeug klirren, als sie ihre Pferde bestiegen, die sie im Wald gelassen hatten. Sie hörte auch, wie

Marron seinen Bruder aufzog, er würde ein *Faradhi*-Schwächling werden. Als ihre Streiterei leiser wurde, machte sie sich auf den langen Weg zu ihrem Haus und genoß dabei die Berührung des kühlen Sternenlichts, das durch die Bäume fiel.

Sie bewohnte ein niedriges Steinhaus, das viel größer war, als es nach außen hin den Anschein hatte. Es schien an einem Berg zu kleben, war jedoch in Wirklichkeit von Generationen ihrer Vorfahren tief in den Berg hineingegraben. Die beiden vorderen Räume schienen das ganze Haus auszumachen, doch die Holzbretter der Rückwand verbargen eine Tür, die in seinen wichtigsten Teil führte. Mireva zündete zunächst ein Feuer gegen die Kälte der Nacht an und ging dann zu der grob verkleideten Wand, wo sie auf einen Mechanismus drückte, der in einer Ritze verborgen war. Sie ächzte ein wenig, als sie voller Anstrengung die Tür aufstieß, die knarrend und widerwillig aufschwang. Der Korridor dahinter war so finster wie draußen die Nacht. Mireva schlug Eisen gegen Feuerstein und entzündete eine Flamme auf einer dünnen Wachskerze. Wenn sie wollte, konnte sie Feuer herbeirufen, doch sie benutzte die Lichtläufer-Methoden nur, wenn es sich nicht vermeiden ließ. Sie nahm die Kerze aus ihrer Nische und lief den Gang hinunter, ohne die niedrigen Gänge zu beachten, die vom Hauptweg abzweigten. Schließlich war sie an ihrem Ziel angelangt und steckte die Kerze in einen Halter innen neben der Tür.

Gold und Silber schimmerte hier, und Edelsteine tränkten den Raum mit Regenbogenfarben. In einer Ecke stand ein gewaltiger Spiegel, auf dessen mitternachtsblaue Samthülle ein silbernes Sternenmuster gestickt war. Große Truhen und Kisten nahmen den meisten Platz in dem Raum ein. Mireva nahm ein Kästchen, öffnete es und entnahm ihm ein Stückchen Pergament, in das etwas Brüchiges eingewickelt war, das an Minze erinnerte. Es waren nur noch fünf solche Päckchen übrig; bald würde sie wieder sammeln müssen: hoch oben in den Bergen, wo die Kräuter stark und wirkungsvoll waren.

Dann kehrte sie in die Außenräume zurück und schob die schwere Tür wieder an ihren Platz. Nichts verriet, daß es sie überhaupt gab. Sie holte eine Flasche und einen Kelch, setzte sich in einen weichen Stuhl vor das Feuer und rührte den Inhalt des Päckchens in die Flasche. Sie wartete, bis die Kräuter sich verteilt hatten, schenkte sich dann von dem Wein ein und trank ihn in drei langen Zügen. Vor einigen Stunden hatte sie schon einmal einen solchen Kelch geleert, doch die Wirkung hatte nachgelassen, und sie brauchte mehr. Ein Lächeln huschte über ihr Gesicht, als die Droge in ihrem Blut zu wirken begann. Wie dumm die *Faradh'im* doch waren, daß sie sich so davor fürchteten! Aber vielleicht waren ja die Kräfte von Sonne und Monden zu schwach für *Dranath*. Die Alten hatten es als Quelle sicherer, anhaltender Stärke gekannt. *Dranath*-Sucht verlieh große Kräfte.

Mireva holte tief Luft, um die leichte Benommenheit zu verlängern, und schloß die Augen. Die Lichtläufer waren einfach Schwächlinge, die den Gebrauch von *Dranath* nicht dulden konnten. Der eine, den Roelstra süchtig gemacht hatte, war schon nach wenigen Jahren ausgebrannt gewesen. Sie erinnerte sich sehr gut an den Tag, an dem sie die Kräuter und das Wissen um die *Dranath*-Sucht an Lady Palila, die letzte Geliebte von Roelstra, weitergab. Mireva war damals jung gewesen und hatte die Rolle der weisen Alten aus den Bergen nur gespielt. Der Spiegel in ihrem Schlafzimmer verriet ihr, daß sie diese Rolle inzwischen weitaus leichter spielen konnte – aber morgen nacht würde sie die entgegengesetzte Täuschung brauchen. Sie seufzte und zuckte dann die Achseln. Sie konnte es. Und sie würde siegen. Der abhängige Lichtläufer, den Roelstra benutzt hatte, war ein Spaß gewesen. Doch jetzt war es ihr ernst. Die Eröffnung mit Masul würde ihre Gegner auf die Probe stellen, Segev würde ihr die Schriftrollen verschaffen, und in wenigen Jahren schon würde ihr Ruval zum endgültigen Sieg verhelfen.

Der *Dranath*-Rausch erreichte seinen Höhepunkt und sammelte sich in ihrem Bauch. Sie setzte sich bequemer hin und genoß das Kitzeln der Sinnenfreude. Andrade mochte ihre zehn Ringe und ihren Status als Herrscherin über alle *Faradh'im* haben, doch Mireva wußte, daß sie diese Befriedigung durch Macht nie erfahren hatte, die das *Dranath* brachte. Um sicherzugehen, daß dies auch nie geschehen würde, nahm Mireva Pergament und Feder zur Hand und schloß die Augen, um sich besser an die Worte der Zaubersprüche zu erinnern. Nach einigen Augenblicken begann ihre Hand, sich von allein zu bewegen und niederzuschreiben, was sie vor ihrem geistigen Auge sah.

☆　☆　☆

Urival nahm das Glas Wein, das Andry ihm reichte, dankbar an und trank einen tiefen Schluck. Dann setzte er den Becher ab, sank in seinen Stuhl zurück und atmete aus. Geistesabwesend rieb er den Ring an seinem linken Daumen. »Ich bin zu alt«, murmelte er, »ich bin nicht mehr stark genug.«

»Wenigstens habt Ihr etwas gemerkt«, meinte Andrade. »Ich dagegen habe keinen Schimmer mitbekommen.« Sie sah zu ihrem Großneffen hoch, der ihren Namen trug. »Du etwa?«

»Nein, Herrin.« Andry starrte auf seine vier Ringe hinunter. Jeder einzelne trug einen kleinen Rubin als Zeichen für seinen Status als Sohn eines mächtigen *Athri*. Chays Farben waren auch auf seiner Kleidung: Rund um den Halsausschnitt war seine Tunika weiß und rot bestickt. »Ich glaubte, ich hätte das Feuer springen sehen, aber...«

Urival sagte: »Das hat nichts mit dem zu tun, was ich gespürt habe. Jemand hat uns beobachtet. Er war gut verborgen, aber er war da. Und er ist nicht übers Feuer gekommen – das war kein Lichtläufer-Feuer. Es ist Nacht, die Monde sind noch nicht aufgegangen – es gibt nur Sterne am Himmel.«

»Ihr habt jetzt gesagt, was es nicht war«, fuhr Andrade ihn an, »sagt mir endlich, was es war!«

Andry hockte auf den Fersen und schob sich rücklings an den Kamin heran. Wenn sein schlanker Körper so zusammengekauert war und sein langes Haar unordentlich um ein nahezu bartloses Gesicht hing, sah er viel jünger aus als zwanzig, bis auf den Verstand, der aus seinen Augen sprach, die noch blauer waren als die von Andrade. »Wir beschwören Feuer, um aber Dinge zu sehen, können wir es nicht nutzen, nur gesponnenes Sonnen- oder Mondlicht. Urival sagt aber, wir sind belauscht worden. Wenn nicht auf normalem Wege, wie dann?«

Andrade berührte eine Versrolle mit einem ihrer langen Finger. »Nicht wir, Andry. Das hier.« Sie fuhr über die Titelseite mit den zwei merkwürdigen Worten und der seltsamen Bemalung am Rand. »Sieh dir das an und sag mir, wie es gemacht wurde«, fügte sie grimmig hinzu.

Urival erstarrte. »Unmöglich!«

»Sioned hat es getan«, erinnerte sie ihn. »Sie hat Sternenlicht benutzt.« Ihre Blicke begegneten sich, und sie dachten beide an jene Nacht, als Rohan Roelstra im Zweikampf tötete. Sioned hatte einen Lichtdom aus Sternenfeuer gewoben, um jede Einmischung von außen zu verhindern. Andrade und Urival waren in der mächtigen Beschwörung gefangen worden, auch Pandsala, die daneben stand, selbst Tobin, die mit Sioned im fernen Skybowl war. Und auch Pol war in dieses gefährliche, verbotene Lichtgewebe eingesponnen worden, obwohl er gerade erst einen Tag alt war.

»Tante Sioned hat das getan?« Andry blickte auf und runzelte die Stirn. »Aber das ist doch unmöglich, und selbst wenn es möglich wäre –«

»Wenn es nicht möglich wäre, warum wäre es dann verboten?« fragte Urival. »Wir tun es nicht, doch wir wissen auch, daß es geht. Sioned hat es getan.«

»Wer das kann, muß stärker sein als wir.«

»Nicht unbedingt.«

»Seht euch diese Seite an.« Andrade fuhr wieder über das Muster eines sternenübersäten Nachthimmels. »*Die Hexenkunst.*«

»Kein Wunder, daß es Meath in Angst und Schrecken versetzt hat. Und kein Wunder, daß jemand ihn töten wollte, um das hier zu bekommen. Wissen, das unsere Vorfahren auf Dorval zurückgelassen haben, und das wohl vergessen werden sollte?«

»Irgend jemand will uns daran hindern, diese Dinge zu erfahren, soviel steht fest«, sagte Andry.

»Die Versuchung muß sehr groß sein.« Die Herrin der Schule der Göttin faltete ihre Hände mit ihren Ringen fest zusammen. »Ich bin versucht. Ich werde der Versuchung nachgeben. Ich muß wissen, was darin steht. Andere wissen es, also muß ich es auch wissen.«

»Sie hatten ihre Gründe, es zurückzulassen«, warnte Urival. »Gründe für das Verbot, das Sternenlicht zu benutzen. Andrade, die Gefahr –«

»– läge darin, nichts zu wissen«, unterbrach Andry ihn ungestüm. Er war aufgeregt. »Die Herrin hat recht. Wir müssen wissen, was es ist und wie man es benutzt. Und sei es auch dazu, uns davor zu schützen.«

Er wandte sich wieder der Rolle zu und bemerkte daher nicht den Blick, den die beiden Älteren austauschten. Ohne besonderes Können, nur weil sie einander lange Jahre kannten, dachten Andrade und Urival dasselbe, als Andry in der Mehrzahl sprach. Er hatte sich selbst zu denjenigen gezählt, die es erfahren mußten. Andrade hatte ihn heute abend rufen lassen, weil sie verwandt waren und weil er besonders

115

begabt war, doch er wußte noch nicht, was sie und Urival diesen Winter beschlossen hatten: Wenn sie einmal tot war, sollte Andry Herr in der Schule der Göttin sein. Trotz seiner Jugend konnte die Wahl nur auf ihn fallen.

»Sie mit ihren eigenen Waffen schlagen, wer auch immer sie sind?« fragte Andrade ihn jetzt. »Mit Methoden, die unsere Vorfahren lieber vergessen wollten? Mit gefährlichen und verbotenen Methoden?«

Andry stand geschmeidig auf, und als er auf sie hinabblickte, hatte er nichts Jungenhaftes mehr an sich. Jetzt glich er seinem Vater: Willensstärke, Klarheit und Zweckdenken machten sein Gesicht reifer. Aber Andrade sah mit einem Mal nicht nur seinen Vater, sondern auch seinen Großvater in ihm, sah Zehavas unwiderstehlichen Drang, Besitz zu ergreifen. Zehava wollte Land und die uneingeschränkte Herrschaft darüber; Andry wollte Wissen. Beides war gefährlich.

Andrys Augen sprühten vor Ehrgeiz, als er sagte: »Was meint Ihr, wie haben unsere Vorfahren zuallererst gewonnen?«

Urival unterdrückte einen Aufschrei, doch Andrade blieb äußerlich ganz ruhig.

»Weiter«, sagte sie.

»Ihr sagt, daß sie Dorval vor langer Zeit verlassen haben und hierher kamen, um sich in den Lauf der Welt einzumischen. Warum? Es kann ihnen nicht um die Macht gegangen sein, denn sie haben sich nicht zu Prinzen gemacht, und wir haben uns nie in die Belange der Prinzenreiche eingemischt.« *Bis vor kurzem*, sprachen seine Augen, *bis du kamst, Tante Andrade.* »Deshalb haben sie es nicht für sich selbst getan, sondern für das Volk. Weil sie gebraucht wurden. Und trotzdem haben sie einen Teil des Wissens auf Dorval zurückgelassen. Warum wollten sie es uns nicht überliefern? Und noch wichtiger: Warum wollten sie uns nicht wissen lassen, wie man Sternenlicht benutzt, die ›Hexenkunst‹, um die es in dieser Schriftrolle geht? Heute nacht haben wir erfahren, daß andere wissen, was die Lichtläufer der Vergangenheit der Vergessenheit anheim geben wollten. Ist es völlig abwegig, daß es jene Menschen sind, die unsere Vorfahren hier bekämpft haben?«

»Aber warum sollten wir überhaupt die Methoden unserer Feinde kennenlernen? Wissen will benutzt werden – wozu lernt man es sonst? Sie müssen es im Kopf bewahrt haben, und als die anderen besiegt waren, wurde es nicht mehr weitergegeben. Natürlich wurde es dann vergessen.«

Urival unterbrach seine zornige Reaktion auf Andrys Worte selbst und sagte: »Das war viel Gerede um die Vermutung, daß sie vielleicht das, was in dieser Spruchrolle hier steht, benutzt haben, um diese unbekannten Feinde zu schlagen – deren Existenz noch nicht einmal bewiesen ist.«

»Nicht?« Andry sah seine Großtante an. »Ganz am Anfang, als Ihr hier Herrin wurdet, saht Ihr doch, wie mächtig der Hoheprinz Roelstra war.«

Die Edelsteine an ihren Ringen vibrierten im Feuerschein und verrieten das plötzliche Zittern ihrer Hände. »Ich wußte sehr lange, was aus ihm werden würde. Als er jung war, kam er auf Brautschau in die Burg meines Vaters.«

Andry riß die Augen auf, denn diesen Teil der Geschichte hatte er noch nie gehört. »Aber da müßt Ihr doch schon Lichtläuferin gewesen sein.«

»Ja. Ich besuchte gerade meinen Vater und meine Zwillingsschwester zu Hause, deine Großmutter Milar. Ich weiß, was du sagen willst, Andry. Ich sah die Macht der *Faradh'im* schwinden und sah, wie Roelstras wachsende Macht unseren Einfluß bedrohte. Darum verheiratete ich meine Schwester mit Prinz Zehava, denn ich hoffte, daß eines ihrer Kinder die Gabe besitzen und ein Sohn sein würde. Jemand, den ich zum ersten Lichtläufer-Prinzen ausbilden wollte.«

»Es wurde bloß nichts daraus«, murmelte Urival.

»Nein. Statt dessen kam die Fähigkeit bei deiner Mutter durch, Andry. Dann brachte ich Rohan und Sioned zusammen, denn ich wußte, daß sie sehr mächtig war.« Andrades Gesicht zeigte einen Anflug von Bitterkeit.

»Und jetzt ist Pol der Prinz, den Ihr ersehnt habt«, fuhr Andry fort. »Aber es ist sogar davor schon soweit gewesen, Herrin. Sioned ist Höchste Prinzessin und zögert nicht, ihre Gabe auch zum Herrschen einzusetzen, wenn es nottut. Pandsala tut dasselbe als Regentin der Prinzenmark. Mein Bruder Maarken und Riyan von Skybowl – und vielleicht andere, von denen wir noch nichts wissen –, sie alle sind Lichtläufer und Herrscher, und eines Tages wird Pol das sein. Die Methoden der *Faradh'im* verbinden sich mit denen der Prinzen, weil Ihr beschlossen habt, daß es so sein muß.«

»Und müssen wir jetzt die Methoden unserer Feinde übernehmen, weil du beschließt, daß es so sein muß?« fuhr sie ihn an.

»Wir sollen sie nicht übernehmen. Aber warum sollen wir nicht tun, was unsere Vorfahren wahrscheinlich auch getan haben?«

»Weil sie sicher gute Gründe hatten, dieses Wissen nicht mitzunehmen und uns das Sternenlicht zu verbieten.« Andrade lehnte sich in ihren Stuhl zurück und wirkte auf einmal sehr alt. »Sprich einmal mit Rohan darüber, ob man wirklich Methoden benutzen darf, die man verabscheut, um etwas zu bekommen, das ganz sicher richtig ist. Was meinst du wohl, warum er sein Schwert im großen Saal von Stronghold aufgehängt hat, nachdem er Roelstra besiegt hat?«

»Aber er hat gekämpft und gewonnen! Und gerade deshalb konnte er eine Welt schaffen, in der das Gesetz regiert, nicht das vergossene Blut.«

»Du willst also, daß wir lieber die dunklen Sterne benutzen als das reine Licht von Sonne und Monden?«

»Ihr habt es zugegeben: Sioned hat Sternenlicht benutzt –

und wenn sie auch keine *Faradhi*-Ringe mehr trägt, so kann doch niemand an ihrer Treue zweifeln.«

Urival stand abrupt auf. Andry hatte hervorragend gelernt, logisch zu argumentieren. »Laßt uns jetzt allein. Ihr habt gesagt, was Ihr denkt. Ich brauchte wohl nicht zu betonen, daß niemand hiervon erfahren darf.«

»Nein, Herr. Das braucht Ihr nicht.« Aus Andrys Worten sprach keine Erbitterung, doch seine Augen waren voller Auflehnung. Er verbeugte sich vor den beiden und ging.

Andrade schwieg eine Weile, dann sagte sie: »Wenn ich nicht noch ein Weilchen lebe, um diesem Jungen etwas Vorsicht einzubläuen, sind wir verloren.« Sie hob ihr Gesicht zu Urival empor. »Meinst du, ich lebe noch so lange?« fragte sie wie im Scherz, doch ihre Augen waren trübe.

»Du wirst es sein, die den Kelch erhebt und meine Asche auf dem Wind davontreiben sieht«, antwortete er. »Aber nur, wenn du bald etwas Schlaf bekommst.«

»Da kann ich nicht widersprechen. Pack die Schriftrollen an einen sicheren Platz.«

»Das tue ich. Und dann komme ich zurück und sehe nach, ob du schläfst.« Er lächelte. »Störrische, alte Hexe.«

»Dummer, alter Kerl.«

Nachdem Urival die Schriftrollen an einem Ort verwahrt hatte, den nur er kannte, kehrte er in ihre Gemächer zurück. Andrade saß auf ihrem Bett. Ihre langen, silberblonden Zöpfe waren schon gelöst, und ihr Haar umfloß sie wie ein blasser, bauschiger Umhang. Sie hatte ein Nachthemd angezogen, schien jedoch zu unruhig, um auch wirklich zwischen die Laken zu schlüpfen. Urival hatte sie in den letzten Zwei Jahren immer öfter so gesehen. Die Angst um ihre Gesundheit gab ihm jedesmal einen Stich in die Brust. Er schlug die Decken zurück und half ihr ins Bett. Ihm fiel auf, wie leicht und gebrechlich sie geworden war. Er löschte die Kerzen und ging dann leise zur Tür.

»Nein. Bleib hier.«

Bei jeder anderen Frau hätte solch ein Befehlston selbst das liebevollste Herz verletzt. Bei ihr war diese Aufforderung so nah an einer Bitte, wie es ihr Stolz gerade noch erlaubte. Urival erschrak.

»Wie du wünschst.« Er zog sich aus bis auf sein langes Unterkleid und legte sich auf die Decken. Dann zog er die Überdecke vom Fuß des Bettes heran, um sich darin einzuwickeln. Er berührte sie nicht, sondern wartete einfach ab, während das Licht vom Kamin her weiche Schatten durch den Raum tanzen ließ.

»Wenn es Maarken wäre und nicht Andry, hätte ich keine Sorge«, sagte sie endlich. »Sein angeborener Sinn für Ehre ist so stark wie der von Chay oder Rohan. Aber Andry ist mit falscher Klugheit gestraft. Warum müssen alle meine Verwandten so intelligent sein?« Sie seufzte. »Er ist irgendwie anders als sein Vater, sein Onkel oder seine Brüder. Vielleicht hat er es von Zehava.«

»Oder vielleicht sogar von dir.«

»Ja, ich war auch immer so furchtbar schlau, nicht wahr?« Sie lachte unfroh. »Andry wird vielleicht noch gefährlicher sein als ich. Und ich bete zur Göttin, daß ich keinen Fehler mache, wenn ich ihn für den Fall meines Todes zum Herrn über diesen Ort bestimme.«

»Er ist jung. Er wird noch viel lernen.«

»Und du wirst da sein, um ihn zu unterweisen.«

»Falls ich dich überlebe«, gab er so leichthin zurück wie möglich. Er mochte sich nicht vorstellen, in einer Welt ohne sie leben zu müssen. »Außerdem gibt es da noch Rohan, seine Eltern – und unterschätze nicht Maarkens und Sorins Einfluß. Andry liebt seine Brüder über alles.«

Sie drehte sich unter den Decken um, und ihre Finger schlossen sich um seine. »Wir schlafen nicht zum ersten Mal in einem Bett«, bemerkte sie, »weißt du noch?«

»Natürlich. Ich wußte immer, daß du diejenige warst, die mich zum Mann gemacht hat.«

»Ich mache ganze Arbeit«, erwiderte sie, diesmal mit echtem Lachen in der Stimme. »Ich mußte ja dazu Kassia ausstechen. Entweder sie oder ich! Ich glaube nicht, daß sie mir das je verziehen hat.«

»Ich hätte es dir nie verziehen, wenn sie es gewesen wäre.«

»Aber wie hast du es gemerkt? Niemand sonst hat es je gewußt.«

Er verriet ihr nicht, daß sie die Zauber der Göttin nicht so sorgfältig gewoben hatte, weil es um ihn gegangen war. Noch fünfundvierzig Jahre später erkannte sie nicht, daß sie es ihn hatte wissen lassen wollen. »Ein Geschenk der Göttin«, gab er zurück und meinte es auch so.

»Und all die Nächte hinterher. Du mußt mich erkannt haben. Als Wiederholung der Erfahrung. Hat Sioned je gewußt, daß du es warst?«

»Vielleicht hat sie es erraten. Ich weiß es nicht. Aber ich muß sagen, ich hätte gern einmal Rohans Dankbarkeit erfahren. Ich mache nämlich auch ganze Arbeit.«

»Eingebildeter alter Wüstling.« Sie rückte näher, und er legte den Arm um sie. »Sie waren füreinander geschaffen. Ob es Maarken und Hollis auch so gehen wird, was meinst du?«

»So gut, wie es uns beiden all die Jahre ging!« Er küßte sie sanft auf die Stirn. »Und wir sind beide noch nicht so alt, daß wir es morgen früh, wenn wir ausgeruht sind, nicht mal wieder probieren könnten.«

»Wie schamlos!«

»Das hast du mich gelehrt«, antwortete er lächelnd. »Und jetzt schlaf.«

Kapitel 6

Normalerweise hatte Sioned keinen Grund, ihrem Gatten etwas zu verschweigen oder seine Gegenwart zu meiden. Wie kann man auch sein zweites Ich täuschen oder meiden. Doch in den Tagen, seit sie Meath gerettet und so unerwartet den Drachen gestreift hatte, hielt sie beides für notwendig.

Die Sorge um Pol und Tobin, denen es schlecht bekommen war, soviel Energie zu verlieren, hatte Nachmittag und Abend in Anspruch genommen. Als sie endlich sicher war, daß beide ruhig schlafen würden und keinen Schaden genommen hatten, war Sioned so erschöpft, daß sie in ihr Bett sank und bis zum nächsten Mittag alles vergaß. Die Ankunft des Herrn und der Herrin von Remagev mit ihren Kindern beschäftigte sie dann für den Rest des Tages. Deren Empfang und die verschiedenen Anordnungen für ihre Unterbringung ermöglichten es Sioned, Rohan ihre Sorgen zu verschweigen und das Alleinsein mit ihm zu vermeiden.

Er wartete ab, doch jedes Mal, wenn sie ihn ansah, war die Besorgnis in seinen Augen größer geworden. Am dritten Morgen hatte er genug vom Warten. Anstatt mit den anderen unten im großen Saal zu frühstücken, ließ er ihr Essen ins Arbeitszimmer bringen. Sie sollten nicht gestört werden – und Sioned wußte, daß es keine zufälligen Unterbrechungen geben würde. Die Anweisung würde in Kraft bleiben, bis Rohan erfahren hatte, was während ihrer Lichtreise geschehen war.

Sie saß ihm an dem großen Kirschbaumtisch gegenüber, den sie als Schreibtisch benutzten, und fühlte sich an jene Zeiten in der Schule der Göttin erinnert, wenn man sie wegen der einen oder anderen Verfehlung herbeizitiert hatte. Auf jeden Fall sah man Rohan die Verwandtschaft mit An-

122

drade an, die an diesem Morgen durch seine strenge Miene
noch betont wurde.

Ordentlich gestapelte Briefe, unbeschriebenes Pergament,
Schreibmaterial und sonstige Zeugen einer umfangreichen
Korrespondenztätigkeit waren für das Essen beiseite gescho-
ben, obwohl es keiner von beiden anrührte. Neben Rohans
rechtem Ellenbogen lag auf einem geschnitzten Holzpodest
ein dicker Wälzer über Recht und Gerichtsurteile, der in
schillernde grüne und bronzefarbene Drachenhaut gebunden war. Prinz Davvi von Syr, Sioneds Bruder, hatte ihnen
das Werk geschenkt. Auf ihrer Seite des Tisches stand ein
Holzkasten mit ähnlichen Schnitzereien, in dem die verschiedenen Siegel aufbewahrt wurden: je eins für die privaten Briefe, zwei weitere für offiziellere Dokumente und das
große Drachensiegel, das so groß war wie Sioneds Handfläche. Es wurde auf die blauen Wachsanhänger gedrückt, die
an grünen Bändern von allen Dekreten des Hohenprinzen
hingen. An zwei Wänden reichten volle Bücherregale bis
zur Decke, die Bände säuberlich nach Themen geordnet.
Eine kleine Leiter stand einsam und verlassen bei Geologie
und Metallurgie. Sogar über der Tür in der Ecke waren noch
Bücherregale angebracht. Ein wollener Wandbehang, auf
den mit Seidengarn eine Karte gestickt war, bedeckte den
größten Teil der dritten Wand. Schwerfällig bewegte sich
das kostbare Gewebe im warmen Wind, der durch die offenen Fenster zu ihrer Linken hereinwehte.

Sioned liebte diesen Raum. Hier hatte Urival sie in jenem
ersten Sommer auf Stronghold, ehe sie Rohans Prinzessin
wurde, in die *Faradhi*-Geheimnisse eingeweiht – vielleicht
sogar in ein paar zuviel. Hier hatte sie die Gesetze der Wüste
und die Grundlagen des Rechts studiert, die ihr Mann so außerordentlich schätzte. Und in den letzten einundzwanzig
Jahren hatten sie in diesem Raum zusammen gearbeitet, ihr
Land regiert und die Zukunft geplant, in die ihr Sohn hin-

einwachsen sollte. Doch jetzt wünschte sie sich schuldbewußt an jeden anderen Ort, nur um nicht Rohan gegenüber-
sitzen zu müssen, der seine blauen Augen so streng auf sie
richtete, daß sie sich wand wie ein Kind, das man bei einer
Schandtat erwischt hat. Sie blieb ruhig, denn ihr war bewußt, daß er in diesem Augenblick nicht ihr Ehemann war,
sondern der Hoheprinz. Ebenso war sie jetzt nicht hier als
seine Frau, sondern als seine Lichtläuferin.

»Ein Drache«, wiederholte er nur.

Sie nickte und beschloß, es hinter sich zu bringen, damit
sie ihren wirklichen Rohan zurückbekäme. Sie erzählte, was
von dem Moment an, wo Meath sie über das Sonnenlicht gerufen hatte, geschehen war, und schloß mit den Worten:
»Wir haben immer vermutet, daß Drachen sehr intelligent
sind. Wenn ich recht habe und sie Gedankenfarben haben,
die wir *Faradh'im* wahrnehmen können, dann sind sie vielleicht noch intelligenter, als wir bisher geahnt haben.«

»Warum ist das früher nie passiert? So viele *Faradh'im*
weben Sonnenlicht, so viele Drachen fliegen jahraus, jahr-
ein überall herum – warum hat noch nie zuvor jemand einen
von ihnen gestreift?«

»Vielleicht ist es passiert, aber niemand hat es verstanden.
Vielleicht habe ich aber auch unrecht. Doch ich schwöre bei
dem, was ich gefühlt habe, mein Prinz: Ich habe Farben berührt und Flügel gespürt, und Maarken ging es genauso. Pol
und Tobin waren schon wieder in Sicherheit, als es geschah,
deshalb können sie nichts darüber sagen. Doch Maarken
kann es.«

Rohan legte die Hände flach auf den Tisch. Wie sie trug er
nur einen Ring, mit dem Topas seines Vaters, mehr nicht.
Der Edelstein war vor ein paar Jahren neu gefaßt und mit einem Kreis kleiner Smaragde, der Augenfarbe seiner Frau,
umgeben worden. Seine Hände waren schlank und kraftvoll, die langen Finger wiesen blasse Narben auf; es waren

124

Hände, die das wildeste Pferd mit Leichtigkeit bändigten, die ihre Haut sanft wie der leiseste Windhauch liebkosten und ein Schwert mit tödlicher Präzision führen konnten. Es waren die Hände eines Ritters und Prinzen, aber auch die eines Dichters. Sioned konnte sich nicht erinnern, daß sie sich je nicht nach der Berührung dieser Hände gesehnt hatte.

Eine ganze Weile später erst sprach er wieder und ballte dabei die Hände zu Fäusten, so daß die Knöchel trotz der sonnengebräunten Haut weiß wurden. »Könntest du das noch einmal tun? Einen Drachen berühren?«

Überrascht sagte sie das erste, was ihr in den Sinn kam: »Wozu?«

»Ich weiß es nicht. Kannst du es denn?«

Sie dachte lange nach und schüttelte dann den Kopf. »Woher soll ich wissen, wonach ich suchen soll? Niemand hat sich je die Farben eines Drachen gemerkt. Und sonst teilt derjenige, dem die Farben zu eigen sind, ihre Form und ihren Glanz den anderen mit.«

»Ich weiß noch, wie Andrade es mir erklärt hat, als ich klein war«, überlegte er. »Menschen leuchten wie bunte Glasfenster, und jedes ist einzigartig. Die Farben können berührt und mit Licht verwoben werden, wie wenn die Sonne durch ein Fenster scheint und die Luft mit Farben erfüllt. Sioned, wenn auch Drachen solche Farben haben, wenn man ihnen beibringen könnte, sie zu verstehen, wenn wir nun, was weiß ich, irgendwie mit ihnen sprechen oder durch ihre Augen sehen könnten! Sie kommen bald zur Paarung in die Wüste zurück.«

»Ich glaube nicht, daß es gefährlich wäre – nur aufregend.« Sie lächelte leicht: »Du hast sie schon immer sehr geliebt. Ich werde versuchen, einen deiner Drachen für dich zu berühren.«

Er zuckte die Achseln. »Viele sehen die Drachen nicht so wie ich.«

125

Sioned dachte kurz nach, und ihre Brauen zogen sich zusammen. »Du würdest sie nie mißbrauchen, aber andere vielleicht schon. Drachen in der Schlacht – wenn es eine Möglichkeit gibt, sie einzusetzen, dann wird es bestimmt jemand tun. O Göttin, warum muß alles auf Töten hinauslaufen?«

Ein Lächeln umspielte seine Lippen, als er ihr in die Augen sah und der Prinz wieder zu ihrem Rohan wurde. »Mein Vater wollte, daß ich einfach eine Frau nehme wie jeder andere Prinz auch. Er wußte nicht, daß Andrade mir eine Prinzessin schicken würde.«

»Wenn ich eine bin, dann hast du mich dazu gemacht, Liebster. Ich werde versuchen, für dich einen Drachen zu berühren. Aber erwarte nicht zuviel.«

»Ich erwarte alles von dir – und ich bin noch nie enttäuscht worden.« Er sah aus dem Fenster, um abzuschätzen, wie spät es war. »Feylin wollte heute morgen mit mir auch über die Drachen reden. Hast du den Armvoll Pergamente gesehen, mit dem sie angerückt ist? So viele Informationen und Zahlen, daß sie niemand außer ihr verstehen kann.«

»Iß erstmal etwas«, schlug Sioned vor und wies auf sein Frühstück, das unberührt dastand. »Du weißt, wenn ihr beide bei den Drachen seid, vergeßt ihr alles – sogar euren Hunger.«

»Ich dachte, du bist derselben Meinung wie Tobin: daß ich alt und fett werde.«

Sie lachte und warf einen Apfel nach ihm. »Jeder Mann im besten Alter sollte aussehen wie du. Mit einem Bauch, der so flach ist wie der von Maarken. Sei still und iß.«

Pol und Feylin warteten oben im Empfangszimmer. Feylins Tochter Sionell war bei ihnen. Die Herrin von Remagev lächelte zum Gruß und sagte: »Die anderen spielen draußen, auch Walvis und Chay; sie nennen es ›Die Pferde inspizieren‹.«

»Ich hatte gedacht, ihr seid auch draußen«, sagte Rohan zu den Kindern und fuhr Sionell durch ihre rotbraunen Locken.

Pol antwortete: »Lady Feylin sagt, daß ihr über Drachen reden wollt, Vater. Darf ich hierbleiben und zuhören?«

»Natürlich darfst du. Und du, Sionell?«

Das elfjährige Mädchen, das nach Sioned genannt worden war, war eine rundliche, rosige Miniaturausgabe seiner Mutter: mit dem gleichen dunkelroten Haar und dem gleichen dreieckigen Gesicht. Nur die überraschend blauen Augen mit den dichten schwarzen Wimpern unter ebenso dunklen Brauen hatte sie von Walvis geerbt, ebenso ihr wundervolles, sorgloses Lächeln. »Ich mag Drachen, Herr. Und ich mag diesen Raum. Es ist mein Lieblingszimmer in Stronghold. Es ist das Sommerzimmer.«

»Dann werden wir ihm diesen Namen geben«, sagte Sioned zu ihr. »Ich werde meinem Haushofmeister heute nachmittag sagen, daß Lady Sionell es zu Ehren des Wandbehangs das Sommerzimmer genannt hat. Und so soll es von jetzt an heißen.« Sie begegnete kurz Rohans amüsiertem Blick und zwinkerte ihm zu. Sie wußten beide, daß Sionell in Pol verschossen war. Der triumphierende Blick, den das Mädchen dem jungen Prinzen zuwarf, bestätigte dies. Pol zog es vor, ihn zu übersehen, und Sioned unterdrückte ein Grinsen.

Sie machten es sich alle auf dem Teppich bequem. Feylin breitete eine eindrucksvolle Sammlung von Schaubildern, Karten und Listen vor ihnen aus. Der Vortrag begann mit dem Ergebnis der alljährlichen Drachenzählung.

»Den verläßlichsten Berichten zufolge liegt die Gesamtzahl bei einhundertsechzig. Darunter sind dreizehn Leitdrachen und fünfundfünfzig Drachenweibchen in fortpflanzungsfähigem Alter. Der Rest sind Dreijährige, die sich dieses Jahr noch nicht paaren werden. Die Population hält sich ziemlich konstant, wie Ihr meinem Schaubild entnehmen könnt, Herr. Verluste durch Altersschwäche, Krankheiten und Unfälle reduzieren die Zahl auf ungefähr hundertfünfzig, nach dem Schlüpfen wird sie wieder auf ungefähr dreihundert steigen.«

»Aber wir müßten nach dem Schlüpfen an die vierhundert haben«, sagte Rohan. »Bei fünfundfünfzig Drachenweibchen —«

»Es gibt aber nur dreiundvierzig passende Höhlen«, erklärte Feylin. »Ihr wißt, was das heißt.«

Pol runzelte die Stirn. »Was passiert, wenn sie keine Eier legen können?«

»Sie sterben«, antwortete Sionell lakonisch. Pol war etwas beleidigt, daß sie mehr über Drachen wußte als er, doch sie ignorierte seine Miene und fuhr fort: »Letztes Mal starben acht Drachenweibchen. Wir haben aber nicht nur die Jungen von dem Jahr verloren, sondern alle, die sie in ihrem Leben noch hätten bekommen können.«

»Aber wenn die Gesamtzahl doch konstant bleibt, wo liegt dann das Problem?« fragte er.

»Was ist, wenn mal wieder eine Seuche kommt?«

»Zurück zu den Höhlen«, mahnte Feylin freundlich. »Wenn wir nicht genug finden, damit sie für alle reichen, werden die überzähligen Drachenweibchen sterben. Pol hat recht, die Gesamtzahl bleibt konstant, doch sie kann nicht über dreihundert hinaus wachsen, weil es nicht genug Höhlen gibt. Ich werde nicht ruhig schlafen, bis es in Spitzenzeiten nicht mindestens fünfhundert Drachen gibt, möglichst sogar noch mehr.«

»Gibt es denn Höhlen, zu denen wir sie hinlocken könnten, Feylin?« fragte Sioned.

»Im Veresch oben ist es zu kalt. Die Eier würden zum Schlüpfen nicht warm genug. Und südlich von Rivenrock gibt es überhaupt keine geeigneten Höhlen mehr.«

»Rivenrock«, wiederholte Rohan. »Da gibt es wunderbare Höhlen, und zwar reichlich. Habt Ihr irgendeine Idee, wie man die Drachen dazu bringen könnte, dorthin zurückzukehren, Feylin?«

»Tut mir leid, Herr.« Sie schüttelte den Kopf. »Das Bittersüß, das sie in Paarungsjahren fressen, wächst dort so reichlich wie nirgendwo sonst. Die Höhlen sind einfach perfekt, wie Ihr schon sagtet. Tausend Generationen sind dort schon geschlüpft, soweit ich weiß. Aber jetzt überfliegen sie Rivenrock nicht einmal mehr.«

»Das versteh' ich nicht, Mama«, klagte Sionell. »Ich weiß, daß sie dort an der Seuche gestorben sind, aber alle, die sich noch daran erinnern könnten, sind doch inzwischen tot. Woher wissen die Jungen, daß sie Rivenrock meiden sollen?«

»Ich glaube, sie sind viel klüger, als wir uns je vorgestellt haben«, erklärte Sioned nachdenklich und dachte an die strahlenden Farben, die sie einen Moment lang berührt hatte. »Wenn sie sich anders miteinander verständigen können als normale Tiere, dann können die alten Drachen die jüngeren durchaus vor diesem Ort, an dem so viele gestorben sind, gewarnt haben. Oder die jüngeren haben diesen Platz von den älteren nie gezeigt bekommen, so daß sie gar nicht wissen, daß es ihn gibt.«

Rohan hörte ihr gebannt zu. Er sagte nichts, doch sie wußte auch so, was er dachte. Wenn sie über das Sonnenlicht irgendwie mit den Drachen Kontakt aufnehmen konnte, dann konnte man sie vielleicht nach Rivenrock zurücklocken. Wenn sie mehr Höhlen zur Verfügung hätten, würde ihre Vermehrung gesichert sein.

Pol hatte den Blickwechsel zwischen seinen Eltern bemerkt und fragte: »Weißt du vielleicht, wie man sie zurückführen könnte, Vater?«

»Ich weiß auch nicht, was ich im Moment tun könnte«, lächelte er. »Feylin, wie viele Jungdrachen wird es dieses Jahr wohl geben?«

»Ungefähr hundertfünfzig, wenn wir Glück haben. Übrigens stimmt es nicht, Sioned, daß man den Drachen die Höhlen erst zeigen muß. Vor ein paar Jahren sind einige eingestürzt, und die Drachen haben sich in der Nähe von Skybowl andere gesucht. Deshalb glaube ich, daß sie Rivenrock kennen. Sie wollen bloß nicht dorthin.«

»Ich wünschte, sie würden sich nicht gegenseitig umbringen«, meinte Sionell bedrückt. »Es sieht immer schrecklich aus, wenn ein Drache stirbt.«

»Dadurch überleben nur die stärksten«, erklärte Pol. »Wenn es genug Höhlen für alle Drachenweibchen gäbe, würden auch die schwachen überleben können.«

»Das ist wahr«, sagte Rohan, »aber Lady Feylin hat trotzdem recht. Zuallererst muß die Gesamtzahl so groß sein, daß die Drachen außer Gefahr sind. Wenn sie dann genug sind, mag die Regel, daß nur die stärksten überleben und sich fortpflanzen, ohne Einschränkung gelten.«

»Wie bei Prinzen«, meinte Pol. »Sie versuchen alle einander umzubringen und kämpfen um das beste Land. Bis du ihnen gezeigt hast, daß du der Stärkste bist«, fügte er stolz hinzu, und Rohan runzelte die Stirn. »Weil es das Gesetz ist, das die größte Stärke verleiht, nicht wahr, Vater? Die Stärke einer Armee ist ungewiß, aber das Gesetz bleibt das Gesetz.« Er warf einen verstohlenen Blick auf Sionell, um zu sehen, ob seine prinzliche Weisheit sie auch beeindruckte, und Sioned verbarg erneut ein Lächeln, als das kleine Mädchen ernsthaft nickte.

Auch Feylin bemerkte die kleine Szene, lachte jedoch unverhohlen, als sie Sioneds Blick begegnete. »Meine Domäne sind Drachen, nicht Prinzenstrategien«, verkündete sie und sortierte ihre Pergamente. »Ich lasse Euch das zum Durchlesen hier, Herr. Sionell, sollen wir jetzt nicht lieber deinen

Vater, deinen Bruder und das neue Pony suchen, das du Lord Chaynal zeigen wolltest?«

»Ja, Mama. Pol, komm doch bitte mit und sieh dir mein Pony an!«

Einen Augenblick dachte Sioned, Pol würde zustimmen. Doch dann schüttelte er den Kopf. »Ich möchte bei meinen Eltern bleiben und darüber sprechen, was Lady Feylin berichtet hat. Später vielleicht.«

Sionell sprang verärgert auf. »Später sind wir vielleicht ausgeritten, und dann hast du's verpaßt!« Sie dachte gerade noch daran, sich vor Sioned und Rohan zu verbeugen, ehe sie zur Tür hinausrauschte.

Die Erwachsenen bezähmten heldenhaft ihre Heiterkeit, als Pol zur Tür schaute, durch die sie verschwunden war. Feylin konnte sich beherrschen, bis sie die Tür hinter sich geschlossen hatte, doch Sioned kam es vor, als höre sie gleich darauf ein unbezähmbares Kichern – und wünschte, sie könnte sich ebenso gehen lassen.

Pol murmelte etwas in sich hinein. Rohan sah ihn an, ohne mit der Wimper zu zucken. »Was sagtest du eben?«

»Nichts. Was machen wir mit den Drachen, Vater?«

»Zuallererst reisen wir dieses Jahr alle hoch nach Skybowl.«

»Alle?«

»Ja, natürlich.« erwiderte Rohan, die Unschuld selbst, während Sioned ihren Kampf gegen das Lachen beinahe verlor. »Malvis wird selbstverständlich hierbleiben und sich um Stronghold kümmern, während wir fort sind. Aber alle anderen kommen mit.«

Sioned hatte nun doch Mitleid mit dem Jungen. »Feylin kommt natürlich mit, aber Sionell und Jahnavi werden wohl bei ihrem Vater bleiben. Es ist ein sehr weiter Ritt, selbst wenn man ein neues Pony hat.«

Pol nickte und versuchte vergeblich, seine Erleichterung

zu verbergen. »Es ist wirklich schade, daß die Drachen nicht sehen können«, sagte er. Jetzt, wo er wußte, daß die kleine Klette nicht mitkommen würde, konnte er großzügig sein.

Rohan sah nachdenklich vor sich hin. »Ich glaube, ich muß deine Erziehung allmählich erweitern, Pol. Ich habe dich gelehrt zu reiten, mit dem Messer zu kämpfen und mit einem Schwert umzugehen. Lleyn hat gesagt, daß du in allen drei Disziplinen gute Fortschritte machst. Aber jetzt werde ich dir etwas anderes beibringen, was dir sehr nützlich sein wird.« Plötzlich grinste er breit. »Ich werde dir zeigen, wie man eine Frau im Schach schlägt.«

»Mutig, mutig, Herr Drachenprinz«, spöttelte Sioned. »Bringe uns das Brett und die Figuren, Pol, und dann schau zu, wie ich ihn zum zwanzigsten Mal in diesem Jahr vom Brett fege.«

»Und dabei zählt das neue Jahr erst seit zwanzig Tagen«, sagte Pol unschuldig und lief davon, um das Schachbrett zu holen.

Rohan baute das Spiel auf dem Teppich auf; Pol saß neben ihm. Sonnenlicht ließ die beiden blonden Köpfe glänzen und betonte die Ähnlichkeit ihres Lächelns. Selbst die Handbewegung, mit der sie ihr Haar nach hinten strichen, war dieselbe. Pol war etwas brauner als Rohan, seine Haare und Wimpern waren etwas dunkler, und seine Augen blitzten mal grün, mal blau. Doch er hatte nichts von Ianthe an sich, nichts, was Sioned an die Prinzessin erinnert hätte, die ihn geboren hatte.

Nach Rohans ersten Zügen betrachtete sie die Aufstellung und erklärte Pol: »Jetzt will er mich zu einem Fehler verleiten. Sieh genau hin.«

»Würde ich dir so etwas antun?« fragte Rohan mit unschuldigem Augenaufschlag.

»Wann immer du kannst.«

»Du nimmst die Verteidigungsstellung von Großmutter

Milar, Mutter, nicht wahr? Maarken hat sie Meath beigebracht, und der hat sie mir gezeigt.«

»Sie liebte Schach und hat gut gespielt«, antwortete Sioned. »Nur Andrade hat manchmal gegen sie gewonnen. Und jetzt hör auf, mich abzulenken, mein Jungdrache!« fügte sie hinzu und schnitt ihm eine Grimasse. Er lachte, und sie wußte, daß er ihr die Mißstimmung bei seiner Ankunft vergeben hatte.

»Sieh dich vor«, sagte Rohan, »sie kann einfach nicht verlieren.«

»Meines Wissens hat sie darin ja auch wenig Übung«, entgegnete Pol verschmitzt, »und es sieht auch nicht so aus, als könntest du es ihr diesmal beibringen, Vater.«

»Oho, jetzt gibt es also Komplimente, damit ich mich in Sicherheit wiege.« Sioned beugte sich vor und zwickte Pol ins Ohr.

Rohan zog eine Figur. »Denk dran, Junge, wenn du mit einer Frau Schach spielst, mußt du sie immer gewinnen lassen – selbst nach eurer Hochzeit.«

»Mich gewinnen lassen?« Sioned gab ihm einen spielerischen Kinnhaken. Er schnappte sich ihr Handgelenk, zog und warf sie erfolgreich auf eine Seite des Schachbretts. Sioned boxte nach seinen Rippen; sie kannte jeden empfindlichen Punkt an seinem Körper. Die Schachfiguren flogen um, und Pol schrie: »Schachmatt!«, als sie alle drei lachend auf dem Teppich herumrollten und sich kitzelten. Sioneds Haare lösten sich, Rohan griff nach ihrem dicken Zopf, zog sie herunter und küßte sie. Dann wandten sich beide ihrem Sohn zu. Pol wurde gefangen und quietschte atemlos vor Lachen.

»Na so was«, kam eine amüsierte Stimme von der Tür her, »wer probt denn hier wohl den Aufstand? Wollen wir wetten, wer gewinnt, Maarken?«

»Pol«, sagte der junge Mann sofort. »Von Chadric kennt er

bestimmt eine Menge schmutziger Tricks im Kampf ohne Waffen, Mutter.«

Das prinzliche Trio kam zur Ruhe und setzte sich, immer noch lachend, wieder hin. Rohan grinste zu Maarken und Tobin hoch. »Setz du nur immer auf den Jüngeren – besonders wenn er dein zukünftiger Prinz ist.«

»Reine Taktik von mir«, stimmte Maarken lachend zu und half Sioned auf die Beine.

Sie bedankte sich und versuchte, ihr Haar wieder in Ordnung zu bringen. »Willst du etwa da sitzen bleiben?« fragte sie ihren Mann. »Hoch mit dir, und zeig mal ein bißchen mehr prinzliche Würde.«

»Zeigt wirklich mal, was ihr könnt«, wies Tobin sie an. »Ich komme nämlich, um euch die Botschafterin aus Firon anzukündigen.«

Rohan stöhnte und schüttelte den Kopf. »Ihr Lichtläufer hat doch gesagt, sie würde erst morgen kommen.«

»Lady Eneida folgt mir auf dem Fuße, lieber Bruder.«

Maarken und Pol suchten die Schachfiguren zusammen, während Tobin das Brett an seinen Platz zurückbrachte und einen umgeworfenen Stuhl aufstellte. Rohan und Sioned zupften einander die Kleider zurecht, dann schnappten sie sich ihren Sohn und taten bei ihm dasselbe. Alle nahmen Platz, und Maarken stellte sich hinter den Stuhl seiner Mutter, wie es sich für einen jungen Lord in Gegenwart seines Prinzen ziemte. Dann klopfte es auch schon an die Tür.

»Herein«, sagte Rohan und strich sich zum letzten Mal die Haare glatt.

Die fironesische Botschafterin war eine dunkle, schlanke Frau zwischen vierzig und siebzig. Sie war so kühl und zart wie das Kristallglas, für das ihr Land berühmt war, doch damit war es mit der Ähnlichkeit auch schon vorbei. Es mangelte ihr völlig an der luftigen Grazie der fironesischen Glasphantasien. So zerbrechlich sie auch wirkte, so hatte sie

134

doch etwas Steifes an sich. Auch wenn Rohans wenig förmlicher Hof sie davor bewahrte, sich in steife, höfische Kleidung zwängen zu müssen und dadurch noch mehr niedergedrückt zu werden, war ihr Wollgewand doch für das kältere Klima von Firon gedacht. Als sie sich vor dem Hoheprinzen, der Höchsten Prinzessin und dem Thronerben verbeugte, standen ihr feine Schweißtropfen auf der Stirn.

»Es ist sehr entgegenkommend, mich in Euren Privatgemächern zu empfangen, Hoheit«, sagte sie zu Rohan.

»Was nur noch von Eurem Entgegenkommen übertroffen wird, so schnell von Firon hierher zu reisen«, erwiderte er. »Setzt Euch bitte, Lady Eneida, und macht es Euch bequem.«

Als Maarken ihr einen Stuhl hinstellte, murmelte sie ein paar Worte des Dankes und faltete ihre schmalen Hände über ihrem Schoß. »Unser regierender Rat hat mich geschickt, damit ich mit Eurer Hoheit über den unseligen Zustand unseres Prinzenreiches spreche«, hob sie an. »Wie Ihr wißt, starb Prinz Ajit beim letzten Neujahrsfest, ohne einen Erben zu hinterlassen.«

»Wir erfuhren über das Sonnenlicht von seinem Tod und waren bekümmert«, sagte Rohan. Er erinnerte sich sehr gut an den Prinzen, der bei Rohans erstem turbulenten *Rialla* offen dessen Fähigkeit bezweifelt hatte, auch nur die Grundzüge des Regierens zu begreifen. Er hatte es Ajit nie nachgetragen, sondern war sogar dankbar gewesen, daß er diese Befürchtungen aussprach, weil sie seinen Schachzügen entgegenkamen. Ein dummer Hinterwäldler – das war genau der Eindruck, den er hatte erwecken wollen, um Roelstra zu Zugeständnissen zu verleiten. Inzwischen waren natürlich alle längst eines Besseren belehrt.

Lady Eneida fuhr fort: »Die Tage seit dem Ableben Seiner Hoheit waren nicht einfach. Unablässig gingen, hm, sozusagen Vorschläge von anderen Prinzen bei uns ein.«

»Das ist mir klar. Wie steht Euer Rat dazu?«

Sie ließ sich zu einem frostigen Lächeln herab. »Alle sind argwöhnisch – wie Ihr Euch wohl denken könnt, Herr.«

»In der Tat«, murmelte Tobin.

»Die meisten dieser Vorschläge betreffen Blutsverwandtschaft, echte und eingebildete. Und damit wäre auch Eure Hoheit zu nennen.« Sie schloß Sioned und Pol diesmal in ihren Blick mit ein.

»Ich fürchte, ich begreife nicht recht«, warf Sioned ein. »Ich kenne mich bei den Verwandtschaftsbeziehungen der Prinzen nicht genügend aus, Lady Eneida.«

»Das überrascht mich nicht, Hoheit, denn die Sache ist ziemlich verworren. Die Großmutter des Hohenprinzen war eine Tochter unseres Prinzen Gavran. Sie hatte noch zwei Schwestern – und die heirateten die Prinzen von Dorval und Kierst.«

Tobin beugte sich auf ihrem Stuhl ein wenig vor: »Dann gibt es in vier Prinzenhäusern mögliche Erben für Firon: die Söhne von Volog von Kierst, die Söhne von Davvi von Syr, die Enkel von Lleyn von Dorval und meinen Neffen, Prinz Pol.«

Die Botschafterin neigte den Kopf als Zeichen der Anerkennung für Tobins präzise Zusammenfassung. »Der Anspruch der Wüste wiegt stärker, weil er vom Hoheprinzen kommt – und auch durch die Verbindung der Höchsten Prinzessin Sioned zur Prinzenlinie von Kierst.«

Rohan runzelte angesichts des Eifers seiner Schwester verärgert die Stirn. »Herrin, Ihr begreift wohl, daß es den Untergang Eures Landes als unabhängiges Prinzenreich bedeuten könnte, wenn Ihr meinen Sohn zum Erben von Firon macht.«

Ihre Antwort war ein Achselzucken. »Diese Aussicht gefällt uns tatsächlich nicht sonderlich – bei allem gebotenen Respekt, Hoheit«, wandte sie sich Pol zu, der verständnisvoll nickte. »Doch sie ist tausendmal besser, als von Cunaxa geschluckt zu werden.«

»Ich weiß Eure Position zu schätzen«, sagte Rohan. Die Andeutung eines Lächelns zeigte, daß Lady Eneida sein Wortspiel, mit dem er die geographische Lage von Firon einbezog, zu schätzen wußte: Firon lag unmittelbar neben dem immer hungrigen Cunaxa. »So etwas würde auch uns nicht gefallen. Aber es gibt auch gute Gründe, beispielsweise Prinz Lleyns jüngeren Enkel als Erben einzusetzen. Firon würde unabhängig bleiben.«

Tobin rutschte auf ihrem Stuhl herum und warf ihrem Bruder einen ärgerlichen Blick zu. Maarken, der neben ihr stand, legte ihr unauffällig die Hand auf die Schulter. Er kannte die Neigung seiner Mutter, Besitz ergreifen zu wollen, genauso wie Rohan.

»Dorval ist weit«, sagte Lady Eneida offen, »zehn Tage mit dem Schiff, bei gutem Wetter, falls wir gegen Cunaxa Unterstützung brauchen. Aber wir haben eben auch eine Grenze zur Prinzenmark.«

»Eine schwierige Grenze«, betonte Sioned. »Hohe Berge, durch die nur ein Paß führt, der einigermaßen passierbar ist.«

»Und die Wüste ist ebenfalls Nachbar von Cunaxa«, sagte Lady Eneida wie nebenbei, doch ihre Augen waren scharf wie dunkle Glassplitter.

Rohan tat nichts, um die Stille, die diesen Worten folgte, abzukürzen. Er wußte, was sie meinte. Ein Vertrag, der Lleyns Enkel Laric in Firon einsetzte, würde die Cunaxaner weit weniger einschüchtern, als wenn Rohan diesen Platz innehätte. Denn dann wäre jeder Angriff auf Firon eine direkte Drohung gegen ihn und würde nicht nur Beistandsverpflichtungen unter unabhängigen Prinzenreichen auf den Plan rufen. Kierst lag zwar näher an Firon, aber nur die Herrscher der Wüste konnten einen Einmarsch in Firon mit einem direkten Angriff auf Cunaxa beantworten. Prinz Miyon würde nie so unklug sein, im Westen anzugreifen, wenn er mit einem Gegenangriff von Süden rechnen mußte, der die Schlagkraft seiner Truppen halbieren würde.

Schließlich brach Lady Eneida das Schweigen: »Der Anspruch der Wüste wiegt am stärksten. Durch Euch, Herr, ist Prinz Pol eine Generation näher an Firon. Und dazu kommt die Verwandtschaft der Höchsten Prinzessin mit Kierst…« Sie beendete ihre Worte mit einem Achselzucken. Firons Ende als unabhängiges Prinzenreich war besiegelt.

»Ich gehe davon aus, daß Euer Rat einverstanden ist; sonst wärt Ihr wohl kaum hier«, erwähnte Tobin.

»Ja, Hoheit, gezwungenermaßen. Dies wieder bei allem Respekt. Nicht daß wir fürchten, wir hätten nicht angemessen gewählt.«

»Ihr bedauert nur, daß es überhaupt notwendig war«, half ihr Rohan. »Auch ich bedaure dies, Herrin.«

»Kann ich dann davon ausgehen, daß der Hoheprinz den Vorschlag unseres Rats annimmt?«

»Vor dem *Rialla* kann keine Entscheidung gefällt werden. Wir müssen erst die anderen Prinzen konsultieren, wie es das Gesetz verlangt.«

Tobin holte tief Luft. Maarkens Finger schlossen sich warnend fester um ihre Schulter. Lady Eneidas Rückgrat wurde zu einem Eiszapfen.

»Bitte glaubt mir«, sagte Rohan, »wenn ich Euch sage, daß alles getan werden wird, um die Sicherheit und Selbständigkeit von Firon zu gewährleisten. Doch Gesetz ist Gesetz, und es ist zu befolgen. Ich kann keinen Anspruch erheben und nichts annehmen, ehe nicht alles in Waes offen besprochen wurde.«

»Herr, vielleicht habe ich die Gefahr aus Cunaxa nicht deutlich genug ausgemalt. Vor dem *Rialla* liegt ein langer Frühling und der ganze Sommer.«

»Dennoch werde ich die Gesetze befolgen, die ich selbst erlassen habe«, sagte er ruhig. »Euer *Faradhi* in Balarat ist nur einen Lichtstrahl entfernt von Prinzessin Sioned. Wenn Ihr Hilfe braucht, werdet Ihr sie bekommen, wie es das Gesetz verlangt.«

Und damit mußte sie sich zufrieden geben. Mit eisiger Miene verließ sie den Raum und schloß die Tür mit einem knisternden Geräusch.

Ehe Tobin ihrem Zorn freien Lauf lassen konnte, bat Sioned: »Maarken, holst du bitte deinen Vater?«

Leise Enttäuschung machte sich auf seinem Gesicht breit, weil er einen der berühmten Wutausbrüche seiner Mutter verpassen würde, doch er verbeugte sich und gehorchte. Rohan nickte seiner Frau dankbar zu und wandte sich an Pol.

»Du warst bei Lleyn und Chadric in der Lehre. Wie denkst du über diese Sache?«

Der Junge erholte sich rasch von der Überraschung, daß er gefragt wurde. »Wir müssen Firon übernehmen. Wir liefern ihnen die Glasbarren, und ich kann mir nicht vorstellen, daß Cunaxa diesen Handel dulden würde, auch wenn ein Verzicht seinen Gewinn kräftig schmälern würde. Dazu machen die Merida am Hof von Cunaxa gegen uns Front. Und sie grenzen an Firon und können zwei gute Bergpässe benutzen.«

»Drei«, warf Tobin ein. Ihre schwarzen Augen glühten. »Rohan, was ist in dich gefahren? Sie reichen dir ein Prinzenreich auf dem Silbertablett, und du willst bis zum Ende des Sommers warten, ehe du es nimmst?«

»Ja. Kannst du mir erklären, weshalb, Pol?«

»Wegen dem Gesetz, wie du schon sagtest.« Der Junge zögerte und zuckte dann die Achseln. »Außerdem müssen die Prinzen ja sowieso zustimmen. Unser Anspruch ist der größte, und du bist schließlich der Hoheprinz.«

139

»Warum handelt er dann nicht entsprechend?« forderte Tobin. »Es ist hübsch und edel von dir, Rohan, daß du die Form wahren willst, aber in der Zwischenzeit können die Cunaxaner die Grenze überschreiten, und dann müssen wir uns das erst erkämpfen, was uns die Fironesen ohne einen einzigen Schwertstreich überreichen wollen.«

Rohan beachtete sie nicht, sondern blickte nachdenklich seinen Sohn an. »Weil ich Hoherprinz bin«, wiederholte er, »ist deshalb mein Wunsch Gesetz?«

»Nein, aber −«

Er wurde durch die Ankunft von Chay und Maarken unterbrochen. Tobin sprang auf und wies ihren Gatten an, ihren Bruder zur Vernunft zu bringen. Chay zog die Brauen zusammen, sagte jedoch nichts, bevor er Lady Eneidas Stuhl umgedreht und sich rittlings darauf gesetzt hatte, die Arme auf die Lehne gelegt, die langen Beine ausgestreckt.

»Man hat mir erzählt, Firon hätte ein Geschenk für dich«, bemerkte er gelassen. Dann meinte er mit einem boshaften Glitzern in den grauen Augen: »Eigentlich könnten wir diesen Sommer doch einmal ein Manöver bei Schloß Tuath abhalten. Welch glücklicher Zufall, daß die Grenze zu Cunaxa nur fünfzig Längen entfernt liegt.«

Tobin stieß hörbar ihren Atem durch die Zähne aus. Sie starrte ihren Mann wütend an. Pols Augen öffneten sich vor Staunen; Sioned betrachtete ihre Hände, um das Zucken um ihre Mundwinkel zu unterdrücken. Rohan aber grinste seine Schwester breit an.

»Du solltest meine geistige Gesundheit wirklich nicht so schnell bezweifeln, Tobin«, mahnte er. »Miyon und sein Rat werden so nervös sein, wenn wir vor ihrer Grenze aufmarschieren, daß sie weder Zeit noch Nerven haben werden, an Firon zu denken.«

»Das sagst du«, gab sie zurück. »Aber warum willst du nicht gleich dem Vorschlag von Firon zustimmen? Es würde viel Zeit sparen. Pol hat recht. Sie müssen ihrem Hohenprinzen sowieso zustimmen.«

»Und wenn ich mich dem Gesetz nicht beuge, wer soll es denn dann tun?« konterte er. »Verstehst du, Pol?«

Der Junge sah Maarken an, der ermutigend lächelte, und sagte dann: »Es ist, wie wenn man Lichtläufer ist, oder? Du bist der Hoheprinz, und du bist dem Gesetz stärker verpflichtet als jeder andere, auch wenn es unpraktisch ist. Für einen *Faradhi* ist es dasselbe. Mehr Macht bringt auch mehr Verpflichtungen.«

»Richtig.« Sein Stolz überstrahlte beinahe das Sonnenlicht. Er mußte unbedingt Lleyn, Chadric und Audrite danken. »Tobin, du kennst dich am besten mit Karten aus. Würdest du einen Vorschlag ausarbeiten, wie man Firon zwischen der Prinzenmark und Fessenden aufteilen kann.«

»Fessenden!«

Pol blieb der Mund offenstehen; Sioned zwinkerte ihm zu. Chay legte die Stirn auf seine verschränkten Arme und lachte leise. Danach hob er den Kopf und sagte: »Tobin, Tobin, hast du immer noch nicht gelernt, ihm nichts zu unterstellen?«

Ihr Entsetzen war Abscheu gewichen. »Ach, der Prinz will also nicht gierig erscheinen, wie? Hauptsache, die besten Kristallbläser kommen unter die Herrschaft der Prinzenmark.«

»Fessenden bekommt ein hübsches Stück Land und wird uns für unsere Großzügigkeit sehr dankbar sein. Maarken, du könntest dich eigentlich mal mit Eolie in Graypearl in Verbindung setzen und fragen, ob Lleyn etwas über enge Bindungen oder Spannungen im Grenzgebiet weiß. Ich möchte das alles so einfach und schmerzlos wie möglich durchführen.«

Maarkens Gesicht spiegelte seine Zustimmung zu dem Plan. »Gern, Herr. Seit den Grenzdiskussionen vor drei *Rial-*

l'im ist Lleyn die perfekte Informationsquelle. Er weiß ganz genau, wer mit wem um welchen Grashalm gekämpft hat – auch wenn es ihn verrückt macht.«

»Ich bin sicher, diese kleine Umstrukturierung unserer Welt wird für alle interessant werden«, sagte Rohan. »Vergiß nicht zu erwähnen, daß es eine Entschädigung geben wird, wenn er seine Enkel aus der Diskussion um die fironesische Thronfolge heraushält – sofern er einverstanden ist, heißt das.«

»Ich glaube, das ist er. Der ältere Sohn, Ludhil, verläßt Dorval höchstens zum *Rialla* freiwillig, also bezweifle ich stark, daß er Firon haben will. Und Laric ist mehr Gelehrter als Prinz.«

Rohan überlegte kurz. »Ich werde in Waes mal mit Davvi über Tilal sprechen. Der würde nämlich einen ausgezeichneten Prinzen abgeben.«

»Dazu haben wir ihn schließlich erzogen«, stimmte Sioned zu. »Aber was ist mit dem jüngeren Sohn von Volog? Sein Anspruch ist ebenso berechtigt.«

»Ich werde auch mit ihm reden. Ich muß ein Liebling der Göttin sein, daß sie nicht nur Prinzen, sondern auch Verwandte sind.«

Tobin schnaubte leicht. »Ach so, es bleibt also alles in der Familie! Du erinnerst dich sicher noch daran, daß du es so eingefädelt hast, daß Vologs Enkel eines Tages sowohl Kierst als auch Isel regieren wird. Willst du ihm noch ein drittes Prinzenreich schenken?«

»Ich glaube kaum, daß ich das eingefädelt habe, Tobin. Hätte ich vorhersehen können, daß Saumers einziger Sohn ohne Erben sterben würde?«

»Nein, aber die Dinge entwickeln sich einfach immer zu deinen Gunsten«, erwiderte sie. »Einverstanden, ich zeichne dir die neue Karte. Aber ich finde trotzdem, daß du selber alles nehmen solltest, und zwar sofort.«

»Du bist nur verärgert, daß du nicht als erste an die Ecke bei Fessenden gedacht hast«, sagte Chay. »Rohan, ich bin der Meinung, daß Walvis das Manöver bei Tuath leiten sollte.«

»Wenn Maarken keine Lust dazu hat.« Er sah den jungen Mann fragend an. Dieser verlor sein Lächeln. »Wenn Ihr nicht...«

»Wenn mein Prinz es wünscht, dann gehe ich.«

»Aber ich bin sicher, daß Andrade ihn beim *Rialla* sehen will«, mischte sich Sioned ein. »Schick Walvis hin. Seit Tiglath kennt man ihn im Norden sehr gut. Maarken könnte die Cunaxaner und unsere eigenen Leute selbstverständlich beeindrucken, aber schließlich geht es nicht darum, was Maarken für ein tüchtiger Feldherr ist, sondern darum, daß eine Schlacht möglichst vermieden werden soll.«

Das war sehr logisch. Aber Rohan wußte trotzdem genau, daß der eigentliche Grund, warum Maarken nach Waes und Walvis nach Tuath gehen sollte, ein anderer war. Die Erleichterung in Maarkens Augen bestätigte, daß er lieber zum *Rialla* wollte. Rohan sah seine Frau mißtrauisch an und stimmte dann zu. Er würde die Wahrheit später erfahren.

Pol seufzte betrübt: »Das heißt also...«

»Chay«, unterbrach Sioned sanft, »geh doch am besten mit Maarken zu Walvis und sprich mit ihm.«

Tobin war noch immer über ihren Bruder verärgert, doch Chay hatte die Zwischentöne mitbekommen. Er sagte jedoch nichts dazu, sondern nickte nur und verließ mit seiner Frau und seinem Sohn das Zimmer – nicht ohne Sioned vorher einen langen, amüsierten Blick zuzuwerfen, den sie äußerst gelassen zurückgab. Rohan sah sein Grinsen und schüttelte den Kopf.

Als die drei allein waren, schaute Sioned Pol verschmitzt an: »Ja, das heißt, daß Sionell und Jahnavi mit uns nach Skybowl reiten werden. Du wirst es überleben.«

Rohan lachte leise, als sich die Wangen des Jungen verfärbten. »Noch fünf Jahre, Pol, dann bist du außer Gefahr. Dann werden sich Scharen von jungen Männern darum reißen, ihre Aufmerksamkeit von dir abzulenken.«

Pol riß erstaunt die Augen auf bei dem Gedanken, daß diese plumpe, lästige, kleine Person einmal Männer den Kopf verdrehen würde und daß ihm das etwas ausmachen könnte. Rohan mußte lachen, obwohl er es nicht hätte tun sollen.

»Also gut«, sagte Pol, »es ist irgendwie angemessen, daß mein Anspruch auf Firon von euch beiden kommt, genau wie meine Lichtläufer-Gaben. Ich bin froh, daß er dadurch, hm, doppelt ist. Sonst hätte ich das Ganze wohl nicht ganz richtig gefunden.«

Sioned nickte nur, doch ihre Augen wirkten leer. Rohan kannte den Grund. Es gab keinen Anspruch auf Firon, der durch sie begründet war, und auch die Gabe kam nicht von ihr. Sie war viel zu empfindlich. »Findest du diese Aussichten beängstigend, mein Sohn?«

»Nein – jedenfalls nicht besonders«, fügte er ehrlich hinzu. »Ich muß mir jetzt bloß um noch ein Prinzenreich Gedanken machen.« Er verzog das Gesicht. »Aber paß auf, daß es das letzte auf meiner Liste ist, Vater. Ich glaube nicht, daß ich noch mehr Reiche im Kopf behalten kann.«

»Als Hoheprinz mußt du dich aber um alle kümmern.«

»Dann werde ich alle mit einer Million Fragen löchern.«

»Wir werden versuchen, sie zu beantworten. Da fällt mir ein, wie geht es eigentlich Chadric? Wir hatten noch gar keine Zeit, über deine Zeit in Graypearl zu reden.«

»Aber müssen wir jetzt nicht vieles planen?«

Rohan lachte. »Das war deine erste Lektion als Hoherprinz. Ich habe sie alle mit Aufgaben losgeschickt, weil sie die viel besser erledigen können als ich. Chay, Maarken und Walvis werden mir ausgezeichnete Pläne für Tuath vorlegen; Tobin

144

wird sich zehn, zwölf Tage lang in ihre Bücher und Karten vertiefen. Und wenn sie fertig sind, werden mir meine Experten schon sagen, was sie sich ausgedacht haben. Aber bis dahin habe ich Zeit. Mach niemals etwas selbst, das jemand anders besser und schneller für dich erledigen könnte, Pol. Und jetzt erzähl mir von Chadric. Du weißt, daß er hier Knappe war. Er kam in dem Jahr, als ich geboren wurde, und ging, als ich sechs war. Deshalb erinnere ich mich kaum an ihn.«

Pol beschrieb eifrig, wie großartig Chadric war, und währenddessen konnte sich Sioned wieder fangen – wie Rohan es beabsichtigt hatte. Sie unterhielten sich noch eine Weile, bis Rohan vorschlug, daß Pol Sionell jetzt aus Höflichkeit zu ihrem neuen Pony gratulieren sollte. Pol schnitt eine Grimasse und seufzte dann.

»Sie kann wohl nichts dafür«, bemerkte er philosophisch. »Schließlich ist sie bloß ein kleines Mädchen.«

Weder Rohan noch Sioned entging, mit welcher Autorität er die drei Jahre Altersvorsprung betonte, doch sie verzogen keine Miene. Pol ging, und Rohan nahm die Hand seiner Frau.

»Es tut mir weh, wenn du dich so quälst, Liebste.«

»Ich habe einfach nicht damit gerechnet, daß er so etwas sagt«, sagte sie achselzuckend. »Ich hasse es, daß er mit einer Lüge aufwachsen muß ... Ja, ich weiß, es ist eine notwendige Lüge, bis er alt genug ist und verstehen kann, was wirklich passiert ist und warum wir ihm nichts davon erzählt haben. Aber ich bin froh, daß der Anspruch auf Firon nicht nur durch mich kommt. Ehrlicherweise müßten wir ablehnen.«

»Und uns einen guten Grund dafür ausdenken. Aber in Firon wird sich nicht viel ändern. Pimantal von Fessenden wird seinem neuen Besitztum nicht mit großen Vorschriften kommen – besonders wenn ich erst mit ihm gesprochen habe.«

»Die gleiche Taktik wie bei der Prinzenmark. Seit vierzehn Jahren regiert dort Pandsala, und langsam wissen die Leute, wo ihr Vorteil liegt. Wenn Pol alt genug ist, selbst zu regieren, werden sie unsere Methoden ganz normal finden.«

»Ich frage mich, ob die anderen Prinzen das auch tun werden. Firon ist einfach eine gute Gelegenheit für uns. Und da sie zu mir gekommen sind, nicht ich zu ihnen, ist mein Gewissen etwas beruhigt. Aber ich muß vorsichtig sein, besonders jetzt, wo noch dieser angebliche Sohn von Roelstra im Spiel ist.« Er prustete plötzlich los vor Lachen: »Es ist unglaublich – Ajit hatte sechs Frauen und dachte bereits an eine siebte, und trotzdem konnte er ebensowenig einen Sohn zeugen wie Roelstra.«

»Du weißt, manchmal liegt es an der Frau«, murmelte sie und lächelte, als er sich ihr bekümmert zuwandte. »Laß das. Es macht mir nichts mehr aus, Rohan. Schließlich habe ich dir doch noch einen Sohn geschenkt. Übrigens hat Ajit einen Sohn gehabt; der ist bloß vor einigen Jahren gestorben.«

»Richtig, das hatte ich vergessen.« Er hörte Geschrei und Gelächter aus dem Hof und winkte Sioned zum Fenster. »Sieh dir das mal an!«

Sie kam zu ihm herüber, und sie sahen zu, wie Walvis für seine Kinder den Drachen spielte. Er schwang ein riesiges, grünes Tuch als Flügel, und sie versuchten, ihn mit den Ponys umzureiten. Die Kinder lachten so sehr, daß sie sich kaum im Sattel halten konnten. Die aufgebrachten Ponys mußten auf und ab, hoch und runter laufen, während ihre Reiter mit Holzschwertern auf den Drachen losgingen. Pol stand dabei. Es war ihm anzusehen, daß er zu gern mitgespielt hätte, doch seine Würde als Rohans Erbe und Lleyns Knappe hinderte ihn daran. Sionell löste das Problem, indem sie zu ihm hinüberpreschte und ihm ihr Schwert zuwarf. Pol verbeugte sich vor ihr und stürmte dann vor, um für sie den Drachen zu töten.

»Sie ist einfach wunderbar!« lachte Rohan. »Genau das, was er braucht.«

»Hm, wenn er älter ist, werden wir ja sehen, ob er die Vorliebe seines Vaters für Rotschöpfe geerbt hat«, neckte sie ihn zärtlich.

»Ich fände es nett. Aber er kann sich seine Braut aus vielen Mädchen auswählen.«

»So wie du? Ich erinnere mich noch an das Jahr in Waes, wo du bis zur Hüfte in Prinzessinnen gewatet bist.«

»Und wo ich in einem Paar grüner Augen ertrank«, erwiderte er galant und küßte sie.

»Wie romantisch«, lachte sie. »Bring Pol noch ein paar von diesen Tricks bei, dann lassen sie ihn überhaupt nicht mehr in Ruhe.«

»Ich weiß nicht recht, ob es wirklich so eine angenehme Erfahrung war. Apropos Waes, was war denn das mit Maarken?«

»Das sag ich nicht. Du kannst mich foltern, aushungern, mir die Fingernägel ausreißen, mich ins Verlies werfen oder mich kitzeln – ich sage kein Wort.«

»Ich habe kein Verlies. Und ich habe heute schon genug gekitzelt, besten Dank. Folter ist eine schmutzige Sache, und wenn ich versuchen würde, dich auszuhungern, würden meine treuen Diener die Methode wohl zuerst an mir ausprobieren. Aber das mit den Fingernägeln...« Er nahm ihre Hand und nagte an den Fingerspitzen. »Das ist wirklich eine Idee«, gab er zu. »Zumindest könntest du mich im Bett nicht mehr kratzen. Du kannst wirklich überzeugen, Sioned.«

Sionell gratulierte Pol gerade zu seinem Einsatz. Walvis war im Schloß verschwunden, wahrscheinlich um mit Chay und Maarken zu reden. Rohan sah Jahnavi, der mit seinen acht Jahren schon ein fähiger Reiter war, ein paar gewagte Manöver um den Wassertrog herum ausführen. Doch sein Hauptaugenmerk galt Pol, der sich schulterzuckend von

147

Sionell abwandte und in die Gärten lief. Das Mädchen stampfte auf und rannte ihm nach.

»Weißt du was«, überlegte Rohan laut, »ich glaube, ich würde ihm gern ein Schloß bauen.«

»Du hast schon ein paar Schlösser.«

»Keine Burg, sondern einen Palast. So etwas wie Lleyns Graypearl. Keine Festung für den Krieg, sondern einen friedlichen Palast mit vielen Gärten, Fontänen und so.«

»Und wo würdest du dieses Wunderwerk ansiedeln?«

»Auf halbem Wege zwischen Stronghold und der Felsenburg. Ich werde unterwegs schon einmal ein paar Stellen begutachten. Überleg doch nur, Sioned, ein neuer Palast für einen neuen Prinzen, der beide Länder vereint. Ich möchte nächstes Frühjahr mit dem Bau beginnen; dann ist er fertig, wenn Pol eine Frau nimmt.«

»Ich wette, es wird Sionell. Und als Einsatz –«

»Erpresserin. Was willst du, wenn du gewinnst?« Er lächelte sie an.

»Feruche.«

Der Schreck fuhr ihm durch alle Glieder. Er zuckte vor ihr zurück: »Nein!«

»Der Paß durch den Veresch ist wichtig, Rohan. Feruche hat ihn immer bewacht, aber jetzt ist dort nicht einmal mehr eine Garnison. Feruche sollte wieder aufgebaut werden.«

»Ich will mit diesem Ort nichts mehr zu tun haben«, fuhr er auf und sah mit leeren Augen aus dem Fenster. Feruche, das schöne, rosarote Schloß, das sich aus den Felsen erhoben hatte; die mörderische Frau, die dort geherrscht hatte; die Nacht, in der er sie vergewaltigt und sie seinen Sohn empfangen hatte.

»Du hast einmal versprochen, daß du mir Feruche schenken würdest«, erinnerte ihn Sioned. »Es leben Drachen in der Nähe, die beobachtet und beschützt werden müssen. Ich will Feruche, Rohan.«

148

»Nein. Niemals!«

»Nur so können wir je vergessen, was wir dort erlebt haben. Ich habe es mit Lichtläufer-Feuer zerstört – für mich liegt es in Schutt und Asche. Für dich aber steht es noch, denn du bist nie wieder dort gewesen, um dir die Verwüstung anzusehen. Ich will, daß es wieder aufgebaut wird, Rohan, damit es nicht mehr Ianthes Schloß ist, sondern unseres.«

»Nein!« schrie er und wandte sich zur Tür. »Ich baue es nicht wieder auf; keine zehn Pferde bringen mich dorthin! Und ich will nicht, daß du noch einmal davon anfängst!«

»Wenn wir Pol die Wahrheit sagen, sollen wir ihm dann die Ruine zeigen, wo er empfangen und geboren wurde – wo seine Mutter starb? Oder bauen wir ein neues Schloß, das nichts von dem alten an sich hat und nicht mehr davon zeugt, was dort geschehen ist?«

Er blieb stehen, die Hand am Türknauf. »Wenn du mich liebst, erwähne nie mehr den Namen dieses Ortes. Solange wir leben.«

»Weil ich dich liebe, muß ich ihn aussprechen. Ich will Feruche, Rohan. Und wenn du es nicht wieder aufbaust, werde ich es tun.«

Kapitel 7

Lady Andrade stand an den geschlossenen grauen Fenstern der Bibliothek und wandte Urival und Andry den Rücken zu, damit sie nicht sahen, wie sie nervös ihre Hände knetete. Ihr Stolz verbot ihr, sich an den Kamin zu setzen, wonach ihr frierender Körper verlangte, und sie widersetzte sich vor allem dem Wunsch ihrer alten Knochen nach einem weichen Bett. Ärgerlich sah sie zum regenverhangenen Turm auf der anderen Seite des Innenhofes hinüber. War der Winter diesmal kälter, der Frühlingsregen schlimmer als sonst gewesen, oder spürte sie nur ihr Alter? Das letzte Neujahrsfest war ihr siebzigstes gewesen; verglichen mit Prinz Lleyn war sie jedoch nur ein Kind.

»Wie konnten sie nur Dorval verlassen und an diesen gräßlichen Ort gehen?« murmelte sie.

Urival stellte sich wie ein Jagdmeister, der sich einem scheuen Wild nähert, lautlos neben sie. »Es ist der letzte Frühlingssturm. Aber du hast recht – Wolken sind die natürlichen Feinde der Lichtläufer. Warum haben sie wohl wirklich hier gebaut?«

Sie steckte die Hände in die Taschen, um deren Zittern zu verbergen, und wandte sich ihrem Neffen zu: »Nun? Du hattest reichlich Zeit, die Schriftrollen zu entziffern.«

»Nicht sehr viel, Herrin«, erinnerte sie Andry. »Aber ich glaube, ich habe ein paar Hinweise gefunden. Es ist allerdings zum Verrücktwerden, manche Wörter ähneln Wörtern von heute, sie haben jedoch offenbar eine andere Bedeutung. Mit ihnen mußte ich vorsichtiger sein, als mit denen, die ich anfangs überhaupt nicht kannte. Aber ich glaube, ich habe etwas Interessantes herausgefunden.« Er fuhr mit dem Finger über einen Textabschnitt, den sie den ganzen Vormittag untersucht hatten. »Überall kommt dieses kleine Zeichen vor, das wie ein abgebrochener Zweig aussieht. Zuerst dachte ich, es seien nur Kleckse oder Fehler – aber jetzt glaube ich, daß sie Absicht sind.«

»Und was bedeuten sie?« fragte sie ungeduldig.

Andry zögerte kurz und legte dann los: »Ich glaube, sie bedeuten, daß das Wort darüber das genaue Gegenteil von dem heißt, was auf dem Pergament steht. Ihr wißt, wie seltsam es war, etwas zu lesen und später etwas völlig Widersprüchliches zu finden. Aber das Zeichen erscheint erstaunlich regelmäßig an jenen Stellen, die im Widerspruch zu den Stellen davor oder danach stehen.«

»Was für ein entzückendes Durcheinander!« schnaubte Andrade. »Soll das heißen, daß sie absichtlich die Unwahrheit geschrieben und darauf vertraut haben, daß die kleinen Zweiglein die Lügen kennzeichnen?«

»Ich denke, ja.« Andry erklärte seine Theorie mit zunehmendem Eifer, trotz ihres offenen Spotts. »Da ist zum Beispiel eine Stelle, wo es heißt, daß Lady Merisel ein bestimmtes Jahr auf Dorval verbracht hat. Später aber heißt es, sie war in jenem Sommer bei einem mächtigen Herrn im heutigen Syr. Und noch später wird ein Bündnis erwähnt, das die Lichtläufer in jenem Sommer mit diesem Mann geschlossen haben. In der allerersten Passage aber, die ich erwähnt habe, erscheint dieser kleine Zweig.«

»Gebt uns einen besseren Beweis als so einen Fall, der vielleicht nur ein Fehler ist«, sagte Urival stirnrunzelnd.

»Aber nur so gibt es einen Sinn! Sonst läuft alles auf eine Aneinanderreihung von Aussagen hinaus, die sich ständig widersprechen, bis wir nicht mehr wissen, was falsch und was richtig ist – und genau das hat Lady Merisel wohl bezweckt, als sie das hier geschrieben hat.« Er rollte eine andere Stelle in dem Pergament auf. »Überall, wo der eine Teil das eine sagt und irgendwo anders das Gegenteil steht, steht dieses Zeichen am jeweiligen Schlüsselwort. Hört zu.« Er fand die gewünschte Stelle und las laut vor: »›Die Zwillingssöhne von Lady Merisel und von Lord Gerik wurden von Lord Rosseyn wie seine eigenen behandelt.‹ Das Zeichen steht unter dem Namen ›Lord Gerik‹.«

»Und was heißt das?« Andrade legte Schärfe in ihre Stimme, um ihre wachsende Erregung zu verbergen.

»Ich glaube, es heißt, daß – daß die Jungen überhaupt nicht Lord Geriks Söhne waren! Vielleicht waren sie ja tatsächlich die Söhne von Lord Rosseyn! Hört mir bitte zu. Wenn ich es so lese, wie es das Zeichen andeutet – ›Die Zwillingssöhne von Lady Merisel, nicht aber von Lord Gerik, wurden von Lord Rosseyn wie seine eigenen behandelt.‹ Könnte das nicht heißen, daß er der Vater war?«

»Beweise«, forderte Urival. »Gebt uns Beweise, nicht nur Mutmaßungen.«

»Hier heißt es, daß sie um ein paar Längen Land bei Radzyn kämpften – aber ich kenne die Gegend. Warum sollten sie um ein wertloses Stück Wüste kämpfen? Das Zeichen bestätigt das, weil es andeutet, daß sie nicht um das Land gekämpft haben. Und später heißt es dazu, daß Lord Gerik froh war, daß Lord Rosseyn seine Kräfte in der Schlacht genutzt hat. Aber nur eine Seite davor steht, daß Lady Merisel für gesetzwidrig erklärt hat, die Kräfte zum Töten zu benutzen – und da ist das Zeichen, genau unter dem Wort ›froh‹, das sich auf das bezieht, was Lord Rosseyn getan hat.« Er strich sich das Haar aus der Stirn und sah Andrade an: »Nur so ergibt das alles einen Sinn, Herrin.«

Urival blickte auf die Schriftrollen. »Sie haben uns also zwei Versionen ihrer Geschichte hinterlassen? Große Göttin, wir werden Jahre brauchen, das alles durchzuarbeiten.«

»Wir müssen davon ausgehen, daß sie niemandem etwas hinterlassen wollten«, sagte Andry. »Sie konnten nicht wissen, wer die Rollen finden würde oder ob sie überhaupt je gefunden würden. Darum wollten sie alle verwirren, die dies nicht lesen sollten. Die Widersprüche sollten jeden verrückt machen. Das ging mir auch so, bis ich herausfand, was dieses Zeichen vermutlich bedeutet.«

»Aber wozu sollte man das alles so verschlüsseln?« fragte Andrade. »Ist es heute nicht egal, ob dieser Rosseyn – wer auch immer er war – nun tatsächlich der Vater von Merisels Zwillingen war?«

Andry holte tief Luft und blickte auf seine vier Ringe. »Ich glaube, es geht viel weiter als das, Herrin. Warum hat man diese Schriften zusammen mit der über Hexerei vergraben? Sie enthalten Hinweise, die uns helfen, die wirklich wichtige, gefährliche Spruchrolle zu entziffern – und sie verhindern, daß Leute, die nicht so hartnäckig sind, herausbekommen, wozu die Sprüche gut sind.«

Andrade kehrte zu ihrem Stuhl zurück und setzte sich. Die Hände in ihren Taschen waren zu Fäusten geballt. »Zeig mir die Sternenrolle«, befahl sie.

Andry nahm sie ehrfürchtig aus ihrer Hülle und entrollte sie über den anderen. »Die Zeichen sind einfach überall«, erklärte er. »Dieses Rezept zum Beispiel. Es heißt, es kann Gedächtnisschwund verursachen. All diese Kräuter und Wurzeln und Anweisungen. Aber anstatt etwas Wichtiges auszulassen, das die Wirkung ausmacht, fügen sie Bestandteile hinzu, die es unwirksam machen. Hier. Diese Blume, von der noch nie jemand etwas gehört hat, mit dem kleinen Zeichen darunter. Und seht Euch dies an: Anweisungen, wie man eine Salbe kocht, die eine Wunde zum Eitern bringt, anstatt sie zu heilen. Aber das Zeichen besagt wohl, daß sie überhaupt nicht gekocht werden darf! Und hier – das Rezept für ein gefährliches Gift. Damit ist es dasselbe, Herrin: Unter vielen Zutaten ist das kleine Zeichen, und ich könnte schwören, sie ergeben so nicht das Gift, sondern das Gegenmittel, so daß es ungefährlich ist, wenn jemand zufällig auf die Schriftrolle stößt! Überall, wo es gefährlich werden kann, taucht irgendwo dieser kleine Zweig auf und verrät, daß wir nicht das tun sollen, was ein argloser Leser tut, wenn er die Anweisungen befolgt.«

»Ein eingebauter Fehler, der das Rezept wertlos macht, falls es in die falschen Hände gelangt.« Andrade war jetzt überzeugt und voller Bewunderung. »Nach dem, was du mir von Lady Merisel erzählt hast, war sie also gerissen genug, sich so etwas auszudenken. Könnt ihr euch vorstellen, wie sie sich in hohem Alter hingesetzt und alles aufgeschrieben hat, wie es in der ersten Rolle steht – und wie sie sich dabei kaputtgelacht hat, weil sie gleichzeitig dafür sorgte, daß niemand von diesem Wissen Gebrauch machen konnte, falls es einmal gefunden würde?«

»Und der Hinweis steckt in diesen historischen Berichten«, stimmte Andry zu. »Nur so macht das alles einen Sinn.«

»Hmm«, meinte Urival. Er war noch skeptisch. »Wir können es aber nur beweisen, indem wir ein Rezept nehmen und einmal beide Arten ausprobieren. Mit deiner Erlaubnis, Andrade, werde ich genau das tun – mit etwas, das wir leicht heilen können, natürlich.«

Mit einem Nicken gab sie die Erlaubnis und wandte sich dann wieder Andry zu. »Lies mir einen Abschnitt vor, der nicht mit Tränken zu tun hat. Ich möchte wissen, ob das überall stimmt.«

Andry wählte sofort ein paar Zeilen aus dem verworrenen Schriftstück aus und verriet ihr dadurch, daß er die ganze Unterhaltung auf diesen Punkt zu gelenkt hatte. »»Das Kraut *Dranath* kann keine größere Macht verleihen««, las er laut vor und begegnete dann ihrem erschreckten Blick. »Das Zeichen ist unter ›keine‹.«

Sie wußte genau, daß er sie absichtlich hierhergeführt hatte. Sie verfluchte und bewunderte seine Geschicklichkeit, doch noch stärker war ihre Furcht. »Wenn es ›keine‹ größere Macht verleiht, dann verstärkt es sie. War das ihr Geheimnis? ›Das Kraut *Dranath* kann Macht vergrößern‹? Dieses verdammte Kraut, mit dem sich Roelstra damals meinen Lichtläufer zu Diensten gemacht hat?«

Andry wand sich etwas. »Herrin – es tut mir leid –«

Sie starrte ins Feuer. »Es versklavt, es macht süchtig und tötet – aber es hat gegen die Seuche geholfen. Und jetzt sagst du, es verleiht größere Macht.«

»Es sieht so aus«, sagte er vorsichtig.

»Das glaube ich nicht!« erklärte sie. »Den Rest kannst du beweisen, wenn du willst, aber das glaube ich nicht.« Sie stand auf und drehte ihm den Rücken zu, denn sie brauchte jetzt dringend die besänftigende Wärme des Feuers statt der Kälte des Frühlingssturms. Es war eine Verabschiedung, und sie hörte, daß er die Schriftstücke zusammenrollte, sie leise in ihre Lederhüllen steckte und in die Satteltaschen packte. Daß die Tür sich geräuschlos öffnete und wieder schloß, spürte sie an einem Luftzug an den Knöcheln.

Urival kniete nieder und legte Holz nach. »Du hast gelogen. Du glaubst es doch.«

»Er hat mich genau an den Punkt geführt, wo er mich haben wollte!« Sie trat einen Schritt zurück, als die Flammen höher schlugen. »Urival – ich habe es nicht einmal gemerkt. Er hat mich geschickt an der Nase herumgeführt!«

»Er wird einen würdigen Herrn für die Schule der Göttin abgeben.«

»Ja, wir alle haben ihn dazu gemacht. Besonders ich. Er ist gut, der kleine Lord Andry. Sehr gut. Wenn er hier herrscht, von meinen Zimmern und meinem Stuhl aus...« Sie sank auf ihren Stuhl zurück und schloß die Augen. »Der Göttin sei Dank, daß ich das nicht mit ansehen muß.«

☆　☆　☆

Trotz aller Privilegien durch seine Verwandtschaft mit Lady Andrade trug Andry erst vier Ringe und hatte keine Vormachtstellung in der Schule der Göttin. Offiziell war er Lehrling, wenn er auch hoffen konnte, daß er bis zum Ende des Sommers seinen fünften *Faradhi*-Ring erhalten würde, so daß er dann voll ausgebildeter Lichtläufer war. Der sechste würde bedeuten, daß er das Mondlicht ebenso gut verwerten konnte wie das Sonnenlicht; der siebte, daß er ohne Feuer beschwören konnte.

Er schloß seine Zimmertür hinter sich, setzte sich aufs Bett und starrte auf seine Hände, die noch nichts von der Ehre zeigten, die ihm eines Tages gebühren würde. Doch er war aufrichtig genug, sich einzugestehen, daß er noch viel zu lernen hatte, ehe er dieser Ringe würdig war, einschließlich des achten und neunten, die er ebenfalls anstrebte. Er hatte dieses Manöver unternommen, um Andrade und Urival von den Schriften zu überzeugen. Sie hatten ihm beinahe geglaubt, doch er hatte einen Fehler begangen. Wenn er jemals echten Einfluß auf *Faradh'im* ausüben wollte, durfte er nicht so direkt vorgehen.

Zum ersten Mal traute er sich, sich den zehnten Ring vorzustellen, den Goldring an seinem Ehefinger und die dünnen Ketten, die von allen Ringen zu Armbändern an seinen Handgelenken führen würden. Herr der Schule der Göttin. Herr über diesen Ort und alle Lichtläufer, über alle Prinzen und *Athr'im,* die die Gabe besaßen. Noch war ihre Zahl klein, doch sie würde wachsen. Er wollte sie wachsen lassen, denn er glaubte fest an Andrades Zukunftsvision.

Andry biß sich auf die Lippen und versuchte, die Vision von zehn Ringen an seinen Fingern loszuwerden. Doch ein Teil in ihm fand, es sei eigentlich nichts Schlimmes, eine so hohe Position anzustreben. Seine Geschwister hatten da gewiß keine Schwierigkeiten. Maarken mit seinen sechs Ringen würde eines Tages Herr von Radzyn und Oberbefehlshaber der Wüste und der Prinzenmark sein. Andrys Zwillingsbruder Sorin würde beim diesjährigen *Rialla* zum Ritter geschlagen werden und machte kein Geheimnis daraus, daß er eine wichtige Burg haben wollte, und sein Onkel, der Hoheprinz, würde ihm sicher eine geben. Doch Andry wollte nur die Schule der Göttin. Nur dieses Leben würde ihm gerecht werden. Seine Gaben waren stärker als die von Maarken, und er hatte kein Verlangen nach Sorins Ritterkünsten. Er wollte zehn Ringe und dieses Schloß. Und das Recht, alle

Faradh'im zu lenken, und das Privileg, die Prinzenreiche zu führen, wie Andrade es so lange getan hatte.

Er hörte Schritte im Flur. Es war Zeit, zum Abendessen hinunterzugehen, doch er bewegte sich nicht von seinem Stuhl an dem kleinen Kohlenbecken fort, das sein Zimmer kaum erhellte und selten wärmte. Er fühlte die Kälte nie, denn er hatte in seiner Kindheit soviel Wüstensonne und Hitze in sich aufgenommen, daß ihn höchstens ein Winter in Snowcoves zum Zittern bringen würde. Doch er bedauerte, daß das schwache Licht ihn nicht bis spät in die Nacht lesen ließ, und er freute sich auf seinen fünften Ring. Dann würde er einen Stock tiefer ein größeres Zimmer mit einem eigenen Kamin bekommen.

»Andry! Ich weiß, daß du da bist; ich kann hören, daß du da drinnen denkst«, rief eine wohlbekannte Stimme an der Tür. »Mach schon, sonst kommst du zu spät.«

»Ich bin nicht hungrig, danke, Hollis«, antwortete er.

Die Tür ging auf, und die heimliche Auserwählte seines älteren Bruders stand da. Ihre Zöpfe hingen wie zwei dunkle Sonnenstrahlen bis über ihre Taille herab. Sie schnitt ihm eine gutmütig verzweifelte Grimasse, und er lächelte. Er mochte Hollis und fand, daß sein Bruder gut gewählt hatte – die Kinder der beiden würden nicht nur schön und klug sein, sondern auch zum *Faradhi* geboren. Er fragte sich allerdings, wie seine Eltern es wohl aufnehmen würden, wenn Maarken eine Frau nahm, die weder Familie noch Land, noch Reichtum, noch irgend etwas anderes außer ihrer Schönheit und ihren Lichtläufer-Ringen vorzuweisen hatte. Natürlich war ihnen das Glück ihrer Söhne am wichtigsten, sonst hätte Andry niemals diesen Weg wählen dürfen. Doch Maarken war der Erbe. Andry wünschte, daß auch Sorin Hollis schon kennengelernt hätte. Dann würden sie sich beraten und eine Strategie ausarbeiten können, um ihren älteren Bruder zu unterstützen.

Hollis hatte sich nicht bewußt mit Andry angefreundet oder ihn zu ihrem Verbündeten gemacht. Sie war ihm sogar eine Zeitlang ausgewichen, nachdem sie diesen Winter aus Kadar Water zurückgekehrt war. Andry war verletzt gewesen, bis er plötzlich erkannte, daß sie einfach fürchtete, er könne sie nicht mögen oder würde an ihrer einfachen Herkunft Anstoß nehmen. Sie hatte nicht gewagt, auf ihn zuzugehen, weil sie nicht den Eindruck erwecken wollte, sie wolle sich einschmeicheln. Andry hatte über die unverständlichen Gedankengänge von Frauen nur den Kopf geschüttelt und war selber auf sie zugegangen. Innerhalb von einem Tag waren sie Freunde geworden – zuerst hatte sie einen Schreck bekommen, doch dann hatte sie gelacht, als er mit den Worten anfing: »Also Ihr seid die Lichtläuferin, die mein Bruder heiraten will.« Seine Direktheit hatte ihr geholfen, ihre Ängste ehrlich einzugestehen. Unabhängig von ihrer Liebe zu seinem Bruder waren sie Freunde geworden.

Darum schalt sie nun wie eine ältere Schwester: »Nicht hungrig? Und wovon willst du leben? Vom Glanz deines Verstandes, wenn du hier herumsitzt und große Gedanken wälzt? Kämm dich und komm zum Essen.«

Er stand auf und verbeugte sich gehorsam, lachte jedoch dabei. »Die Göttin helfe meinem Bruder, wenn ihr erst verheiratet seid.«

»Die Göttin helfe dem armen Mädchen, das dich heiratet«, gab Hollis scharf zurück. »Komm, du willst doch nicht die Neuankömmlinge verpassen, oder?«

»Oh! Natürlich nicht. Ich hatte vergessen, daß das heute ist. Danke, daß du mich geholt hast, Hollis. Ich sehe so gerne zu, wenn sie sich zum ersten Mal vor Andrade verbeugen.« Als sie das Zimmer verließen und die Treppe hinabstiegen, fuhr er fort: »Obwohl ich Andrade mein Leben lang kannte, hatte ich an jenem Abend auch fürchterliche Angst! Ich versuche immer, ihnen zuzulächeln, damit sie wenigstens ein freundliches Gesicht sehen. Aber ich weiß nicht, ob ein Lächeln viel hilft.«

»Nicht viel«, gab sie zu. »Für mich war es anders; ich bin hier geboren und aufgewachsen. Aber bei meiner ersten Verbeugung habe ich mir so sehr die Knie gestoßen, daß ich blaue Flecken bekam.«

»Wie viele sind heute gekommen?«

»Sechs. Urival sagt, daß er noch sechs weitere erwartet, bis der Sommer um ist. Wir hoffen, daß jedes Jahr zwanzig neu zu uns stoßen, aber wir können froh sein, wenn wir zehn bekommen.«

Sie kamen an einen Treppenabsatz, von dem aus die nächsten Treppenstufen von einem Teppich bedeckt waren; ein Zeichen, daß sie sich dem öffentlichen Bereich der Burg näherten. Andry schüttelte bei Hollis' letzter Bemerkung den Kopf. »Ich kann mir nicht vorstellen, weshalb irgend jemand, der auch nur ahnt, daß er die Gabe haben könnte, nicht so früh wie möglich hierher kommen sollte.«

»Dein Vater brauchte dich nicht für das Land oder als Erben für sein Geschäft«, erklärte sie. »Dein einer Bruder wird Radzyn regieren, der andere wird ein Ritter sein – und ein reiches Mädchen mit viel Land heiraten«, fügte sie etwas wehmütig hinzu.

»Und darum kann Maarken heiraten, wen sein Herz begehrt«, sagte Andry mit fester Stimme. »Aber ich weiß, was du meinst. Bei Frauen ist es aber doch dasselbe, nicht wahr? Man braucht sie in der Burg, im Geschäft. Oder für eine Zweckheirat. Es ist wirklich schlimm. Sie sollten alle kommen, was auch immer dagegenspricht.«

»Andere haben andere Pflichten und Ansichten. Übrigens glaube ich, daß Andrade an diesen Abenden nur deshalb soviel Furcht verbreitet, damit alle Ängstlichen, die sich doch nicht sicher sind, aussortiert werden können.«

»Wenn sie nicht hier sein wollen, dann sollten sie es auch

nicht. Aber ich kann mir trotzdem nicht vorstellen, warum irgend jemand, der Lichtläufer werden kann, nicht darum kämpfen sollte.«

Sie waren jetzt am Fuß der Treppe angelangt, die auf einem langen, breiten Korridor endete, der in einer Richtung zum Speisesaal führte, in der anderen zu den Archiven, zur Bibliothek und zu den Unterrichtsräumen. Andry und Hollis waren unter den letzten, die diesen Flur hinuntergingen. Als sie an einer Fensteröffnung vorbeikamen, sahen sie vier Jungen und zwei Mädchen eng beieinander stehen, die mit großen Augen zuhörten, während ihnen ein Lichtläufer erklärte, wie sie Lady Andrade zu begrüßen hätten. Die Mädchen und einer der Jungen waren höchstens dreizehn, die anderen drei Jungen waren älter – fünfzehn oder sechzehn. Der größte von ihnen war ein gutaussehender, selbstbewußter Jüngling mit nachtschwarzem, glänzendem Haar und tiefen, graugrünen Augen, der Andrys Lächeln ruhig registrierte, ohne es zu erwidern. Dann glitt dessen Blick zu Hollis – mit dem abschätzenden, wohlwollenden Ausdruck eines Mannes, der seine eigenen Vorzüge kennt und sie zu nutzen weiß. Aber es war mehr an ihm, ein Selbstbewußtsein, das Andry überraschte. Das leichte Erröten von Hollis überraschte ihn ebenso.

Im Speisesaal trennten sie sich. Hollis gesellte sich zu den anderen ranghöheren Lichtläufern, er zu den anderen Lehrlingen. Es gab wie üblich drei Gänge: Suppe, Fleisch und Salat, Obst und Kekse. Das Essen bei Andrade war einfach, wenn auch reichlich, und Andry freute sich bereits auf die Köstlichkeiten beim *Rialla*. Er aß gern Süßes. Frische Beeren oder würziges Gebäck halfen da wenig. Schließlich wurden dampfende Teekrüge herumgereicht, und als er sich einen Becher voll einschenkte, atmete er den scharfen, leicht mit Zitrone versetzten Geruch tief ein. Von seinem Leben in Radzyn vermißte er nichts so sehr wie die Familienausflüge, bei denen Blätter, Rinden und Kräuter aller Art für die spezielle Teemischung seiner Mutter gesammelt wurden. Sie liebte es, Tee zuzubereiten. Sie konnte zahlreiche Abende damit verbringen, in der Küche die genau richtige Mischung zusammenzustellen, während ihr Gatte die Köche hinausjagte und sich für die Obstkuchen, die sein Beitrag zu ihren Familienfesten waren, eine Schürze anzog. Andry hatte herrliche Erinnerungen an Stunden voller Gelächter und Gemeinsamkeiten – und Ringkämpfe mit seinen Brüdern –, in denen sein Vater beim Backen friedlich den Krieger abgelegt und seine Mutter riesige Säcke mit der neuen Teeernte gefüllt hatte.

Als die sechs Neuankömmlinge in den Saal geführt wurden, vergaß er seine Erinnerungen. Er versuchte, sie so zu sehen, wie es Andrade vielleicht tat, die Neuen wie ein Herr der Schule der Göttin zu mustern. Seine Aufmerksamkeit wandte sich rasch dem schwarzhaarigen Jüngling zu. Ein Blick auf Hollis verriet ihm, daß auch sie nur diesen Jungen ansah, der sich mit der sicheren Leichtigkeit eines Edeljungen bewegte. Seine schönen, feinen Züge verrieten eine edle Abstammung, und seine Hände waren gepflegt, auch wenn seine Kleider einfach und ziemlich abgetragen aussahen. Andry war zu weit weg, um seinen Namen verstehen zu können, doch Andrades Reaktion konnte er leicht deuten. Man mußte dafür das Spiel ihrer Lippen, ihrer Brauen und Augenmuskeln zwar lange kennen, doch Andry wußte sofort, daß sie beeindruckt war. Als die sechs nach ihren Verbeugungen zu den entferntesten Tischen zurückgingen, sah Andry, wie der Junge Hollis' Blick auffing und mit einem Lächeln in den Augen so lange wie möglich festhielt.

Sobald Andrade sie alle entlassen und sich in ihre eigenen Gemächer zurückgezogen hatte, lief Andry zu der Braut seines Bruders hinüber und fragte: »Wer war das überhaupt? Hast du seinen Namen verstanden?«

»Wessen Namen?«

»Das weißt du sehr genau. Ich meine den mit dem schwarzen Haar und den komischen Augen.«

»Fandest du sie komisch? Er heißt Seldges oder so. Ich habe es nicht genau verstanden.«

»Ich frage mich, von wo er kommt«, überlegte Andry. »Ist dir auch aufgefallen, daß er nie nach unten geblickt, sondern Andrade die ganze Zeit über angestarrt hat?«

»Ein Bursche, der so aussieht, ist es sicher gewohnt, selbst angestarrt zu werden. Ich schätze, Zurückstarren ist eine Verteidigungsreaktion. Aber eins ist sicher: Der ist schon längst ein Mann! Die Nacht seines ersten Rings wird ihm sicher nichts Neues bringen.«

Andry lächelte, um die Scham zu verbergen, die bei diesem Thema noch immer in ihm hochkam. Er selbst war damals wirklich noch unberührt gewesen. Er wußte nicht, welche Frau zu ihm gekommen war, und er vertraute der Gnade der Göttin, daß er es niemals erfahren würde, denn er hatte sich nicht gerade ruhmreich geschlagen. Maarken, der damals noch in der Schule gelebt hatte, hatte es erraten, obwohl er natürlich nichts Direktes dazu gesagt hatte. Aber in den folgenden Tagen hatte er wie nebensächlich die Bemerkung fallen lassen, daß es mitunter wirklich unangenehm sei, wenn man nur an seiner wirklichen Geliebten Gefallen fände. Es scheine in der Familie zu liegen. Andry hatte das richtig als Trost verstanden, daß ihm diese Erfahrung mit einer wirklich geliebten Frau sehr viel mehr gefallen würde. Schließlich sollte diese Nacht auch den Unterschied zwischen körperlichem Begehren und wahrer Liebe zeigen, und daß die letztere unendlich vorzuziehen war. Andry vertraute darauf, daß er eines Tages so glücklich sein würde wie Maarken, sein Vater und Rohan. Doch selbst die hübschesten Mädchen an der Schule der Göttin konnten höchstens vorübergehend Bewunderung in ihm erwecken.

Vor kurzem hatte er leicht verwundert bemerkt, daß er sich während seiner Arbeit an den alten Schriftrollen ein wenig in die bemerkenswerte Lady Merisel verliebt hatte. Auch ihrem unbekannten Schreiber war es wohl so gegangen, obwohl sie beim Diktieren der Schriften schon an die Neunzig gewesen sein mußte. Die ansonsten so unpersönliche Schilderungen von ihr waren mit Anmerkungen wie »strahlende Augen«, »gütiges Lächeln« oder »unvergleichlicher Körper« ausgeschmückt, als hätte der Mann sich nicht beherrschen können. Selbst ohne diese Hinweise auf ihre persönliche Ausstrahlung, verriet jede Zeile ihre Weisheit, ihre Machtfülle und ihre vielfältigen Interessen. Sie hatte zu fast jedem Thema viel zu sagen gehabt, und wenn ihre Bemerkungen nicht scharf waren, dann waren sie witzig – manchmal auch beides. Seine Lieblingspassage in dem, was er bisher übersetzt hatte, befaßte sich mit altem Aberglauben über die Bedeutung von Zahlen. Da hieß es plötzlich:

Es gibt vier Elemente: Feuer, Wasser, Luft und Erde. Jedes davon hat vier Erscheinungsformen, zusammen sind es zwölf verschiedene. Zwölf, das ist die Zahl eins und die Zahl zwei; addiert man sie, so gibt das drei, die Zahl der Monde. Addiert man die Zwölf und die Vier, so gibt das sechzehn. Das ist eins und sechs, also sieben, was unteilbar ist. Es heißt, wenn man alle Sterne zusammenzählt, dazu die Monde und die Sonne nimmt, dazu diese Ziffern, dann kommt eine ähnlich mystische Zahl dabei heraus. Was nur beweist, wie dämlich die ganze Sache ist.

Andry stellte sich vor, daß sie wahrscheinlich die Eigenschaften seiner eigenen temperamentvollen und faszinierenden Mutter, der stillen, jedoch unbezähmbaren Sioned und der stolzen, mächtigen Andrade in sich vereint hatte – dazu noch einen so scharfen Verstand, daß alle drei Frauen im Vergleich mit ihr dumm erscheinen mußten. Er hatte mit trübseligem Resignieren immer gewußt, daß die Frau, die er einmal wählen würde, sich kaum mit den wichtigsten Frauen in seinem bisherigen Leben würde messen können. Seine Bewunderung für Lady Merisel half ihm da auch nicht viel.

Er hoffte, daß seine zukünftige Frau einfach vor ihm auftauchte, wie Sioned in Rohans Leben getreten war. Er wollte so sicher sein wie seine Eltern, als sie einander zum ersten Mal gesehen hatten. Die Suche nach einer Frau selbst interessierte ihn ebensowenig wie die Schritte, die ihm noch zu seinen Ringen fehlten. Er wußte, daß ihm diese Frau und die Ehren zustanden; falsche Bescheidenheit war unangemessen, wenn jemand sympathisch, frei, von prinzlichem Geblüt und so begabt zum Lichtläufer war wie er.

Das Wissen, daß er auf all das noch warten mußte, half da auch nicht viel.

☆   ☆   ☆

Der schwarzhaarige Junge kehrte zu seinem Bett im Schlafsaal zurück. Er war mit sich und dem Abend vollauf zufrieden. Er hatte sich nicht Seldges, sondern Sejast genannt, und seine Ohren waren an den neuen Namen bereits besser gewöhnt als an den alten. Er hatte alle Prüfungen bestanden, die er sich selbst gestellt hatte: Lady Andrade gegenüberzutreten, Lord Andry von Radzyn problemlos zu erkennen und sogar die, vorsichtig die Frau zu wählen, die in seiner Mannesnacht zu ihm kommen würde (obwohl Mireva das völlig überflüssig gemacht hatte).

Segev lächelte in der Dunkelheit, als er sich an das Erstaunen seiner Brüder nach jener Nacht in Mirevas Haus erinnerte. Er drehte sich um, um sein Kichern in dem Kissen zu ersticken, doch die Bewegung der Laken um seinen Körper erinnerte sein Fleisch an jene Nacht.

Er war zu ihrem Haus hinaufgeritten, das sich an den Berg schmiegte, und hatte sich gesagt, daß Ruval und Marron kein Recht hatten, ihn immer noch wie ein Kind zu behandeln. Er war ebenso Roelstras Enkel wie sie, und Mireva war einverstanden damit, daß er diese wichtige Aufgabe in der Schule der Göttin übernahm. Er trat ein und erwartete, eine Lektion zu hören, wie er Lady Andrade überlisten könnte. Doch es war nicht Mireva gewesen, die ihn erwartete.

Jenes Mädchen war offenbar einige Winter älter als er gewesen, doch mit fast sechzehn war Segev bei weitem alt genug, ihre Schönheit zu bewundern. Eine schlanke Taille, reichlich Kurven darüber und darunter, gekleidet in ein Hemd, das noch einige Nuancen heller war als ihre blaßblauen Augen. Schwarzes Haar floß in dicken, losen Wellen unter einem zarten goldenen Schleier hinunter, an dessen Ecken Silbermünzen hingen. Ihr Gesicht war um die Augen rund und lief am Kinn spitz zu. Sie hatte rosenfarbene Lippen und Wimpern, die sie sanft senkte, als sie flüsterte: »Ihr seid viel hübscher als Eure Brüder, Herr.«

Das nächste, an das er sich sicher erinnern konnte, war wieder ihre Stimme. Sie hatten auf dem vertrauten Teppich vor dem Kamin gelegen, beide schweißgebadet, und sie hatte gesagt: »Ihr seid auch mehr Manns als Eure Brüder.« Dann hatte sie gelacht.

Schwindelnd war Segev vor ihr zurückgezuckt. Nicht mehr das junge Mädchen lag neben ihm, sondern Mireva, eine Frau, die alt genug war, seine Großmutter zu sein.

Doch sie sah in jener Nacht nicht aus wie eine Großmutter. Wenn der Bann auch gebrochen war, so erkannte er doch die wissende Berührung ihrer Finger und sehnte sich plötzlich nach ihrem Mund. Im Morgengrauen lagen sie in ihrem Bett, und Mireva lachte immer noch.

»Deine Brüder haben es beide dreimal geschafft. Du aber hast mich viermal befriedigt!«

»Fünfmal«, sagte er und griff nach ihr.

»Oho, du magst jung sein, und es ist junges Feuer in deinem Blut, aber ich möchte nicht mehr so schnell verbrannt werden. Sei nicht zu eifrig, wenn deine Nacht in der Schule der Göttin gekommen ist, und laß die Frau nicht spüren, wieviel du weißt.«

Dann hatte sie ihm erklärt, daß das *Faradhi*-Ritual eine Verkehrung der alten Sitten sei, wo nur die Mächtigsten die Unberührten initiiert hatten – wie es ihr Recht war. Lichtläufer waren so schwache Zauberer, daß sie diesen Akt in völliger Finsternis und absoluter Stille vollzogen, damit ihre Illusionen nicht zerbarsten.

»Jeder Dummkopf ab sechs Ringen kann sich zu der Jungfrau legen – wahrscheinlich weil die, die sich für die Mächtigsten halten, zu alt sind.«

»Dann wird es also nicht Andrade sein«, erwiderte er mit einem Seufzer der Erleichterung.

Mireva hatte die Beleidigte gespielt. »Sie ist nur zehn Jahre älter als ich!«

»Sagt dreißig, dann will ich Euch glauben.«

Die Antwort hatte sie so erfreut, daß es ein fünftes Mal gab, ehe sie die Unterhaltung fortsetzen konnten.

Segev warf sich in seinem Bett herum und verfluchte sich, daß er sich so lebhaft erinnern mußte. Er zwang sich, an die Aufgaben zu denken, die vor ihm lagen. Zuerst mußte er die Illusion aufrechterhalten, daß er ein einfacher *Faradhi*-Schüler war. Die Aussicht auf geregelten Unterricht und Disziplin langweilte ihn, doch er mußte das durchstehen, um sein nächstes Ziel zu erreichen: die schöne Lichtläuferin mit den goldenen Haaren, die in seiner Mannesnacht zu ihm kommen sollte. Er würde sichergehen müssen, daß sie das Recht bekam, zu ihm zu kommen. Dann würde er ihr den Wein mit *Dranath* einflößen, genau wie Mireva es gesagt hatte. Hinterher würde es dann andere Möglichkeiten geben, sie langsam, aber sicher abhängig zu machen, ohne daß sie es merkte. Sie würde sich manchmal müde fühlen, ihre Knochen würden schmerzen, und dann würde Segev da sein, voll zärtlicher Sorge, und ihr Wein oder Tee zur Stärkung anbieten. Wenn er schlau vorging, würde sie glauben, daß nicht die Droge, sondern er ihre Stimmung und Gesundheit verbesserte. Wenn dann die Gelegenheit kam, die Schriftrollen zu stehlen, würde sie sicher seine willige Komplizin sein. Natürlich würde er nichts Ungewöhnliches oder Unmögliches verlangen. Nur ein Pferd am Tor, ein paar Lügen, um ihn für die Zeit des Diebstahls zu decken – und wenn er fort war, würde sie ihn leidenschaftlich verteidigen und dabei langsam immer schwächer werden und schließlich am *Dranath*-Entzug sterben.

Vor Jahren hatte es schon einmal einen Lichtläufer gegeben, der daran gestorben war. Mireva hatte ihm die Einzelheiten darüber erzählt, als er sich an jenem Morgen anzog. Sie hatte ihm auch von den Geschehnissen in jener Nacht erzählt, in der Masul geboren war. Segev hatte ihr Bedauern, daß Ianthe Prinz Rohan nicht für sich gewinnen konnte, nicht teilen können. Wieso sollte er die Umstände bedauern, die zu seiner eigenen Geburt geführt hatten.

Er erinnerte sich kaum an seine Mutter. Strahlende, dunkle Augen, ein seltenes, kostbares Parfüm, raschelnde Röcke, ein weicher Schoß, mehr war ihm nicht geblieben. Seine Brüder hatten ihm erzählt, daß sie in ihrem letzten Jahr hochschwanger gewesen war, doch daran erinnerte er sich nicht. Der Bruder oder die Schwester war in jener Feuersnacht mit ihr umgekommen. Sie war Segevs erste deutliche Erinnerung.

Alles hatte nach Rauch und Angst gerochen, er hatte Todesschreie und das Prasseln des Feuers gehört, als er aus tiefem Schlaf gerissen worden war. Draußen hatte er ein riesiges, gieriges Flackern gesehen. Man hatte ihn unsanft die brennende Treppe hinuntergetragen und ihn dabei so fest gehalten, daß es weh tat. In dem dicken Rauch und den Flammen hatte er nicht atmen können. Er hatte nach seiner Mutter geschrien und mit seinen Fäusten auf der Brust der Wache herumgetrommelt, halb erstickt in den Falten eines stinkenden Umhangs. Und die Schmerzen, als man ihn über einen Sattel geworfen hatte. Er erinnerte sich auch an den Blick zurück auf die verfrühte Morgenröte im Osten, die doch nur das brennende Feruche war.

Marron hatte Segev gern mit seiner Angst vor Feuer aufgezogen. Doch Segev hatte irgendwann erkannt, daß sein Bruder sogar noch mehr Angst hatte als er selbst, und hatte ihn einmal zu Tode erschreckt, als er Marron um Mitternacht eine Kerze vor das schlafende Gesicht hielt. Seither hatte Marron ihn nie mehr aufgezogen.

Segev seufzte wieder und rollte sich fester in seine Decke. Das hier war eine andere Kälte als die in den Bergen: Feucht von der Seeluft kroch sie eisig um seine Knochen, wie es nicht einmal die Schneekälte konnte. Er sah über die anderen Betten zum Kamin hinüber. Obwohl er die Wärme des Feuers zu schätzen wußte, würde er sich nie mit ihm anfreunden können. Feuer gehörte den Lichtläufern.

Er lag ganz still, denn er hörte an der Tür Stimmen flüstern, als jemand noch einmal nach den Neuankömmlingen sah. Er fing den Namen auf, den er sich gegeben hatte, und grinste in sein Kissen. Er kannte ein paar Worte der alten Sprache, und Mireva hatte sich köstlich amüsiert, als er ihr erzählte, wie er sich rufen lassen würde: Sejast – »der dunkle Sohn«.

Die Stimmen waren verebbt, und die Tür wurde wieder geschlossen, so daß das einzige Licht vom Kamin her kam. Er würde Feuer beschwören müssen, um seinen ersten Ring zu bekommen und die Nacht mit der blonden Frau zu verbringen. Er mußte achtgeben, daß er nicht zu viel herbeirief, damit man keinen Verdacht schöpfte. Er freute sich zwar nicht auf die Prüfung, doch er wußte, daß er es tun konnte – er mußte es tun, und zwar bald.

Wenn der erste Ring an seinem rechten Mittelfinger glitzerte und er durch *Dranath* über die hübsche Lichtläuferin herrschte, würde er Lady Mireva beweisen, daß er derjenige war, der Prinz Pol herausfordern sollte, nicht Ruval.

Kapitel 8

Kurz bevor der Frühling dem Sommer wich, kehrten die Drachen in die Wüste zurück.

In Stronghold sahen Rohan und Tobin gleichzeitig von dem Tisch hoch, wo sie ihm eine Karte erläutert hatte. Die Geschwister standen auf, um gebannt nach Norden aus dem Fenster zu schauen. Sioned und Chay lächelten einander spöttisch zu und rollten dann die Pergamente auf dem Tisch zusammen. Heute würde nicht mehr gearbeitet werden.

Pol war mit Myrdal auf der Sandebene unterhalb von Stronghold unterwegs und berichtete, was er als Knappe von Prinz Lleyn erlebt hatte. Die alte Frau nickte beifällig dazu. Sie hatte früher einmal die Schloßwache befehligt und mehr als einen Jungen in den Ritterkünsten unterwiesen – so auch Prinz Chadric, und so war es in gewisser Weise so, als wenn Myrdal auch Pol erzogen hätte. Er lächelte bei diesem Gedanken. Doch plötzlich blieb sie stehen, stellte ihren Drachenknochenstab in den Sand und hob das Gesicht zum Himmel.

»Horch«, flüsterte sie. »Hörst du sie? Hör dir das Geräusch ihrer Schwingen an, Pol.«

Von seinem Großvater Zehava hieß es, daß er den Tag, an dem die Drachen zurückkehrten, aus den Wolkenformationen erkannt hatte. Gerüchten zufolge war Myrdal mit Zehava verwandt; zumindest schien sie dasselbe Talent zu besitzen. Pol schloß die Augen und konzentrierte sich. Er hoffte von ganzem Herzen, daß auch er diese Fähigkeit geerbt hatte. Am Rande seines Bewußtseins spürte er ganz schwach ihre Flügel. Er hörte sie kaum, spürte sie aber mit allen Fasern. Es war ein herrlicher Kitzel, eine Erregung, die sein Blut durchströmte.

Maarken war mit Sionell und Jahnavi im Schloßhof und erzählte ihnen eine Geschichte, während er für den Jungen eine Flöte schnitzte. Plötzlich fuhr er zusammen und sprang auf. Jahnavi, der nach Maarkens früh verstorbenem Zwillingsbruder benannt war, zupfte ihn erschrocken am Ärmel. Sionell wollte etwas sagen, doch da erscholl ein Ruf vom Turm der ewigen Flamme: »Drachen!«

Alle auf Stronghold verließen ihre Posten und eilten zu Aussichtspunkten an den Fenstern, auf dem Wachhaus und auf den Mauern. Als die Drachen am nördlichen Horizont als schwacher Punkt sichtbar wurden, rangelten die Leute sich um die besten Plätze – alle in einem merkwürdigen, ehrfürchtigen Schweigen. Rohan, Sioned, Tobin und Chay trafen Feylin, als sie eilig den Turm der ewigen Flamme hochliefen. Nur ihre Schritte waren zu hören. Der Posten hatte bereits die steinerne Tür zu einem hohen, kreisrunden Raum in der Spitze des Turms geöffnet, wo das ganze Jahr ein Feuer brannte: Lichtsignal in der Wüste und Symbol für Rohans Herrschaft. Nicht einmal die nach allen Seiten offenen Fenster konnten die Hitze mildern, die von dem Feuer in der Mitte des Raumes ausging. Sofort bildeten sich ihnen Schweißperlen auf der Stirn und auf dem Rücken, als sie sich an die Fenster stellten.

In der Stille war das Rauschen der Schwingen deutlich zu

vernehmen. Der unscharfe Fleck wurde größer, und bald konnten sie einzelne Drachen ausmachen. Sonnenlicht ließ ihre matte Haut braun, rostfarben, aschgrau, bronzegrün, tiefgolden und blauschwarz aufleuchten. Dann hörte man plötzlich den Klang der Drachenstimmen. Ein Schauer lief durch alle, die die hochmütigen Schreie hörten: besitzergreifend, triumphierend, warnend. Kraftvoll schlugen ihre Schwingen, und die angezogenen Beine mit den glänzenden Klauen waren kaum zu sehen. Als sie die heißen Aufwinde erreichten, stiegen sie höher, glitten mit ausgebreiteten Flügeln über das Land und wandten sich dann nach Osten, um ihre Herrschaft über den weiten Sand hinauszubrüllen. Schließlich flogen sie auf die Berge zu.

Ein gewaltiger brauner Leitdrache mit goldenen Flecken und schwarzen Flügelunterseiten schnappte nach einem kleineren silbernen Drachen, der ihm zu nahe gekommen war. Die Rivalen brüllten so laut, daß die Mauern von Stronghold erbebten, und flogen anmaßend nahe an der Burg vorbei, voller Verachtung für die armseligen Wesen da unten, die staunend und schweigend zu ihnen emporblickten.

»Herr der Stürme!« schrie Feylin auf. »Ich vergesse ganz, sie zu zählen. Schnell, gebt mir doch Pergament und Feder!«

»In Euren Händen«, sagte Chay. Sie sah überrascht nach unten und warf ihm dann das Schreibzeug samt einem Fläschchen Tinte aus der Tasche ihrer Tunika zu.

»Schreibt für mich!« Sie lehnte sich gefährlich weit aus dem Fenster, so daß Rohan sie sicherheitshalber an der Taille festhielt, während sie laut zählte: »Eine Gruppe von acht Jungen, alle braun – fünf Drachenweibchen, verschiedene Grautöne – vierzehn, nein, sechzehn weitere Drachenweibchen, bronze und schwarz –« Sie schnappte nach Luft und zählte fieberhaft weiter. »Sechsunddreißig Halbwüchsige, ein brauner Leitdrache, ein schwarzer Leitdrache, zwei

171

graue, drei goldene – o Göttin, seht nur den Schwarm von roten Drachen! Vierzig Stück!«

»Zweiundvierzig«, stellte Tobin vom Nachbarfenster aus richtig, als die Drachen vorbeizogen.

Chay konnte kaum so schnell schreiben. Er hockte auf dem Boden und kritzelte mit, so schnell es ging, während die beiden Frauen Farben und Zahlen nannten. Rohan hielt Feylin fest, die auf das Fenstersims kletterte.

»Und jetzt die Nachhut – achtundzwanzig halbwüchsige Drachen, grau, grün und bronzefarben!« Im selben Moment verlor sie ihr Gleichgewicht. Rohan riß sie in den Turm zurück, beide purzelten neben Chay zu Boden und verschütteten die Tinte.

Sioned stand lachend daneben. »Feylin, meine Liebe, Ihr wißt, wie sehr ich Eure Freundschaft schätze, aber wenn Ihr nicht augenblicklich meinen Gatten loslaßt –!«

Rohan half Feylin auf die Beine und zwinkerte ihr zu. »Es wäre ja halb so wild, wenn ich nicht solche Vorliebe für Rotschöpfe hätte. Ich dachte schon, Ihr wolltet aus dem Fenster springen und mitfliegen!«

»Ich war nahe dran«, gab sie zu, während sie ihre Hüfte rieb. »Habt Ihr alles, Herr?« fragte sie Chay.

Er sah vom Boden auf. »Wenn einer von euch aus meinem Gekritzel schlau wird, dann schon. Aber ich kann es nicht mal selber lesen, obwohl ich es eben erst geschrieben habe!«

»Ich habe zugehört«, beruhigte ihn Sioned.

»Du und deine *Faradhi*-Gedächtnistricks. Warum hast du das nicht gleich gesagt?«

»Du hast also nicht gesehen, wie sie da drüben stand, still wie eine Salzsäule?« fragte Tobin. »Dabei bin ich sicher, daß Andrade diesen leeren Blick zusammen mit den Tricks selbst nur um des Auftritts willen lehrt. Feylin, Ihr und Sioned solltet mit Chay nach unten gehen und alles sauber abschreiben, solange sie sich noch an alles erinnert.«

Als sie fort waren, half Tobin Rohan dabei, die verschüttete Tinte aufzuwischen. »Schau dir das an. Sie ist richtig in den Stein eingezogen!«

»Nächstes Mal sollten wir von den Zinnen aus zählen.« Rohan wischte sich den Schweiß von der Stirn, wobei er einen schwarzen Streifen hinterließ.

Tobin putzte ihn ab. »Ganz meine Meinung. Das hier ist ein Backofen. Das war bestimmt das größte Chaos, das ich erlebt habe, seit meine Söhne erwachsen sind. Aber die Drachen sind einfach wunderschön, nicht wahr?«

»Sag bloß! Denkst du endlich so wie ich?«

»Ich opfere ihnen ungern einen Teil unserer Herden. Aber es sind herrliche Tiere. Außerdem bezahlst du ja immer, was sie erlegen.«

»Ich zahle unverschämte Preise!« schimpfte er, während er nach ihr den Raum verließ. Hinter ihnen fiel die schwere Tür mit einem lauten Krachen zu, das in dem leeren Treppenhaus widerhallte.

»Das schmerzt mich zutiefst, Brüderchen.«

»Du bestreitest es aber nicht.«

»Nun, wenn du dumm genug bist, dafür zu zahlen, was die Drachen uns stehlen...« Sie grinste ihn an. »Außerdem kannst du es sicher verschmerzen. Wieviel Gold hast du letztes Jahr aus ihren Höhlen geholt?«

Sie bogen um eine Ecke und wären um ein Haar mit Pol zusammengestoßen. Es war unklar, ob sich Aufregung, Schock oder Befremden auf seinem Gesicht malte; seine Augen verrieten das eine, seine Brauen das andere und der offene Mund das dritte.

Rohan warf seiner Schwester einen vernichtenden Blick zu, so daß sie wenigstens rot wurde, als er sich an Pol wandte: »Ich hoffe, du wirst dir kein Beispiel an ihr nehmen und dieses Geheimnis im ganzen Schloß verbreiten.«

Pol schüttelte mit weit aufgerissenen Augen den Kopf.

»Und mach nächstes Mal mehr Lärm, wenn du die Treppe hochkommst«, riet ihm Rohan. »Es sei denn, es macht dir Spaß, Leute in Verlegenheit zu bringen, die gerade Geheimnisse herausposaunen. Also, warum mußtest du hier hochrennen?«

»Was? Ach so – Myrdal und Maeta wollen wissen, ob wir noch heute abend nach Skybowl aufbrechen oder erst morgen.«

»Hm. Wir brechen noch heute auf. Die Monde werden scheinen, und ich reite gern im Kühlen. Und wenn wir nach Skybowl kommen, werde ich all die Fragen beantworten, die du jetzt kaum hinunterschlucken kannst.«

»Ja, Vater. Tut mir leid, Tante Tobin.«

»Es war meine Schuld, Pol.« Als er wieder hinunterlief, diesmal erheblich lauter als beim Hochkommen, drehte sie sich zu Rohan um. »Ich wollte nicht –«

»Ich weiß, ich weiß. Aber ich hätte gern noch gewartet, bevor ich es ihm sage.«

»Es tut mir wirklich leid, Rohan. Ich war unvorsichtig.«

»An dem Tag, wo wir in Stronghold auf jedes unserer Worte achten müssen, verhökere ich diesen Steinhaufen gegen ein Zelt bei den Isulk'im und lasse jemand anderen eine Weile den Hohenprinzen spielen.« Er legte ihr den Arm um die Taille. »Komm. Sie haben die Zahlen bestimmt schon beisammen. Ich hoffe nur, Feylin ist mit der Gesamtzahl zufrieden – sie guckt mich immer an, als wäre es meine Schuld, wenn es weniger Drachen gibt, als sie geplant hat!«

Sionell lauerte Pol bei seinem Botengang auf. Sie versuchte, seine Aufmerksamkeit auf sich zu ziehen, indem sie neben ihm herlief und seinen Namen rief, doch er beachtete sie überhaupt nicht. Verärgert griff sie nach seinem Ärmel. »So warte doch! Wo willst du denn so schnell hin?«

»Ich bin für meinen Vater unterwegs. Laß los.« Er riß seinen Arm los.

»Kann ich mitkommen?«

»Nein.«

Sie kam trotzdem nach und hörte von der Schwelle aus, wie Pol Myrdal und deren Tochter Maeta mitteilte, daß man noch am gleichen Abend nach Skybowl aufbrechen würde.

»Gut«, sagte Maeta. »Es ist ein langer Ritt – aber am Ende warten Ostvels Küche und sein Weinkeller auf uns.«

»Wenn es ein Pferd in den Ställen gäbe, das sanft genug für meine alten Knochen wäre, käme ich gern mit«, seufzte Myrdal. »Chaynal, der gute Junge, hat in seinem ganzen Leben kein langsames Pferd gezüchtet.«

»Ihr könntet mein Pony nehmen«, bot Sionell ihr scheu an. »Wir könnten jede Menge Satteldecken darauf legen.«

»Danke, mein Kind, aber in meinem Alter würde nicht einmal ein Pferd aus Daunen genügen«, lächelte Myrdal.

»Ich gebe die nötigen Anweisungen, Herr«, sagte Maeta zu Pol. »Wenn Ihr so gut wäret, Eurem Vater das zu sagen –«

»Natürlich.« Er schlüpfte wieder hinaus auf den Hof und ärgerte sich, daß Sionell neben ihm herhüpfte.

»Ich komme auch mit«, verkündete sie. »Auf meinem neuen Pony.«

»Wie schön«, brummte er.

»Ist Myrdal wirklich mit dir verwandt? Man sagt, sie sei eine Cousine deines Großvaters oder so, stimmt das?«

»Du solltest nicht immer zuhören, wenn andere sich unterhalten. Das ist unhöflich.« Er vergaß dabei ganz, daß er heute genau dasselbe getan hatte, wenn auch versehentlich.

»Was kann ich dafür, wenn die Leute reden und dabei vielleicht Dinge sagen, die sie nicht sagen sollten. Mama sagt, die Göttin gab uns Augen, um zu sehen, und Ohren, um zu hören –«

»Und einen Mund, um alles zu wiederholen, was du hörst?«

»Du bist es, der unhöflich ist!« Sionell überholte ihn und

versuchte vergeblich, ihm den Weg zu versperren. Sie pflanzte sich vor ihm auf. »Entschuldige dich.«

»Wofür?«

»Für dein Benehmen! Sag, daß es dir leid tut.«

»Nein!« Er wußte, daß er sich kindisch verhielt, aber irgend etwas an dieser kleinen Kröte brachte ihn zur Weißglut. Der Gedanke, sie in Skybowl ununterbrochen auf dem Pelz zu haben, war nicht auszuhalten.

»Sag es!«

»Sprich nicht in diesem Ton mit mir«, sagte er warnend.

»Warum nicht? Weil du ein Prinz bist? Aber ich bin auch nicht einfach irgendwer – ich bin Lady Sionell von Remagev, und du bist bloß ein unverschämter Junge!«

Er richtete sich erbost auf. »Du bist viel unverschämter als ich – falls ich es überhaupt war, was nicht stimmt! Und ich bin zufällig der Erbe des Hohenprinzen!«

Eine andere Stimme erklang hinter ihm mit scharfem Mißfallen. »Du bist ein anmaßender Lümmel, dem man für diesen Ausspruch den Hintern versohlen sollte. Entschuldige dich auf der Stelle«, fuhr ihn Sioned an.

Pol preßte schweigend die Lippen aufeinander.

Die grünen Augen seiner Mutter verengten sich einen Moment lang, dann sah sie Sionell an. »Was war hier los?«

»Nichts, Hoheit«, flüsterte das Mädchen. »Es tut mir leid, mein Prinz.«

Diese plötzliche Einsicht war für Pol noch erstaunlicher als die Tatsache, daß sie plötzlich seinen Titel benutzte. Doch wenn sie großzügig genug war, seiner Mutter nichts von seinem schlechten Betragen zu erzählen, und sich noch dazu entschuldigte, konnte er ihr nicht nachstehen.

»Es tut mir auch leid – Herrin«, brachte er leise heraus.

Sionells blaue Augen wurden ganz rund vor Staunen, als er ihr diesen Ehrentitel gab – es war das erste Mal, daß jemand von Adel sie ernsthaft mit ihrem Titel anredete.

Sioned sah die beiden an. »Ich denke, ich werde nie erfahren, warum wir all diese Entschuldigungen brauchen. Sionell, tust du mir einen Gefallen? Sag Maeta, daß ich heute nacht gern Selca reiten würde, falls ihr Huf geheilt ist.«

»Ja, Herrin.« Sie lief davon.

Pol sah seine Mutter an und erwartete angespannt ihren Tadel. Was kam, war weniger, als er verdient hatte – und schlimmer, als er erwartet hatte.

»Ein Prinz, der Leute an seine Stellung erinnert, ist kein großer Prinz«, sagte sie. Mehr nicht.

Er schluckte, nickte und folgte ihr schweigend zurück ins Schloß.

☆　☆　☆

Am späten Nachmittag des folgenden Tages kamen sie in Skybowl an. Die Burg selbst war von den Dünen im Tal aus nicht zu sehen. Die einzigen Zeichen für die Anwesenheit von Menschen waren die kleinen Terrassenfelder, auf denen dickblättrige Pflanzen wuchsen, die bei der unglaublichen Hitze am besten gediehen. Gestrüpp und kleine Gruppen Geißschwanzkakteen wuchsen vereinzelt an den Hängen des alten Kraters, doch sonst war der Berg kahl und grau.

Als sie jedoch auf dem Kamm entlangritten, ehe der Pfad sich in den Kegel hinunterwand, sahen die Besucher, wonach Skybowl benannt war. Ein kreisrunder, tiefblauer See schimmerte in der Tiefe des Kraters. Niemand wußte, wie tief er war. Am jenseitigen Ufer lag die Burg, die in Strongholds Schloßhof gepaßt hätte. Die Steine für die Mauern stammten von den nahen Klippen, und aus dem blaßgrauen Fels blitzten glänzend schwarze Glassplitter im Sonnenlicht. Eine kleine Fahne mit einem braunen Streifen auf blauem Grund wehte träge auf dem einzigen Burgturm, und wer genau hinsah, entdeckte einen goldenen Schimmer über der Standarte – einen goldenen Drachen im Flug.

Die Besucher aus Stronghold ritten über den Rand des Kraters, und sogleich ertönte in der Burg ein Horn. Nur Augenblicke später wurde das Fähnchen eingezogen und stieg das blaugoldene Banner der Wüste hoch, das Zeichen für die Anwesenheit des Prinzen. Rohan ritt langsamer, um Ostvel Zeit zu lassen, zur Begrüßung herauszukommen. Noch einmal atmete er genußvoll die frische, kühle Luft ein. Dann deutete er auf den verlockenden See und fragte seine Frau: »Kommst du mit?«

»Von wegen! Ostvel sagt immer, Lichtläufer fürchten sogar, daß sie im Abfluß der Badewanne ertrinken könnten.«

»Meinst du, wir brauchen dieses Jahr einen prinzlichen Befehl, um ihn nach Waes zu schicken?«

Sioned winkte ihrem alten Freund und einstigen Kämmerer zu, der gerade aus dem Tor geritten kam. »Ich versuche ihn zu überreden«, versprach sie. »Riyan würde es das Herz brechen, wenn sein Vater nicht dabei ist, wenn er zum Ritter geschlagen wird. Außerdem hat Ostvel die Wüste seit Jahren nicht verlassen. Als wir ihn zum Herrn von Skybowl machten, wollten wir ihn ja nicht in der Burg einmauern.«

Rohan hob grüßend eine Hand, als Ostvel auf sie zutrabte. »Er trauert immer noch, Sioned. Nach all den Jahren vermißt er sie immer noch.«

»Als hätte er sie erst gestern verloren.« Camigwen, Ostvels Frau und die Mutter seines einzigen Kindes, war Lichtläuferin gewesen – und Sioneds beste Freundin. Daß sie an der Seuche gestorben war, war wie eine offene Wunde. Ostvel trug seine Trauer nicht zur Schau und lebte recht zufrieden hier in Skybowl, doch er verließ die Burg nur ungern. Sioned blickte hoch, als Rohans Finger über ihren Arm glitten.

»Lächle für mich, Geliebte«, murmelte er. Sie tat es, denn sie sah, wie sich ihr Kummer in seinen Augen spiegelte – und ihre Angst, daß einer von ihnen eines Tages den gleichen Verlust ertragen müßte.

Ostvel zügelte sein Pferd und verbeugte sich vom Sattel aus. »Die Göttin segne Euch, mein Prinz und meine verehrte Herrin«, begrüßte er sie. »Willkommen in Skybowl. Aber ich fürchte, ich kenne nicht alle aus Eurer Eskorte.«

Sioned verbarg ein Kichern, als sein Blick erst zu Pol und dann zu Sionell glitt. »Sicher kennt Ihr Lady Feylin und Lord Maarken«, sagte sie zuvorkommend.

»Selbstverständlich«, erwiderte er mit einer Verbeugung in deren Richtung. »Doch ich sehe zwei Fremde hier. Hm, manches an ihnen kommt mir allerdings irgendwie bekannt vor, aber –«

»Oh, Lord Ostvel!« schalt Sionell. »Ihr wißt genau, wer ich bin!«

Der *Athri* von Skybowl schlug sich die Hand an die Stirn und spielte die Szene perfekt zu Ende. »Die Augen, die Stimme, die Haare –« Er lenkte sein Pferd hinüber, um sie genauer zu begutachten und verbeugte sich elegant. »Meine Augen täuschen mich nicht! Es ist wirklich die hübsche Lady Sionell!«

Das kleine Mädchen lachte entzückt. Dann richtete sich Ostvel auf und sah Pol an. »Kann das sein –? Sehe ich wirklich –«

Sioned ritt an seine Seite, um ihm spielerisch eine Kopfnuß zu verpassen. »Jetzt aber Schluß mit dem Unsinn.«

»Sanft wie eh und je«, stellte er fest, »und ebenso zielsicher.« Er rieb sich kläglich das Ohr. »Wie schön, daß manche Sachen sich nie ändern!« Er verbeugte sich vor Pol. »Willkommen in Skybowl, mein Prinz.«

»Danke, Herr«, sagte Pol würdevoll.

»Speis und Trank stehen für Euch bereit – und ein Bad für die *Faradh'im.* Ich nehme an, Ihr wollt Eure Waschungen wie üblich im See vollziehen, Rohan?«

Als der Hoheprinz seine Runde geschwommen war, lag seine Frau noch im kühlen Badewasser. Er hatte es nie für

179

Charakterstärke gehalten, dem verlockenden Anblick von Sioned zu widerstehen, wenn sie nur von Wasser und ihrem langen, gelösten Haar umgeben war. Also stieg er zu ihr in die Wanne und meinte unschuldig, er wolle ihr nur beim Waschen helfen. Der Zuber war nicht gerade für Tändeleien geschaffen, so daß sie nur unter großen Verrenkungen und viel Gelächter zum Ziel kamen, doch sie schafften es.

Danach lag er entspannt in ihren Armen und ließ Strähnen ihrer rotgoldenen Haarpracht durch seine Finger gleiten. Sie lachte leise, und er fragte: »Mmm?«

»Ich dachte gerade, daß es tatsächlich möglich ist, jemanden in einem Zuber zu ertränken – selbst wenn er kein Lichtläufer ist.«

»Was für ein Unfug. Das meiste Wasser haben wir über den Boden verteilt.«

»Ostvel kennt uns viel zu gut. Wir haben das Zimmer mit dem besten Abfluß.« Sie zeigte auf das kleine Gitter in den Bodenfliesen.

Weitere Beweise für die Aufmerksamkeit ihre Gastgebers fanden sie im Hauptzimmer, das durch einen Ankleideraum mit dem Bad verbunden war. Auf dem Bett waren seidene Roben ausgebreitet, und an einem mit Speisen beladenen Tisch standen zwei bequeme Stühle einander gegenüber.

»Ostvel hat den besten Koch aus all meinen Prinzenreichen, verflixt noch mal«, sagte Rohan, als sie ein fabelhaftes Gericht aus heißem Nudelteig um kaltes Obst vertilgt hatten. Er reckte sich, rieb seine in Seide gehüllten Schultern und seufzte. »Meinst du nicht, ich sollte ihn zu einem Tausch verleiten?«

Sioned schenkte den restlichen Wein ein und schüttelte den Kopf. »Wir könnten ihm aber unsere Köche eine Zeitlang herschicken, damit sie etwas abgucken.«

»Das bezweifle ich. Sein Zauberkünstler hier hat in Waes gelernt, und da gibt man seine Geheimnisse nicht preis.

Nicht einmal seinem Hoheprinzen. Apropos Geheimnisse: Tobin hat gestern etwas über das Drachengold gesagt, und Pol konnte es hören.«

»Irgendwann mußte er es erfahren«, sagte sie gelassen. »Ich nehme an, du wirst die Enthüllung ordentlich dramatisch gestalten?«

»Ihn in eine dunkle Höhle locken und plötzlich eine Fakkel anzünden zum Beispiel?« Er lachte. »Das wäre eine Idee. Ein bißchen so, wie wir es herausgefunden haben. Weißt du noch? Ich werde nie vergessen, wie der Sand glitzerte und ich mich hindurchgrub, immer dein Feuer über meiner Schulter.«

»Du könntest Pol dabei eigentlich bitten, Feuer für dich zu beschwören. Ich habe ihn geprüft, Rohan. Er ist ein Naturtalent, es ist geradezu unheimlich.«

»Wenn Andrade meint, sie hätte mit Andry alle Hände voll zu tun, dann bekommt sie einen Mordsschreck, wenn erst Pol in die Schule der Göttin kommt. Ich habe übrigens auch darüber nachgedacht. Wenn er mit achtzehn zum Ritter geschlagen wird, ist das wieder ein *Rialla*-Jahr, und wir können ihn direkt von Waes aus zu Andrade schicken. Dann sehen alle, daß er nicht nur Prinz, sondern auch voll ausgebildeter *Faradhi* sein wird.«

»Nicht gerade sehr behutsam«, bemerkte sie.

»Wenn wir es weniger offen machen würden, wären die anderen Prinzen noch viel argwöhnischer, als sie es jetzt schon sind.«

»Es läuft immer wieder auf dasselbe hinaus, nicht wahr?« überlegte sie und stützte die Ellenbogen auf den Tisch. »Pol macht sie sehr argwöhnisch, weil er all diese Macht haben wird. Aber er hat Maarken, der es ihm vorleben kann, und es könnte kein besseres Vorbild geben – weder für ihn noch für die anderen Prinzen.«

»Tobin und Chay sind zum Platzen stolz auf ihn«,

stimmte Rohan zu. »Was für eine Familie meine Schwester da hat! Zwei *Faradh'im* und einen weiteren Sohn, der womöglich ein noch besserer Ritter wird als sein Vater. Vologs letzter Brief triefte vor Begeisterung. Habe ich dir eigentlich erzählt, daß er Sorin dieses Jahr zum Ritter schlagen wird? O Göttin, sie werden alle so schnell erwachsen.«

»Ich wünschte, wir müßten Pol nicht nach Dorval zurückschicken. Lach mich ruhig aus, aber ich hasse es, auch nur einen Tag seines Lebens zu verpassen.«

»Ich lache nicht, Sioned. Aber Graypearl ist das Beste für ihn. Er lernt so viel von Lleyn und Chadric. Und er ist dort sicherer.«

»Die Merida —«

»— haben in all den Jahren, wo er dort war, nur einmal angegriffen. Und das war außerhalb des Palastes. Wir können ihn nicht in Seide packen, und wenn wir es versuchten, würde er niemals mitmachen. Du würdest dir auch keinen anderen Sohn wünschen.«

Sie seufzte. »Ich weiß ja. Aber ich mache mir einfach Sorgen.«

Rohan stand auf. »Wir müssen morgen früh raus«, erinnerte er sie. »Wir gehen erst los und beobachten die Drachen, und dann nehme ich Pol mit in die Höhlen.«

»Soll ich morgen mal versuchen, einen Drachen zu berühren?« Sie kam zu ihm ins Bett, nachdem sie ihr Kleid über einen Stuhl gehängt hatte.

Rohan zog sie unter der leichten Decke an sich und streichelte ihr feuchtes Haar. »Das wäre sicher interessant. Sie denken alle nur noch an Paarung, und wer weiß, was du dann fühlst — und vorhast...«

»Wünsch dir das lieber nicht!« gab sie zurück und biß ihn in die Schulter.

»Hör auf. Oder mach es wenigstens richtig.«

Sie hob den Kopf und blickte in helle, blaue Augen, aus

denen Schalk und Begehren blitzte. »Wenn das nun das gesetzte Alter sein soll, dann ist es ein Wunder, daß wir unsere Jugend überhaupt überlebt haben!«

☆　☆　☆

Chay lehnte sich im Bett zurück. Über seinen Brauen bildeten sich nachdenkliche Falten. »Tobin...«

Sie hörte auf, ihr langes schwarzes Haar zu bürsten. »Du ehrst meine Ohren mit Worten, mein Augenlicht?«

»Sei nicht so unverschämt, Weib, sonst schlag ich dich grün und blau.«

»Du? Mit welcher Armee?«

»Hm...« Er räusperte sich. »Tobin, dieser Kerl ist einfach viel zu perfekt.«

»Welcher Kerl? Pol? Was soll er falsch machen?«

»Das ist es ja. Er macht überhaupt nichts falsch, außer daß er alles richtig macht. Er liebt seine Mutter heiß und innig, verehrt seinen Vater, ist einigermaßen gehorsam, bohrt sich nicht vor allen Leuten in der Nase, wäscht sich hinter den Ohren und ist sowieso viel zu schlau für sein Alter.«

»Und darüber beschwerst du dich?«

»Es ist nicht normal. Nein, wirklich!« wiederholte er, als sie lachte. »Er stellt nichts an. Unsere Jungs waren nie so wohlerzogen.«

»Oder so sauber«, fügte sie grinsend hinzu.

»Ich möchte wissen, wo seine Fehler liegen.«

»Deinen Worten zufolge hat er doch keine.«

»Genau das ist es. Denk doch mal an Rohan in seinem Alter.«

»Mein liebes Brüderchen war auch perfekt. Frag ihn doch nur.«

»Er war der durchtriebenste, frechste, unmöglichste Lümmel, den ich je gesehen habe. Man hat ihn bloß nie erwischt.«

183

»Na ja, vielleicht ist Pol genauso – zu schlau, um sich erwischen zu lassen.«

»Das glaube ich nicht. Nicht, daß er nicht schlau genug ist, das nicht. Aber ich glaube einfach nicht, daß er seine Klugheit nutzt, um sich Ärger zu ersparen. Ich wünschte, er hätte hin und wieder ein paar Ohrfeigen verdient. Das ist gut für den Charakter.«

»Ist dir klar, daß das eines der lächerlichsten Gespräche ist, die wir je geführt haben?« Sie schlüpfte neben ihm ins Bett.

»Ist es nicht. Das war nämlich alles, was ich dir sagen wollte, bevor ich dich küsse. Wie beim ersten Mal. Soviel tausend Worte, und alles völlige Zeitverschwendung.«

»Genau wie diese Diskussion.« Sie berührte ihn sehr geschickt mit ihren Händen, um ihn abzulenken.

»Laß das.«

»Noch zwei lächerliche Worte.« Sie sah ihn mit unendlicher Geduld an. »Chay, Pol ist ein höflicher, respektvoller, wohlerzogener und gewissenhafter Junge von vierzehn Jahren.« Während sie sich in seine Umarmung kuschelte, fügte sie hinzu: »Aber keine Sorge. Das wächst sich bestimmt bald aus.«

☆   ☆   ☆

Beide Zweige von Maarkens Familie hatten seit mindestens vierzehn Generationen in der Wüste gelebt. Er liebte dieses wilde Land, kannte seine Launen und respektierte seine Gefahren. Ein Tag, an dem er zusehen konnte, wie seine Farben sich ständig änderten, war vollkommen für ihn: Zuerst waren da die zarten Tönungen des Sonnenaufgangs, die in flirrende Mittagshitze umschlugen und dann langsam zu den rosa und lila Schatten der Dämmerung verschmolzen, die einem sternenübersäten Nachthimmel und silbern überglänzten Dünen wichen. Er genoß es, wie die Hitze in seine Knochen einsickerte, das leise Flüstern des Sandes unter seinen Füßen und die Luftspiegelungen, die verführerisch gerade außerhalb seiner Reichweite herumtanzten. Hier, wo andere nicht einmal überleben konnten, hatten seine Vorfahren ihr Reich errichtet. Er war stolz auf das, was sie erreicht hatten, und er liebte dieses Land, das sie geprüft und seiner für wert befunden hatten.

Doch obwohl er sein Leben in der Wüste verbringen wollte, war dies im Augenblick der letzte Ort, wo er sich aufhalten wollte. Ein Ritt über dreißig Längen, ein ausgedehnter Spaziergang und viele Stunden des Wartens hatten seine Laune nicht verbessert. Er hockte sich in eine Sandmulde, sah den Drachen zu und ärgerte sich darüber, wie langsam die Sonne über den Himmel wanderte.

Hollis hatte versprochen, im Laufe des Tages irgendwann mit ihm Kontakt aufzunehmen. Sie hatte unterschiedliche Pflichten an der Schule der Göttin, so daß sie im voraus nicht wußte, wann sie allein sein würde. Sein Verstand sah das ein, doch sein Herz – wie das eines jeden glühenden Liebhabers – verfluchte alles, das ihre Gedanken von ihm ablenkte. Sein Sinn für Humor sorgte für ein Gleichgewicht zwischen beiden Extremen, denn er wußte, daß sie schwerlich den ganzen Tag nach ihm schmachten konnte – was er auch gar nicht wünschte. Er wußte auch, wie sehr sie allein bei dem Gedanken gelacht hätte. Aber trotzdem fand er, schließlich sei sie ja in ihn verliebt. Also konnte sie sich doch wohl die Zeit nehmen, ihn über das Sonnenlicht aufzusuchen, und sei es auch nur kurz.

Die Langeweile trug wenig zur Verbesserung seiner Laune bei. Er hatte sich freiwillig den Drachenbeobachtern angeschlossen, damit er etwas zu tun hatte, wobei er das Sonnenlicht spüren konnte und einigermaßen beschäftigt war, aber bis jetzt war überhaupt noch nichts passiert. Die Drachenweibchen waren von ihrer morgendlichen Jagd zurück, räkelten sich seitdem im Sand und wärmten ihre von Eiern geschwollenen Bäuche. Die Halbwüchsigen waren davongejagt worden. Maarken wußte aber, daß sie sich wahrscheinlich genau wie die Menschen irgendeinen Aussichtspunkt gesucht hatten. Von den Drachen selber war nichts zu sehen, obwohl das gelegentliche Brüllen aus fernen Felsschluchten sie alle zusammenfahren ließ. Doch die Drachenweibchen kümmerten sich nicht im geringsten um das Getöse ihrer Männer; sie gähnten nur.

Maarken blickte zu Pol hinüber, der neben ihm im Sand saß. Er hatte seinen staubigen, gelbbraunen Umhang um sich geschlagen und die Kapuze aufgesetzt, um seinen blonden Kopf vor der Hitze zu schützen. Er sah aus wie ein kleines Zelt. Maarken grinste, als er den Rest der Gruppe betrachtete. Sie sahen wie ein kleines Lager aus Isulki-Zelten aus, wie sie sich über die Dünen verteilt hatten. Alle trugen diese leichten Umhänge in der Farbe des Wüstensandes. Feylin hatte vor einigen Jahren entdeckt, daß Drachen außerordentlich stark auf Farben reagierten.

Sie hatte ein Experiment mit ein paar Schafen durchgeführt, die sie zutiefst gekränkt hatte, indem sie sie mit grellen Farben anmalte. Die Drachen hatten die bunten Schafe verschmäht und sich deren normalen, weißen und braunen Gebrüdern zugewandt. Maarken erinnerte sich, mit welcher Sorgfalt Feylin sich vergewissert hatte, daß kein Farbgeruch in der Wolle hing, und er erinnerte sich vor allem an das Chaos, das sie von einer Bergspitze aus beobachtet hatten. Die armen nichtsahnenden, ungefärbten Schafe hatten versucht, fünfunddreißig ausgelassenen Jungdrachen zu entkommen, denen man sie als Mahlzeit vor die Nase getrieben hatte.

Er lachte in sich hinein, als ihm das nachfolgende Experiment einfiel. Damals hatte Feylin gedecktere Farben benutzt, Braun- und Grautöne, die den natürlichen Farben der

Schafe sehr nahekamen. Die Drachen hatten sich danach weniger wählerisch gezeigt, und man hatte daraus gefolgert, daß Farben als Schutz nur funktionieren würden, wenn man schreiend bunte Farben wählte. Sie hatten ausgiebig gelacht bei der Vorstellung, daß die Schäfer davon überzeugt werden mußten, lila Schafherden zu bewachen.

Die Experimente hatten eines jedoch bewiesen: Die Drachen reagierten auf Farben. Maarken schob seine eigene, okkerfarbige Kapuze zurecht und dachte an den Schreck, den er erlebt hatte, als sie im Sonnenlicht mit dem Drachen zusammengestoßen waren. Er hatte mit Sioned ausführlich darüber gesprochen, und beide stimmten überein, daß es möglich sein müßte, Drachenfarben wahrzunehmen und sie zu verstehen. Doch es gab dabei ernsthafte Probleme.

Nur die *Faradhi* selbst kannten die Grenzen ihrer Gabe. Eine zuverlässige Lichtquelle war deren Grundlage. Eine Wolke vor der Sonne oder den Monden, ein riskanter Versuch zu kurz vor Sonnen- oder Monduntergang, und die Schatten konnten alle Farben auslöschen. Der Schattentod war der schrecklichste Tod, der einem Lichtläufer zustoßen konnte. Wenn der Funke des Geistes zusammen mit dem Muster der Gedanken und der Persönlichkeit verlorenging, lebte der Körper nur noch kurze Zeit als seelenlose, leere Hülle weiter.

Maarken betrachtete die großen Drachen, die sich eine halbe Länge vor ihm räkelten. Wenn nun ein *Faradhi* während seines Kontakts mit dem Drachen in eine Höhle oder den Schatten eines Berges geschleppt wurde? Wenn nun ein Drache in den Nebel oder vom Tag in die Nacht flog? Nur Lichtläufer wußten, wie verwundbar durch die Finsternis sie waren. Er fragte sich, ob Rohan die Gefahren wirklich kannte – oder ob Sioned ihm überhaupt von ihnen erzählt hatte.

Das Paar saß ein Stück neben Pol, zwei gleichartige, drei-

eckige Zelte aus matter, goldener Seide. Nur durch den auf-
gestickten Drachen auf der rechten Schulter ihrer Umhänge
waren sie zu erkennen. Dasselbe Symbol befand sich auch
auf Pols Umhang. Auch andere Prinzen hatten Rohans Idee
übernommen, neben ihren Farben ein Symbol zu führen,
und einige waren wirklich schön: Ossetias goldene Weizen-
garbe auf Dunkelgrün, Fessendens silbernes Vlies auf See-
grün. Jetzt riefen auch die *Athr'im* nach ähnlichen Rechten,
und beim diesjährigen *Rialla* würde man entscheiden, ob sie
ihnen gewährt werden würden. Bis jetzt hatte nur ein Lord
das Recht erhalten, nicht nur seine eigenen Farben, sondern
auch ein Symbol zu führen. Maarken schaute lächelnd nach
links, wo seine Eltern beieinander saßen. Auf ihren braunen
Umhängen sah man das Symbol, daß Rohan ihnen verliehen
hatte: In ein rotes Feld mit blauem Rand war ein silbernes
Schwert gestickt, das Zeichen für die Rolle des Herrn von
Radzyn bei der Verteidigung der Wüste. Auf Chays Wimpel
und seiner Kampfstandarte war das Ganze noch mit einem
breiten weißen Rand umgeben und sah wirklich prächtig
aus. Maarken träumte von dem Moment, wo er Hollis einen
Umhang mit diesem Symbol umlegen konnte...

Als seine Mutter zu ihm herübersah, fuhr Maarken leicht
zusammen, als ob sie seine Gedanken lesen könnte. Doch sie
lächelte nur und verdrehte ausdrucksvoll ihre Augen. Er
grinste zurück. Er kannte niemanden, dem Stillsitzen so
schwer fiel wie ihr. Sie haßte es, sich nicht bewegen zu können. Selbst während einer Diskussion lief sie meistens auf
und ab, trommelte mit den Fingern und veränderte ständig
ihre Position. Ihr aktives Herangehen an Probleme trieb ihren Mann gelegentlich zur Verzweiflung. Sie war der Ansicht, daß es nichts gab, das man nicht ändern, lösen oder
besiegen konnte, wenn man nur aufstand und etwas tat.
Rohan war hierin, wie auch in manch anderer Hinsicht, das
genaue Gegenteil von ihr. Er glaubte, man müsse den Dingen

ihren Lauf lassen und dürfe die Ereignisse nicht erzwingen. Bei seinem ganz persönlichen Problem mit Hollis konnte Maarken davon ausgehen, daß er auf die stille Unterstützung seines Onkels zählen konnte, und das war eine gewisse Hilfe. Doch falls Tobin beschließen sollte, daß ihr diese Ehe gefiel, würde sie sicher alles tun, was in ihrer – nicht unbeträchtlichen – Macht stand, um dem Paar zu helfen. Maarken wollte sich jedoch nicht ausmalen, was sie tun würde, wenn sie seine Wahl nicht guthieß.

Es amüsierte ihn, daß seine stille, heitere Hollis sich so sehr von seiner Mutter unterschied. Sie würde niemals rasen vor Wut, herrische Befehle erteilen oder wegen einer Meinungsverschiedenheit in eine Schimpfkanonade ausbrechen. Tobin tat dies mit der gleichen Wonne, wie alles andere in ihrem Leben. Maarken liebte seine Mutter sehr – aber er wollte nicht ihr Ebenbild heiraten.

Ohne Vorwarnung trompetete ein Drache seine Herausforderung durch die Dünen. Maarken fuhr gewaltig zusammen. Der tiefe, rauhe Schrei hallte weit über den Sand. Feylin glitt von ihrem Aussichtspunkt auf der höchsten Düne hinunter zu Sioned und Rohan. Maarken versuchte, ihr Geflüster zu verstehen, und sah, daß sein Onkel und seine Tante aufmerkten. Auch die Drachenweibchen regten sich, als erst ein Schatten über den Sand glitt, dann noch einer und schließlich ein dritter. Die Drachen waren endlich bereit.

Die Weibchen setzten sich in Bewegung und kamen von den Hügeln am Rande der Ebene herunter, um sich in kleinen Gruppen von fünf bis zehn zusammenzuscharen. Feylin kam zu Pol herüber und erklärte ihm leise die Rangordnung.

»Die Jüngsten bewegen sich an beiden Seiten der älteren Weibchen. Man kann sie nur an den Flügeln auseinanderhalten. Seht Ihr die Narben bei den älteren? Die Paarung ist nicht gerade sanft. Aber man kann die Jungen durch noch etwas von den älteren unterscheiden. Die, die das hier schon

189

einmal erlebt haben, tun gelangweilt.« Sie lachte leise, als
Pol sie verwundert ansah. »Die Herren werden sich anstrengen müssen, sie zu beeindrucken. Die jungen werden als erste ihre Partner wählen, die anderen aber werden warten.
Sie haben das alles schon erlebt und wollen umworben werden – wie die meisten Damen.«

Maarken flüsterte schelmisch: »Denk dran, Pol.«

»Ich werde schließlich ein Mädchen heiraten, keinen Drachen!« zürnte der.

»Mein Mann meint, da gäbe es keinen erkennbaren Unterschied.« Feylin lachte leise. »Jetzt achtet auf die Drachen.
Sie sind gleich soweit.«

Die drei Drachen landeten geschickt im Sand, gefolgt noch
von zwei weiteren. Zwei waren goldfarben, mit schwarzen
Flügelunterseiten. Der dritte war rostfarben, die anderen
beiden schwarz und braun. Maarken hatte ihre Tänze schon
früher gesehen, jedoch nie so viele Drachen auf einmal.
Beim Aufblicken sah er die acht übrigen Altdrachen, die
hoch oben in den Aufwinden kreisten. Sie warteten, bis die
ersten erschöpft waren; dann würde einer der ausgeruhten
Drachen landen und ihren Platz einnehmen.

Die fünf stellten sich vor ihrem Publikum auf. Alle bäum-
ten sich gleichzeitig mit ausgebreiteten Flügeln und nach
hinten geworfenen Köpfen auf und trompeteten ihren Eröff-
nungsschrei hinaus. Ihr Gesang lief die Tonleiter hinauf und
hinunter, ein Geheul wie von fünf verschiedenen Stürmen
zugleich. Maarken kämpfte gegen den Wunsch an, sich die
Ohren zuzuhalten. Er wußte, daß diese wilde Musik die anderen ebenso aufwühlte wie ihn. Feylin duckte sich in ihren
Umhang. Pol rührte sich nicht vom Fleck. Mit großen Augen
lauschte er dem furchterregenden Drachenlied. Doch die Reaktion der Weibchen war wie ein Schulterzucken, und die
älteren von ihnen gähnten ausgiebig und beleidigend.

Der rostfarbene Drache bewegte sich als erster. Sein Kopf

fiel nach vorn, und seine Schwingen fegten den Sand vor ihm zu großen, glitzernden Wellen. Sein Lied wurde ein leises, leidenschaftliches Stöhnen, als er sich mit ausgefahrenen Klauen aufrichtete, als wollte er den Himmel in Stücke reißen. Sein Hals wand sich, die Flügel trieben den Sand in alle Richtungen, und seine Stimme schwoll an zu einem weiteren Schrei. Dann begann er zu tanzen.

Ein fliegender Drache war märchenhaft, doch auf dem Boden hätten Drachen eigentlich plump und schwerfällig sein müssen. Ihre Anmut in der Luft war jedoch nicht zu vergleichen mit der Eleganz dieses Sandtanzes. Wie ein Weidenzweig im Wind bewegte sich der rostrote Drache geschmeidig hin und her, faltete seine Flügel, breitete sie aus und wirbelte mit ihnen wieder den Sand auf, während er leichtfüßig über den Boden lief. Bald schloß sich ihm ein schwarzer Drache mit rosa-braunen Flügelunterseiten an, dann ein goldener, dann der braune und der zweite goldene. Die Abfolge ihrer Bewegungen war so rhythmisch und regelmäßig wie Lichtläufer-Farben und wurde von jedem Drachen genau eingehalten, während sie einander die vorgeschriebenen Schritte und Flügelschläge nachmachten.

Der Sand wirbelte hoch und wurde weiter emporgetrieben, als die Drachen ihre Schritte immer wieder wiederholten und dadurch ihr Territorium festlegten. Jeder bäumte sich mit ausgebreiteten Flügeln zu voller Größe auf, ehe er wieder herunterkam, um voll Grazie die Dünen entlangzulaufen, bis seine Schrittfolge beendet war und er das Lied von neuem beginnen mußte. Die jüngeren Drachenweibchen bewegten sich im gleichen Rhythmus wie ihre Erwählten, brachen aber mitunter mittendrin ab, wenn ein anderer Drache ihre Aufmerksamkeit erregte, der sich in einer anderen Passage des Tanzes bewegte. Die älteren Drachenweibchen zeigten jetzt auch kein Desinteresse mehr, saßen jedoch still und warteten auf etwas Besonderes.

Der schwarze Drache ermüdete als erster. Er ließ einen Schritt aus und mußte einen Flügel herunternehmen, um sein Gleichgewicht zu halten. Ein aschgrauer Drache erspähte die Lücke und stieß nach unten, wobei er seinen gestrauchelten Rivalen höhnisch anbrüllte. Der Schwarze fauchte, doch das Muster war unterbrochen, und er konnte seinen Rhythmus nicht wiederfinden. Zögernd wich er ein paar Schritte zurück und breitete dann seine Flügel aus, um vor seinem Rivalen davonzufliegen. Dann begann der graue Drache voller Energie seinen Tanz. Die jungen Drachenweibchen waren sofort in seinen Bann geschlagen, und angesichts seiner Stärke formierten sich die Grüppchen um.

Als er jedoch versehentlich mit einer Vorderklaue daneben trat, zischten die Weibchen mißbilligend und wandten sich wieder den anderen zu. Ein goldener Drache war ausgefallen und hatte einem weiteren braunen mit wunderschönen rotgoldenen Flügelunterseiten Platz gemacht. Ein sehr junger Drache ohne irgendeine Narbe aus einem Kampf war kühn genug, sich anzuschließen, ohne daß ein erschöpfter Leitdrache Platz gemacht hätte. Trotzig breitete er seine Schwingen aus, als die älteren Drachenweibchen wegen seiner Unverschämtheit böse fauchten. Er schien genau zu wissen, daß er mit seiner bronzegrünen Haut, die durch herrliche, silberne Flügelunterseiten betont wurde, bei weitem der schönste der Drachen war – und diesen Vorteil wollte er nutzen.

Sie bewegten sich jetzt langsam und unauffällig voneinander weg, und die Drachenweibchen folgten ihnen. Der Tanz ging weiter. Der rostrote Drache, der als erster den Tanz begonnen hatte, zog sich weiter und weiter von dem anfänglich markierten Gebiet zurück; er hatte durchgehalten und wollte nun sehen, wie viele Gefährtinnen er für sich gewonnen hatte. Sieben junge Drachenweibchen folgten ihm und watschelten mit ihren eischweren Bäuchen hinter ihm her.

Diesmal strafte er sie mit Nichtachtung, eine kleine Rache für ihre anfängliche angebliche Gleichgültigkeit. Eines der Weibchen schrie flehentlich, ein anderes eilte vor, um ihn sanft in den Schwanz zu beißen, doch er schien sie überhaupt nicht zu beachten. Das beeindruckte eines der älteren Drachenweibchen so sehr, daß es sich in seine Richtung in Marsch setzte. Gleich darauf folgte ihr ein zweites.

Die Gruppe war schon ein gutes Stück von den anderen entfernt, als der Drache sich plötzlich mit einem einzigen, kraftvollen Flügelschlag erhob und hinter den zwei älteren Drachenweibchen landete. Er versuchte, die beiden hinter den anderen sieben her zu treiben, was ihm Protestgeheul und ärgerliches Gefauche einbrachte. Ein Weibchen entkam und kehrte zu den übrigen zurück. Der Drache brüllte es an, als es an ihm vorbeilief, war dann jedoch schnell nicht mehr an ihr interessiert; er heulte sie an – offensichtlich eine Beleidigung –, und sie antwortete ihm mit einem Zähnefletschen. Dann trieb der rostrote Drache seine acht Weibchen zusammen, und sie zogen gemeinsam zu den Höhlen über Skybowl.

Dieses Manöver wiederholte sich noch sieben Mal. Acht Leitdrachen nahmen sich je fünf bis neun Frauen. Doch als der Tanz beendet war, waren noch immer fünf Drachen ohne Gefährtinnen und brüllten ihre Wut über diese Zurückweisung so wild hinaus, daß der Sand bebte und die Menschen sich tiefer in ihre Umhänge kauerten.

Maarken, der der Vorstellung gebannt gefolgt war, fühlte plötzlich die zarte Berührung durch geliebte, wohlbekannte Farben. Überrascht wandte er instinktiv den Kopf nach Westen, wo die Sonne noch über den Bergen des Vere zu sehen war.

Würdest du dich auch so aufführen, wenn ich dich abwiese? berührte eine neckende Stimme seine Gedanken.

Viel schlimmer! antwortete er und zog dabei Hollis schimmernde Farben an sich, um das Gewebe aus Sonnenlicht zu festigen. *Wie lange siehst du schon zu?*

Erst kurz – und lange nicht so gebannt wie du. Ich habe viermal versucht, dich zu erreichen! Aber sie sind einfach herrlich, nicht wahr?

Nächstes Mal wirst du hier bei mir sein und zusehen. Wo warst du denn den ganzen Tag?

Ich habe seit Sonnenaufgang mit deinem besessenen Bruder an der Übersetzung dieser Schriftrollen gearbeitet, die Meath gebracht hat. Es ist erstaunlich, daß ich überhaupt noch in einer Sprache reden kann, die weniger als vierhundert Jahre alt ist.

Es gibt ein paar Worte, die ich jetzt sehr gern hören würde, meinte er unschuldig und lächelte, als ihre Farben um ihn herum lachten. *Aber ich sage sie zuerst, weil ich ein Ritter bin, ein Edelmann und Lord. Ich liebe dich! Und Sioned weiß davon – nicht von dir persönlich, aber sie wird uns helfen, wenn es nötig sein sollte.*

Die legendäre Lichtläufer-Prinzessin! Ist sie wirklich so schön, wie man sagt?

Wenn du Rotschöpfe magst – ich für meinen Teil liebe Blondinen. Hollis, ich habe mit meinen Eltern darüber gesprochen, Whitecliff herzurichten. Sie wissen also, daß ich heiraten will. Sollte ich es ihnen nicht gleich sagen, damit wir nicht noch länger warten müssen?

Maarken, ich liebe dich! Aber sollten sie mich nicht zumindest erst einmal sehen dürfen? Wenn sie mich nun nicht mögen?

Lächerlich. Außerdem heirate ich dich sowieso.

Könntest du dich denn gegen deine Eltern auflehnen?

Wart's ab, bis es dazu kommt – aber nein, es wird nicht geschehen. Ich warte bis zum Rialla, wenn du es willst, aber die Brautpaare am Letzten Tag führen wir beide dann an, meine Geliebte.

194

Oh, Maarken – verdammt, Andry ruft mich. Ich muß gehen. Gib auf dich acht, Geliebter. Die Göttin beschütze dich.

Er merkte, daß Pol neben ihm saß und an seinem Ärmel zog, und seufzte. Die Stränge lösten sich, er war zurück in der Wüste, und Pol flüsterte: »Du warst auf dem Sonnenlicht, nicht wahr?«

Maarken nickte: »Ja.«

»Wo? Wie weit? Mit wem hast du gesprochen?«

»Eins nach dem anderen. Sehr weit weg, und mit wem, das geht dich nichts an.« Er milderte seine Worte durch ein Lächeln. Dann stand er auf, streckte seine steifen Muskeln und sah, daß alle anderen dasselbe taten. Pol sprang jugendlich geschmeidig auf und lief aufgeregt zu seinen Eltern, um über das Erlebnis mit ihnen zu sprechen. Maarken ging zu seinen eigenen Eltern hinüber und lachte, als Chay mühsam aufstand und sein Hinterteil massierte.

»Wie können nur alte Glieder taub sein und trotzdem weh tun?« beschwerte er sich. »Ich bin einfach zu alt für diesen Unsinn.«

»Bis wir wieder bei den Pferden sind, bist du nicht mehr so steif«, sagte Tobin. »Pol und Rohan gehen zu den Höhlen, Maarken. Willst du dich ihnen anschließen?«

»Ich habe Sionell und Jahnavi versprochen, ihnen noch vor dem Abendessen alles zu erzählen. Also reite ich lieber mit euch nach Skybowl.«

»Und zu so vielen Flaschen mit Ostvels bestem Kaktusschnaps, daß ich meine alten Knochen nicht mehr spüre«, fügte Chay hinzu. Zu Rohan rief er hinüber: »Erwarte ja nicht, daß ich welchen für dich übriglasse, wenn ihr zu spät zurückkommt.«

»Nicht einmal für deinen Prinzen?«

»Nicht einmal einen Fingerhut voll. Es ist deine Schuld, daß ich hier draußen schmoren mußte wie ein preisgekröntes Schaf.«

»Nicht einfach irgendein altes Schaf, Schatz«, sagte seine Frau honigsüß, »eindeutig ein Bock.«

»Tobin!« Er zog sie an sich, um sie zu küssen. »Und das vor den Kindern!«

Maarken grinste, als er sich ausmalte, wie er mit Hollis ihre Kinder genauso schockieren würde. Eines Tages würden die Leute auch ihre Namen im gleichen Atemzug nennen, wie bei »Chay und Tobin« oder »Rohan und Sioned«. Eines nicht allzufernen Tages.

Kapitel 9

Wenn es um das Gold ging, waren die Menschen in Skybowl verschlossen, selbst ihrem Prinzen und seinem Erben gegenüber. Männer und Frauen, die sie am Vortag herzlich begrüßt hatten, nickten nur höflich, als Pol und Rohan ihre Pferde im Threadsilver Canyon festmachten. Sie waren von der Drachenebene aus in die Hügel hinaufgeritten und dann über eine enge Klamm auf den Pfad gestoßen, der nach Skybowl und zu den Goldhöhlen führte.

Wind und Sand hatten die Felsen bizarr geformt; hier und dort wuchsen in der Schlucht riesige Kakteen, aus deren dicken, grünen Blättern sporenlange Stacheln ragten. Tief unter ihnen gab es noch immer Wasser, doch von dem Fluß, der sich vor langer Zeit in den weichen Stein gegraben hatte, war nichts mehr zu sehen.

Die tiefer gelegenen Höhlen des Threadsilver wurden genutzt, um das Gold zu schmelzen, das in den oberen Ebenen gewonnen wurde. Pol schloß dies aus dem schwachen Schein, den die Feuergruben nach draußen warfen. Sein Vater bestätigte diese Vermutung, als sie abstiegen, um zu Fuß zu den höher gelegenen Höhlen hinaufzusteigen. Mehr gab er jedoch noch nicht preis.

Der Junge schielte zu den schmalen Simsen hoch, die durch einen Pfad verbunden waren, der gerade breit genug war für ein einzelnes Packpferd. Die Arbeit des Tages war fast getan, und die meisten Männer und Frauen waren schon auf dem Weg nach unten. Sie grüßten die beiden Prinzen mit einem leichten Kopfnicken; sie erkannten sie und erwiesen ihren Respekt. Doch niemand sagte ein Wort zum Gruß. Pol wunderte sich darüber, doch seinem Vater schien die Stille nichts auszumachen. Pol starb fast vor Neugier.

Als sie stehenblieben, um die letzten Pferde vorbeizulassen, konnte Pol nicht länger an sich halten. »Wir schürfen hier doch Silber, oder? Ich meine, das glauben doch alle, sogar ich.«

»Das ist auch die offizielle Version. Und es gibt wirklich eine Silberader in diesen Bergen. Daher der Name Threadsilver.«

»Und wir tun so, als ob sie hier zum Vorschein kommt, damit alle glauben, unser Reichtum stamme vom Silber.«

»Genau. Manchmal gewinnen wir hier auch wirklich Silber. Das ist ganz nützlich.«

Rohan begann den Pfad hinaufzusteigen, und Pol mußte sich anstrengen, um Schritt zu halten. »Aber warum muß es ein Geheimnis bleiben?«

»Es ist eben alles gar nicht so einfach«, gab sein Vater geheimnisvoll zurück.

Pol hielt an, um eine junge Frau vorbeizulassen, die Wasserschläuche trug. Dann hastete er hinter seinem Vater her. »Was machen wir, damit niemand merkt, daß wir nicht Silber, sondern Gold aus den Höhlen holen?«

»Es gibt Wege, das Metall zu verändern. Lleyn hilft uns dabei. Und Volog ebenfalls.«

Pol wollte unbedingt alles über diesen Schwindel wissen, doch sein Vater winkte einem O-beinigen Mann auf dem ersten Felsensims zu. Der Junge schwieg während des Aufstiegs und wurde bald einem Mann namens Rasoun vorgestellt, der die Mine für Ostvel leitete. Der Bergmann verbeugte sich respektvoll und hieß sie ruhig willkommen.

»Danke«, erwiderte Pol höflich. »Werdet Ihr uns die Höhlen zeigen?«

»Ich denke, daß diese Ehre Seiner Hoheit gebührt.« Rasoun lächelte. »Ich war etwa in Eurem Alter, als mein eigener Vater mir die Goldhöhlen zum ersten Mal zeigte. Er war Aufseher bei Lord Farid, der für Euren Großvater, Prinz Zehava, auf Skybowl herrschte.«

Pol rechnete rasch. Farid war in dem Sommer vor seiner Geburt gestorben; Zehava war einige Jahre zuvor gestorben. Dazu ein paar Jahre unter der Herrschaft seines Großvaters und das Alter, das Rasoun schätzungsweise hatte – die Höhlen wurden also seit mindestens dreißig Jahren ausgebeutet. Wie hatte man so viel Gold so lange geheimhalten können?

»Könnt Ihr uns eine Höhle empfehlen, Rasoun?« fragte Rohan.

»Die hintere, mittlere wäre gut, Herr. Wir wollen nächstes Frühjahr dort oben anfangen; es dürfte also genug zu sehen geben. Ihr werdet aber eine Fackel brauchen.«

»Nein, danke. Mein Sohn hat Feuer anderer Art dabei.«

Pols Unterkiefer klappte herunter. Rasoun sah etwas überrascht aus und meinte dann: »Oh, ja. Natürlich, Herr.«

Als sie die Serpentinen zu der Höhle hochstiegen, fragte Pol: »Vater, soll ich wirklich Feuer für dich beschwören?«

»Deine Mutter meint, du seist dazu in der Lage. Warum fragst du? Macht es dich nervös?«

»Nun – ja. Irgendwie schon.«

»Wir brauchen doch keinen Höllenbrand«, erklärte Rohan heiter. »Gerade genug zur Beleuchtung. Aber warte, bis ich es dir sage, und sei vorsichtig.« Er senkte die Stimme zu einem verschwörerischen Flüstern. »Und sag es ja nicht Lady Andrade!«

Pol schüttelte entschlossen den Kopf, und Rohan lachte.

Der Pfad stieg steil an, denn er war noch nicht ausgebaut, um den Arbeitern und Packpferden den Aufstieg zu erleichtern. Auf halbem Weg blieb Pol stehen, um zu Atem zu kommen, und blickte über die Schlucht, die sich langsam von Menschen leerte. Sie war weder so lang noch so breit wie Rivenrock weiter südlich, doch obwohl sie höchstens ein Viertel so viele Höhlen enthielt wie jener Ort, bot sie im Glanz der Nachmittagssonne ein eindrucksvolles Bild. Die Felswände waren von dem rosigen Schein überhaucht, der sich im Spätfrühling und Herbst in der Wüste zeigte. Und wo die Schlucht sich im Norden krümmte und enger wurde, waren die Schatten lilafarben.

»Vater? Werden denn nachts keine Wachen aufgestellt? Und warum arbeiten wir nicht in allen Höhlen, anstatt in so wenigen? Ich habe übrigens überhaupt niemanden gesehen, der groß und stark genug ist, Gold aus dem Felsen zu schlagen.«

»Das mußt du mich schon auf meine Weise erklären lassen, Pol«, sagte sein Vater kurz angebunden.

»Aber wann endlich?«

»Geduld.«

Schließlich erreichten sie einen schmalen Vorsprung. Ein kleines Stück mußten sie sogar auf allen vieren hinaufklettern. Nachdem er seine Hände und Kleider abgeklopft hatte, sagte Rohan: »Hat Maarken dir je von dem Tag erzählt, als er und sein Bruder beinahe von einem frisch geschlüpften Drachen geröstet worden wären?«

Pol nickte: »Er und Jahni wollten in eine Höhle sehen, obwohl ihnen das verboten worden war.«

»Haargenau. Und sie haben sich zu Tode erschrocken, als

der Drache aus seiner Höhle sprang. Es war die letzte Jung-drachen-Jagd, die es je gab«, fuhr er leiser fort. »Ein abscheu-licher Brauch – kein Sport, sondern reines Abschlachten.«

»Warum hat Großvater das denn nie verboten?«

»Weil er glaubte, es würde immer genug Drachen geben. Und jetzt keine Fragen mehr, bis ich dir alles erzählt habe.«

Pol nickte und starrte in die finstere Höhle.

»An dem Tag, wo Maarken und Jahni auf Entdeckungs-reise gingen, betraten deine Mutter und ich ebenfalls zum er-sten Mal eine Drachenhöhle. Es war in dem Sommer vor un-serer Hochzeit, als sie Stronghold besuchte. Wir fanden an jenem Tag etwas heraus, was mein Vater schon jahrelang wußte, mir aber nie erzählt hat.«

Sie gingen in die Höhle. Undurchdringliche Schatten saugten alles Licht in dem Raum auf, der mindestens drei-mal so hoch und so breit war wie Pols Zimmer in Strong-hold. Wände und Decke bildeten einen zerklüfteten Bogen über dem sandigen Boden, der nach hinten in eine Finster-nis tauchte, die dort enden oder sich eine volle Länge in den Berg hinein erstrecken mochte. Rohan ließ Pol weitergehen, bis sie vollständig in den Schatten standen.

»Und jetzt ruf bitte ein kleines Feuerchen.«

Pol gehorchte und ließ eine einzelne Flamme wenige Schritte vor ihnen auf dem Sand emporzüngeln. Als die Flamme ruhig wurde, begann die Höhle zu schimmern. Pol versuchte, seine Füße fester auf den Sand zu stellen, denn er hatte das Gefühl, daß sich alles bewegte. Doch es war nur das Licht, das umherlief und rundherum ein goldenes Glitzern hervorrief.

Rohan ging zur nächsten Wand, bückte sich und kam mit einer handgroßen Scherbe wieder, die aussah wie heller Ton. Auch sie glänzte.

»Das ist ein Stück von einem Drachenei«, erklärte er. »Und daraus gewinnen wir unser Gold.«

Pols Reaktion ließ das kleine Feuer hochschlagen, und er brachte es hastig wieder unter Kontrolle.

»Nach dem Schlüpfen blasen sie sich zum Trocknen Feuer auf die Flügel. Wenn die Schalen angesengt werden, kommt ein Teil des Goldes zum Vorschein. Mit der Zeit wird alles zu Sand zermahlen. Hier sind nicht viele Schalen übrig, aber in Rivenrock könnte ich dir große Scherben von Dracheneiern zeigen, die nicht viel älter sind als du selbst.« Er reichte Pol die Scherbe. »Du siehst, wir schlagen überhaupt keine Gesteinsbrocken aus den Höhlen. Niemand benutzt eine Spitzhacke, und niemand braucht gewaltige Muskeln, um den Sand zu sieben, der in die Taschen der Packpferde kommt. Das war übrigens eine sehr scharfsinnige Beobachtung von dir. Ich muß mit Rasoun darüber sprechen, daß er ein paar kräftigere Männer heraufschickt, um den Schein zu wahren. Das Gold wird zum Schmelzen in die unteren Höhlen gebracht, und alles Wichtige geschieht dort, wo nicht einmal Lichtläufer hineinsehen können.«

»Vater...?«

»Laß mich raten. Du willst fragen, was mit dem Gold passiert, stimmt's?«

Pol nickte und drehte dabei das glitzernde Bruchstück in seinen Händen.

»Das meiste wird zu Barren geschmolzen, so ähnlich wie die Glasbarren, die wir nach Firon und anderswo verkaufen. Es kommt in die Schatzkammer – nicht in die auf Stronghold, sondern in eine geheime hier in Skybowl.«

»Und der Rest?«

»Einen Teil schicken wir zu Lord Eltanin nach Tiglath, wo Handwerker es zu Geschirr und Geschmeide verarbeiten, das ganz normal verkauft werden kann. Aber auf diesem Wege können wir nicht besonders viel loswerden. Ein Zustrom von Gold würde die Leute mißtrauisch machen, wo es wohl herkommt, und den Wert der Arbeit mindern. Darum geht ein Teil auf Lleyns Schiffen nach Kierst, wo Volog eine Goldmine hat – eine echte.« Er lächelte und meinte achselzuckend: »Sie ist allerdings fast erschöpft. Wir haben ein paar Leute da, die – sagen wir mal, wir mußten jahrelang einen Weg austüfteln, damit es so aussieht, als käme das Gold direkt aus dieser Mine.«

»Aber wie viele Leute wissen wirklich Bescheid? Über die Drachen, meine ich.«

Rohan hockte sich hin und nahm eine Handvoll Sand hoch. Die Körner rieselten wie getrocknetes Sonnenlicht durch seine Finger. »Lleyn weiß nur, daß er für Radzyns Exklusivrechte am Seidenhandel gut bezahlt wird. Volog weiß nicht, daß das Gold nicht wirklich ihm gehört. Und glaub nur nicht, daß ich das aus alter Freundschaft tue oder weil es die Familie deiner Mutter ist.« Er blickte lächelnd auf.

Pol dachte fieberhaft nach und versuchte, sich an alles zu erinnern, was er je über Kierst und über die Veränderungen gehört hatte, die es dort in den letzten Jahren gegeben hatte. Aber die Gedanken an das Gold, die Scherbe in seiner Hand und der Sand, der langsam durch Rohans Finger rann, verlangsamten sein Denkvermögen. Er konnte nur den einen Satz herausbringen: »Volog ist ein wichtiger Verbündeter.«

»Das ist er in der Tat. Aber es gibt Gründe, die wichtiger sind, Pol. In den vier Jahren, seit wir seine Mine beliefern, war er reich genug, wertvolle Arbeiten zu fördern – Holzschnitzerei, Viehzucht, Pergamentschöpfen, neue Obstgärten. Er hatte vorher nie Geld übrig, weißt du, und wenn ein Gutteil davon in Bereiche fließt, die nur dem Vergnügen dienen – was soll's? Dann sind andere Handwerker satt und glücklich. Aber wäre es jemand anders als Volog, so würde ich das nicht tun. Er ist kein gieriger Mensch oder jemand, der Reichtum als Mittel zum Unruhestiften ansieht. Er will sein Reich weiterbringen, und unser Gold hilft ihm dabei.«

Rohan griff sich erneut eine Handvoll Sand, und Pol sah,

wie er zu Boden rieselte. Der goldene Staub, der seines Vaters Träume hatte wahr werden lassen, faszinierte ihn.

»Es ist das Pergament, das mich besonders interessiert. Und dann die Herden, die er züchtet. Dieses Jahr werde ich ihm vorschlagen, ein Skriptorium einzurichten. Kannst du dir das vorstellen, Pol? Bücher, die nicht nur Prinzen, sondern alle *Athr'im* erwerben können – vielleicht sogar fast jeder. Wenn ich Glück habe, wird aus dem Skriptorium eine Schule hervorgehen. Wir werden Leute haben, die in Kunst und Wissenschaft ausgebildet sind, so wie die *Faradh'im* in der Schule der Göttin ausgebildet werden. Diese Menschen können das Wissen in alle Prinzenreiche tragen und andere unterrichten. Menschen, die niemals die Chance hätten, auch nur lesen zu lernen, können alles lernen, was möglich ist.«

Das kleine Feuer flackerte wieder leicht auf, als Pol von der Begeisterung seines Vaters angesteckt wurde. »All die Sagen, die Geschichten, die Musik, einfach alles kann niedergeschrieben und weitergegeben werden –«

Rohan lachte wieder. »Beim Herrn der Stürme, du bist wirklich mein Sohn! Jeder andere in deinem Alter würde stöhnen, wenn er hört, daß er noch mehr lernen soll.«

Obwohl Pol etwas rot wurde, lachte er mit. »Solange andere die Arbeit machen, bin ich dabei!«

»Die härteste Arbeit ist wirklich, daß wir als Prinzen Verantwortung tragen müssen. Etwas aus Büchern zu lernen, ist ziemlich einfach, weißt du. Aber es dann auch anzuwenden…« Er zuckte die Schultern und zog eine ironische Grimasse. »Das habe ich bei meinem ersten *Rialla* gelernt. Komm, setz dich, Pol. Es gibt noch mehr zu erzählen.«

»Wirklich?« fragte er verblüfft.

»Oh ja. Viel mehr.«

Der Junge hockte sich neben seinen Vater in den Sand, wobei er immer noch das Stück Schale in der Hand hielt.

»Würde Prinz Volog das mit dem Skriptorium, dem Gold und all dem denn nicht verstehen?«

»Er ist im Grunde ein feiner Kerl. Aber wie alle anderen auch würde er nur das Gold sehen. Außerdem kann selbst ein Hoheprinz nicht einfach etwas befehlen, wenn es so sehr etwas mit einem anderen Prinzenreich zu tun hat. Ich kann es nur nahelegen, so tun, als sei es Vologs Idee gewesen, nicht meine.«

»Und ihn dann für seine Klugheit loben und dabei die Ernte einfahren«, nickte Pol weise.

»Ich hoffe bloß, daß keiner von ihnen je darauf kommt, was es mit dem Gold auf sich hat. Wenn das geschieht...« Er schüttelte den Kopf. Der Feuerschein beleuchtete sein helles Haar. Pol betrachtete das Gesicht seines Vaters, das ihm so vertraut war wie sein eigenes. Er hoffte, es würde wirklich irgendwann sein eigenes sein, denn es war ein stolzes Gesicht, stark und ohne Angst vor dem Einsatz, den seine Träume forderten.

»Im Jahr der Seuche ging es richtig los. Deine Mutter und ich, wir hatten das Gold in Rivenrock schon früher entdeckt, aber ich versuchte noch, einen Weg zu finden, wie ich es im geheimen herausschaffen könnte. Dann kam die Seuche. So viele sind gestorben, Pol – deine Großmutter, Jahni, Ostvels Frau Camigwen...« Er blickte hinunter in seine mittlerweile leeren Hände. »Es gab ein Kraut, das gegen die Seuche half: *Dranath*. Es wuchs nur im Veresch, so daß der Hoheprinz Roelstra die Verteilung steuern konnte. Auch die Drachen starben – in Scharen. Ich war hier in Skybowl, und Lord Farid und ich kamen auf die Idee, *Dranath* auf den Bittersüßpflanzen an den Klippen auszulegen. Dadurch mußten die Drachen beim Fressen unweigerlich auch die Medizin hinunterschlucken.«

Rohans Gesichtsmuskeln strafften sich, wodurch die feinen Linien um seinen Mund deutlicher hervortraten. »Aber zuerst brauchten wir *Dranath* – Unmengen davon. Roelstra verkaufte es über seine Händler zu astronomischen Preisen. Es gab einfach nicht genug Geld in der Welt! Manchmal hielt er den Verkauf so lange zurück, bis ein Feind tot war. Ich konnte es nie beweisen, aber ich weiß, daß es so war.«

»Du hättest ihn schon damals töten sollen«, flüsterte Pol, »und nicht bis später warten.«

Rohan sah erstaunt auf, als wenn er sich eben erst wieder erinnerte, daß er einen Zuhörer hatte. Nach einer langen Pause sagte er zögernd: »Ich wollte es, Pol. Vielleicht hätte ich es tun sollen. Aber dann zeigte mir Farid die Höhlen hier und das Gold, das mein Vater hier gewonnen hatte, ohne mir je etwas davon zu sagen.« Er schüttelte den Kopf, auch nach all den Jahren noch immer befremdet. »Er wollte nicht, daß meine ersten Jahre als Prinz zu leicht für mich wären. Wenn ich von diesem Reichtum gewußt hätte, hätte ich vielleicht versucht, die anderen Prinzen zu kaufen. Und wenn ich es dumm angestellt hätte, hätten sie sicher herausgefunden, woher das Gold stammt, und hätten sich auf uns gestürzt wie ein Habicht auf eine Wüstenmaus.

Aber wir mußten das *Dranath* bekommen. Also leerten wir die Schatzkammern hier und zahlten Roelstras Preis. In den Jahren danach mußten wir so tun, als hätten wir uns dadurch beinahe ruiniert. Das Gold mußte geheim bleiben. Doch nach Roelstras Tod und nachdem wir die Prinzenmark übernommen hatten, erwarteten die Menschen Reichtum von uns, und wir konnten wieder neu bauen. Tiglath und Schloß Tuath wurden ausgebaut, und Baisal in der Faolain-Tiefebene bekam seine neue Burg. Ein großer Teil des Geldes floß außerdem in die Rückgewinnung Remagevs aus dem Weiten Sand.«

»Und du hast eine Menge von dem zurückgezahlt, was Roelstra den anderen für das *Dranath* abgenommen hatte«, schloß Pol, denn er kannte seinen Vater schon recht gut.

Rohan lächelte etwas. »Einen Teil davon, ja. Tobin hat mich davon überzeugt, daß es dumm wäre, noch mehr zu bezahlen – schließlich war es mein Gold gewesen, mit dem ich genug *Dranath* gekauft hatte, um damit alle Prinzenreiche zu versorgen. Sie fand, sie ständen daher sowieso alle in meiner Schuld. Auf jeden Fall zogen Ostvel und ich die Sache hier gerade so groß auf, wie wir wagen konnten, und verbreiteten die Nachricht, daß man hier eine neue Silberader gefunden hätte.

Also, Pol, wir sind wirklich so reich, wie du immer geglaubt hast – ja, noch viel reicher. Doch die wahre Herkunft des Goldes muß geheim bleiben.«

Pol hörte sich selbst langsam sagen: »Schlimm genug, daß ich zwei Prinzenreiche erbe. Noch schlimmer, daß ich nicht nur Prinz, sondern auch *Faradhi* sein werde. Und dazu noch das Gold –«

»Genau. Es gibt vielleicht fünfzig Menschen, die alles darüber wissen. Nicht einmal hier in Skybowl weiß es jeder, nur wenige erkennen den Zusammenhang zwischen den Drachen und dem Gold. Die Männer, die die Mine in Kierst versorgen, wissen nicht, woher das Gold wirklich stammt, genausowenig wie Lord Eltanin. Natürlich weiß deine Mutter davon, außerdem Tobin, Chay, Ostvel und Riyan – aber weder Sorin noch Andry oder Maarken, nicht einmal Andrade. Wir schleusen einen Teil nach Hoch-Kirat zu den Goldschmieden von Prinz Davvi, aber auch er weiß nicht, wo es herkommt.«

»Nicht einmal der Bruder meiner Mutter?«

»Nein. Fünfzig sind schon zuviel, Pol. Nicht, daß ich den anderen nicht traue, aber solange es keinen Grund dafür gibt, daß sie es erfahren, ist es besser und sicherer, wenn sie nichts wissen.« Er seufzte und reckte seine Schultern. »Und jetzt, wo du die Hintergründe kennst, kann ich dir den Rest erzählen. Diese Höhlen werden nicht für ewig reichen. Die

Drachen sind hier schon sehr lange nicht mehr gewesen, und sie werden nie wieder hierher kommen. Die Zeit, als Menschen überall herumgelaufen sind, war einfach zu lang.«

»Aber was ist mit den Jungdrachen-Jagden in Rivenrock?«

»Das war ein einziger Tag alle drei Jahre. In diesen Höhlen hier wurde seit über dreißig Jahren fast jeden Tag gearbeitet. Die andere Seite der Schlucht ist ausgebeutet. Auf dieser Seite sind nur noch wenige Höhlen wie diese übrig.«

»Aber es gibt doch noch Rivenrock. Wir könnten – ach!« Pol setzte sich auf. »Die Drachen brauchen diese Höhlen, nicht wahr?«

»Und sie werden nie wieder kommen, wenn wir dort tun, was wir hier taten. Ideal wäre es, wenn wir sie irgendwie zurücklocken könnten, um in den Höhlen weiterzumachen, die sie jetzt benutzen, die Höhlen nördlich von hier.«

»Bei Feruche«, sagte Pol.

»Ja.« Rohan hielt eine Handvoll Sand zwischen den starken Fingern. Sein saphirbesetzter Topasring spie Feuer, als er sie zusammenpreßte. »Deine Mutter möchte, daß ich das Schloß dort wieder aufbaue. Anscheinend bleibt mir nichts anderes übrig.«

Etwas in seiner Stimme warnte Pol vor der Frage, warum er nicht über Feruche sprechen wollte. »Aber Vater, wir können diese Höhlen jetzt nicht anrühren, sonst haben die Drachen überhaupt keinen Platz mehr zum Schlüpfen. Nach Rivenrock gehen sie nicht zurück, und das ist der einzige Ort, wo genug Höhlen sind, um das Überleben einer ausreichenden Zahl Drachen zu sichern.«

»Du siehst also, Pol: Lernen ist leicht, aber es ist schwer, die Dinge zu verwirklichen.« Er wischte sich den Staub von den Händen und stand auf. »Jetzt weißt du also alles über die Drachen und ihr Gold. Ich wollte dich nicht so früh damit belasten, aber...« Er zuckte die Achseln.

»Tut es dir leid, daß du es mir erzählen mußtest?«

»Nein. Es ist sicher besser, wenn sich noch ein helles Köpfchen mit diesem Problem abmüht. Immerhin haben wir im Moment noch keinerlei Schwierigkeiten. Ostvel schätzt, daß diese Höhlen hier erst in acht bis zehn Jahren ausgebeutet sind. Bis dahin können wir uns etwas einfallen lassen.«

»Das sollten wir wohl«, sagte Pol beim Aufstehen. Er warf die Schale hinten in die Höhle und ging zum Ausgang. Als Rohan sich räusperte, drehte er sich um: »Sag bloß, es gibt noch mehr zu bereden?«

»Nein, du hast bloß eine winzige Kleinigkeit vergessen.« Er wies auf das Flämmchen, das noch über dem Sand schwebte.

Peinlich berührt löschte Pol das Feuer durch einen Gedanken.

»Ein Glück, daß wir Andrade nichts davon erzählen wollten«, meinte Rohan. »Das könntest du nie wieder gutmachen!«

☆　☆　☆

Fern von den Höhlen mit dem Drachengold genoß Lady Andrade den Abschied von einem herrlichen Tag. Was um sie herum golden schimmerte, war der diesige Glanz des Sonnenuntergangs, der die Wellen der See in lohfarbenen Samt verwandelte. Sie hatte ihr Haar gelöst, so daß es ihr über Schultern und Rücken floß wie bei einem jungen Mädchen, und der leichte Luftzug, der durch das Fenster kam, bewegte die silbrigen Strähnen um ihr Gesicht. Wie alle *Faradh'im* war sie ein Geschöpf des Sonnenlichts; Winterstürme und Nebel legten sich ihr aufs Gemüt. Jetzt aber, von der Fülle des Frühlings umgeben und inmitten einer frühsommerlichen Luft, fühlte sie sich wieder richtig lebendig.

Sie lehnte sich mit einer Schulter gegen die Mauer am Fenster, verschränkte die Arme und seufzte vor Glück, als die Sonnenwärme durch ihre Glieder und über ihre Wangen floß. Vergessen war ihr winterliches Gerede über Alter und Tod; so ging es ihr immer, wenn Regenwolken den Himmel verhängten. Doch jetzt war ihr Fleisch wieder warm, und das Blut durchströmte ihre Adern mit neuer Kraft. Sie lachte und schwor sich, alle hier zu überleben.

Es war ein interessanter Tag gewesen und würde für zwei Menschen eine noch interessantere Nacht werden. Morgens war der junge Sejast für seinen ersten Ring geprüft worden und hatte ein Mordsfeuer hervorgerufen. Doch er war weder rot geworden, noch hatte er sich für seinen Mangel an Selbstbeherrschung entschuldigt. Er war stark, und das wußte er. Andrade freute sich darauf, ihm in den kommenden Jahren die Kunst der Zurückhaltung beizubringen, wie sie es schon bei anderen, noch begabteren jungen Männern und Frauen getan hatte, die auch so versessen darauf gewesen waren, ihre Kräfte kennenzulernen. Sie mußte allerdings zugeben, daß seine Arroganz – nur so konnte man es nennen – höchstens der von Andry gleichkam.

Oder ihrer eigenen, wie sie sich eingestehen mußte, wenn sie aufrichtig war. Sie lachte wieder, als sie sich fragte, wie ihre einstigen Lehrer es geschafft hatten, sie nicht zu erwürgen. Fast wünschte sie sich, noch jung genug zu sein, um mit Sejast seine Mannesnacht zu verbringen. Sie wußte, daß sie seiner Zähmung damit ein gutes Stück näherkommen würde. Doch sie vertraute hierbei Morwennas Künsten. Mit acht Ringen und fünfunddreißig Jahren hatte Morwenna genug Feuer in sich, um selbst den kleinen Sejast in Glut zu versetzen.

Bei einem leisen Klopfen an der Tür wandte sie ihren Blick von dem Sonnenuntergang über dem Meer ab und rief: »Tritt ein, Urival. Es ist offen.« Aber es war nicht ihr Präfekt, der eintrat, sondern Morwenna humpelte – wie durch Zauberhand herbeigeführt – ins Zimmer. Sie wirkte höchst verärgert und schien ziemliche Schmerzen zu haben. Andrade ging hastig zu ihr hinüber und fragte: »Was ist passiert? Kommt, setzt Euch.«

»Danke, Herrin. Was passiert ist? Das Dümmste auf der Welt.« Sie ließ sich auf einen Stuhl nieder und schlug wütend mit der Hand auf die Hüfte. »Ich bin über meinen eigenen Schatten gestolpert, das ist passiert. Ihr kennt die schiefe Stufe in der Bücherei, auf die jeder achtgibt? Nun, ich habe achtgegeben, und dabei bin ich gestolpert und gefallen. Ich fürchte, Ihr werdet heute nacht eine andere zu Sejast schicken müssen.«

»Ich hoffe, Ihr habt Euch schon behandeln lassen.«

»Natürlich. Nichts gebrochen, nur ein Bluterguß. Aber es tut verdammt weh.« Sie strich sich das schwarze Haar aus dem Gesicht. »Selbst wenn die Göttin mir heute nacht ihren Zauber gewährt – nicht einmal sie könnte wohl das hier verbergen.« Sie hob ihren Rock, um einen großen, blauen Fleck auf ihrem dunklen Bein zu zeigen. »Nicht übel, was?«

»Allerdings. Ihr könnt froh sein, daß nichts gebrochen ist. Hm. Wen soll ich denn nun an Eurer Stelle schicken?«

Morwenna brachte ihren Rock wieder in Ordnung und lehnte sich zurück. »Glaubt mir, ich bedaure, daß nicht ich es bin. Es wird nicht leicht mit ihm sein, und ich hatte mich darauf gefreut.« Sie grinste, als Andrade das Gesicht verzog. Selbst für eine heißblütige Fironesin war Morwennas Leidenschaft nahezu skandalös. »Jobyna ist zu zahm, Vessie ist nicht kundig genug für jemanden, der so aufmerksam ist wie Sejast. Ich würde Fenice schicken, aber ihr Zyklus ist ein Problem. Eridin könnte gehen, und Hollis könnte es leicht schaffen, wenn sie sich nicht gerade zu sehr nach Maarken sehnt.«

»Hmm.« Andrade setzte sich hin und klopfte mit den Fingern auf die Armlehnen ihres Sessels. »Habt Ihr Hollis und Sejast zusammen gesehen?«

»Sie hatten nicht mehr Kontakt als andere *Faradh'im* mit den Neuankömmlingen. Sie haben sicher ein paar Worte gewechselt. Aber die Göttin hält es schon geheim.«

»Die Göttin«, erwiderte Andrade trocken, »vertraut darauf, daß wir unseren Verstand gebrauchen. Ich traue Leuten nicht, die sich gut kennen –«

»Nun hört aber auf! Von den fünf, die bei mir in Frage kamen, war ich mit dreien hier an der Schule aufgewachsen, der vierte war mein Lehrer, und mit dem fünften hatte ich in jenem Frühjahr den ganzen Kräutergarten bepflanzt! Und nicht einmal ich habe je gewußt, wer von ihnen es war.«

»Also gut«, lenkte Andrade ein. »Dann wird es wohl Hollis sein. Ist es bei ihr die richtige Zeit?«

»Bei ihr besteht keine Gefahr. Aber ich gebe zu, ich bin neugierig, was dieser Bursche wohl für Kinder zeugen mag. Wenn nicht schon ein oder zwei davon irgendwo herumspringen.« Sie kicherte.

»Das ist eine Wette, die nicht einmal Sioned annehmen würde«, stimmte Andrade zu. »Geht und macht einen kalten Umschlag um Euer Bein. Ich werde Euch das Abendessen nach oben bringen lassen.«

Morwenna seufzte. »Nicht gerade der Abend, den ich vorhatte. Aber egal. Soll ich es Hollis sagen?«

»Das mache ich selbst. Seht Ihr zu, daß Ihr diesen enormen Bluterguß wegbekommt.« Andrade lächelte. »Und ich verspreche, daß ich die Stufe reparieren lasse.«

»Das wäre immerhin etwas. Das Humpeln wird wohl nicht so schnell weggehen.« Sie schnitt eine Grimasse, als sie aufstand und hinaushumpelte.

Andrades Finger trommelten weiter in ständig neuem Takt. Wenn Hollis wirklich nach Maarken jammerte – nun, um so schlimmer für sie. Noch war sie nicht seine Frau. Sie war jedoch Lichtläuferin und würde das immer bleiben. Seit ihrem unerhörten Verstoß, in seiner Mannesnacht zu Maar-

ken zu gehen, hatte sie den Zauber zwei- oder dreimal bewirkt, und Andrade war sich ziemlich sicher, daß Maarken
darüber Bescheid wußte. Doch der Körper einer Frau gehörte ihr selbst, auch wenn ihr Herz vergeben war. Hollis
war noch nicht einmal offiziell Maarkens Erwählte. Das
Mädchen kannte schließlich seine Pflichten als Lichtläuferin.

Während sie ihre Haare flocht, um zu ihr zu gehen, wurde
sich Andrade bewußt, daß sie ihre Wahl nicht nur deshalb
getroffen hatte, weil Hollis ihren Aufgaben gewachsen war.
Vielmehr war es möglicherweise die letzte Gelegenheit, sie
an ihre Verpflichtungen gegenüber der Schule der Göttin zu
erinnern. Andrade würde eine zweite Lichtläuferin mit einem Lord verheiraten – aber sie würde diesmal nicht zulassen, daß eine weitere *Faradhi* alle Ringe bis auf den ihres
Mannes abstreifte. Hollis würde ihre Pflicht tun. Sie würde
keine zweite Sioned werden.

☆　☆　☆

Segev brachte Morwenna freiwillig das Essen hoch. Es war
das mindeste, was er für sie tun konnte, nachdem er ihren
Sturz arrangiert hatte.

Es war lächerlich einfach gewesen. Sie ging vor dem
Abendessen immer ein oder zwei Stunden in die Bibliothek,
um sich für den Unterricht am nächsten Tag vorzubereiten.
Die schiefe Stufe war mit ihm im Bunde gewesen: Alle
machten dieselbe Ausweichbewegung, und es hatte genügt,
die nächste Stufe nur ganz leicht rutschig zu machen. Er
hatte es am Vorabend ausprobiert und dabei aufpassen müssen, daß er nicht seinem eigenen Trick zum Opfer fiel. Dann
hatte er das Holz wieder abgewischt. Heute nachmittag hatte
er auf Morwenna gewartet, und als sie fluchend forthum-
pelte, war er aus seinem Versteck gehuscht und hatte die Öl-
spuren entfernt. Das verräterische Tuch hatte er die Klippen

hinuntergeworfen, wo die Flut es ins Meer hinaustragen würde. Niemand hatte ihn gesehen, und niemand vermutete, daß der Unfall kein Unfall war. Daher setzte er sich völlig gelassen zum Essen.

Hollis war nicht an ihrem gewohnten Platz; das war ein gutes Zeichen. Aber auch Jobyna und Eridin fehlten; das war schlecht. Natürlich konnte auch eine andere als Hollis heute nacht Morwennas Platz einnehmen, die goldblonde Lichtläuferin war nur seine erste Wahl. Die anderen würden es sicher auch tun; bloß waren sie nicht so hübsch. Es befriedigte ihn, daß er instinktiv die Auserwählte von Lord Maarken ausgesucht hatte, dem Cousin des Jungen, der beim *Rialla* vielleicht die Prinzenmark und in wenigen Jahren ganz sicher die Wüste verlieren würde. Segev gefiel der Gedanke mehr und mehr, daß nicht sein ältester Bruder Ruval, sondern er Pol aus Stronghold vertreiben würde. Doch dazu mußte er sich erst vor Mireva bewähren. Er ging früh nach oben, denn er hatte keine Lust mehr, bei den plumpen Scherzen seiner Kameraden Scham vorzutäuschen. Sie waren eifersüchtig. Er hatte jetzt einen Raum ganz für sich allein, und der schmucklose Silberring an seinem rechten Mittelfinger zeigte, daß er einen neuen Status erworben hatte, noch ehe einer von ihnen auch nur ein Fünkchen Feuer hervorgerufen hatte. Er floh vor ihren Hänseleien, sobald es ging, und lief nach oben, um sein neues Zimmer zu erkunden.

Als Feruche abbrannte, war er zu jung gewesen, um sich an den Luxus dort zu erinnern, doch etwas in ihm hungerte nach schönen Dingen: seidenen Laken und dicken Teppichen, Wandbehängen, eleganten Möbeln und großzügigen Räumen, um all das zur Geltung zu bringen. Sein neues Zimmer hatte nichts davon. Es gab ein schmales Bett, einen kleinen Tisch daneben, ein leeres Kohlenbecken und eine kleine Kleiderkiste. Auf dem Tisch am Bett standen eine

Waschschüssel und ein einfacher Tonkrug, den er am Morgen mit Wein gefüllt hatte. Jetzt versetzte er ihn großzügig mit *Dranath* und nahm selbst ein wenig zu sich. Er liebte die unverwechselbare Glut, die daraufhin durch seinen Körper rann.

Segev legte sich nackt ins Bett und stellte sich schlafend. Doch als die Zeit verstrich, wurde er ungeduldig. Hatten sie ihn vergessen? Was machten andere junge Männer, wenn sie wußten, daß es ihre Mannesnacht sein würde? Er war nervös, aber sicher anders als sie. Jeder Schritt draußen im Gang ließ seinen Puls schneller schlagen, doch die Tür blieb geschlossen. Die Dunkelheit verdichtete sich in dem fensterlosen Zimmer, und die Laken schienen ihn zu ersticken. Er wälzte sich von einer Seite auf die andere, warf die Laken auf den Boden und zog sie dann wieder ins Bett.

Bestimmt war irgend etwas schiefgegangen. Andrade, die alte Hexe, hatte wahrscheinlich Verdacht geschöpft. Vielleicht hatte jemand Ölreste auf der Stufe entdeckt. Vielleicht hatten sie seine Tarnung durchschaut. Sie würden ihn aus dem Bett zerren und alle ihre Künste anwenden, damit er ihnen alles von Mireva und dem Steinkreis im Wald erzählte, sie würden –

Ein hoher, rechteckiger Lichtstreifen zeichnete sich rund um seine Tür ab. Er saß senkrecht im Bett, Haar und Haut schweißüberströmt. Jemand trat ein – nein, *etwas*, ein schimmernder, farbloser Nebel von fast durchsichtiger Blässe. Die Tür verschwand wieder in der Dunkelheit und verschmolz mit der Nacht, doch der unauffällige, formlose Schimmer glitt auf ihn zu, wobei er weder Licht noch Schatten warf. Segev versuchte, sein Herzklopfen zu bezähmen, als er spürte, wie ein sanfter Finger weich seine Lippen berührte. So aufgeregt war er weder bei Mireva noch bei dem Bauernmädchen gewesen, an das er mit dreizehn Jahren seine Unschuld verloren hatte.

Er brannte lichterloh.

Das verschwommene Licht kam näher. Er streckte die Arme aus und umfing einen schlanken Frauenkörper. Er bebte am ganzen Körper und schnappte nach Luft. Als er sie zu sich herunterzog, vergaß er Mireva, seine Brüder und den Grund für seine Anwesenheit in der Schule der Göttin – einfach alles. Er nahm nur noch den betäubenden Duft der Frau wahr, ihre Geschmeidigkeit und die uralte Herausforderung, die ihr Körper dem seinen zuflüsterte.

Die erste Vereinigung hielt er nicht lange durch. Er legte sich keuchend und schweißgebadet zurück, gedemütigt, daß er es nicht länger ausgehalten hatte. Eine leise Erinnerung an die scheinbar so junge Mireva durchschoß ihn. Warum hatte sie ihm nie gesagt, wie mächtig die *Faradhi*-Magie in diesem Akt war? Die Frau – wer sie auch war – existierte nur als schwacher, leuchtender Schimmer. Seine Finger konnten sie berühren, doch er konnte nicht die Form von Nase, Brauen und Mund oder die Konturen ihrer Brüste und Hüften erkennen. Nichts verriet ihm, wer sie war. Auch die Farbe ihrer Haare, die ihn umflossen, konnte er nicht ausmachen. Er hoffte, sie wären goldblond und Hollis läge in seinen Armen, doch eigentlich machte es nichts aus. Ihre Lippen lehrten ihn Dinge, die nicht einmal Mireva gekannt hatte, und machten ihn wieder richtig lebendig. Dabei hatte er schon gefürchtet, die Nacht sei für ihn vorüber.

Beim zweiten Mal ließ sie ihm mehr Zeit zur Erholung. Er hatte die Lektionen rasch begriffen und war auf den köstlichen Genuß ihres Körpers besser vorbereitet; daher kam er schneller wieder zu Atem und zu Verstand. Er nahm ihre Hände, um die Zahl ihrer Ringe zu erkennen, doch zu seinem Entsetzen trug sie keine. Der Schreck ernüchterte ihn. Echte Lichtläufer durften nicht einmal neugierig sein, wer zu ihnen gekommen war. Er durfte keine weiteren Fehler machen. Er mußte daran denken, was er vorhatte.

Segev öffnete den Mund, um vorzuschlagen, daß sie etwas trinken sollten – doch er brachte keinen Ton heraus. Er wußte, daß seine lustvollen Schreie sich mit denen der Frau vermischt hatten, doch jetzt fühlte sich seine Zunge seltsam dick an, seine Lippen schienen gefühllos, und seine Kehle war wie zugeschnürt. Ernstlich erschrocken wand er sich aus den liebevollen Händen und fiel neben dem niedrigen Bett auf die Knie. Seine Hände krallten sich in die verknüllten Laken. Sie war ein Traum, einfach ein blasser, schemenhafter Geist ohne Identität. Wenn *Faradhi*-Kräfte so mächtig waren – er griff nach dem Wein und nahm zwei tiefe Schlucke, denn er brauchte *Dranath,* um seinen Mut wiederzuerlangen.

Ihre Finger schlossen sich um seine, und sie nahm ihm den Tonkrug aus der Hand. Auch sie trank durstig. Segevs Hand rutschte ab, als sie ihm den Krug zurückgab, und Wein kippte über seine Knie. Er hörte ein durchtriebenes, nebliges Lachen aus weiter Ferne, als sie ihn zurück ins Bett lockte.

Als draußen im Saal das Morgenläuten erklang, schreckte Segev hoch. Sie war fort. Er war schwach und erschöpft und kaum fähig, sich umzudrehen und aufzusetzen. Vorsichtig beschwor er ein kleines Feuer im Kohlenbecken und besah bei dessen Schein seinen Weinkrug. Der war fast leer.

Hatte er zu viel getrunken? Hatte sie genug gehabt? Der Ärger überwog seine Müdigkeit, und er fluchte laut. Warum hatte ihn Mireva nicht vor der Stärke der Lichtläufer-Künste gewarnt?

Er kippte den Rest des *Dranath*-Weins hinunter und legte sich auf den Rücken. Als die Wirkung einsetzte, entspannte er sich allmählich. Vielleicht hatte Mireva es tatsächlich nicht gewußt; vielleicht konnte er hier Dinge lernen, die sie nie wissen würde. Vielleicht konnte er durch dieses Wissen Ruvals Platz einnehmen, wenn die Zeit kam, Prinz Pol zu besiegen.

Vielleicht würde er Mireva überhaupt nicht mehr brauchen.

Heute würde er zu dem Baumkreis im Wald gehen und im Feuer seine Zukunft sehen. Eigentlich hatte er nur die Bewegungen vortäuschen wollen, doch jetzt beschloß er, daß er die Zauberformeln wirklich wirken würde. Denn wenn andere *Faradhi*-Erfahrungen so mächtig sein würden wie das Erlebnis der letzten Nacht, dann konnte er vielleicht etwas sehen, was nicht einmal Mireva wußte.

Die Lichtläufer hatten ihn alle Worte und Gesten des Rituals gelehrt. Nur aus Neugier hatte er aufgepaßt, denn er hatte nie wirklich vorgehabt, die Zeremonie auch für sich durchzuführen. Doch nun sprang er aus dem Bett und zog sich eilig an, um herauszufinden, ob die *Faradhi* noch andere, ebenso mächtige Zauberkünste kannten. Wenn das zu dem kam, was er bereits von Mireva gelernt hatte, dann konnte er –

Plötzlich erstarrte er, schon mit der Hand am Türknauf. Er würde nicht als echter Lichtläufer in den Wald gehen können. In seinem *Diarmadhi*-Blut pulsierte ein Kraut, das sie mehr fürchteten als alles andere auf der Welt. Wenn der Zauber, der letzte Nacht die Frau umgeben hatte, von der Göttin stammte, die es Mireva zufolge nicht gab, dann würde sie sich vielleicht für seine Tat rächen – und für das, was er noch vorhatte...

Er öffnete nachdrücklich die Tür und tat seine abergläubische Furcht mit einem Schulterzucken ab. Bisher war alles gutgegangen. Es gab keinen Grund, warum ihm nicht alles andere ebenso gelingen sollte.

Und er begann zu glauben, daß er sogar noch größere Macht haben würde als Mireva. Er würde die Prinzenmark und die Wüste an sich reißen und Hoheprinz werden wie sein Großvater.

Mit Hollis an seiner Seite? Er erinnerte sich daran, daß er

sie, Jobyna und Eridin heute genau beobachten mußte, um zu sehen, wer das *Dranath* bekommen hatte. Lächelnd ging er nach unten.

Kapitel 10

Stirnrunzelnd wog Sioned einen flachen Stein in ihrer Hand. Ihre Zuschauer standen daneben – Sionell hielt den Atem an, Pol sah seine eigenen Steine durch, und Walvis strich sich grinsend den gepflegten, schwarzen Bart. Einladend wies der Lord von Remagev auf die unberührte Oberfläche des Sees. Sioned holte voll konzentriert aus und ließ ihren Stein über das Wasser hüpfen.

»Elf, zwölf, dreizehn, vierzehn!« schrie Sionell aufgeregt. »Kannst du ihn genauso oft ditschen lassen, Papa?«

»Das ist so leicht, wie Dünen runterzurutschen«, versicherte er. Er ließ seinen Stein übers Wasser fliegen, und seine Tochter sah den fünfzehnmal aufsetzen, ehe er endgültig eintauchte. »Die besten drei von vier?« forderte er Sioned heraus.

Während sie geeignete Steine suchten, probierten Pol und Sionell ihre Künste aus. Die Erwachsenen lächelten sich an, als Sionell es beim ersten Versuch auf sechsmal brachte, Pol hingegen nur auf zwei.

»Schau, so!« sagte Sionell und gab Pol eine Lektion, die er sichtlich ungern annahm. »Guck zu.« Einen Augenblick später rief sie: »Acht! Ich hab's achtmal geschafft!«

Sioned drehte sich gerade rechtzeitig zu Pols zweitem Versuch um. Sein Stein setzte dreimal auf dem Wasser auf, bevor er verschwand.

»Noch mal«, drängte Sionell.

»Nein, danke.«

Das kleine Mädchen sah ihn voller Verachtung an. »Wie willst du es lernen, wenn du es nicht einmal versuchst? Du kannst doch nicht alles auf Anhieb können!«

Sioned fing Walvis' Blick auf. Sie warteten, solange Pols innerer Kampf sich auf seinem Gesicht abzeichnete. Der Stolz siegte – was durchaus üblich war in seinem Alter. Er schüttelte den Kopf und reichte seiner Mutter die Steine, die er gesammelt hatte.

»Ich übe ein andermal.«

Sioned und Walvis stellten sich für den Wettkampf auf. Ihr erster Stein hüpfte zwölfmal, seiner ebenso; ihr zweiter setzte sechzehnmal auf. Walvis fluchte, als sein zweiter Versuch bei zehn endete.

»Die besten fünf von sieben?« bot er hoffnungsvoll an.

»Abgemacht ist abgemacht«, gab sie zurück und ließ ihren dritten Stein aus dem Handgelenk schnellen. Er sprang vierzehnmal, und Sionell klatschte Beifall.

Gespielt beleidigt, sah Walvis seine Tochter finster an. »Auf welcher Seite stehst du eigentlich?« schimpfte er, und das kleine Mädchen kicherte. Er warf den dritten Stein. »Zwölf, dreizehn, vierzehn, fünfzehn –«

Plötzlich schoß ein Schatten herab, und der Wind von großen Schwingen wühlte das Wasser auf. Ein blauschwarzer Drache tauchte mit den Hinterbeinen ins Wasser, schlug heftig mit den Flügeln und warf den Hals zurück, als er wieder abflog. Sein enttäuschtes Zischen hallte im Krater wider.

»Er dachte, es wäre ein Fisch!« rief Pol. »Seht nur!«

Ein Schwarm von fast vierzig Dreijährigen ließ sich am gegenüberliegenden Ufer zum Trinken nieder. Mit elegant gefalteten Flügeln bogen sie ihre langen Hälse zum Wasser hinunter. Als derjenige, der den hüpfenden Stein für einen Fisch gehalten hatte, als Nachzügler eintraf, schubsten sie ihn herum und begannen spöttisch zu singen, als er wieder zischte.

»Walvis«, flüsterte Sioned, »ich könnte schwören, sie machen sich über ihn lustig.«

»Ich dachte dasselbe. Haben Drachen einen Sinn für Humor?« Er legte seiner Tochter eine Hand auf die Schulter, als sie sich neben ihm bewegte. »Nein, du darfst *nicht* näher herangehen«, sagte er nachdrücklich.

»Aber sie tun mir nichts! Sie sind so schön!«

»Und ihre Zähne sind so lang wie dein halber Arm. Wir sehen von hier aus zu und können nur hoffen, daß sie friedlich bleiben.« Er warf Sioned einen besorgten Blick zu, denn er wußte, was sie dachte. Sie mußten ruhig bleiben und durften die Drachen nicht auf sich aufmerksam machen, denn es gab unzählige Geschichten über Leute, die auf der Flucht vor den Drachen von diesen gepackt worden waren.

Sionell wand sich. »Sie sind schon satt, Papa. Guck dir doch ihre Bäuche an.«

Sie hatte recht. Die normalerweise schlanken Bäuche waren gut gewölbt, und ein paar Drachen unterbrachen das Trinken, um zu rülpsen. Sioned fragte sich, wie viele Schafe und Ziegen der Schwarm wohl vertilgt hatte, und nahm sich fest vor, Rohan zu fragen, ob man nicht Herden speziell für die Drachen züchten könnte.

Als ihr Durst gestillt war, schwangen sich einige Drachen wieder in die Luft. Sie flogen in schwindelerregende Höhen, legten dann die Flügel an und schossen im Sturzflug ins Wasser. Sie tauchten, tollten herum, spritzten einander mit Wasser und riefen nach den anderen am Ufer – genau wie spielende Kinder.

»Siehst du?« meinte Sionell, »Sie würden niemandem etwas tun. Außerdem«, fügte sie gewitzt hinzu, »bin ich keine Prinzessin. Jeder weiß, daß Drachen am liebsten Prinzessinnen fressen.«

»Sei still«, sagte Walvis und hielt ihre Schulter noch fester.

Sioned sah ihren Sohn an. Er war hingerissen, und aus seinen Augen sprach dieselbe Liebe, wie sie sich auf dem Gesicht seines Vaters malte, wenn Drachen in der Nähe waren. Das Gold war beiden nicht wichtig; sie liebten die Drachen als Teil der Wüste, als Teil ihres Blutes.

Irgendwann kletterten die Tiere aus dem Wasser und legten sich in die Sonne. Sioned bewunderte die vielen Farbschattierungen der wasserglänzenden Häute. Jeder Drache hatte eine andere Farbe. Ein rötliches, kleineres Weibchen fiel ihr auf, das diamantene Tropfen von den Flügeln abschüttelte. Sioned beobachtete es einen Moment lang und fragte sich, ob sie es wagen sollte. Drachen hatten ganz entschieden einen Sinn für Humor, und sie war sich sicher, daß sie Gedankenfarben hatten. Sie wob ein paar Sonnenstrahlen zusammen und sandte den seidenen, goldenen Faden vorsichtig zu dem kleinen Drachenweibchen hinüber.

Das Tier bog den Hals, breitete seine Flügel mit den zarten, goldenen Unterseiten aus und schüttelte den Kopf, um das Wasser aus den Augen zu bekommen, das ihm immer noch über das Gesicht rann. Es wandte fragend den Kopf, zog die Schultern zusammen und legte die Flügel wieder an den Körper an. Sioned zeigte ihre eigenen Farben – Smaragd, Saphir, Onyx und Bernstein – und ihr Muster, das sie so gut kannte. Das Drachenweibchen warf den Kopf hin und her und schüttelte sich, so daß kleine Tröpfchen herumspritzten. Sioned näherte sich langsam mit ihren Farben, und die Kleine gab erschauernd ein Wimmern von sich.

Mit einem Mal zerbarst das Sonnenlicht zu einem bunten Regenbogen. Sioned schrie auf, und gleichzeitig warf das Drachenweibchen mit einem Entsetzensschrei den Kopf zurück. Alle anderen Drachen stiegen sofort auf und flohen unter Angstgeschrei und Warnrufen.

»Mutter!«

Pol versuchte, Sioned aufzufangen, als sie zusammenbrach. Auch Walvis und Sionell waren zur Stelle. Sioned atmete stoßweise. Sie zitterte am ganzen Körper vor Schreck, brachte jedoch ein schwaches Lächeln für ihren Sohn zustande, aus dessen Gesicht alle Farbe gewichen war.

»Es geht mir gut«, flüsterte sie.

»Den Drachen nicht«, antwortete Walvis finster, »hört nur.«

Wilde Klänge drängen von dem Haufen dunkler Schatten am Himmel zu ihnen herunter. Sioned setzte sich mühsam auf und sagte kläglich: »Ich war zu plump. Ich habe sie erschreckt.«

»Wovon redet Ihr eigentlich?« wollte Walvis wissen. »Herrin, was habt Ihr getan?«

Pol, der neben ihr kniete, antwortete: »Sie hat einen Drachen über das Sonnenlicht berührt.«

☆　☆　☆

»Was hast du getan?«

Rohans Augen blitzten seine Frau an, die ungerührt dasaß und Eistee schlürfte, als wäre sie gerade von einem nachmittäglichen Spaziergang um den See zurück.

»Hör bitte auf zu schimpfen. Du kannst nichts sagen, was ich mir nicht selbst schon vorgeworfen hätte.«

»Als ich dich fragte, ob du einen Drachen berühren kannst, habe ich dich damit nicht gebeten, dein Leben aufs Spiel zu setzen!«

»Nächstes Mal passe ich besser auf.«

»Es wird kein nächstes Mal geben.« Er ging hinüber zu den Fenstern und blickte über den ruhigen See. »Wir haben deinen Schrei bis Threadsilver gehört.«

»Meinen oder ihren?«

»Ist das nicht dasselbe?« fragte er zurück.

Jetzt schwieg sie. »Vielleicht hast du recht«, gab sie zu.

Rohan wirbelte herum. »Ihr *Faradh'im* redet vom Schattentod. Wenn du dich nun in den Drachenfarben verlierst und dich nicht mehr an deine eigenen erinnerst? Wäre das nicht das gleiche?«

»Aber das ist doch nicht passiert.«

»Dieses Mal!«

Sie setzte den Kelch ab und faltete die Hände in ihrem Schoß. »Du willst mir verbieten, es noch einmal zu versuchen, nicht wahr?«

»Ich überlege wirklich, ob du es mir nicht feierlich versprechen solltest«, stellte er richtig.

Sioned biß sich auf die Lippen. »Ich habe dich noch nie belogen –«

»Aber du verschweigst mir Dinge, wenn dir etwas wichtig ist. O ja, du bist viel zu aufrichtig, um zu lügen – aber auch viel zu klug, um in eine Lage zu geraten, wo du dazu gezwungen sein könntest. Wir leben einundzwanzig Jahre zusammen, meine Beste, und ich kenne dich wirklich gut.«

Sie antwortete ihm darauf nicht.

»Sioned, es gibt schon jetzt zu viele Gefahren, durch die ich dich verlieren könnte. Ich will nicht noch an eine weitere denken müssen, bloß weil ich diese dämliche Bemerkung über Drachen gemacht habe. Es würde ja nichts helfen, wenn ich es dir einfach verbiete; das weißt du genausogut wie ich. Ich werde dir auch kein Versprechen abnehmen. Aber dann muß ich deinem gesunden Menschenverstand vertrauen können – und deinem Wunsch, noch zu erleben, wie unser Sohn aufwächst.«

Sie zuckte zusammen. »Das war unfair, Rohan.«

»Ja«, stimmte er zu, »genau wie deine kleinen Geheimnisse.«

Zornig sah sie ihn an. »Na gut, ich verspreche dir etwas. Ich werde es nur dann wieder versuchen, wenn Maarken dabei ist, um mir Rückendeckung zu geben und meine Farben wieder zu ordnen, falls ich mich verliere.«

»So wie du es für Tobin getan hast, als sie damals in das Mondlaufen geriet?«

»Ja. Ich kannte ihre Farben und konnte sie zurückbringen. Ich verspreche dir, daß ich keinen Drachen mehr berühren werde, wenn Maarken nicht da ist, um mich ebenso zu halten. Seid Ihr damit zufrieden, mein Gebieter?«

»Muß ich wohl.« Er verschränkte die Arme. »Ihr seid eine gefährliche Frau, Höchste Prinzessin.«

»Nicht gefährlicher als Ihr, Hoheprinz.« Ein Lächeln umspielte ihre Lippen. »Wir sind doch ein gutes Paar, oder?«

Rohan schnaubte nur.

☆ ☆ ☆

Mitten in der Nacht wurden sie alle von Drachenschreien geweckt. Rohan und Sioned sprangen in ihre Kleider und eilten auf den Hof, wo sich die Bewohner von Skybowl verwirrt und ziemlich erschreckt im Fackelschein versammelt hatten. Verschlafen und eingeschüchtert bahnte sich Ostvel einen Weg durch die Menge.

»Ich habe sie noch nie um diese Zeit so schreien hören!« sagte er zu Rohan. »Was meint Ihr, was da los ist?« Er zog den Kopf ein, als ein weiteres schrilles Heulen durch die Nacht gellte. »O Göttin! Hört Euch das an! Was ist nur los mit ihnen?«

»Ich weiß es nicht«, erwiderte Rohan und sah sich um. »Wo ist Pol? Hast du ihn gesehen, Sioned?«

»Nein – aber wenn er rausgerannt ist, um die Drachen anzusehen, dann werde ich ihm wirklich den Hintern versohlen! Walvis!« rief sie, als sie den Herrn von Remagev entdeckte. »Habt Ihr Pol gesehen?«

Er stellte sich auf ein paar Treppenstufen, sah in die Menge und schüttelte den Kopf. »Und Maarken auch nicht.«

Chay und Tobin kamen gerade in den Hof, so daß sie seine Bemerkung ebenfalls hörten. Tobin fragte Sioned: »Du meinst doch nicht etwa, daß sie jetzt Drachen berühren, oder?«

Sioned wurde blaß. »So dumm können sie doch nicht sein! Pol!« rief sie. »Pol!«

»Hier oben, Mutter!«

Er stand mit Maarken und mehreren Soldaten auf der Galerie des Wachturms von Skybowl. Alle Augen wandten sich ihnen zu, als Rohan hinaufrief: »Was machst du da oben? Komm sofort runter!«

»Aber wir sehen den Drachen zu, Vater! Sie kämpfen am Ufer.«

»Ich will es auch sehen!« Sionell wand sich aus Feylins Armen und rannte zur Treppe des Wachturms.

Rohan drehte sich zu Ostvel um. »Schickt sie alle wieder rein. Sie können zuschauen, aber keiner darf einen Fuß aus der Burg setzen, bis diese Kerle miteinander fertig sind. Sie greifen jetzt alles an, was sich bewegt.«

»Sogleich, Herr. Aber ich habe noch nie erlebt, daß sie mitten in der Nacht gekämpft haben.«

Die Monde standen hoch am Himmel und tauchten den See in ein blaßsilbernes Licht. Von den schmalen Fenstern des Turmes aus konnte man am Ufer zwei Drachen erkennen, deren Zähne und Klauen aufblitzten. Die Flügel waren eng angelegt, und die geschmeidigen Gestalten brüllten sich trotzig an und warfen die Köpfe nach vorn, um einander blutige Fetzen aus der Haut zu reißen. Halbwüchsige Drachen sahen vom Rand des Kraters aus zu: In drei Jahren würden auch sie auf Leben und Tod um den Besitz der Weibchen kämpfen.

Mit Pols Hilfe war Sionell auf eine Fensterbrüstung geklettert. Der Junge hatte einen Arm um sie gelegt, um sie festzuhalten. Keiner der beiden bemerkte, daß ihre Eltern her-

225

eingekommen waren, bis Feylin ihre Tochter von diesem gefährlichen Ausguck herunterholte und sie in sicherer Entfernung festhielt.

»Ich konnte gar nicht fallen«, beschwerte sich Sionell. »Pol hat mich festgehalten.«

»Wofür ich ihm sehr dankbar bin«, erwiderte Feylin, »aber du bleibst weg von den Fenstern, Töchterchen.«

Pol stellte sich zu seinen Eltern, die auf einem steinernen Absatz standen, auf dem in Kriegszeiten die Bogenschützen knieten, um ihre Pfeile durch die engen Öffnungen zu schießen. »Was glaubt ihr, welcher gewinnt?«

Beide Drachen waren jetzt verwundet; einer hielt sein linkes Vorderbein seltsam abgespreizt. Er bot einen traurigen Anblick. Sie setzten den Kampf im Flug fort, wodurch sie ihre dreijährigen Zuschauer aufschreckten, die daraufhin gleichfalls mit den Flügeln schlugen. Die Rivalen umkreisten einander, schnappten mit ihren bluttriefenden Kiefern zu und schlugen mit Schwänzen und Klauen aufeinander ein. Kampfschreie gellten durch den Krater, als sie aufeinander losstürzten. Der dunklere Drache erhob sich hoch in die Luft, und einen Augenblick lang dachten alle, er würde das Feld räumen. Doch dann ließ er sich fallen und grub Zähne und Klauen in den Rücken seines Gegners.

Der verwundete Drache heulte vor Schmerz und Wut auf und geriet aus dem Gleichgewicht, als der Schwanz seines Angreifers auf seinen linken Flügel schlug. Man hörte bis zum Wachturm, daß Knochen brachen. Jemand stöhnte mitleidig. Die beiden stürzten zum Ufer hinunter, wo der besiegte Drache sicher auf dem Felsboden zerschmettern würde. Doch er war noch klug und stark genug, die Richtung des Falls leicht zu ändern, so daß die beiden Drachen in den See stürzten. Das Wasser spritzte hoch auf.

Der Sieger erhob sich mit Triumphgeschrei wieder in die Luft, während sein Gegner im Wasser herumtorkelte und

226

vergeblich versuchte, seine gebrochene Schwingen wieder unter Kontrolle zu bekommen. Die Jungdrachen flogen dem Sieger nach und ließen den tödlich verwundeten Drachen allein zurück.

Rohan war die Stufen hinuntergeeilt, doch nur Sioned und Pol hatten bemerkt, daß er fort war. Als er ans Ufer gelangte, rang er keuchend nach Luft. Blasses Mondlicht schien auf das vom Blut verdunkelte Wasser. Die schwachen Schwimmbewegungen des Drachen ließen nach. Er hatte es schon fast bis zum Ufer geschafft, doch selbst wenn er das Ufer erreichte, würde er sterben müssen. Rohan sah in den riesigen, dunklen Augen, daß der Drache das wußte. Doch er ließ nicht nach und gab nicht auf. Rohans Brust schmerzte, und Tränen traten in seine Augen.

»Es tut mir leid«, flüsterte er. »Es tut mir so leid.«

Er hörte die anderen herbeilaufen und fühlte, wie Sioned seinen Arm berührte. »Können wir ihm helfen?« fragte sie.

Er schüttelte den Kopf. »Der Flügel ist gebrochen, und er hat zu viel Blut verloren.«

»Vater – bitte«, sagte Pol leise. »Schau dir doch seine Augen an.«

»Können wir nicht wenigstens seine Schmerzen stillen?« Sioned drückte Rohans Arm fester.

Der Drache stöhnte. Ein Echo erklang von jenseits des Kraterrands, wo Scharen anderer Drachen seinen Tod betrauerten. Kein Flügel zeichnete sich am nächtlichen Himmel über Skybowl ab, doch das Drachenlied schwoll an und ließ alle erschauern, als wenn es auf dem Wind ihrer Flügelschläge herbeigetragen worden wäre.

Mit belegter Stimme sagte Rohan: »Bringt mir ein Schwert.«

»Nein«, murmelte Chay. »Du hast es gelobt, Prinz: Nie wieder. Kein Drache mehr sollte je von deiner Hand getötet werden.«

Chay zuckte zusammen, als der Drache wieder stöhnte. Walvis trat einen Schritt vor. »Ich werde es tun«, sagte er leise. »Feylin, sag mir, wo es am schnellsten geht.«

»Nicht nötig«, erklärte Sioned. »Maarken, das solltest du auch lernen. Komm mit.«

Sie gingen zum Ufer. Der Drache schrie vor Schmerzen auf, als sein geschwächter Körper den Sand berührte. Kühles Wasser umfloß ihn. Aus nur zwei Armlängen Entfernung summte ihm Sioned leise zu. Maarken half ihr, als sie Fäden aus Mondlicht über den Augen des Drachen zu einem blassen, silbrigen Gewebe zusammenwob. Der riesige Körper erbebte; auch sie und Maarken zitterten. Die Augen des Drachen schlossen sich. Wenig später ließ die Anspannung in den schmerzgepeinigten Muskeln und dem zerfetzten Fleisch nach. Sein Gesicht entspannte sich, er machte einen letzten tiefen Atemzug und schlief ein.

Sioned drehte sich um. »Er hat jetzt Frieden, glaube ich.«

»Mutter – hast du ihn berührt?« stieß Pol hervor.

»Nein. Ich habe ihn nur einschlafen lassen.«

Tobin nickte langsam. »Andrade hat das auch immer gemacht. Weißt du noch, Rohan? Als wir klein waren.«

Sioned nickte bestätigend. »Man lernt das für den achten Ring.«

»Aber du –« Chay sprach nicht weiter. Stirnrunzelnd zuckte er mit den Achseln. »Ich frage nicht weiter. Du hast schon zu viele Dinge getan, die du eigentlich gar nicht können dürftest.«

»Und einiges davon kennt nicht einmal Andrade«, ergänzte Sioned. »Hast du dir gemerkt, wie es geht, Maarken? Und hast du seine Farben gespürt?«

»Das Weben habe ich verstanden«, antwortete er. »Und ich habe einen bunten Regenbogen gesehen, der immer blasser wurde. Es geht, Sioned. Es ist nur die Frage, zu welchem Zeitpunkt und mit welchem Drachen.«

Rohan ging zum Kopf des Tieres und streichelte den langen Hals, in dem das Leben immer langsamer pulsierte. Noch nie hatte er einen lebenden Drachen berührt, noch nie war er einem so nahe gewesen. Die Haut war weich und kühl, ein dunkles Grün, das im Mondlicht bräunlich wirkte. Seine Fingerspitzen fuhren die stolzen Konturen von Brauen, Nase und Kiefern nach. Ganz sanft berührte er die seidenweichen Augenlider. Sie waren wunderschön – selbst im Sterben.

Über die Schulter sah er seine Frau an und sagte leise: »Danke.«

☆　☆　☆

Zwei Tage später beugte sich Pol über die Karte, die ausgebreitet auf dem Teppich lag, und fuhr oberflächlich den Weg nach, den sein Vater, Chay, Ostvel und Walvis gerade nordwärts in Richtung Tiglath nahmen. Seine Miene war niedergeschlagen, denn er war noch immer enttäuscht, daß er nicht mit ihnen reiten durfte. Als Grund hatten sie angegeben, daß Tiglath in der Nähe von möglichen Schlupfwinkeln der Merida lag, doch Pol glaubte insgeheim, daß sie ihn alle für zu jung hielten. Schon im nächsten Winter würde er fünfzehn werden, und noch immer hielten sie ihn für ein Kind. Es war zu ärgerlich.

Aber sie hatten ihm erlaubt, sie bei der Planung zu unterstützen, wobei ihn ihre taktischen Erwägungen ebenso gefesselt hatten wie die Veränderungen bei Menschen, die er seit seiner Kindheit kannte. Vater, Tante, Onkel, Cousin und Freunde verschwanden. Sie wurden zum Hohenprinzen, zur Kriegsfürstin und zu den *Athr'im* von Radzyn, Whitecliff, Skybowl und Remagev. Selbst seine Mutter hatte ihre Rolle als Ehefrau des Regenten abgelegt und war nur noch die Lichtläuferin des Hohenprinzen gewesen. So lehrreich die militärischen Beratungen auch gewesen waren, Pol hatte es viel interessanter gefunden, wie sie sich in ihren offiziellen Rollen bewegt hatten. Er beschloß, daß er das lernen müsse – wie man seine eigene Persönlichkeit den Pflichten seiner Stellung unterwarf.

In gewisser Weise hatte sich an Tobin die erstaunlichste Veränderung vollzogen. Pols warmherzige, humorvolle Tante hatte sich mit echter Begeisterung in die Möglichkeiten hineingesteigert, Cunaxa einzunehmen, falls das Prinzenreich so dumm sein sollte, in Firon einzumarschieren. Truppen ausrücken lassen, wahrscheinliche Verluste, die Einnahme des Hofes von Cunaxa, Burg Pine, die Hinrichtung jedes einzelnen Merida – Tobin war mit allen Seiten der Kriegsführung bestens vertraut. Ihre skrupellose Begeisterung hatte ihn erst amüsiert, dann aber erschreckt, als er erkannte, daß jedes ihrer Worte ernst gemeint war. Doch irgendwann wurde ihm klar, daß sie leidenschaftlich gern debattierte. Sie hatte immer im Sinn, den Einflußbereich der Wüste zu erweitern – auch wenn ihre Vorstellungen, wie das zu erreichen wäre, reichlich blutrünstig waren. Aus ihr sprach der Standpunkt ihres Vaters: Prinz Zehava war auch immer über eine gute, saubere Schlacht froh gewesen, die ihm zusätzliche Ländereien und neuen Ruhm einbrachte.

Beim Zuhören war Pol klargeworden, daß sein Vater von Menschen mit unterschiedlichen Standpunkten umgeben war, die sich jedoch nicht scheuten, ihre Meinung zu sagen. Pol hoffte, daß man eines Tages auch zu ihm so freiweg sprechen würde. Außerdem beherrschte Rohan die Diskussion die ganze Zeit, auch wenn er selten sprach – meistens auch nur, um die Unterhaltung zum Thema zurückzubringen. Entscheiden würde nur er, und das wußten alle. Sie stritten sich untereinander, doch keinem dieser mächtigen Leute kam je der Gedanke, Rohans Autorität in Frage zu stellen. Pol bewunderte diese stillen Zeichen der Macht seines Vaters.

Die Einberufung des Wüstenaufgebots und ausgewählter Truppen der Prinzenmark war mit Absicht wie nebensächlich geschehen, um niemanden in Alarmbereitschaft zu versetzen. Chay hatte die Aktion als Übung dargestellt, bei der die Soldaten beider Prinzenreiche jeweils mit der Vorgehensweise des anderen vertraut gemacht werden sollten. Er schlug daher auch vor, daß im folgenden Jahr eine ähnliche Übung in den Bergen stattfinden sollte, damit die Wüstentruppen ein Gefühl für Kämpfe in dem dortigen Gelände bekämen.

Skybowl war nicht auf einen so großen Aufmarsch von Soldaten eingerichtet, so daß man als Treffpunkt für die Truppen die alte Garnison unterhalb der Ruinen von Schloß Feruche bestimmte. Pol suchte auf der Karte alle Stützpunkte der Wüste und die Orte, von denen man die Soldaten der Prinzenmark herbeirief, und pfiff leise bei der Gesamtzahl von dreihundert Fußsoldaten, halb so vielen Bogenschützen und zweihundert Berittenen. »Genug, um zu beeindrucken, aber nicht genug, um zu provozieren«, hatte Maarken gemeint.

Pol konnte sich das Lager genau vorstellen, das bald auf der steinigen Ebene außerhalb von Tiglath errichtet werden würde: Zelte, Lagerfeuer, die todbringenden Speere und Schwerter der Fußsoldaten von außen an die Zelte gelehnt, die Pferde in der Nähe der Reiter angepflockt, die Bögen vorbereitet und die sorgsam gehüteten Lederköcher voller Pfeile. Die doppelzipfligen Kriegsfahnen der vielen Wüstenstützpunkte würden von Walvis' blauweißem Banner mit dem goldenen Drachen auf der Spitze der Fahnenstange überragt werden, das ihn als den Befehlshaber des Hohenprinzen im Norden auswies. Auch das violette Banner der Prinzenmark würde erscheinen, mit der blauen Fahne der Wüste darüber. Es würde exerziert und trainiert werden. Die Bogenschützen würden um die Wette schießen, und die Reiter würden die Ausfälle und Manöver üben, die im Krieg gebraucht wurden. All dies beschäftigte die ruhelose Phantasie des Jungen, und er wünschte sich sehnlichst, wenigstens zusehen zu können, wenn er schon nicht als Soldat teilnehmen durfte.

Pol seufzte. Fast alle waren mit den Soldaten von Walvis aus Skybowl fortgeritten. Rohan und Chay wollten in etwa zehn Tagen zurückkehren, sobald sie Walvis demonstrativ unterstützt und sich mit ein paar Leuten aus der Prinzenmark getroffen hatten. Ostvel würde länger fort sein. Er sollte Lord Abidias von Tuath besuchen, dann über Tiglath zurückreiten und Neuigkeiten aus dem Lager zu Rohan nach Skybowl bringen. Nur ein Bruchteil der Truppen der Wüste und der Prinzenmark würden an den Manövern teilnehmen, doch Pol hätte für sein Leben gern mitbekommen, was dort los war.

Ein rebellischer Teil seines Ich meinte, er könne schließlich zusehen, wenn er es wolle. Er war Lichtläufer – natürlich noch nicht geschult, doch er wußte, er konnte das Licht weben, wenn er wollte, und an den Lichtpfaden entlang nach Tiglath gleiten. Ach, wie gern er das wollte, doch er verbot sich, zuviel daran zu denken. Er trug Verantwortung. Er durfte nicht – aber er wollte.

Sein Finger malte kleine Kreise auf die Karte, als er sich schwor, daß ihn bald niemand mehr zwingen würde, irgendwo zu bleiben, wenn er lieber woanders sein wollte. Doch wenn man ihm schon den Spaß und die Aufregung des Sommerlagers verweigerte, dann wollte er wenigstens etwas fast so Interessantes erleben. Sein Finger verließ Tiglath und berührte das kleine Zeichen für die Felsenburg im Veresch, hoch über der Faolain.

Die genaue Reiseroute war nicht festgelegt, denn sie wollten nach Lust und Laune reiten. Das einzig Sichere an dieser Reise war, daß Prinzessin Pandsala erwartete, daß sie noch zeitig genug für einen längeren Aufenthalt in der Felsenburg eintrafen, bevor alle zum *Rialla* nach Waes reisen würden. Pol hatte den Veresch bisher nur aus weiter Ferne gesehen, ferne, lilafarbene Gipfel mit schneeweißen Kronen – obwohl er eigentlich nicht an die Existenz von Schnee glaubte. In Dorvals Bergen gab es keinen Schnee. Er war beinahe zu der Ansicht gekommen, daß solche Wunder wie Kiefernwälder, Seen, Wiesen, breite Ströme und vor allem Schnee fast so gut sein würden wie ein Sommer mit den Soldaten in der Wüste.

»Hier steckst du also!«

Pol sah hoch. Es war geradezu unheimlich, wie schnell Sionell ihn immer aufspürte. »Guten Abend«, sagte er höflich.

»Jahnavi und ich gehen ausreiten. Willst du mitkommen?«

»Nein, aber danke für die Frage.«

Sionell zuckte die Achseln und pflanzte sich auf einen Stuhl. »Warum ist Riyan Lichtläufer und sein Vater nicht?«

»Aus demselben Grund, warum es Maarken ist und sein Vater nicht.«

»Oder du und dein Vater«, sagte sie und nickte. »Geht es immer über die mütterliche Seite?«

»Das weiß keiner.« Er rollte langsam die Karte ein. »Der Vater meiner Großmutter war *Faradhi,* auch wenn er nicht ausgebildet war, aber seine Frau hatte die Gabe nicht. Eines ihrer Kinder war Lady Andrade, die Mächtigste von allen – das andere war meine Großmutter, Prinzessin Milar.«

»Und Prinzessin Tobin hat die Gabe, dein Vater aber nicht. Und ihre Kinder sind teils Lichtläufer, teils nicht. Es ist wirklich ein Durcheinander!« Sie lächelte. »Aber du bist einer. Glaubst du, daß du so gut werden wirst wie deine Mutter?«

»Ich hoffe es.«

»Ich wäre gern Lichtläufer. Dann könnte ich einen Drachen berühren.«

»Das ist es aber nicht, was einen Lichtläufer ausmacht.« Er stand auf und steckte die Karte zurück in ihre Hülle. »Lichtläufer zu sein, heißt –«

Sie unterbrach ihn: »Aber du willst doch einen Drachen über das Sonnenlicht berühren, nicht wahr?«

Pol drehte sich von den schlauen, blauen Augen weg. »Das geht dich nichts an«, brachte er mühsam heraus.

»Du willst es! Das weiß ich. Ich weiß alles mögliche von dir, das ich nicht wissen soll.«

»Zum Beispiel?« Er drehte sich abrupt um.

Sionell grinste frech. »Sag ich nicht!«

»Das solltest du aber!«

Sie sprang vom Stuhl und rannte lachend aus dem Zimmer. Pol ließ die Karte fallen, stürmte ihr nach und fing sie an der Treppe ab. Er griff nach ihrem Ellbogen, doch sie wich ihm aus.

»Sionell! Sag's schon!«

»Nein! Nur wenn du versprichst, daß du mit uns ausreitest...«

»Du bist das unmöglichste Gör, das es gibt!«

»Ich bin kein Gör!«

»O doch. Und außerdem ist es mir egal, weil du wahrscheinlich sowieso nichts weißt.« Er drehte sich um und wollte in sein Zimmer zurückgehen.

»Pol – ich weiß wohl etwas! Ich weiß, daß du die Drachen berühren, mit ihnen reden und ihnen sagen willst, daß Rivenrock wieder sicher ist!«

Er fuhr herum und starrte sie an. »Woher weißt du das?«

»Weil es genau das ist, was ich tun würde, wenn ich ein Lichtläufer wäre.«

Er blickte auf ihr rundes, kleines Gesicht hinunter, und in ihm regte sich allmählich Respekt. »Würdest du das? Verstehst du denn was von Drachen?«

»Meine Mutter erforscht sie seit vielen Jahren. Sie weiß

mehr über sie als jeder andere. Wir reden andauernd über Drachen.«

Pol hörte sich selber sagen: »Es gibt viel, was ich von ihnen nicht weiß. Vielleicht könntest du es mir beibringen.«

Sionell strahlte einen Augenblick vor Glück, dann kam ihr Stolz hoch. Sie blickte auf ihre Zehen und trat gegen die nächsthöhere Stufe. »Vielleicht. Wenn du netter zu mir bist. Du bist manchmal richtig gemein, weißt du.«

»Entschuldigung.« Er hätte gern noch etwas anderes gesagt. Sie rettete ihn davor, indem sie ihn scheu anlächelte. Eines Tages, dachte er mit einem Mal, wird sie vielleicht wirklich hübsch sein. Und noch überraschender war, daß er den Gedanken gerade aussprechen wollte, als plötzlich die Wände von Skybowl erzitterten. »Was um alles in der Welt war das?« stieß er hervor.

»Hör doch hin.«

»Kämpfen sie wieder?«

»Hörst du denn nicht den Unterschied?« schalt sie.

»Es klingt nicht wütend«, meinte er zögernd.

»Natürlich nicht. Sie paaren sich.«

☆　☆　☆

Sioned und Maarken hatten die letzten beiden Tage mit Feylin verbracht, die damit beschäftigt war, den Drachen zu sezieren. Anfangs war beiden Lichtläufern bei all dem Blut etwas übel geworden. Doch dies flaue Gefühl wich bald der Faszination. Und es war auch etwas Einmaliges, wie die Knochen zueinander paßten, wie die Muskeln so elegant beim Fliegen zusammenspielten. Inzwischen rebellierten ihre Mägen nicht mehr.

Feylin hatte ungeheuren Respekt vor Drachen und bedauerte zutiefst, daß sie diesen Leichnam schänden mußte. Doch ihre Neugier war stärker. Sie diktierte zwei Schreibern, was sie entdeckte. Beide verließen sich jedoch darauf, daß Sioned aus dem Gedächtnis ergänzte, wenn sie gelegentlich etwas ausließen. Maarken fertigte mit viel Geschick Zeichnungen an, während Feylin diktierte. Seine Darstellungen des ausgeklügelten Zusammenspiels der Muskeln und Knochen eines Flügels waren kleine Kunstwerke. Ein paar Diener waren dabei, aus Felsbrocken ein Podest zu errichten, auf dem die sterblichen Überreste des Drachen verbrannt werden sollten. Wenn Feylin sie fertig beschrieben und Maarken seine Zeichnungen beendet hatte, wurden sie dorthin geschleppt.

»Das Gehirn ist doppelt so groß wie unseres, jedoch mit weniger Windungen«, berichtete sie, während sie die graue Masse in beiden Händen hielt, »Außerdem ist es hinten, wo es in die Wirbelsäule übergeht, viel größer und in den vorderen Lappen weniger entwickelt –«

»Halt«, protestierte Sioned. »Wo habt Ihr je das Gehirn eines Menschen gesehen?«

Feylin räusperte sich und sah schuldbewußt drein. »Tja..., meine Mutter war Ärztin. Sie wollte wissen, was in uns vorgeht.«

»Aber wie –?«

»Eines Tages fand sie in den Bergen einen Toten... Niemand wußte, wer er war, niemand vermißte ihn. – Wir haben ihn hinterher mit allen Ehren verbrannt«, schloß sie trotzig.

Maarken sah mit großen Augen von seinem Skizzenblock hoch. Sioned schluckte vernehmlich, schüttelte den Kopf und meinte leise: »Entschuldigt, daß ich gefragt habe. Weiter, Feylin.«

Gehirn, Augen, Zunge, Zähne, der Aufbau der Nase – alles wurde vermessen, den Schreibern erklärt und dann Maarken zum Zeichnen vorgelegt. In den letzten beiden Tagen hatte Feylin den gewaltigen Leichnam systematisch untersucht: Beine, Magen, Lunge, Flügel, Brustraum und Herz. Einem der Schreiber, der bei der Untersuchung des Mageninhalts die genaue Auflistung der letzten Mahlzeit des Drachen geschrieben hatte, war es bei der anschließenden ausgiebigen Passage über die Augen doch zuviel. Er warf Pergament und Feder zu Boden, taumelte zum See und mußte sich gewaltig übergeben. Sioned nahm seinen Platz ein, schrieb, so schnell sie konnte, und sagte sich dabei immer wieder, daß eine Höchste Prinzessin nicht vor allen Leuten aufgab.

»Maarken, Ihr seid so grün wie ein schwangeres Mädchen«, sagte Feylin plötzlich.

»Es gibt solches Blut und solches Blut«, meinte er. »Das hier stammt nicht von einem Kampf.«

»Einen Drachen studienhalber zu zerlegen, soll schlimmer sein, als Feinde abzuschlachten?«

»Es ist etwas anderes«, sagte er störrisch.

»Es stimmt schon irgendwie«, stellte Sioned fest. »Wie würde es Euch gefallen, wenn jemand Euch in Eure Einzelteile zerlegte?«

»Es würde mir eine ganze Menge ausmachen, wenn ich noch am Leben wäre! Aber wenn ich tot bin? Schließlich brauche ich meinen Körper nicht mehr, wenn ich fort bin.« Feylin legte den letzten Teil des Schädels vor Maarken auf die Decke, streckte sich und hockte sich zu Sioned. »Auf jeden Fall konnte ich mir diese Gelegenheit einfach nicht entgehen lassen.«

»Aber es ist so –« Sioned hob hilflos die Schultern.

»Wie sollen wir sonst etwas erfahren? Schließlich war meine Mutter nicht die einzige Ärztin, die menschliche Leichen untersucht hat. Spürt ein toter Körper die Flammen, die wir um ihn herum entzünden? Macht es ihm etwas aus, wenn wir in ihm herumstochern?«

»Trotzdem, ich möchte nicht, daß irgend jemand so etwas mit mir macht«, erklärte Sioned.

»Wenn wir dabei nun aber etwas von diesem Drachen lernen, wodurch wir sein ganzes Volk besser verstehen?«

»Oh, ich widerspreche Euch nicht, Feylin. Und ich habe freiwillig geholfen. Ich fürchte nur, ich kann das Ganze nicht so gelassen ertragen wie Ihr.«

»Ich glaube, ich weiß warum«, meinte Maarken. »Es ist wirklich nicht viel anders, als irgendein anderes Tier zu zerlegen, das wir essen wollen. Aber Sioned und ich haben Drachenfarben berührt. Das geht sonst nur bei Menschen. Und darum ist es anders.«

Am späten Nachmittag waren sie fertig. Flaschenweise wurde Duftöl über die Leiche geschüttet. Gemeinsam beschworen Sioned und Maarken das Feuer, um die Überreste anzuzünden. Aus den Flammen stieg ein würzig-süßlicher Geruch auf. Die Schreiber und Arbeiter kehrten erleichtert nach Skybowl zurück. Sioned, Feylin und Maarken blieben zurück und sahen zu, wie der Drache verbrannte.

Als die Paarungsschreie durch die Luft gellten, fuhren alle drei zusammen. Feylin, deren Respekt vor Drachen mit einer gesunden Furcht einherging, wurde weiß; Sioned nahm tröstend ihren Arm.

»Sie paaren sich nur. Das habt Ihr doch schon früher gehört.«

»Und ich reagiere jedes Mal gleich. Es ist lächerlich«, sagte Feylin nervös. »Ich kann alles über sie lernen, sie zählen und beobachten, sogar einen von ihnen aufschneiden, um ihn zu untersuchen. Aber wenn ich ihre Stimmen höre, dreht sich mir der Magen um.« Sie zuckte wieder zusammen und duckte sich, als ein Schwarm Dreijähriger über den Südrand des Kraters einflog. »Gütige Göttin!«

Sioned entdeckte sofort das kleine, rötliche Drachenweibchen mit den goldenen Flügelunterseiten, die sie schon beim letzten Mal zu berühren versucht hatte. Die Gruppe war zum Trinken zum See zurückgekehrt; weder die Paarungsschreie noch der brennende Kadaver schienen sie zu beeindrucken. Sie waren nicht alt genug, um den Paarungsritus zu verstehen oder daran interessiert zu sein, und was den Tod anging, da war es fast so, als wäre der alte Drache bereits aus ihrem Gedächtnis gelöscht. Auch wenn es übertrieben war, den Drachen menschliche Gefühle zu unterstellen, war Sioned darüber dennoch betrübt.

Sie erinnerte sich an das Versprechen, das sie Rohan gegeben hatte, und sah Maarken an. Er gab den Blick nachdenklich zurück und nickte dann. Sioned vergewisserte sich, daß es Feylin gutging, und ging zu ihrem Neffen hinüber.

»Sichere mich«, sagte sie nur und spürte sofort das machtvolle Lichtweben seines ausgebildeten *Faradhi*-Verstandes. Seine Farben – Rubin, Bernstein und Diamant – setzten sich deutlich von ihrem eigenen Muster aus Smaragd, Saphir, Bernstein und Onyx ab. Die beiden Gewebe ergänzten sich, wenn ihres auch wunschgemäß dominierte.

Doch das Strahlen ihrer Farben war nichts gegen die wirbelnden Schattierungen, in die Sioned plötzlich hineingezogen wurde, als sie vorsichtig den Drachen streifte. Viele Regenbogen explodierten in ihren Gedanken, und sie kam bei dem Aufprall ins Schleudern, denn jede Farbe wiederholte sich in Hunderten von Abstufungen, von denen jede für einen Klang, eine Vorstellung, ein Bild, eine Erinnerung oder einen Instinkt stand. Die Fülle war einfach überwältigend und ließ sich unmöglich in geordnete Bilder fassen. Das Farbenmeer brachte sie ins Taumeln; die Informationen, die daran geknüpft waren, ließen ihren Verstand beinahe zerspringen. Durch den Schwall der Farben spürte sie gerade noch, wie das Drachenweibchen sich von ihr zurückzog, dann wurde sie ohnmächtig.

»Sioned!« Maarken schlang die Arme um sie, um sie aufrecht zu halten. Ihre aschgrauen Wangen und der bewußtlos herunterhängende Kopf entsetzten ihn. Dank seiner eigenen

Stärke konnte er ihre Farben im richtigen Muster halten. Er verstärkte sie, ehe sie das Bewußtsein verlor. Der Schattentod bedrohte sie zwar nicht, doch ihre tiefe Bewußtlosigkeit machte ihm angst.

Zitternd und mit weißem Gesicht half ihm Feylin, Sioned auf den Boden zu legen. »Maarken, was um alles in der Welt ist geschehen?«

»Ich weiß es nicht. Ich habe nichts gesehen und den Drachen auch nicht selbst berührt. Ich weiß nicht, was sie gesehen oder gespürt hat.« Er hob ihren Kopf mit einer Hand an und schlug ihr mit der anderen leicht auf die Wangen. »Sioned!«

»Es kann nicht so schlimm sein, oder? Sie hat nicht so geschrien wie beim letzten Mal – und der Drache auch nicht.« Feylin hakte eine Wasserflasche von ihrem Gürtel ab – kein Wüstenbewohner ging jemals ohne sie los, egal wo er war – und ließ Sioned trinken. Die Prinzessin hustete etwas und schluckte, doch es war nur ein Reflex, sonst regte sie sich nicht.

Maarken sah einen Schatten und blickte nach oben. Die anderen Drachen waren fortgeflogen, doch das rötliche Drachenweibchen war zurückgeblieben. Die Unterseiten seiner Flügel leuchteten, als es über dem Scheiterhaufen kreiste. Es rief leise, es war wie ein beunruhigtes Wimmern, und dann stieß sie hinunter, um genauer hinzusehen, und stieg dann wieder hoch. Jammernd flog sie über ihnen enge Kreise.

»Sie hat Angst um Sioned«, flüsterte Feylin. »Kann das sein?«

Schließlich bewegte sich Sioned und richtete sich benommen auf. Mit einer Hand machte sie eine schwache Geste. Dann schlug sie die Augen auf.

»Wie geht es dir?« fragte Maarken besorgt.

»Ich spüre meine Kopfschmerzen bis in die Zehenspitzen. Maarken –«

»Du erinnerst dich wahrscheinlich an nichts, oder?«

»Müßte ich mich an etwas erinnern?« Sioned runzelte die Stirn.

»Ich weiß nicht. Ich bin nicht weit genug mitgekommen, um es selbst zu sehen. Aber du hast den Drachen berührt, Sioned. Du mußt es geschafft haben.«

»Wirklich?« Sie setzte sich auf und zog die Knie an. »Ich weiß, daß ich das vorhatte und daß ich dich bat, mich zu sichern, aber danach –«

»Ich finde, wir sollten Euch lieber in die Burg und ins Bett bringen«, sagte Feylin.

Sioned stöhnte, als sie ihr beim Aufstehen halfen. »O Göttin! Ich komme mir vor, als hätte ich sämtliche Herbststürme der Wüste hinter mir.« Als plötzlich das Drachenweibchen schrie, sah sie nach oben. »Sie ist immer noch da!«

Sie sahen, wie das Tier tief über den See flog, nahe genug, um Sioned anzusehen und sie aus großen, dunklen Augen zu betrachten. Noch einmal trompetete es hinaus, einen einzigen, silberhellen Ton, der im Krater herumlief, als das Weibchen in Richtung Wüste davonflog.

Feylin tauschte einen Blick mit Maarken und sagte: »Ich habe es ihrer Stimme angehört.«

Er nickte. »Ich glaube, ich habe es auch in ihren Augen gesehen. Sie ist froh, daß Sioned in Ordnung ist. Jetzt kann sie zu den anderen zurück.« Er betrachtete seine Tante nachdenklich. »Ganz gleich, was zwischen euch beiden vorgegangen ist – ich würde sagen, du hast eine neue Freundin.«

Kapitel 11

Im Jahre 701, dem Jahr der Seuche, hatte man aus der Küstenresidenz der Herren von Waes ein Krankenhaus gemacht. Um Mittsommer war sie zum Mausoleum geworden. Die Toten lagen verwesend in den Zimmern und Gängen, denn niemand wagte es, das Gebäude zu betreten und sich dadurch vielleicht anzustecken. Eine der letzten Anordnungen des alten Lord Jervis war der Befehl gewesen, den Palast zu verbrennen, um sowohl die Toten ehrenvoll zu bestatten als auch einer Ausbreitung der Seuche auf die Stadt vorzubeugen. Am Tag des Feuers war er gestorben, und man hatte seinen Leichnam zu der schönen, alten Residenz am Meer getragen, damit er dort mit dem Palast und seinen Leuten verbrennen konnte.

Seine Witwe war mit dem Rest der Familie in die Stadt gezogen, als die Gefahr gebannt war. Anschließend hatte Lord Lyell mit der Zeit Häuser auf beiden Seiten ihres neuen Wohnsitzes erworben, Mauern niedergerissen, um Räume und Gärten zu verbinden, neue Trennwände, verwinkelte Treppen und Rampen eingefügt, um die verschiedenen Geschosse miteinander zu verbinden. Die Residenz wurde ein bewohnbarer, wenn auch etwas eigenwilliger Komplex aus etwa dreißig Räumen auf fünf verschiedenen Ebenen. Sie war weder so elegant noch so prunkvoll, wie der Palast am Meer gewesen war, doch zu ihrer Häßlichkeit gesellte sich ein – ganz entschiedener – Vorteil, jedenfalls in den Augen von Lady Kiele. Es gab mehr Ausgänge, als man überschauen konnte, und das paßte ihr ausgezeichnet.

Sie verließ das Haus durch solch eine Seitentür aus einer ehemaligen Küche, die nun als Vorratskammer benutzt wurde, und zog gegen die abendliche Kühle der Brochwell-

Bucht einen schweren Mantel um sich. Niemand sah, wie sie durch den rückwärtigen Garten und das Tor schlüpfte, das auf eine enge Gasse führte. Sie lief eine Weile hinter den Häusern reicher Kaufleute und Hofbeamten entlang, durchquerte dann einen Park und bewegte sich rasch auf das Hafenviertel zu. Ihr Ziel war ein unauffälliges Haus in einer faulig stinkenden Seitenstraße. Ihre alte Amme Afina hatte das Haus für sie gemietet, und der Mann an der Tür wußte, daß sie kommen würde.

»Herrin«, grüßte er sie mit rauher Seemannsstimme und verbeugte sich ungelenk, als er sie einließ. »Er ist oben. Mag es gar nicht, Herrin.«

Sie zuckte die Schultern und wandte den Blick von ihm, dem verkommenen Zimmer und vor allem von der Frau mit den fettigen Haaren ab, die am Herdfeuer saß und herausfordernd ihre Goldstücke zählte. Kiele ging über den schmutzigen Boden zur Treppe. Der Mann begleitete sie, und ihr doppeltes Gewicht ließ die halb verrotteten Holzstufen quietschen und knarren und schwanken. Die Hitze und der Rauch von der Feuerstelle verstärkten den Gestank noch; sie hielt ihr Taschentuch vors Gesicht und atmete dessen schweres Parfüm ein.

»Hier drin, Herrin.« Der Mann öffnete gewaltsam eine große Tür. Kiele holte tief Luft, um ihre Nerven zu beruhigen, und bereute dies sofort, weil sie selbst durch das Seidentuch vor ihrer Nase den Schweißgeruch des Mannes einatmete. »Er weiß nicht, daß Ihr kommt«, fügte er hinzu.

»Gut. Laß uns allein. Mir wird nichts geschehen.« Ihr Blick blieb an der großen, schlanken Gestalt hängen, die mit dem Rücken zur Tür im Schatten des Kerzenlichts stand. Die rostigen Türangeln quietschten, und Kiele war allein mit dem Mann, der ihr Bruder sein mochte – oder auch nicht.

»Er hat recht. Ich wußte nicht, daß Ihr kommen würdet. Aber es wurde auch langsam Zeit!«

Sie wurde starr vor Zorn, ließ sich dann aber zu einem Lachen herab und wedelte mit dem Taschentuch. »Sehr beeindruckend! Fast wie mein Vater. Seine Arroganz scheint Euch in den Knochen zu stecken. Zeigt mal her, ob Ihr ihm ähnlich seht. Hier herüber, ans Licht.«

»Unser Vater«, stellte er klar, drehte sich um und trat vor. Der schwache Schein der Kerze auf dem Tisch beleuchtete ein Gesicht mit hohen Wangenknochen und sinnlichen Lippen. Seine eisigen Augen glichen grünen Kristallen. Er grinste ohne Fröhlichkeit und unterstützte sie kein bißchen, als er näherkam und sich vor ihr aufbaute. Sie kämpfte gegen Erinnerungen aus ihrer Kindheit, wo ihr Vater dasselbe getan hatte, und gegen das Entsetzen, das seine Wutanfälle bei ihr hervorgerufen hatten. Sie war kein Kind mehr. Sie war eine erwachsene Frau – und sie hatte die Macht, diesen Mann siegen oder stürzen zu sehen.

»Was denkst du, Schwesterchen?«

Sie fing sich wieder, funkelte ihn an und befahl: »Setzt Euch und hört mir zu. Ihr mögt sein, wofür Ihr Euch ausgebt – oder auch nicht. Aber, bei der Göttin, Ihr werdet mir genau zuhören und meine Anordnungen befolgen. Falls Ihr Euer Ziel erreichen wollt.«

Er lachte. »Womit wir noch etwas gemeinsam haben.« Er zog den zweiten Stuhl unter dem Tisch hervor und setzte sich, wobei er seine langen Beine ausstreckte.

»Sitzt gerade. Die Beine übereinanderschlagen, den linken Knöchel auf das rechte Knie.«

Er gehorchte, noch immer grinsend. Kiele löste ihre Finger von dem Seidentuch und lies ihre gefalteten Hände auf den Tisch gleiten. Mit einer Schulterbewegung warf sie den Umhang ab und erreichte dadurch etwas Linderung von der drückenden Hitze. Sie sah den jungen Mann eine Weile schweigend an. Sorgsam verbarg sie dabei ihre wachsende Erregung. Jetzt, wo sie über das eisige Grün seiner Augen hinweg war, kam ihr die Ähnlichkeit nicht mehr ganz so frappierend vor. Das Kinn war etwas anders, und der Mund war zu breit. Es gab auch andere Unterschiede. Doch die Größe stimmte, und Roelstra war als junger Mann ebenfalls mager gewesen.

»Es wird gehen«, sagte sie schroff. »Mit Unterweisung natürlich und mit einer Spülung, um Euer Haar leicht rötlich zu tönen. Palila hatte kastanienbraunes Haar. Eures ist zu dunkel.«

»Wie das unseres Vaters«, hielt er ihr entgegen.

»Eine rötliche Tönung wird an sie erinnern – und darum geht es schließlich. Und nun erklärt mir, warum Ihr für die Reise so lange gebraucht habt.«

»Ich bin planmäßig und rechtzeitig aufgebrochen – wie es die Frau gesagt hat, die sich für meine Tante hält.« Er grinste. »Sie ist nur die Tochter von Leuten, die sich für meine Groß-eltern halten, ich bin aber nicht mit ihnen verwandt. War es ihr Geld oder Eures, das mir geschickt wurde, damit ich mich überreden lasse?«

»Mit Unverschämtheiten kommt Ihr nicht weiter«, fuhr Kiele ihn an. »Sagt mir endlich, warum Ihr so spät dran seid!«

»Mir sind irgendwelche Reiter gefolgt.«

»Wer?«

»Ich ließ sie nicht lange genug am Leben, um mich mit ih-nen zu unterhalten«, entgegnete er. »Sie überfielen mich bei Nacht zu viert mit gezogenem Messer.«

»Wie sahen sie aus?«

»Bauern. Einer plapperte irgendwas über jemanden, der mir helfen würde, das Prinzlein herauszufordern. Sie schwatzten von einer Macht, die stärker sei als die der *Faradh'im*.« Er zuckte die Schultern. »Ich brauche keine Hilfe. Von niemandem. Ich bin bereit, mein Erbe sofort anzutreten.«

»Ihr hättet sie ausfragen sollen!«

»Was sollte ich tun? Sie ausquetschen, während sie mich in Stücke schneiden? Ich hörte sie kommen und tat so, als wäre ich am Feuer eingenickt, und als sie dann nah genug waren, habe ich sie getötet, bevor sie mich umbringen konnten. Wenn Euch das nicht paßt, Schwesterherz – Euer Pech!«

»Nennt mich nicht so. Es bleibt erst noch zu beweisen, daß Ihr der Sohn meines Vaters seid. Und dazu braucht Ihr mich. Ihr wißt das, sonst wärt Ihr nicht hier. Wer hat Euch Eure wohlgesetzte Rede gelehrt?«

»Soll ich mich lieber auf meinen bäurischen Bergdialekt besinnen?« höhnte er. »Wäre das gut für meinen Auftritt? Ich brauche keine Tricks! Ich bin der Sohn des Hohenprinzen Roelstra und seiner Mätresse, der Lady Palila, geboren vor fast einundzwanzig Jahren nur wenige Längen von hier auf dem Faolain. Jeden, der daran zweifelt –«

»Versuch nicht, mir zu drohen, Bursche«, sagte sie. »Ich brauche Euch gar nicht zu glauben – ich muß nur entscheiden, ob ich Euch unterstütze oder nicht. Was glaubt Ihr wohl, wie weit Ihr kommt, wenn Euch keine von Roelstras Töchtern unterstützt? Also los, wo habt Ihr gelernt, Euch ordentlich auszudrücken?«

Mürrisch erklärte er: »Ein paar Männer auf Gut Dasan haben früher einmal in der Felsenburg gedient. Die haben es mir beigebracht.«

»Gut. Wir können sagen, sie haben erkannt, woher Ihr stammt, und Euch unterrichtet. Wir können an Eurem Auftreten und an diversen Gewohnheiten arbeiten, die ich Euch zeigen werde. Steht auf und lauft ein bißchen herum.«

Er gehorchte, doch seine Augen glühten vor Trotz. »Laufe ich Euch gut genug?«

Sie überhörte die Frage, denn sie wollte nicht zugeben, wie sehr seine kraftvollen Bewegungen sie beunruhigten. In diesem zähen, mageren Körper steckten eine Kraft und ein

Temperament, die ihn zu einem gefährlichen Gegner machen konnten. »Lehnt Euch gegen die Wand. Die Arme über der Brust verschränkt – nein, höher. Gut so. Jetzt streicht Euch das Haar aus der Stirn. Macht einen Kamm aus Euren Fingern. Richtig. Könnt Ihr Euch im Schwertkampf behaupten?«

»Ich hatte Unterricht. Dasan gehört einem Ritter, der sich zur Ruhe gesetzt hat. Er hat gesagt, ich sei der geborene Kämpfer. Ich kann auch gut mit Pferden umgehen. Und mit Messern. Wie ich unterwegs ja bereits bewiesen habe.« Er zeigte auf den Dolch an seinem Gürtel. »Keine Sorge.«

»Meine Sorge gilt Eurem Hochmut und Eurem Temperament. Ihr müßt beides zügeln, wenn es klappen soll. Ihr könnt nicht einfach in die Versammlung der Prinzen stürmen und Eure Rechte verlangen. Laßt das meinen Mann machen und haltet den Mund. Ihr sagt dort nur, was wir vorher mit Euch besprochen haben. Und nun seht mich nicht so zornig an, Masul! Ihr müßt nicht nur Euren Anspruch auf die Prinzenmark beweisen, sondern noch dazu, daß Ihr ein Prinz seid, mit dem die anderen zurechtkommen können! Als mein Vater starb, hatten sie von ihm wirklich die Nase voll!«

Das war offensichtlich ein neuer Gesichtspunkt. Masul sank auf seinen Stuhl und stieß einen tiefen Seufzer aus. »Na gut. Aber erst müßt Ihr etwas begreifen. Mein ganzes Leben lang habe ich in diesem Schweinestall von Gut am Ende der Welt gesteckt. Alle haben mich angeglotzt und geflüstert, mit meiner Größe, meiner Haarfarbe und vor allem meinen Augen könnte ich unmöglich der Sohn meines Vaters sein.«

Er erhob sich, um im Zimmer auf und ab zu laufen. Kiele zwang sich, ruhig zu bleiben. Genauso war ihr Vater herumgelaufen. Aber mehr noch als die Erinnerungen machte ihr Masuls unverhohlene Stärke zu schaffen. Seine Schritte ließen die Kerze flackern, wenn er vorbeikam. Das Licht warf unheimliche Schatten auf sein Gesicht.

»Die Gerüchte wurden zum ersten Mal laut, als ich ungefähr fünfzehn war: ›Könnte er nicht –, wenn er nun wirklich –, denk doch an den alten Prinzen, an das, was damals wirklich geschah –‹, und so ähnlich.«

»Das wissen nur sehr wenige«, unterbrach ihn Kiele. »Palila, Roelstra, Ianthe, Pandsala und Andrade. Von diesen fünf sind die ersten drei tot.«

»Und die anderen beiden werden mich kaum mit offenen Armen aufnehmen«, ergänzte er.

»Pandsala gibt ihre Macht auf keinen Fall kampflos auf«, stimmte sie zu. »Sie wird sich eher um Kopf und Kragen lügen, als auch nur mit einem Wort zuzugeben, daß Ihr Roelstras Sohn sein könntet. Was Andrade angeht, die ist mit der Wüste verwandt und hat Roelstra mit einer Leidenschaft gehaßt, die schon an Besessenheit grenzte. Ich glaube nicht, daß sie lügen würde, egal weshalb, aber sie ist schlau wie eine Versammlung von Seidenhändlern und würde keine Silbe sagen, die Euren Anspruch erhärten könnte.«

»Dann liegt also alles bei mir. Ich muß ihm und Palila ähnlich genug sehen und sagen, was Ihr und Lyell mir vorgebt. Ich muß mich also benehmen, als würde ich ein braver, berechenbarer Prinz sein, wenn ich erstmal auf der Felsenburg lebe«, sagte Masul mit einem wölfischen Grinsen.

Sie hatte vorgehabt, ihn als Trumpf auszuspielen, doch er hatte offensichtlich seinen eigenen Kopf. Das würde natürlich hilfreich sein, um die anderen zu überzeugen, doch sie argwöhnte, daß sein Dank für ihre Hilfe nur so lange anhalten würde, wie er für seinen Weg in die Felsenburg brauchte.

»Ich bin bereit für meine Lektion, Schwesterherz«, sagte er und setzte sich wieder.

Sie starrte ihn über die Kerzenflamme hinweg lange an. »Masul, habt Ihr Euch jemals einen Bart wachsen lassen?«

»Nein.«

»Tut das. Aus drei Gründen. Erstens haben viele Männer mit dunklen Haaren rötliche Bärte, und das würde uns helfen. Zweitens müssen wir Euch bis zum *Rialla* verstecken, und dabei wäre ein Bart nützlich. Ihr würdet älter wirken.«

»Und drittens?«

Sie lachte über ihre brillante Idee. »Stellt Euch nur vor: Ihr kommt mit einem Bart zum *Rialla*. Alles, was sie sehen werden, sind Eure Augen. Sie sind denen meines Vaters tatsächlich sehr ähnlich. Wenn wir Euch dann nachts den Bart abnehmen, dann erwarten sie bereits, Roelstra in Eurem Gesicht zu erkennen, und werden eine größere Ähnlichkeit feststellen, als wirklich da ist.«

Masul war einen Augenblick verblüfft, dann lachte er laut: »Beim Herrn der Stürme! Ausgezeichnet, Schwesterchen, ganz ausgezeichnet.«

»Ich habe noch nichts davon gesagt, daß ich wirklich Eure Schwester bin«, erinnerte sie ihn. Ihre Worte hatten die gewünschte Wirkung. Er sah zuerst mordlustig und dann trotzig drein, doch schließlich beschloß er, sie für sich zu gewinnen. Sie erhob sich zufrieden. Er würde noch härter an sich arbeiten, um seine Identität zu beweisen – und ihre mögliche Duldung würde sehr wichtig für ihn sein, weil er sie so schwer errungen hatte. Das würde sein Zutrauen in seine Fähigkeit, auch andere zu überzeugen, erhöhen. Nicht daß er noch mehr Selbstvertrauen brauchte, überlegte sie, während sie ihren Mantel wieder umlegte. Doch sie begann bereits, ihn durch ihre Zweifel und ihre Anweisungen zu beherrschen. Er würde willig tun, was sie ihm befahl.

»Werdet Ihr mich bis zum *Rialla* hier versteckt halten?« fragte Masul.

Sie lächelte, denn sein Satz bestätigte, daß ihre Herrschaft über ihn bereits begonnen hatte. »Wenn es hier erst einmal sauber ist, ist es gar nicht so schlecht. Aber wenn es im Spätsommer voll wird in der Stadt, lasse ich Euch auf einen kleinen Gutshof außerhalb der Stadtmauern bringen.«

»Dorthin, wo Ihr Eure Liebhaber trefft?« meinte er.

Sie holte aus, um ihn zu schlagen, doch er fing lachend ihr Handgelenk ab. »Wagt das nicht!« zischte sie. »Laßt mich los!«

»Eine so schöne Frau wie Ihr, wird bestimmt viele Liebhaber haben – das ist doch so bei Euch Herrschaften, und besonders bei Roelstras Brut! Wie viele hatte Ianthe, ehe sie starb? Es ist wirklich traurig, daß Ihr meine Schwester seid, Schwesterchen!«

Sie riß sich von ihm los. »Faßt mich nie wieder an!« Sein Grinsen und seine spöttische Verneigung machten sie wütend. Sie riß die Tür auf, warf sie hinter sich ins Schloß und hastete die Stufen hinunter. Unten gab sie nur den kurzen Befehl, daß das Haus vor ihrem nächsten Besuch ordentlich zu putzen sei, warf der Frau einen weiteren Beutel Gold dafür zu und eilte aus diesem gräßlichen Haus in die kühle Nachtluft hinaus, die ihre glühenden Wangen wie ein Eissturm traf.

Beim Gehen beruhigte sie sich wieder etwas und erkannte, welcher Schreck einen Teil ihres Ärgers verursacht hatte. Seine Unterstellung und sein Angebot, daß auch er gern ihr Liebhaber wäre, waren ungeheuer unverschämt – er war halb so alt wie sie und obendrein vielleicht ihr Bruder. Doch etwas anderes machte ihr angst. Sie hatte schon früher Lust in Männeraugen gesehen, doch als sie diese in Masuls grünem Blick erkannt hatte, waren Erinnerungen in ihr hochgekommen. Roelstra hatte Palila – und viele andere schöne Frauen – so angesehen. Kühn, anmaßend, arrogant und ganz sicher, daß er nur mit dem Finger schnippen mußte, um sie sofort in seinem Bett zu haben. Nicht nur weil er Hoherprinz war; sondern weil er ein Mann war, dem weibliche Körper gefielen. Mehr als alles andere, was sie heute nacht gehört und gesehen hatte, ließ dieser Ausdruck in Masuls Augen in ihr allmählich die Überzeugung reifen, daß er wirklich Roelstras Sohn sein konnte.

Kiele verweilte kurz in der dunklen Kühle ihres Gartens und sah hinauf zu den erleuchteten Fenstern mit den dünnen blauen, grünen und roten Vorhängen. Hinter einigen bewegten sich Schatten, und plötzlich fiel weißgoldenes Kerzenlicht aus einem Zimmer im vierten Stock, als die Seide zur Seite gezogen wurde. Kiele erstarrte und huschte dann hinter einen Baum. Sie atmete heftig und versuchte mühsam, ihr Herzklopfen unter Kontrolle zu bringen. Aber warum sollte sie nicht in ihren eigenen Gärten herumspazieren? Trotzdem blieb sie, wo sie war, bis das Licht wieder von grünen Vorhängen gefiltert wurde. Als sie wieder normal atmete, ging sie leise ins Haus zurück.

Im Hauptflügel fand sie die Dienerschaft in heller Aufregung vor. Sie ließ ihren Umhang auf den Teppich fallen, damit ihn jemand aufheben konnte, und warf erst einmal einen kurzen Blick in den Spiegel, um den Sitz ihres Haares und ihres Kleides zu kontrollieren. Dann wollte sie den Grund für diesen Aufruhr erfahren.

»Prinzessin Chiana, Herrin – sie ist gerade eingetroffen und –«

»Prinzessin? Wer hat Euch geheißen, sie so zu nennen?« fuhr Kiele ihn an. »Keine Sorge, ich weiß es schon. Ihre verdammte Arroganz! In meinem Haus ist sie Lady Chiana, und jeder, der sie in meiner Gegenwart oder sonstwo als Prinzessin anredet, kann auf der Stelle gehen! Wo steckt sie?«

»Beim Herrn, im dritten Zimmer, Herrin.«

Kiele marschierte in Richtung Haupthalle und brauste wieder auf, als sie dort Chianas Gepäck auf dem Boden verstreut vorfand. Sie befahl, daß es in die für ihre Schwester vorbereiteten Zimmer zu bringen sei, und sagte sich, sie würde schon früh genug Gelegenheit haben, es diesem

Weibsstück heimzuzahlen. Vorerst jedoch würde sie ihr sehr zuvorkommend begegnen. Deshalb bemühte sie sich um eine entspannte Miene und brachte sogar ein Lächeln zustande, als sie an die Demütigung dachte, die Chiana beim *Rialla* bevorstand.

Zimmer drei war der größte und am besten eingerichtete Raum des Hauses und daher dem Empfang wichtiger Gäste vorbehalten. Die verschiedenen Häuser, aus denen die Residenz bestand, machten hier und dort einige Stufen notwendig, und die breite Treppe, die in den Raum hinunterführte, bot Gelegenheit für einen planvollen Auftritt. Kiele hatte es gern, daß diese fünf Stufen es ihr ermöglichten, innezuhalten, umherzublicken und alle Augen auf sich zu lenken. Doch als sie jetzt den Raum betrat, in dem Chiana und Lyell bei dampfenden Teetassen saßen, hielt sie sich nicht damit auf.

Lyell erhob sich, Chiana jedoch nicht. Kiele verbarg ihren Ärger darüber, daß ihre Schwester ihr nicht die gebührende Ehrerbietung erwies. Sie lächelte freundlich und goß sich etwas zu trinken ein. Dann setzte sie sich neben Chiana.

»Wie früh du kommst, meine Liebe! Aber um so willkommener. Wie war die Reise?«

Die beiden Frauen tauschten eine Weile Höflichkeiten aus, und Kiele gewann ihre gute Laune zurück, als sie sich das Zusammentreffen von Chiana und Masul ausmalte. Beide beobachten zu können, würde eine ausgezeichnete Unterhaltung für den ganzen langen Sommer abgeben.

Chiana war eindeutig und augenfällig eine Tochter von Roelstra und Palila. Beiden verdankte sie ihr gutes Aussehen, so daß sie mit ihren knapp einundzwanzig Jahren nun wirklich so schön war, wie man früher nur hatte ahnen können. Ihr volles, kastanienbraunes Haar umrahmte in schweren Locken ein Gesicht mit haselnußbraunen Augen mit erstaunlich langen Wimpern. Sie war kleiner als ihre Eltern, jedoch perfekt proportioniert, was durch ein enges Mieder und die schmale Taille ihres Kleides noch betont wurde. Kiele bemerkte, daß es Lyell schwerfiel, seinen Blick von den vollen Kurven loszureißen, die sich unter dem Mieder abzeichneten. Sie nahm sich heimlich vor, ihn in der Nacht zu verführen. Denn noch wollte sie nicht, daß er in fremde Betten kroch – und bestimmt nicht in das von Chiana.

Natürlich kamen sie bald auf ihre Schwestern zu sprechen. »Naydra ist dick und selbstgefällig«, sagte Chiana verächtlich, »obwohl sie Narat bisher nicht einmal einen Sohn schenken konnte. Von den anderen habe ich ziemlich lange nichts gehört. Weißt du etwas Neues?«

Kiele ging automatisch die Reihe durch. »Pandsala sitzt wie immer in der Felsenburg; sie gibt sich weise und großzügig. Moria hockt in dem Haus, das Prinz Rohan ihr als Mitgift gegeben hat, und sieht zu, wie die Kiefernadeln rieseln, soweit ich weiß. Ist mir auch gleichgültig. Wie sie es das ganze Jahr im Veresch aushält, begreife ich nicht. Moswen besucht zur Zeit Prinz Clutha. Ich glaube, sie macht sich Hoffnungen auf Halian.«

Chiana kicherte. »Auf diesen langen, dünnen Tropf mit der Geliebten und den Töchtern? Was kann sie von ihm wollen?«

»Sein Erbe, natürlich«, sagte Lyell. »Ich kenne keine Tochter von Roelstra, die nicht ehrgeizig ist.« Er sprach voller Zuneigung und warf einen stolzen Blick auf seine Frau.

»Nur praktisch veranlagt, mein Lieber«, verbesserte sie ihn. »Und am Überleben interessiert.« Ihr Blick war genauso liebevoll, doch innerlich verfluchte sie seine unerwünschte Beobachtungsgabe. Wenn er ihren Ehrgeiz allerdings nicht nur verstand, sondern auch schätzte, dann würde er in der Sache mit Masul möglicherweise viel leichter zu lenken sein. »Wo war ich? Ach ja. Patwin ist seit Rabias Tod untröstlich. Aber wahrscheinlich findet er dieses Jahr ein anderes nettes Mädchen und heiratet wieder. Danladi ist mit Prinzessin Gemma am Hof von Syr. Und das waren alle, Chiana, außer uns beiden.« Sie lächelte gewinnend. »Ich bin so froh, daß du gekommen bist, mir dieses Jahr mit dem *Rialla* zu helfen. Clutha verlangt so viel; alles muß noch pompöser sein als beim letzten Mal, und mir gehen allmählich die Ideen aus!«

»Ich freue mich, daß ich dir helfen kann, Kiele. Es wird soviel Spaß machen! Aber sag mir, was weißt du über diesen Menschen, der sich für unseren Bruder ausgibt?«

Mit dieser Frage hatte Kiele nicht gerechnet. Sie hoffte, daß man ihre plötzliche Verwirrung für Unfähigkeit halten würde, ihrem Zorn angesichts eines solch unverfrorenen Anspruchs angemessen Luft zu machen. Lyell sprang in die Bresche, und dies war eines der wenigen Male in ihrer Ehe, wo Kiele der Göttin für die Existenz ihres Gatten dankte.

»Die Geschichte ist natürlich ärgerlich«, sagte er. »Aber es sollte uns nicht bekümmern.«

»Es heißt, er würde beim *Rialla* erscheinen und Anspruch auf die Prinzenmark erheben. Ob er das wirklich wagt, Lyell?«

Er tätschelte ihren Arm. »Zerbrich dir nicht dein hübsches Köpfchen darüber.«

Doch genau das würde Chiana tun, das wußte Kiele. Daher lächelte sie.

☆　☆　☆

Prinz Clutha hatte während seiner Jugend und als erwachsener Mann ständig in der Sorge gelebt, sein geliebtes Meadowlord könnte zum Schlachtfeld für die Wüste und die Prinzenmark werden. Die Grenze der beiden Reiche war jeweils durch hohe Berge markiert, doch Cluthas ausgedehnte, leicht hügelige Ländereien lagen genau dazwischen. Sein Vater und sein Großvater hatten erlebt, wie die Truppen die

Weizenfelder verwüsteten, die Ernte verbrannten und die Dörfer am Weg zerstörten. Clutha hatte sich nie besonders dafür interessiert, wer am Ende Sieger war, solange der Kampf nicht auf seinem Land stattfand. Er hatte jahrelang beharrlich daran gearbeitet, erst Roelstra und Zehava und später dann Roelstra und Rohan auseinanderzuhalten. Doch nachdem Rohan nun seit vierzehn Jahren als Hoherprinz herrschte und die beiden Länder vereint waren, mußte er sich deswegen keine Sorgen mehr machen.

Da die Sicherheit seines Prinzenreiches nicht mehr von außen bedroht wurde, widmete er sich jetzt der inneren Sicherheit. Von allen seinen *Athr'im* war keiner so mächtig und so schwer im Zaum zu halten wie Lyell von Waes. Der Mann war zwar nicht besonders schlau oder zu mehr fähig, als seine Stadt klug zu regieren. Es war Kiele, die Tochter von Roelstra, die Clutha beunruhigte. Lyell war durch die Ehe seiner Schwester mit Lord Eltanin von Tiglath mit der Wüste verbunden. Sie und ihr ältester Sohn waren an der Seuche gestorben, doch Tallain, der jüngere, würde das Erbe irgendwann antreten. Clutha hatte Lyells Hochzeit mit Roelstras Tochter gutgeheißen, weil das ein guter Ausgleich für seine Bindung an die Wüste war. Er hatte jedoch nicht damit gerechnet, daß der junge Lord der Wüste den Rücken kehren und sich mit Roelstra begeistert in den Krieg gegen Rohan stürzen würde. Seitdem hatte Clutha den Herrn von Waes ständig im Blick behalten.

Deshalb hatte er nach seinem Besuch im Frühling dort auch seinen Knappen zurückgelassen. Der junge Mann war als Gast in der Residenz sicher nicht willkommen, doch weder Kiele noch Lyell konnten es ablehnen, als ihr Prinz ihnen seine Dienste anbot. Clutha war zufrieden nach Hause zurückgekehrt, denn sein Knappe war kein gewöhnlicher Knappe.

Riyan war der einzige Sohn von Lord Ostvel von Skybowl,

und er war Lichtläufer. Mit zwölf Jahren war er zu Clutha geschickt worden, damit man einen Ritter aus ihm machte. Zwei Jahre später war er in die Schule der Göttin gekommen, um *Faradhi* zu werden. Vergangenen Sommer war Riyan, jetzt neunzehn Jahre alt, nach Meadowlord zurückgekommen, damit man ihn dieses Jahr auf dem *Rialla* zum Ritter schlagen konnte. Wenn er auch in der Schule der Göttin der Knappe von Lord Urival gewesen war, so konnte doch nur ein Ritter einen Ritter erziehen – und Urival war keiner. Deshalb würde Clutha ihm den Ritterschlag und ein neues Schwert geben. Danach sollte er zu Lady Andrade zurückkehren und seine Ausbildung als Lichtläufer fortsetzen.

Lord Maarken hatte seine Ritterschaft und seine Ringe auf andere Weise erworben. Die Ausbildung junger Herren, die zugleich *Faradh'im* waren, war etwas gänzlich Neues, und Andrade erprobte ganz offen verschiedene Möglichkeiten ihrer Ausbildung. Schon bald würde die Entscheidung fallen, wie Prinz Pol weiterlernen sollte. Würde er mit Lleyn und Chay nach Graypearl zurückkehren, oder würde er wie Riyan seine Knappenzeit zugunsten einer früheren *Faradhi*-Ausbildung verkürzen? Die Entscheidung war noch offen.

Riyan wußte recht gut, daß sein Weg ein Experiment war, aber es machte ihm nichts aus. Ihm gefielen beide Seiten seiner Erziehung, und er freute sich ohne alle Bedenken darauf, als Lichtläufer auf Skybowl zu herrschen. Maarkens Sorgen schob Riyan mit einem Achselzucken beiseite. Er verstand Maarkens Probleme, doch er teilte seine Befürchtungen nicht. Erstens war die Macht, die er als *Athri* von Skybowl haben würde, viel kleiner als die von Maarken als Herr von Radzyn. Gut, er würde die Goldhöhlen unter sich haben, doch um die politischen Angelegenheiten der Wüste und der Prinzenmark würden sich andere kümmern. Außerdem nahm er seinen Status als *Faradhi* viel selbstverständlicher an als Maarken. Im Gegensatz zu Lord Chaynal hatte Ostvel nie Vorbehalte dagegen gehabt. Riyan nahm es Chay nicht übel; Menschen, die nie unter Lichtläufern gelebt hatten, betrachteten sie mitunter etwas mißtrauisch. Doch sein eigener Vater hatte seine Kindheit und Jugend in der Schule der Göttin verbracht; Ostvel verstand *Faradh'im*.

Riyan wollte seinem Prinzen dienen und nicht selbst regieren. Maarken würde über Radzyns große, unabhängige Besitztümer herrschen müssen, Pol beim Regieren helfen, wichtige Staatsfragen entscheiden und notfalls Armeen anführen. Riyans Zukunft hingegen sah ganz anders aus. Seine Mutter Camigwen hatte auf Stronghold die Schlüsselgewalt innegehabt, war jedoch auch Sioneds beste Freundin gewesen – mehr Schwester als Dienerin. Ostvel verwaltete Skybowl für Rohan, nicht für sich selbst. Rohan hatte versucht, ihm wie seinen anderen mächtigen Vasallen das Land als Eigentum zu übertragen. Doch Ostvel hatte das abgelehnt. Skybowl gehörte Rohan. Ostvel herrschte hier als treuer Diener seines Prinzen. Wenn Riyan an die Reihe kam, würde er dasselbe tun – sowohl als *Athri* wie auch als Lichtläufer.

Solche gewichtigen Dinge hatte er allerdings nicht im Kopf, als er in dieser Nacht in seinem Zimmer in Waes saß. Er dachte einfach über die Möglichkeiten nach, eine gewisse Kaufmannstochter näher kennenzulernen. Das Mädchen und sein Vater hatten ihn in seinen ersten Tagen in Waes ein bißchen herumgeführt, als er die Hafenstadt erkundete. Jayachin hatte hinreißendes, blauschwarzes Haar, ihre Augen waren so tiefblau, daß sie schon purpurfarben wirkten, und ihre Haut war hell wie das Mondlicht. Riyan war ein großer Verehrer des anderen Geschlechts, besonders wenn ein Mädchen über seine Witze lachte und seinen Annäherungsversuchen auch längere Zeit widerstand. Jayachins Vater hatte dafür gesorgt, daß er zu solchen Versuchen bisher keine Gelegenheit gefunden hatte. Doch Riyan wußte, daß der Kaufmann es durchaus als Ehre betrachtete, daß seiner Tochter von dem Erben von Skybowl, einem Freund des Prinzen Pol, der Hof gemacht wurde.

Riyan beabsichtigte, Jayachin morgen zu fragen, ob sie mit ihm aufs Land hinausreiten würde. In den letzten Tagen war es kühl gewesen, und ein starker Wind vom Meer hatte zur Verzweiflung der Gärtner die jungen Blumen gebeutelt. Doch bald würde es sicher schöneres Wetter geben. Er stand von seinem Bett auf, ging zu den Fenstern und schob die grünen Seidenvorhänge beiseite, um einen Blick auf den Himmel zu werfen.

Die Gestalt unten im Garten war leicht zu erkennen; Kiele trug stets einen großen, diamantbesetzten Goldring an ihrer rechten Hand, und der blitzte noch im schwächsten Licht. Riyan hob erstaunt die Brauen, als sie in den Schatten eines Baumes glitt. ›Warum versteckt sie sich?‹ dachte er. Dann ließ er den Vorhang achselzuckend wieder fallen und ging zurück zu seinem Bett.

Auf der Decke ausgestreckt, versuchte er an Jayachin zu denken. Doch was er eben von Kiele gesehen hatte, ergab wie so viele Beobachtungen seit der Abreise von Prinz Clutha einfach keinen Sinn. Die vielen persönlichen Briefe von Kiele – manche an ihre Halbschwester Moswen, andere an eine Frau in Einar – waren auffällig. Manchmal verschwand sie den ganzen Tag und sagte hinterher, sie wäre in der Stadt einkaufen gewesen – doch sie brachte nie irgendwelche Pakete mit. Das eine oder andere Mal war er ihr aus reiner Neugier gefolgt und hatte dabei ihre bemerkenswerte Geschicklichkeit kennengelernt, ihm über Seitenstraßen zu entkommen. Und das Erstaunlichste von allem war ihre Einladung, Chiana solle doch den Sommer in Waes verbringen.

Jeder wußte, wie sehr Kiele ihre jüngste Schwester haßte. Chianas Ankunft war an diesem Abend auch der Grund gewesen, warum Riyan nach oben verschwunden war. Er wußte, er hätte bleiben und sie mit Kiele zusammen beobachten sollen, doch Chiana machte ihn kribbelig. Zweifellos war sie eine Schönheit und gewiß auch charmant, wenn und wann es ihr gefiel. Doch wie sie Lyell umschmeichelte, war für Riyan einfach abstoßend gewesen.

Schließlich gestand er sich ein, daß Kieles nächtlicher Spaziergang durch die Gärten ihn doch so sehr befremdet hatte, daß er lieber seine Stiefel anzog und nach unten ging. Er kannte sich inzwischen recht gut in der exzentrischen Residenz aus und nahm höchstens jedes fünfte Mal den falschen Gang. Diesmal fand er sofort den richtigen Weg und schlüpfte in die Nacht hinaus.

Er ging zu dem Platz, wo sie gestanden hatte, und verfolgte dann ihre Spur zurück. Die Gärtner waren gerade dabei, weißen Kies auf den Weg zu verteilen. Riyan hatte Glück, denn der Boden war erst am Nachmittag geharkt worden. Er rief eine Flamme auf seinen Finger und folgte den Spuren. Sie führten direkt zur hinteren Gartenpforte. Wieder hoben sich seine Brauen über diese Entdeckung. Sie war also nicht in den Gärten spazierengegangen, sondern aus der Stadt zurückgekehrt. Das Tor war nicht ganz geschlossen. Er öffnete es und fuhr zusammen, als die Angeln leise quietschten. Dann stand er in der engen Gasse und fragte sich, wo sie wohl hergekommen war. Vielleicht sollte Andrade davon erfahren.

Riyan blieb stehen und wandte sein Gesicht den Monden zu, die der Wind über den Himmel trieb. Er ballte seine Hände kurz zu Fäusten, damit er die vier Ringe spürte, die ihn als Lehrling auswiesen. Er konnte es selbständig tun, auch wenn seine Technik manchmal noch unvollkommen war. Doch jetzt standen Monde über ihm, nicht das starke, verläßliche Licht der Sonne. Eigentlich war es dasselbe. Er fragte sich, ob er es wagen sollte, und dann lächelte er.

Riyan schloß die Augen, um die zarten Strahlen des

Mondlichts besser mit seinen Gedanken fühlen zu können. Sein Geist wob sie zusammen, erprobte sie und erfreute sich an ihrer leichten Geschmeidigkeit und ihrer Stärke. Es war einfacher, als man ihn hatte glauben machen wollen.

Er wob seine eigenen Farben – Granat, Perle und Karneol – in das geflochtene Mondlicht. Sie leuchteten anders als sonst und schimmerten leicht, als er das Gewebe über das dunkle Land und das sternenüberglänzte Wasser schickte. Er folgte dem glänzenden Pfad, hielt angesichts der Schönheit unter sich den Atem an und vergaß beinahe, an der Schule der Göttin haltzumachen.

Ein Unbekannter tat heute nacht in dem schönen Zimmer mit den drei Glaswänden Dienst, wo stets wenigstens ein Lichtläufer saß und auf Nachrichten wartete, die über das Licht kommen konnten. Die Fenster waren immer offen, wenn es nicht gerade in Strömen regnete, doch dann verhinderte die Wolkendecke sowieso jeglichen Kontakt unter den *Faradh'im*. Riyan tanzte regelrecht in den Raum hinein und streifte die Farben des unbekannten Lichtläufers.

Die Göttin segne Euch, grüßte er fröhlich. *Riyan von Skybowl mit Neuigkeiten für Lady Andrade.*

Es war beinahe komisch, wie der andere, nachdem er hochgeschreckt war, ihn hastig begrüßte, sich entschuldigte und versprach, die Herrin zu suchen. Riyan schwebte wartend im Raum herum und malte sich dabei aus, was wohl dort los war. Der diensttuende Lichtläufer rief sicher durch die ganze Burg; Andrade wollte dann wahrscheinlich wissen, was zur Hölle denn los sei. Sie würde eine Weile brauchen, bis sie über alle Stufen von ihrem Zimmer in den Glasraum hochgestiegen war –

Sehr viel eher jedoch, als er erwartet hatte, spürte er eine kraftvolle Gegenwart im Mondlicht, die sein Gewebe übernahm und es mit wahren Seilen aus Mondlicht durchwirkte. *Was machst du denn eigentlich hier, du kleiner Idiot?*

Verzeiht, Herrin, aber ich dachte...

Falsch gedacht! Merkst du nicht, daß diese Stränge zu dünn sind, um dich sicher nach Waes zurückzubringen? Was machst du überhaupt in Waes? Wieso hat man dir das nicht mitgeteilt?

Prinz Clutha hat mich dort zurückgelassen, damit ich Lady Kiele und Lord Lyell beobachte. Und es gibt einiges zu beobachten. Zum Beispiel ist Chiana hier.

Andrades Farben flackerten grell, und Riyan stieß vor Schmerz einen leisen Schrei aus. *Gut, erzähl mir alles!*

Er gehorchte und fühlte dabei ihr Erstaunen und ihren Verdacht. Als er fertig war, hörte er ein Geräusch, als söge jemand pfeifend den Atem ein, und er fragte sich, ob er diesen Eindruck nur deswegen hatte, weil er sie kannte. *Es war richtig, daß du zu mir gekommen bist*, gab sie zu. *Beobachte Kiele weiter, wenn es geht. Und auch Chiana. Aber, bei der Göttin, das nächste Mal wartest du auf Sonnenlicht, sonst zieh ich dir bei lebendigem Leibe die Haut ab und nagle sie an die Wand des Refektoriums. Zur Warnung für all die jungen Dummköpfe, die glauben, sie wüßten schon alles!*

Ja, Herrin, erwiderte er schwach.

Verstehst du mich, Riyan? Wenn du versucht hättest, zurückzukehren, hätte sich das Mondlicht wie eine alte Decke aufgeribbelt, und du wärest den Schattentod gestorben. Deine vier Ringe gestatten dir das Mondlaufen nicht! So, und jetzt wollen wir dich wieder dorthin bringen, wo du hergekommen bist.

Das Mondlicht war wie ein riesiger, silberner Seidenpfeil, der von der Schule der Göttin nach Waes schoß. Riyan sauste blindlings an ihm entlang, außer Atem durch das Tempo und den Farbenwirbel um ihn herum. Als er wieder in der Gasse hinter dem Garten stand, sah er im Geiste zu, wie Andrade ihn mühelos aus dem Gewebe befreite und über ihr silbernes Mondlicht wieder entschwand.

Er brauchte einen Augenblick, um sich zu erholen. Doch noch bevor er dies getan hatte, nahm er sich vor, daß er einen solchen Versuch nicht wieder unternehmen würde, ohne ordentlich dazu ausgebildet zu sein. Wenn die Monde auch näher waren als die Sonne, war ihr Licht doch dünner und zarter. Er wollte sich nicht ausmalen, was geschehen wäre, wenn er sich allein auf den Rückweg gemacht hätte.

☆　☆　☆

Andrade hatte ihre Gemächer nicht verlassen; sie hatte das Mondlicht einfach von ihrem Fenster aus gewebt. Bei ihrer Rückkehr sah sie Urival und Andry, die nach dem Abendessen zu ihr gekommen waren, um noch einmal über die Schriftrollen zu sprechen. »Anscheinend gehen interessante Dinge vor«, sagte sie und erzählte ihnen die wichtigsten Punkte ihrer Unterhaltung mit Riyan.

Urival nickte langsam. »*Interessant* ist im Moment der richtige Ausdruck. Ich hoffe nur, die Dinge werden nicht noch *faszinierend.*«

»Oder schlimmer«, murmelte Andry.

Andrade äußerte ihre Zustimmung zu diesen Kommentaren mit einer Grimasse. »Ich werde Riyan jedenfalls nicht zuviel zumuten. Ich schicke noch jemanden nach Waes.«

»Wen?« fragte Andry eifrig.

»Das geht dich nichts an.« Sie blickte ihn streng an. »Du bist auch so einer, der alles wissen will und denkt, daß er in deinem Alter schon alles weiß! Vier oder fünf Ringe, und ihr glaubt, ihr verstündet das Universum! Pah!«

Andry richtete sich auf und senkte dann den Kopf. »Ja, Herrin.«

»Das reicht für heute abend. Laß mich allein.«

Als er fort war, packte Urival die Schriftrollen in ihre Hüllen zurück und ging zur Tür. Dort blieb er stehen und sagte: »Ich finde auch, daß man ihn hin und wieder zurechtweisen muß. Aber nicht allzu oft, sonst wird er Euch trotzen – und sich nicht mehr lenken lassen.«

»Findest du, er läßt sich jetzt lenken? Hast du gehört, was er uns heute nacht über die Schriftrollen, Lady Merisel und die Geschichte der Lichtläufer erzählt hat, was er als erster weiß und was seit Hunderten von Jahren vergessen war? Wenn er nicht so ein verdammt guter Übersetzer wäre, würde ich sie ihm wegnehmen und es jemand anders machen lassen. Aber er hat eine rasche Auffassungsgabe und will unbedingt lernen.«

»Er hungert nach Wissen wie früher Sioned – doch ohne ihre Demut.«

»Wann war das Mädchen je demütig? Sie und Rohan haben sich mir seit dem Tag ihrer Hochzeit widersetzt! Sie hat ihre *Faradhi*-Ringe seit Jahren nicht getragen. Nur diesen verwünschten grünen Smaragd! Demütig?« Andrade lachte bitter.

»Ihr habt heute abend sehr schlechte Laune.«

»Ich weiß.« Mit einer Hand machte sie eine entschuldigende Geste. Ringe und Armbänder glänzten im Feuerschein. »Sioned hat wenigstens eine gesunde Furcht vor der Macht ihres Wissens. Andry fürchtet überhaupt nichts – außer mir. Und das nicht mehr lange.«

»Andrade! Er ist wie sie, denn auch er läßt sich aus Liebe einen Weg zeigen. Aber nicht durch Angst.«

»Ich habe ihm keinen Grund gegeben, mich zu lieben. Ich hatte das auch nie vor – bei keinem von ihnen. Ich will nicht, daß sie mich anbeten. Es ist nicht nötig.«

»Wenn sie für dich kämpfen und arbeiten sollen –«

»Laß es, Urival!«

»Wie du wünschst, Herrin«, sagte er, doch in seiner Stimme schwang deutliche Mißbilligung.

Andrade hörte, wie sich die Tür schloß, und widerstand dem Wunsch, mit irgend etwas um sich zu schmeißen. Sie war zu alt für diesen Unsinn, zu alt, um mit den Handlungen, Beweggründen und Gefühlen so vieler Menschen herumzujonglieren. In ihrer Jugend hatte sie ihre Macht genossen; später hatte sie sie mit höchstem Geschick ausgespielt. Jetzt aber war sie dieses Spiels müde geworden. Sie war die Verantwortung, das Pläneschmieden und die Pflicht leid, alle im Auge zu behalten und dafür zu sorgen, daß keiner aus der Reihe tanzte.

Doch ihre Angst überwog sogar ihre Müdigkeit. Andry würde aus der Reihe tanzen. Er würde mit den Zaubern auf den Schriftrollen das tun, was sie befürchtet hatte: Er würde sie benutzen.

Kapitel 12

Es war dem Hohenprinzen einfach nicht möglich, unerkannt zu reisen, doch auf seinem Ritt durch die Prinzenmark machte Rohan doch zumindest den Versuch. Kein Drachenbanner kündigte an, wer die acht Reiter waren; die Wachen trugen keine Uniform mit prinzlichen Abzeichen, sondern nur eine einfache Tunika; die Pferde waren ohne jede Pracht aufgezäumt; jeder Bauer oder Wirt, bei dem sie hielten, wurde bezahlt, obwohl einem Prinzen überall in seinem Reich freie Unterkunft und Verpflegung zustand.

Aber wenn Rohan auch nicht als Hoheprinz auftrat, so machte er doch keinen Hehl aus seiner Identität, wenn die Leute ihn mit seinem Titel ansprachen. Die Nachricht von seiner Reise schien sich schneller zu verbreiten als *Faradhi*-Botschaften auf dem Sonnenlicht. Andrade würde angesichts der stillen Kunst dieser Menschen vor Neid erblassen.

Was Rohan anging, so wußte er zu schätzen, daß er allen Pomp hinter sich gelassen hatte. Er haßte es, wenn große Umstände gemacht wurden, und hatte es schon als Kind verdächtig gefunden, wenn Leute in seiner Gegenwart allzu dienstfertig herbeieilten. Sehr großer Aufwand sollte gewöhnlich etwas kaschieren, damit er es nicht bemerkte. Dieses Volk hieß ihn jedoch herzlich und offen willkommen. Es hatte vor seinem Prinzen nichts zu verbergen. Rohan schrieb dies dem gesunden Menschenverstand der Bevölkerung und Pandsalas fähiger Regentschaft zu. Würde sie in Pols Namen schlecht regieren, so hätten die Menschen alles gehaßt, was mit ihm zu tun hatte, aber auch versucht, das hinter geheuchelter Begeisterung zu verbergen.

Die Unterbringung war unterschiedlich. Manchmal übernachteten sie in schönen Gasthauszimmern; gelegentlich rollten sie ihre Decken in einer Scheune aus; ziemlich oft verbrachten sie die Nacht im Freien unter dem Sternenzelt, wenn sie bei Einbruch der Dämmerung noch auf der Straße waren. Mal aßen sie in einer Schenke, mal gab es Suppe bei einem Bauern, mal griffen sie zu ihrem Proviant oder gingen ein paar Stunden auf die Jagd.

Sie ritten, wie es ihnen gefiel, besuchten bekannte Wahrzeichen und abgelegene Täler und wichen viele Längen vom Weg ab, um berühmte Orte zu sehen, die ihre Gastgeber ihnen empfohlen hatten. Es gab spontane Wettrennen über Blumenwiesen und Ausflüge in die Berge, wo sie in eisigen Wasserfällen badeten. Und die ganze Zeit über wurden sie von vier Wachen beschützt, die sich zwar von ihrer gelösten Stimmung anstecken ließen, jedoch unablässig auf der Hut waren.

Die vier standen unter Maetas Kommando, deren Begleitung eigentlich nicht geplant gewesen war. Am dritten Tag war sie einfach aufgetaucht, als wäre sie zufällig bei einem Ausritt auf die kleine Reisegruppe gestoßen. Sie erklärte, sie hätte diese Sehenswürdigkeiten schon immer mal sehen wollen, doch das glaubte ihr keiner. Alle wußten, daß ihre unvergleichliche Mutter sie als Extrawache für Pol geschickt hatte. Rohan schickte Maeta nicht nach Stronghold zurück, denn nicht einmal er hatte große Lust, Myrdal zu erzürnen. Die alte Frau war höchstwahrscheinlich Pols Verwandte, doch sie war ganz sicher die einzige Großmutter, die er je kennen würde, und Rohan respektierte diese besondere Beziehung fast so sehr wie Myrdals Zorn.

Außerdem war es ihm durchaus recht, daß Maeta sich der Gruppe anschloß. Pol hatte bereits gezeigt, wie gern er sich selbständig machte. Die Stute, die Chay ihm geliehen hatte, war ein Blitzstrahl mit vier Beinen und zwei lebhaften Augen, und sie liebte nichts so sehr wie einen wilden Galopp. Pol verteidigte seine Extratouren mit der unschuldigen Bemerkung, er hätte schließlich versprochen, das Pferd für das *Rialla* in Form zu halten. Drohungen halfen nichts; selbst als Rohan ihm unter vier Augen zusicherte, er würde ihm den Hintern versohlen, war Pol nicht übermäßig beeindruckt. Doch als er nach Maetas Eintreffen zum ersten Mal wieder davongeprescht war, ließ sie ihn einen ganzen Nachmittag lang am Führzügel hinter sich hertrotten. Rohan gefiel die Niederlage seines Sohnes außerordentlich. Allerdings fragte er sich reumütig, ob er als gewissenhafter Erzieher wirklich so ein Versager war.

Auch Maarken freute sich über Maetas Gegenwart. Fast den ganzen Tag und die halbe Nacht hindurch redeten sie über Strategien und taktische Fragen. Sie hatte an fast allen wichtigen Schlachten der letzten dreißig Jahre teilgenommen, und ihr Erfahrungsschatz war beinahe so groß wie der seines Vaters. Manchmal nahmen Rohan und Pol an diesen Diskussionen teil und tauschten am Lagerfeuer Ideen aus. Doch viel öfter verbrachten Vater und Sohn ihre Zeit miteinander. Während ihrer langen nächtlichen Gespräche lernte

Rohan seinen Sohn besser verstehen – besonders den Grund, warum körperliche Bestrafungen ihn lange nicht so trafen wie eine wohldosierte öffentliche Bloßstellung. Er hätte es eigentlich wissen können: Pol glich ihm aufs Haar in seinem Standesbewußtsein, seinem Stolz und seiner Auffassung von persönlicher Würde. Es war keine richtige Arroganz – denn davor mußte er sich hüten.

Die fruchtbaren, leicht hügeligen Täler der Prinzenmark mit ihren saftigen Weiden und Getreidefeldern waren wie eine Offenbarung für die staunenden Augen der Wüstenmenschen. Die Bauern beschenkten den Hoheprinzen und seine Begleiter mit frischen Früchten von ihrem Land. Sie waren stolz auf ihre Leistungen und lachten, als die Gäste die Fülle bewunderten.

Als ihnen einmal im Vorhof eines Bauernhauses ein opulentes Mittagsmahl aufgetischt wurde, fragte Rohan: »Sagt mir doch, gibt es irgend etwas, das ihr Leute hier nicht anbaut?«

Der Bauer kratzte sich nachdenklich am Kinn. »Tja, Herr«, sagte er nach intensivem Überlegen, »nicht viel.«

Und das entsprach der Wahrheit. Obst, Getreide, Fleisch, Käse, Nüsse, Gemüse – sie hatten teil an der Fülle und staunten nur noch.

»Und das alles gehört Euch«, meinte Maeta eines Morgens zu Pol und wies mit dem Arm auf die Felder und Obstgärten um sie herum.

»Alles«, wiederholte er ungläubig. »Es reicht doch für die ganze Welt!«

»Eine gehörige Portion von Eurem Anteil daran«, antwortete Maeta. »Ihr wißt nicht, wie es früher war. Manchmal mußten wir das Salz für ein ganzes Jahr oder die Hälfte von Radzyns Pferden für die Vorräte für einen Winter hergeben. Jetzt, wo das hier uns gehört, werden wir nie wieder betteln müssen.«

Rohan blickte sie über seinen Sattel an, während er einen Gurt festzog. »Nie wieder«, wiederholte er. Er wußte genau, auf welches Jahr Maeta anspielte, und erinnerte sich an die hilflose Wut in den schwarzen Augen seines Vaters, als Roelstra für die Nahrungsmittel, die die Wüste vor dem Hunger retten würden, Unsummen gefordert hatte. Leichthin fügte er hinzu: »Aber das Hin- und Herhandeln hat uns vielleicht auch schlauer gemacht. Manchmal vermisse ich geradezu die Spannung von meinem ersten *Rialla* als Prinz.«

Maeta schnaubte. »Nichts gegen Eure Schläue, wenn es wahr ist, was ich über Firon gehört habe.«

»Und was habt Ihr gehört?«

»Daß all das hier« – sie wies wieder auf die Felder – »das meiste von dem da einschließen wird.« Ihr narbiger Finger zeigte nach Nordwesten, wo Firon lag.

»Schon möglich«, gab Rohan zu.

Maarken lachte, als er sich in den Sattel schwang. »Laß das ja nicht meine Mutter hören! Der große Wandteppich wird nämlich bereits neu gewebt – sie will Sionell daran das Sticken beibringen. Wenn du deine Meinung änderst, wird sie deinen Kopf auf einem Speer aufspießen.«

»Tante Tobin kann sticken?« Pol war verblüfft. »Sie sieht aber nicht so aus, als ob sie so etwas mag.«

»Tut sie auch nicht«, lachte Maarken. »Sie sagt, es tauge nur dazu, etwas in der Hand zu haben, wenn man eigentlich jemanden erwürgen möchte.«

»Erwürgen ist aber wirklich nicht ihre Art«, stellte Rohan fest. »Messer, Pfeile und Schwerter, als wir älter wurden, das ist eher ihr Stil.«

»Stimmt das mit dem Ehevertrag mit Onkel Chay?« fragte Pol beim Aufsitzen.

»Keine Messer im Schlafgemach!« Sein Vater lachte. »O ja, das stimmt wirklich. Chay bestand darauf.«

»Was hast du mit Mutter vereinbart?« neckte Pol.

Maeta antwortete ihm. »Lichtläufer sind viel zu fein, um mit Messern um sich zu werfen. Ihr Vertrag besagt, daß sie im Schlafzimmer nur jenes Feuer entfachen darf, das die Laken zum Glühen bringt. Und so seid Ihr entstanden, mein Junge.«

An desem Tag – dem fünfundzwanzigsten ihrer Reise – begann ihr Aufstieg in den Großen Veresch. Bergkette hinter Bergkette, und alle erhoben sich fast bis zu den Wolken, die höchsten Gipfel noch im Hochsommer schneegekrönt. Dazwischen lagen blau-violette Täler, aus denen bei richtigem Sonnenstand dünne Wasserläufe silbern zu ihnen emporglitzerten. Die Kiefern waren mehr als zehnmal so groß wie ein Mann und hatten buschige Nadeln, die so lang waren wie Pols Arm, Zapfen mit süßen Samen und honigsüßes Harz. Aufgeschreckte Hirschrudel hoben die weißen Geweihe, ehe sie eine Deckung suchten. Das Wasser der Flüsse und Seen war das süßeste, das sie je getrunken hatten – als stamme es direkt aus den Wolken und hätte nie den Boden berührt. Die Zahl und Vielfalt der Vögel überraschte sie. Tag und Nacht schien die Welt voller Flügelschläge, Lieder und Jagdrufe zu sein, ganz anders als in der Stille der Wüste. Manchmal verbrachten sie ganze Vormittage damit, Vögel zu beobachten, die auf einem See dümpelten, nach Fischen tauchten oder im Sturzflug auf eine Wiese voller Beute herunterstießen. Und die Blumen! Enge Waldpfade führten sie plötzlich auf Bergwiesen voller blauer, roter, orange- und rosafarbener, purpurner und gelber Blüten. Die ungeheure Farbenpracht konnte einem *Faradhi* die Sinne betäuben.

Für Wüstenmenschen, die nur die rauhe Schönheit des weiten Sandes kannten, wo nichts wuchs und nur wenige Vögel und Tiere sich zu Hause fühlten, war der Veresch beinahe beängstigend. Die Niederungen mit ihren Zäunen und Äckern waren dabei leichter zu begreifen als diese Berge, wo alles noch war wie zu Anbeginn der Zeiten. Menschen verloren hier an Bedeutung, und die Arbeit ihrer Hände konnte der Kraft des Waldes niemals auch nur annähernd gleichkommen. In der Wüste scharten sich die Menschen zusammen, um der Härte ihres Landes besser zu widerstehen; hier lebte man in kleinen Siedlungen von höchstens dreißig Menschen, trieb Schaf- und Ziegenherden durch das Hochland und baute tief in den Wäldern einsame Hütten. Aber so fremd die Lebensgewohnheiten auch waren, mit der Zeit wurden Rohan auch die Gemeinsamkeiten beider Völker deutlich. Beide hatten akzeptiert, daß sie das Land nicht verändern konnten. Die stille Macht der Berge und der Wüste war stärker als Zaun oder Pflug. Die Menschen wußten, was ihre Heimat hergeben würde und was nicht.

Pol war hartnäckig, was den Schnee anging. Er wollte ihn nicht nur sehen, er wollte ihn anfassen und sich überzeugen, daß er echt war. Rohan, der insgeheim die Neugier seines Sohnes teilte, ließ sich von einem verwunderten Schäfer den Weg zeigen. Der Alte hielt sie offensichtlich alle für etwas verrückt. Wozu sollte jemand Schnee suchen, wenn der Winter ihn schon früh genug bringen würde? Zwei Tage lang lockten sie ihre widerstrebenden Wüstenpferde über gefrorene Schneefelder; zwei Nächte lang bibberten sie unter ihren Decken, die weder für solche Temperaturen noch für solche Höhen gedacht waren.

»Genug?« fragte Maarken am dritten Morgen hoffnungsvoll. Pol hatte eine Decke um sich gezogen und trug jeden Fetzen Kleidung, den er dabei hatte. Er nickte nachdrücklich. Es war herrlich gewesen, alle mit dem Schnee zu überstäuben, und die kalte Luft war einfach atemberaubend, doch jetzt sehnte er sich vor allem nach Wärme.

Als sie wieder tiefer kamen, sahen sie viele blau umschleierte Bergkämme. Bizarre Granitformationen wechselten sich mit Hügeln mit dichten Kiefernwäldern ab. Auf den seltsamen, glatten felsigen Hochebenen von über einer hal-

270

ben Länge mit ihren gewaltigen Felsen hörte man weithin das Hufgeklapper ihrer Pferde. Sie fanden sogar einige Drachenhöhlen, die vor langer Zeit verlassen worden waren, und erforschten sie einen Tag lang. Erstaunlicherweise gab es auch hier Spuren menschlicher Besiedlung. Maarken entdeckte Feuerlöcher und die Fundamente eines Ortes von der Größe eines Dorfes. Auch er war schon lange verlassen. Interessanter für Rohan und Pol waren die Reste eines einfachen Schmelzofens. Sie tauschten fragende Blicke aus und liefen sofort zurück zu den Höhlen. Doch die meisten Wände waren eingestürzt, und in einer der wenigen intakten Höhlen stießen sie auf einen äußerst unfreundlichen Berglöwen, der gar nicht erfreut über diese Störung seines Mittagsschläfchens war. Vater und Sohn zogen sich hastig zurück.

Die Herrenhäuser und Burgen unterhalb der Schneegrenze begannen sie systematischer als zu Beginn ihrer Reise aufzusuchen. Die Nachricht von ihrem Kommen war ihnen vorausgeeilt, und man empfing sie mit beträchtlich größerem Aufwand als zuvor. Ihre erste Station machten sie in einer kleinen Burg namens Rezeld, wo sich Lord Morlen und seine Frau, Lady Abinor, seit dem Frühjahr auf ihren Besuch vorbereitet hatten. Innerlich wand sich Rohan bei dem überschwenglichen, begeisterten Willkommen, das man ihnen bereitete, doch er stimmte Pols philosophischer Beobachtung zu, daß Rezeld sicher noch keinen Prinzen in seinen Mauern beherbergt hatte – schon gar nicht zwei – und daß es immer ein Fehler war, nicht hin und wieder jeden *Athri* des eigenen Reiches persönlich zu besuchen.

»Man kann eine Burg oder ein Gut am besten beurteilen, wenn man selber einen Besuch macht«, überlegte er. »Normalerweise haben sie den Ort dann vorzeigbar hergerichtet. Bis auf das, wofür sie Geld haben wollen. Es kommt darauf an, mehr zu sehen als nur die Oberfläche, damit man wirklich weiß, was los ist.«

Sie saßen in dem großen, schönen Zimmer von Lady Abinor, das diese für ihre Gäste geräumt hatte. Fadenscheinige Wandbehänge und abgetretene Teppiche belebten den Raum und machten die Kälte der Mauern erträglicher. Alles war nur notdürftig geflickt, selbst die Bettwäsche. Die Einrichtung war einfach und spärlich, das Fensterglas mußte erneuert werden – doch der Wein aus Kiefernharz war ausgezeichnet. Rohan goß sich noch einen Becher ein, setzte sich bequem hin und sah seinen Sohn nachdenklich an.

Pol sah sich um, denn er hatte die letzte Bemerkung seines Vaters ganz richtig als Aufforderung verstanden, Rezeld und seine Bewohner einzuschätzen. Ihre Ankunft am selben Morgen war das größte Ereignis der letzten zwanzig Jahre gewesen; jeder auf dem Gut, von der Familie des *Athri* bis hinunter zum kleinsten Küchenjungen, hatte frisch geschrubbt und strahlend bereitgestanden. Die Söhne des Hauses, beide einige Winter jünger als Pol, hatten während des Essens die Aufgaben von Knappen übernommen und sich in Anbetracht dessen, daß sie nie auf einer größeren Burg geschult worden waren, gut gehalten. Lord Morlens sechzehnjährige Tochter Avaly hatte den besten Seidenschleier ihrer Mutter und klappernden Schmuck aus Holz und Elchhorn getragen. Doch für Pol war Rezeld eindeutig ein kleineres Gut ohne besonderen Reichtum oder Bedeutung.

»Sie haben wirklich ihr Bestes für uns herausgeholt«, sagte er mit einer Geste zu den Läufern und Wandbehängen. »Die Kette von Lady Avaly war nur geschnitzt und völlig wertlos. Und was ich sonst gesehen habe, so halten sie doch nicht einmal Kerzen, nur stinkende, alte Fackeln. Ich glaube nicht, daß sie Armut vortäuschen, um mehr Geld von uns zu bekommen, Vater. Und sie scheinen sich wirklich zu freuen, daß wir hier sind.«

»Das stimmt.« Rohan lächelte.

»Aber warum ist Pandsala so geizig? Es ist doch reichlich

Geld da für neue Teppiche und so, und in so einem Klima ist das sicher kein überflüssiger Luxus. Trotz meiner Stiefel merke ich, wie die Kälte durch den Boden dringt.« Zur Betonung schob er seine Zehen unter einen Teppich. »Die Schafe und Ziegen sind wohl alle draußen auf den Sommerweiden, aber trotzdem... Wenn ich meinen Prinzen begrüßen würde, würde ich die besten Tiere herbringen, damit er weiß, wie gut sie sind, und mich belohnt, indem er beim *Rialla* gute Preise für sie aushandelt.«

»Das ist eine sehr interessante Analyse, Pol, die bestimmt auf genauen Beobachtungen beruht.« Die Augen des Jungen glänzten vor Stolz, bis Rohan hinzufügte: »Leider ist sie völlig falsch.«

»Was? Warum?« wollte Pol wissen.

»Die junge Dame trug wirklich reihenweise geschnitztes Zeug um den Hals, und zwar sehr hübsches. Wenn du den Leuten genau zugehört hättest, die wir unterwegs getroffen haben, dann wüßtest du, daß jede Kette für eine bestimmte Anzahl von Schafen, Ziegen, Kühen, Scheffeln Korn oder andere Güter der Gegend steht, auf die eine Familie Anspruch hat. Außerdem habe ich gehört, daß Rezeld hier einen ausgezeichneten Steinbruch verwaltet.« Er grinste. »Aber denk dran, wir sind nur unwissende Wüstenbewohner und haben davon keine Ahnung. Wir müssen denken, daß sie keine anderen Juwelen hat, das arme Mädchen, und für uns ist das keine große Mitgift. Statt dessen trägt sie eine größere Mitgift um den Hals, als die meisten unserer Mädchen zu bieten hätten! Sie hat dir auch schöne Augen gemacht, das habe ich wohl bemerkt!« neckte er, und Pol wurde rot. »Es überrascht mich natürlich nicht. Du bist ein ansehnlicher junger Mann und obendrein noch Prinz. Aber sie kann sich keine Hoffnungen auf dich machen und weiß das auch. Also will sie, daß du bedauerst, daß so ein hübsches Mädchen so wenig weltliche Reichtümer hat. Damit hat sie offensichtlich auch Erfolg gehabt. Schlaues Ding. Und der Lord stellt sogar seinen Reichtum zur Schau und glaubt, daß wir zu dumm sind, das überhaupt zu bemerken.«

Pols Kiefer klappte herunter, und seine blaugrünen Augen waren so weit aufgerissen, wie es nur ging. Rohan unterdrückte ein neuerliches Lächeln und stand auf, um sich einen dritten Becher von dem schweren, süßen Wein einzugießen.

»Sieh dir die Wandbehänge an«, fuhr er fort und wies auf die Wände. »Wenn sie dazu da sind, Kälte und Feuchtigkeit draußen zu halten, warum hängt man sie dann an Stangen, so daß man sie zur Seite ziehen kann? Sie müßten so eng wie möglich an die Wand genagelt werden. Man kann sehen, daß die Stangen neu sind, da ist nicht nur die Polierung, sondern da ist auch der weiße Gips, der diese schwere Last besser halten soll. Neben den Halterungen ist noch mehr Gips, der offenbar die Stellen verdeckt, wo vorher andere Wandbehänge hingen. Ich bin sicher, daß es darunter eine ganze Reihe solcher Stellen gibt, die verraten, daß hier normalerweise etwas ganz anderes hängt. In allen anderen Zimmern, die man uns gezeigt hat, ist es übrigens dasselbe.«

»Aber, Vater, warum sollten sie so etwas tun?«

»Ausgezeichnete Frage. Die Wandteppiche, die normalerweise hier hängen, sind wahrscheinlich sehr gut, und wir sollten sie nicht sehen oder von ihnen wissen. Was die Fakkeln angeht, weil sie sich keine Kerzen leisten können: Sieh dir die Halter doch mal genau an. Sie sind gut geputzt, aber es sind trotzdem noch Wachsreste dran. Und ihre Größe ist doch auch sehr unpraktisch, nicht wahr? Die Fackelenden mußten extra passend geschnitzt werden. Also haben sie nicht nur reichlich Schafe, Ziegen, Wandteppiche und so weiter, sondern auch Kerzen. Aber wir sollen glauben, daß sie nichts von all dem besitzen.«

Er setzte sich wieder zurecht und lächelte seinen Sohn

trocken an. »Wir müssen uns also fragen, wozu dieses Theater? Warum geben sie sich soviel Mühe, ihren Reichtum zu verbergen? Sollen wir ein bißchen was ausspucken? Oder geht hier etwas anderes vor? Ich neige zu ersterem, denn Lord Morlen sieht nicht so verschlagen aus, als würde er andere, weniger offensichtliche Pläne verfolgen. Aber ich werde ihn in den nächsten Tagen genau im Auge behalten. Und das solltest du auch tun.«

Pols Mund stand immer noch offen. Rohan lachte leise.

»Du brauchst dir nicht dumm vorzukommen. Ich bin kein Zauberer. Vor vielen Jahren hat einer meiner Vasallen, der inzwischen längst tot ist, versucht, mich auf ähnliche Art an der Nase herumzuführen. Als ich deine Mutter darauf aufmerksam machte, hat sie mich genauso angestarrt wie du jetzt mich.«

»Wie hast du es gemerkt?«

»Hm... um ganz ehrlich zu sein, ich habe erst nichts bemerkt. Bis mir etwas anderes auffiel. An einem Ort, der berühmt war für seine guten Ziegen, servierte man mir eines Morgens Sahne aus Kuhmilch zu meinen Moosbeeren.«

Pol lachte plötzlich. »Wo hatte er die Kühe versteckt?«

»Oh, die Kühe waren nicht einmal das Problem. Sie waren nur das Indiz für einen kleinen Privathandel, den er über die Grenze hinweg mit Cunaxa laufen hatte. Sie versorgten ihn nicht nur mit ein paar Kühen pro Jahr. Ich will nicht ins Detail gehen, sondern nur soviel verraten, daß er mich mit ausgezeichnetem Käse versorgte, bis die Kühe starben – was jede Kuh, die etwas auf sich hält, in der Wüste so schnell wie möglich tut.« Rohan lachte amüsiert.

Pol schüttelte mit kläglichem Gesicht den Kopf und sagte: »Ich hätte das nie bemerkt! Und ich hätte einen Trottel aus mir gemacht, wenn ich versprochen hätte, bei Pandsala ein gutes Wort für sie einzulegen. Vater, darf ich dich etwas fragen?«

»Was du willst.«

»Ich habe keine Ahnung, was es heißt, ein Prinz zu sein.«

»O je«, brummte Rohan. »Geht es um die Sache an sich, um dieses Gut im speziellen oder um etwas anderes?«

»Um alles«, seufzte Pol. »Wir können ihnen überhaupt nicht vertrauen, oder?«

»Doch, natürlich.«

»Aber du hast doch gesagt –«

»In wichtigen Dingen müssen wir ihnen vertrauen. Das mit den Wandbehängen und den Kerzen ist unwichtig, Pol. Ich werde Lord Morlen wissen lassen, daß ich weiß, was er hier spielt – diskret natürlich, um ihn nicht zu kränken – und werde für einen Bau, den ich vorhabe, eine Sonderabgabe aus seinem Steinbruch erheben. Ich glaube nicht, daß er es jemals wieder versuchen wird. Er weiß, daß ich ihn wieder erwischen würde. Aber er wird mich auch respektieren und mir vertrauen, nicht nur, weil ich gewitzt genug war, sein Spiel zu durchschauen, sondern auch, weil ich ihn dafür nicht hingerichtet habe.« Rohan zuckte voller Ironie mit den Schultern. Dann stand er auf, ging zum Fenster und sah ins Dämmerlicht der Berge hinaus.

»Er macht nur, was sein Vater schon getan hat, weißt du, als der seinen wahren Reichtum vor Roelstra versteckte. Damals hätte Morlen sein Leben verwirkt gehabt, wenn man ihn erwischt hätte. Er kann zwar noch einmal versuchen, mich hereinzulegen, aber ich glaube nicht, daß er das tun wird. Die Leute verstecken nur, was sie haben, wenn sie befürchten, daß man es ihnen nimmt. Ich werde nichts nehmen, was er nicht erübrigen kann – und dafür wird er mir vertrauen und meine Art zu schätzen wissen. Er wird also für mich kämpfen, wenn ich ihn darum ersuche, damit er mich als obersten Herrn behalten kann.«

»Und wirst du ihm vertrauen?«

Rohan sah Pol an und grinste wieder. »So sehr, wie ich jedem von ihnen vertraue, was heißt, daß ich meinem eigenen Urteil und meinem Verstand traue.«

»Weißt du, ich glaube, ich verstehe langsam, wie wir zu dem wurden, was wir sind«, überlegte Pol, und seine Augen begannen plötzlich zu funkeln. »Vielleicht haben wir bloß alle überlebt, vielleicht sind wir aber auch wirklich schlauer als sie.«

»Das ist eine Möglichkeit, die Dinge zu sehen. Sie ist wahrscheinlich genauso richtig wie jede andere.«

Pol schwieg kurz und stieß dann hervor: »Aber warum müssen die Leute uns anders behandeln? Ich meine, daß sich alle ständig verneigen und unseren Wünschen nachkommen und so. Machen sie das, weil wir Prinzen sind, oder halten sie uns wirklich für etwas Besonderes?«

»Warum fragst du das?«

»Weil... Einfach deshalb, weil die Leute immer so komisch reagieren, wenn sie herausfinden, wer ich bin.«

»Hmm. Verstehe. Macht dich nervös, was?« fragte er mitleidig. »Mich auch. Ich nehme an, sie müssen einfach an jemanden glauben, Pol. Wir sind, was wir sind, weil die Menschen aus dem einen oder anderen Grund an unsere Vorfahren glaubten. Dein Großvater hat viele Schlachten gewonnen und alle davon überzeugt, daß er sie beschützen kann. Meine Art von Schutz ist anders. Morlen wird sie auch noch verstehen, wenn er klug ist. Er wird mir und dir auf eine Art vertrauen, wie sein Vater es bei Roelstra nie konnte. Doch das alles bedeutet, daß wir sehr schwer arbeiten müssen, um ihr Vertrauen und ihren Glauben zu erhalten.«

»Das klingt furchtbar schwierig. Und hart.«

»Hart? Überhaupt nicht. Mein Sohn, wir müssen mit ein paar sehr zähen Leuten fertig werden, weil das nun einmal zu den Aufgaben eines Prinzen gehört. Aber es ist wert, all diesen Aufwand zu erdulden, weil ein Prinz so gut dienen kann.«

»Du meinst, der Göttin dienen?«

»Wenn du es so sehen willst. Ich persönlich überlasse diese Seite Tante Andrade. Ich meinte, daß wir den Leuten dienen müssen, die uns vertrauen, daß wir den Frieden bewahren. Denn sie brauchen ihn für ihr Leben.«

Pol nickte langsam. »Großvater erreichte das mit seinem Schwert. Du machst es –«

»– indem ich versuche, klüger zu sein als alle anderen.« Rohan lachte wieder. »Was ich manchmal für unendlich viel schwieriger halte.«

Ein spöttisches Schnauben war die Antwort. »Du liebst es, das weißt du doch auch.«

»Ich muß gestehen, es kann Spaß machen. Es ist eine große Verantwortung, aber eine schöne. Einen Vertrag abzuschließen, der einen besseren Preis für Schafe bringt, einen Burschen oder ein Mädchen mit einer Mitgift auszustatten, wenn die Eltern nichts für sie haben, das Wissen, daß keine Armeen das Getreide zertrampeln werden – das alles sind feine Dinge, Pol. Und wenn es dir einmal keine Freude mehr macht, Prinz zu sein, dann frag dich, wem du dienst: den Leuten, die dir vertrauen, oder dir selbst.«

»Aber du sprichst von Pflichten, als wäre es wirklich ein Spaß!«

»Der größte Spaß meines Lebens war jene Nacht, als ich Walvis Remagev gegeben habe. Du hast es nicht gesehen, als es nur aus baufälligen Mauern bestand, die der gute alte Vetter Hadaan abzustützen versuchte. Walvis hat wieder eine richtige Burg daraus gemacht. Jetzt hat er mehr Schafe als jeder andere im Weiten Sand, und seine Glasbarren gehören zu den besten, die wir herstellen. Und das macht Freude, Pol.«

»Ich glaube, ich verstehe. Aber es hört sich trotzdem noch etwas hart an.«

»Wahrscheinlich. Aber wir bekommen so viel, Pol, und

ich rede dabei nicht von Ergebenheit oder der Gelegenheit, einen *Athri* zu überlisten, der denkt, er hätte dich überlistet.« Rohan lächelte wieder. »Es sind auch nicht die Juwelen und die schönen Pferde und die Reichtümer. Wir haben die Möglichkeit, etwas zu *tun*. Gute Sachen, die wirklich etwas ausmachen und die diese Welt zu einem besseren Ort machen, weil wir hier waren.«

Er überkreuzte seine Füße und sah auf seine Stiefelspitzen. »Wenn du und ich, sagen wir mal, ein Bauer und sein Sohn wären, würden wir dafür sorgen, daß unser Weizen hoch wächst und viel Korn trägt, damit wir einen guten Preis erzielen und uns ernähren können. Gleichzeitig würden wir auch die ernähren, die unser Korn kaufen. Natürlich sehen wenig Bauern ihr Korn an und sagen sich, ›Wie herrlich, daß ich so schönen Weizen anbaue und daß so viele davon leben können!‹ Aber du verstehst, was ich meine. Alle Berufe passen in dieses Schema. Auch wir beide. Nur macht das, was wir tun, einfach viel mehr her.« Mit einem Schulterzucken fuhr er fort. »Und es kann auch mehr zerstören. Manchmal muß man ein Heer gegen jemanden führen, der sein Prinzsein eben nicht als Möglichkeit sieht, etwas Wertvolles zu vollbringen, sondern als Möglichkeit, die anderen das tun zu lassen, was einem gerade gefällt.«

»Wie bei Roelstra.«

»Ja. Dann ist es sehr schwer, ein Prinz zu sein. Du hast die Macht, Männer und Frauen in die Schlacht zu schicken, wo viele von ihnen sterben werden. Das ist wirklich hart, Pol. Es liegt keine Freude darin, einen Krieg zu gewinnen. Darin liegt nur Trauer und Bedauern, daß man ihn austragen mußte.«

»Aber manchmal ist es doch notwendig, nicht wahr? Damit wir dann die guten Sachen tun und den Menschen helfen können, die uns genug vertraut haben, um uns zu folgen und für uns zu kämpfen.« Pol fuhr stirnrunzelnd fort. »Aber wir müssen auch schwer arbeiten, damit wir sicher sind, daß wir nicht von den Leuten betrogen werden, die wir beschützen müssen, ob sie nun Betrüger sind oder nicht! Das kommt mir ziemlich unfair vor.«

»Habe ich je gesagt, daß es fair ist? Pol, es gibt viele Arten, Prinz zu sein. Die eine ist die Freude an den materiellen Vorteilen, ohne sich um die Verantwortung zu kümmern. Dafür wirst du in Waes viele Beispiele sehen. Ich persönlich finde diesen Typ besser. Sie bedrohen niemanden, nur ihre eigenen Schatzkammern. Eine andere ist die Freude an der Macht, über das Leben anderer Menschen zu herrschen – nicht zu deren Bestem, sondern zu deinem. Auch dafür wirst du einige Beispiele sehen. Sie mögen mich nicht besonders, weil ich ihnen nicht ihren Spaß lasse. Und dann gibt es Leute wie mich, die lieber ihr Köpfchen benutzen als ihr Schwert. Reine Bequemlichkeit«, meinte er beiläufig. »Ich ziehe nicht gern in den Krieg. Es bringt so viele Unannehmlichkeiten mit sich, und ich verlasse höchst ungern mein Zuhause –«

»Und Mutter«, ergänzte Pol frech.

»Das versteht sich von selbst.«

Mit breit ausgestreckten Beinen und herunterbaumelnden Armen lehnte sich der Junge im Stuhl zurück. »Ich glaube, ich werde so ein Prinz wie du«, beschloß er grinsend, »falls meine Frau hübsch genug ist!«

Wenn Rohan eine andere Antwort als Gelächter darauf parat gehabt hatte, so wurde diese durch ein leises Kratzen an der Tür unterbrochen. Pol setzte sich rasch auf, als sein Vater die Erlaubnis zum Eintreten gab. Ein junges Mädchen in hausgewebtem, braunem Kleid kam mit einem leeren Tablett herein.

»Nur das Geschirr abräumen, hohe Herren, bitte entschuldigt mich. Es dauert nur einen Augenblick.«

»Natürlich«, sagte Rohan und wies auf den Tisch, wo der

Weinkrug stand. Er hielt ihr seinen Becher zum Mitnehmen hin.

Pol war jetzt darauf vorbereitet, auch Kleinigkeiten zu registrieren und seine Schlüsse zu ziehen, und sah das Mädchen genau an. Aus den im Nacken fest verknoteten Zöpfen hatten sich schwarze Strähnen gelöst, die es mit einer auffällig gepflegten Hand zurückstrich. Der Schmutz unter ihren Fingernägeln paßte nicht dazu und verwunderte ihn. Als sie den Krug und die Becher auf ihr Tablett stellte, begegnete sie seinem neugierigen Blick voller Ruhe. Ihre Augen hatten eine seltsame, graugrüne Farbe und machten sie älter als die vielleicht achtzehn Winter, die sie haben mochte. Er wurde rot, weil sie sein Anstarren bemerkt hatte, und stellte sich neben seinen Vater. Das Mädchen machte einen schiefen Knicks, ehe es nach draußen ging, doch irgendwie schien diese Ungeschicklichkeit fehl am Platze. Sie paßte so wenig zu ihr wie das einfache braune Kleid und der dunkelgrüne ausgefranste Schal. Ihre Augen trafen sich wieder, ehe sie hinausging, und es stand Gelächter darin.

»Vater –«

Rohan hielt mahnend einen Finger hoch. Pol horchte. Er wußte nicht, was er hätte hören sollen, doch dann hatte er es. Das Schloß war nicht zugefallen. Er dachte kurz nach und meinte dann: »Soviel Wein – wo ist nur der nächste Abtritt?«

Rohan nickte zustimmend und anerkennend. »Links, glaube ich, am Ende des Gangs.«

Weder auf dem Hinweg noch auf dem Rückweg sah Pol jemanden. Er gab acht, daß er die Tür hinter sich fest schloß, als er zurückkam. Sein Vater grinste ihn an.

»Sehr gut«, lobte Rohan. »Hast du jemanden gesehen?«

Pol schüttelte den Kopf. »Glaubst du wirklich, sie wollte horchen?«

»Ich weiß nicht. Vielleicht hat sie die Tür auch aus Versehen offengelassen. Aber ich glaube, ich werde Lord Morlen doch noch genauer beobachten. Im Augenblick will ich allerdings nur noch die Innenseiten meiner Augenlider betrachten.« Er drehte sich zu dem Bett in der Ecke um. »Weißt du eigentlich, daß ich seit Ewigkeiten nur noch neben deiner Mutter schlafe? Ich hoffe, du schnarchst nicht.«

»Schnarchen! Mutter sagt, daß bei dir manchmal die Fenster wackeln!«

»Eine gemeine und beleidigende Lüge, für die sie teuer bezahlen wird, wenn sie das nächste Mal alle Decken auf den Boden schmeißt.«

Pol zog sich aus und schlüpfte ins Bett. Sein Kopf war ein wenig schwer: nicht von den Enthüllungen seines Vaters über Rezeld und über die Aufgaben eines Prinzen, sondern von dem starken Wein. Er war dankbar, daß man ihm seinen Becher nicht abgeschlagen hatte. Einige Becher sogar, so viele, daß sein Gang wirklich notwendig gewesen war. Sein Trick war gar keine reine Finte gewesen. Jetzt, wo die Fakkeln gelöscht waren und nur das weiche Sternenlicht durch die Fenster fiel, denn es war eine der seltenen mondlosen Nächte, kam es ihm vor, als würde sich sein Gehirn im Schädel drehen.

Nach einer geraumen Weile in nicht gerade großer Stille drehte er sich in der Dunkelheit auf die Seite und sah das schlafende Gesicht seines Vaters anklagend an. »Und wie du schnarchst!« flüsterte er und stand auf.

Nichts regte sich unten in dem kleinen Hof. Er spähte durch eine zerbrochene Fensterscheibe und überlegte, was Lord Morlen wohl außer Wandbehängen und Kerzen noch verbergen wollte. Sein Vater würde es sicher herausfinden. Als Kind hatte Pol Rohan immer als Ursprung alles Wissens und aller Weisheit angesehen. Nichts hatte ihn je von diesem Gedanken abgebracht. Er konnte sich einfach nicht vorstellen, daß Rohan einen Fehler machte.

Doch Pol dachte jetzt, er selbst hätte einen gemacht, als er eine Gestalt durch den Hof zur Seitentür eilen sah. Im Sternenlicht erkannte er ein unförmiges, dunkles Gewand und einen fransigen Schal. Überrascht sah er genauer hin. Was machte ein Dienstmädchen um diese Zeit draußen, wozu verließ sie das Haus? Ihm fiel die einfachste Erklärung ein: ein Liebhaber. Er zuckte mit den Schultern. Doch dann blieb das Mädchen plötzlich stehen und sah direkt zu Pol hoch.

Durch die zerbrochene Scheibe kam ein leiser, scharfer Windzug. Pol wich zurück, doch sein Blick hing an dem sternenbeleuchteten Gesicht der Frau, das ihm zugewandt war. Kein Mädchengesicht, das Gesicht einer Frau. Profil, Brauen und Mund waren gleich. Doch es war das Gesicht einer erwachsenen Frau von fünfzig Wintern, wahrscheinlich sogar mehr. Sie lächelte; und das Lachen, das vorher in ihren Augen gestanden hatte, malte einen bösen, spöttischen Ausdruck auf ihre Lippen und ihre hochgezogenen Brauen.

Dann zog sie das Tuch über den Kopf und verschmolz mit den Schatten. Sie eilte durch die Seitentür in den nachtschwarzen Wald. Pol erschauerte und wandte sich tief beunruhigt ab.

»Was ist los?« fragte Rohan leise. Er setzte sich im Bett auf, und sein helles Haar schimmerte im Sternenlicht.

»Nichts.« Pol versuchte zu lächeln. »Vielleicht hat Meath recht, und ich bin wirklich zu jung für soviel Wein.«

☆   ☆   ☆

Mireva erreichte den Baum am Bach, wo sie ihre Kleider zurückgelassen hatte, und warf jene ab, die sie von einer Wäscheleine auf Gut Rezeld gestohlen hatte. Die Aufregung wärmte ihre Wangen und ihren Körper; sie spürte nichts von der Kälte der Nacht, als sie sich umzog.

Das also war der kleine Prinz Pol, dachte sie. Ein fesselndes Gesicht wie das seines Vaters, doch es strahlte mehr als nur die Macht eines Prinzen aus. Auch mehr als Lichtläufer-Macht. Mireva lachte laut, als sie ihr Haar aus dem festen Zopf löste und wild den Kopf schüttelte.

Das Gefühl, in seiner Nähe unter ihresgleichen zu sein, war untrüglich gewesen. Sie kannte es von Ianthes drei Söhnen und von allen anderen, in deren Adern *Diarmadhi*-Blut floß. Doch während sie bei Ruval, Marron und Segev wußte, daß ihre Macht von Prinzessin Lallante stammte, war ihr nicht klar, von welchen Vorfahren Pol sein Talent geerbt hatte. Sioneds Vorfahren ließen sich väterlicherseits leicht bis zur Invasion der *Faradhi* auf dem Kontinent zurückverfolgen; da gab es nichts. Von den Verwandten mütterlicherseits war nichts bekannt, außer daß eine Lichtläuferin den Prinzen von Kierst geheiratet hatte. Vielleicht hatte Pol sein doppeltes Talent von ihr.

Doch dann war da noch Rohan. Auch seine Vorfahren väterlicherseits standen außer Zweifel – doch die seiner Mutter Milar, die ja auch die von Andrade waren... Mireva knotete ihr Hemd um die Taille und grinste dabei. Es wäre der Gipfel der Ironie, wenn die Herrin der Schule der Göttin selbst *Diarmadhi* wäre!

Doch dann wurde sie nüchterner. Von wem sie auch kam, diese zweite Macht war ein neuer Gesichtspunkt, und vielleicht sogar ein gefährlicher. Schon ein Lichtläufer war schlimm genug, doch damit konnte Mireva fertigwerden. Daß in Pol auch das Erbe ihrer eigenen Macht angelegt war, eröffnete zahlreiche neue Möglichkeiten.

Sie machte sich auf den langen Rückweg zu ihrem Haus und überlegte, was sie tun sollte. Sie hatte nicht vorgehabt, Pol schon in dieser Nacht zu töten, ihm ein Gift zu verabreichen oder seinen Verstand oder Körper irgendwie zu beeinflussen. Sie hatte bloß einen Blick auf ihn werfen wollen, um einzuschätzen, was für ein Mann er einmal sein würde. Er hatte viel von seinem Vater, nicht nur das Aussehen und die Haltung, sondern auch den klaren, klugen und neugierigen Blick, mit dem er sie angesehen hatte. Nein, sie war nicht gekommen, um ihn zu töten, hatte nicht dafür die Illusion eines jungen Mädchens um sich gelegt – und dann abgeworfen, als sie wußte, daß er zusah. Sein Gesicht mit eigenen Augen zu sehen, sich einen Eindruck von seiner *Faradhi*-Stärke zu verschaffen und ihn zu verunsichern: das hatte sie bezweckt. Sein Tod konnte noch ein paar Jahre warten.

Doch daß er *Diarmadhi* war, warf ein neues Licht auf ihn und die Zukunft. Wenn sie das nun bekannt werden ließe und irgendwie beweisen könnte, daß Pol von denen abstammte, die Andrade so fürchtete und die die *Faradh'im* so gejagt hatten? Den anderen Prinzen war angesichts seines Lichtläufer-Talents schon nicht wohl; würden sie sich seiner Ausbildung in dieser Kunst so sehr widersetzen, daß Rohan Pols *Faradhi*-Training fallen lassen mußte, um ihm den Thron zu sichern? Wenn sie nun diesen Jungen unterstützte und nicht die Söhne von Ianthe, wenn sie ihn zu ihrem Schüler machen könnte? Dieser Gedanke war sehr bestechend, trotzdem nahm Mireva kopfschüttelnd davon Abstand. In Pols Gesicht lag zuviel von diesem ehrenwerten Tölpel, seinem Vater. Ihre ehrgeizigen Machtspielchen würden ihm nicht schmecken.

Aber wenn sie nun nichts über Pols zweite Gabe verlauten ließe und Ruval Methoden beibringen könnte, die *Diarmadh'im* anwandten, um ihre eigenen Leute zu züchtigen oder gar zu töten? Ihr größtes Unglück war gewesen, daß diese Methoden nicht gegen *Faradh'im* wirkten; das hatten sie bis zum bitteren Ende erfahren müssen, als sie sich vergeblich gegen die Lichtläufer wehrten. Natürlich barg es ein gewisses Risiko, dem eigenwilligen Ruval solche Macht zu geben. Er konnte sie gegen seine Brüder oder sogar gegen sie selbst verwenden, wenn sie ihn nicht beherrschen konnte. Sie kannte Ianthes Söhne und traute keinem von ihnen.

Mireva verlangsamte ihre Schritte, als sich über den Bergen die Dämmerung erhob, und blieb stehen, als sie sah, wie die letzten Sterne vor einem neuen Tag voll gleißender Sommersonne verblaßten. Ungewöhnlich unentschlossen dachte sie noch eine Zeitlang über diese Probleme nach, während sich die Luft um sie herum aufheizte und ihr selbst in ihrem dünnen Mantel zu warm wurde. Dann zuckte sie die Achseln. Sie würde abwarten, ob Ruval solche Methoden gegen Pol brauchte. Sie hatte noch viele Jahre Zeit, den Tod des Jungen zu planen. Und dann erinnerte sie sich daran, daß Lichtläufer auf besondere Art verwundbar waren, eine Art, die ihr Volk nicht kannte. Pols *Faradhi*-Blut machte ihn verwundbar dafür. Es würde interessant werden, seine Todesart auszuwählen: ob er durch sein stolzes Lichtläufer-Erbe oder durch das unerwartete Alte Blut sterben würde. Doch im Moment hatte sie andere Sorgen.

Seit Segevs Abreise an die Schule der Göttin hatte sie nichts von ihm gehört. Bald würde sie über das Sternenlicht zu ihm reisen müssen, um zu sehen, ob er dem Diebstahl der kostbaren Schriftrollen schon näher war. Bald würde sie auch herausfinden müssen, was aus Masul geworden war, der vier ihrer stärksten Gefolgsleute getötet hatte, als er seinem sichersten Weg zum Triumph entflohen war. Natürlich kannte sie die Gerüchte über ihn seit Jahren; Gut Dasan lag nur eine oder zwei Bergketten von ihrem Haus entfernt. Wieder zuckte sie verärgert mit den Schultern. Wenn er zu dumm war, die Macht auszuschlagen, die sie ihm bieten konnte, dann verdiente er es, zu scheitern. Ob er Roelstras Sohn war oder nicht, war Mireva egal. Sie wollte ihn nur benutzen, um festzustellen, auf welche Weise Ruval Pol eines Tages am besten herausfordern konnte.

Doch damit kam sie zurück auf die quälende Frage, was sie Ruval nun wirklich beibringen sollte. Wieviel sie ihm beibringen durfte. Wieweit sie ihm vertrauen konnte.

Mireva stapfte im Dämmerlicht des Morgens weiter und fluchte, daß sie ihre Arbeit andere machen lassen mußte. Als sie alle Hoffnungen hatte aufgeben wollen, ihr Volk je auf seinen rechtmäßigen Platz zurückzuführen, hatten ihr Lallantes Enkel wieder Mut und Ziel gegeben. Doch sie wünschte sich immer noch, sie hätten nicht so viel von Roelstra. Dieser Mann hatte sich von niemandem lenken lassen. Sie fragte sich plötzlich, ob Lallante ihn wohl deshalb geheiratet hatte. Ihre Verwandte war immer ein jämmerliches Dummchen gewesen, hatte die Macht gefürchtet und erklärt, daß ihr Volk nicht umsonst vor so langer Zeit besiegt worden sei. Der Hoheprinz Roelstra, der mächtigste Mann seiner Generation – bis Rohan kam –, hatte Lallante einen sicheren Hafen geboten, sicher vor allen Einmischungen. Einschließlich derer ihres eigenen Volkes. Und Roelstras Enkel würden genauso unregierbar sein, wie er es war. Wenn sie nicht außerordentlich aufpaßte.

Kapitel 13

Eine solche Pracht hatte die Felsenburg seit über fünfundvierzig Jahren nicht gesehen, nicht seit jenem Tag, als Lallante eingetroffen war, um Roelstras Braut zu werden. Die Fahnen aller wichtigen *Athr'im* der Prinzenmark flatterten im Aufwind der Schlucht, und der goldene Drache auf blauem Grund wurde aufgezogen, um anzukündigen, daß der Hoheprinz bald höchstpersönlich hier residieren würde. Erwartungsvoll standen die Menschen über eine halbe Länge dichtgedrängt an der Straße. Es wurden Blumen gestreut, die Leute jubelten sich die Kehle heiser, und Trompeten erklangen von den Zinnen, als Rohan und Pol in den Burghof ritten.

Pol flüsterte seinem Vater zu: »Ich komme mir vor, als wäre ich bei einem Bankett das Hauptgericht.«

Rohan lachte leise: »Sie hungern danach, dich zu sehen, kleiner Drache, nicht, dich zu verspeisen.«

Rohan hatte die Prinzenmark noch niemals besucht und hatte alle derartigen Vorschläge immer zurückgewiesen. Auch wenn das Land eigentlich ihm gehörte, hatte er immer betont, daß Pandsala für Pol regierte, nicht für ihn, und daß nicht er, sondern sein Sohn als Herrscher der Prinzenmark anzusehen sei. Wenn der Junge erst ein Ritter war und die *Faradhi*-Kunst beherrschte, würde er seine Herrschaft antreten und ein unabhängiges Prinzenreich regieren, bis ihm nach Rohans Tod auch die Wüste zufallen würde. Rohan hoffte, daß all die Jahre, in denen Pol den Menschen bereits als ihr Prinz genannt worden war, den Übergang zu seiner tatsächlichen Herrschaft einmal erleichtern würden.

Pandsalas Empfang betonte diese Festlegung noch. In blau und violett gekleidet, kam sie die Treppe herunter und verneigte sich zuerst vor Pol. Er folgte den Unterweisungen seines Vaters, nahm ihre Hände und beugte sich über ihre linke Hand, wo sie – neben ihren Lichtläufer-Ringen – den Topas und den Amethyst für ihre Regentschaft trug. Erst dann wandte sie sich Rohan zu und knickste vor ihm. So war allen Adligen und anderen Würdenträgern, die im Burghof versammelt waren, offen demonstriert worden, daß Pol hier über Rohan stand. Sie hatte es gut gemacht, und Rohan war zufrieden.

Pol hatte Pandsala noch nie zuvor gesehen und war etwas überrascht. Sie wirkte nicht wie Anfang Vierzig, sondern eher so, wie er sich an Lady Andrade erinnerte: irgendwo zwischen dreißig und sechzig. Ihre scharf geschnittenen Züge waren von aristokratischer Schönheit und strahlten selbst beim Lächeln große Würde, jedoch wenig Wärme aus. Neben dem Ring, den Rohan ihr für ihre Aufgabe übergeben hatte, trug sie fünf Lichtläufer-Ringe. Sie hatte kühle, braune Augen, und aus ihrem Haar, das ihr in Zöpfen um den Kopf gelegt war, waren an den Schläfen ein paar silberne Strähnen entschlüpft. Mit ruhiger, respektvoller Stimme wurden sie willkommen geheißen, und die ganze Zeremonie entsprach ihrem Rang – so daß sich Pol dabei sehr unwohl fühlte. Obwohl sie wirklich freundlich war. Er verstand seine Reaktion nicht; vielleicht war es die Art, wie sie ihn ansah und gleich wieder fortsah, sobald er versuchte, ihrem Blick direkt zu begegnen.

»Ich habe Nachrichten für Eure Hoheiten von der Höchsten Prinzessin Sioned«, erklärte sie, während sie ihn, Rohan und Maarken nach oben in ihre Zimmer geleitete.

»Wirklich?« fragte Pol eifrig. Erst in diesem Moment wurde ihm bewußt, wie sehr er seine Mutter vermißte. Weil er es nicht zeigen wollte, fragte er hastig: »Sind die Drachen schon ausgeschlüpft?«

»Das wird wohl noch zehn Tage dauern«, entgegnete Pandsala mit einem leisen Lächeln. »Wahrscheinlich bis zu dem Zeitpunkt, wo wir nach Waes aufbrechen.«

»Es tut mir leid, daß wir dieses Jahr den längeren Weg nehmen müssen, Herrin«, entschuldigte sich Maarken mit einem gleichermaßen reumütigen wie charmanten Lächeln. »Weder Pol noch ich haben Eure beneidenswerte Fähigkeit, über Wasser zu reisen, ohne uns dabei zutiefst zu entwürdigen.«

»Das ist ganz unbedeutend, Lord Maarken. Ich habe es sowieso nie besonders geschätzt, den Faolain hinunterzusegeln.« Sie wandte sich Rohan zu. »Es geht der Höchsten Prinzessin gut, Herr, und sie möchte sehr gern, daß Ihr beim *Rialla* rechtzeitig erscheint. Sie hat Euch viel über die Drachen zu berichten.«

»Sie und Lady Feylin haben den ganzen Sommer über wahrscheinlich über nichts anderes geredet«, sagte er lächelnd. »Dieser Wandbehang auf dem Treppenabsatz ist schön, Pandsala. Aus Cunaxa?«

»Aus Grib, Herr, und ganz neu. Ich habe den Handel mit ihnen stärker gefördert. Wie Ihr es vor einigen Jahren angeregt habt. Sie werden seitdem immer besser.«

»Hmm. Ich glaube, wir haben ein paar auf Gut Rezeld gesehen – sehr einfache, fadenscheinige Sachen, die nicht einmal einen Husten abhalten würden, geschweige denn den Winterwind, den es dort oben in den Bergen sicher geben wird.« Mit Unschuldsmiene warf er Pol einen Blick zu, und der Junge kämpfte darum, ebenso unschuldig dreinzuschauen. »Lord Morlen mit seinen großen Herden hat mich aber beeindruckt. Ihr müßt mir auch von seinem Steinbruch berichten, solange wir hier sind.«

»Ich bin froh, daß er seine Sache in den letzten Jahren besser macht. Er jammert immer, daß er so arm ist.« Sie winkte einem Diener, der eine große, geschnitzte Tür aus Kiefernholz mit glänzend schwarzen Steinintarsien öffnete. »Lord Maarken, das sind Eure Räume. Ich hoffe, Ihr werdet alles zu Eurer Zufriedenheit vorfinden.«

Maarken besaß genügend Selbstbeherrschung, angesichts dieses Luxus nicht mit offenem Mund stehenzubleiben. Er nickte nur. »Danke, Herrin. Ich bin sicher, daß es meinen Bedürfnissen vollauf entspricht. Wenn Ihr mich entschuldigen wollt, dann säubere ich mich zunächst und geselle mich später wieder zu Euch.«

Pol hatte seine Augen und seinen Mund nicht so gut unter Kontrolle, so daß man ihm seine Überraschung ansah, als Pandsala die Tür zu der Suite öffnete, die er mit seinem Vater teilen sollte. Der erste Raum war ein riesiger Empfangssaal, der wohl erst kürzlich neu hergerichtet worden war, allerdings nicht wie in Rezeld: Hier hingen neue Wandteppi-

290

che, die Wände waren frisch gestrichen, auf den Kissen hatte noch nie jemand Platz genommen, und man roch deutlich, daß alles mit Zitrone poliert war. Blau, Violett und Gold waren die vorherrschenden Farben. Alles war geradezu überwältigend luxuriös.

Die Schlafgemächer waren ähnlich ausgestattet. Lächelnd beobachtete Rohan Pols Gesicht, und als Pandsala gegangen war, fragte er: »Nun? Was meinst du?«

»Es ist... es ist...«

»Ja, ist es, nicht wahr?« Rohan sank in einen Sessel und genoß nach so vielen Tagen im Sattel dessen Bequemlichkeit.

»Vater, sie macht mich ein bißchen nervös.«

»Wenn sie sich etwas steif benimmt, dann kommt das nur daher, daß sie unbedingt will, daß alles perfekt ist. Übrigens machst du sie wahrscheinlich genauso nervös.«

»Ich?«

»Mmhmm. Ich habe sie zwar eingestellt, aber ihr eigentlicher Herr bist du. Und das weiß sie.«

»Aber ich habe hier doch gar nichts zu sagen!«

»Noch nicht.«

Pol verdaute das schweigend, sprang dann aufs Bett, das kräftig federte, und grinste: »Wenigstens habe ich mein eigenes Zimmer und muß mir heute nacht nicht dein Geschnarche anhören!«

»Ich schnarche nie, du unverschämter –«

»Und ob.«

»Kein bißchen!« Rohan zog ein Kissen hinter seinem Rücken hervor und warf es nach Pol. Der antwortete mit einem prall gefüllten Kopfkissen. Rohan fing es auf und schleuderte es zurück. »Nicht noch einmal, sonst fliegen hier überall Federn herum!«

»Würde, Würde«, seufzte Pol enttäuscht und schüttelte den Kopf. »Ich muß mich benehmen, was?« Er schlang die

Arme um das Kissen und ließ sich auf den Bauch fallen. »Aber wenn ich erst wirklich hier wohne, dann ist Schluß damit. Mir ist es egal, ob Prinzen standesgemäß wohnen sollen. Man muß ja Angst haben, ein Bad zu nehmen, weil der Abfluß dreckig werden könnte! Hast du gesehen, wie groß das Ding ist? Du und Mutter, ihr lebt nicht so. Warum macht Pandsala das alles?«

»Weißt du, es ist hier überall so. Und überleg mal, warum sie das hier zur prächtigsten Suite der ganzen Felsenburg gemacht hat. Versteh sie nicht falsch, Pol. Sie will nicht protzen, was sie mit Geld anstellen kann. Sie tut das alles für uns. Als sie sich gegen ihren eigenen Vater auf unsere Seite stellte, hat sie alles aufs Spiel gesetzt – auch ihr Leben. Es gab viel Leute – einschließlich Tobin und Andrade –, die mir damals sagten, ich sei verrückt, sie hier zur Regentin zu machen. Auch das weiß sie.« Er seufzte leise. »Ihre Treue ist alles, was sie hat. Mit ihrem Prinzenblut hätte sie nie eine normale Lichtläuferin sein können, die irgendwo an einem Hof dient. Kannst du dir eine Tochter des Hohenprinzen Roelstra ernsthaft als Hof-*Faradhi* vorstellen? Und da Andrade sie nie besonders geschätzt hat, kam eine Rückkehr in die Schule der Göttin auch nicht in Frage.«

»Und Mutter hätte sie nicht in Stronghold haben wollen«, stellte Pol fest.

»Viele Leute fühlen sich in Pandsalas Nähe nicht recht wohl«, seufzte Rohan. »Ich kann nicht behaupten, daß ich sie besonders mag, aber ich schätze sie, und vor allem weiß ich, was sie für uns getan hat.« Er hielt kurz inne. »So konnte sie leben, Pol. Sie wurde zu nichts anderem erzogen, als dazu, eine Prinzessin zu sein, und nach dem Tod ihres Vaters –« Er zuckte mit den Achseln.

»Mutter hat mal gesagt, daß ihre Herrschaft hier für sie auch so etwas wie Rache an ihrem Vater ist.«

»Möglich. Aber alles, was dich und die Prinzessin angeht,

ist ihr wirklich wichtig. Wir haben ja gesehen, was dabei herausgekommen ist.«

»Außer daß sie nicht gemerkt hat, was bei Lord Morlen los ist!« grinste Pol. Dann sagte er nüchterner: »Aber ich fühle mich in ihrer Nähe trotzdem komisch.«

»Wie ich schon sagte: Ihr ist in deiner Nähe wahrscheinlich auch komisch zumute. Denk nicht soviel!« schalt er liebevoll. »Wenn ich mir soviel den Kopf zerbrechen würde wie du, wäre ich bald kahl wie ein Drachenei. Man erwartet, daß wir uns hier amüsieren, weißt du.«

»Habe ich mich auch – bis wir anfingen, uns zum Abendessen umzuziehen. Vielleicht haben wir Glück, und es gibt heute abend kein Bankett?«

»Du hast vielleicht Ideen«, lachte sein Vater.

Doch das Bankett wurde tatsächlich kurzfristig abgesagt. Rohan war noch in sein Badehandtuch gewickelt, als Maarken kam, um ihnen mitzuteilen, was Pandsala soeben über die letzten Strahlen der Abendsonne erfahren hatte.

»Inoat von Ossetia und sein Sohn Jos waren heute auf dem Kadarsee segeln. Sie sollten lange vor Sonnenuntergang zurück sein. Aber ihr Boot trieb leer an Land. Man hat die Körper gerade gefunden, Rohan. Sie sind beide tot.«

Rohan setzte sich auf das prunkvolle Bett. »Noch ein Tod... sogar zwei Tote. Gütige Göttin... Jos ist ein paar Jahre jünger als Pol.« Er zupfte an den Fransen der Vorhänge. »Chale wird am Boden zerstört sein. Er hat die beiden so geliebt.«

Maarken nickte. »Sein einziger Sohn und sein einziger Enkel. Ich habe Inoat ein-, zweimal getroffen; er kam mal in die Schule der Göttin, als ich dort war. Ich mochte ihn, Rohan. Er hätte einen guten Prinzen abgegeben.« Er machte eine Pause. »Ich habe Pandsala gesagt, sie soll sofort alles abblasen. Ich hoffe nur, das war nicht zu voreilig.«

»Nein, ganz und gar nicht. Danke, daß du daran gedacht

293

hast. Wir werden heute nacht dem Ritual beiwohnen...« Er verstummte und strich sich mit der Hand sein nasses Haar zurück. »Du weißt, was das alles bedeutet, nicht wahr? Vielleicht hört es sich kaltherzig an, jetzt an Politik zu denken, aber —«

»Du bist der Hoheprinz. Du mußt an Politik denken.«

Rohan lächelte etwas. »Du bist deinem Vater sehr ähnlich, wenn du so mein Gewissen in jeder Hinsicht beruhigst. Er macht es genauso, wenn ich es brauche, und tritt mich, wenn nötig. Versprich mir, daß du immer dasselbe für Pol tun wirst.«

Maarken erwiderte das Lächeln. »Ich bin ihm genauso ergeben wie mein Vater dir.«

»Und Ossetia wird an Prinzessin Gemma fallen. Chale hat keinen anderen Erben.«

»An Gemma? Seine Cousine?«

»Seine Nichte. Ihre Mutter war Chales Schwester.«

Rohan sah, wie Maarken auf seinen ersten Lichtläufer-Ring hinunterblickte, einen Granat, der Gemmas älterem Bruder Jastri, dem Prinzen von Syr, gehört hatte. Er hatte im Krieg gegen die Wüste auf Roelstras Seite gekämpft und war dabei gefallen.

»Sie ist jetzt plötzlich eine sehr bedeutende junge Dame«, stellte Maarken fest.

»Und viele Männer in Waes werden versuchen, ihren Blick auf sich zu lenken.«

Maarken erschrak. »Ich nicht!« rief er aus.

»Hast du jemand anderes im Sinn?«

Maarken erblaßte etwas, zögerte und schüttelte dann den Kopf. Rohan lächelte nur. Sein Neffe kam auf das vorherige Thema zurück, was durchaus ein geschickter Schachzug war. »Wo steckt Gemma eigentlich jetzt?«

»In Hoch-Kirat bei Davvi, Sioneds Bruder. Durch das Prinzenhaus von Syr sind sie alle Cousins. Gemma ist natürlich immer noch Prinzessin von Syr und im Prinzip Davvis Mündel.«

»Sie braucht bei einer Hochzeit die Zustimmung des Hohenprinzen.«

»Leider. Und wenn sie nun jemanden wählt, den ich nicht als künftigen Prinzen von Ossetia sehen will? Oder noch schlimmer, wenn Chale der Mann nicht schmeckt, den sie wählt? Er und ich, wir sind uns selten einig.«

»Wenn du dich zuviel einmischst, wird es heißen, daß du Ossetia über Gemma beherrschen willst.« Der Gedanke stimmte Maarken offensichtlich ärgerlich. »Und dann Firon! Beides zusammen wird dich nicht gerade besonders beliebt machen.«

»Seht bloß, wie der gierige Hoheprinz Land und Macht an sich reißt«, stimmte Rohan bitter zu. »Wir brauchen uns das jetzt aber nicht weiter auszumalen, Maarken. Kann Pandsala gut auf dem Mondlicht reisen?«

»Ich weiß es nicht. Sie hat fünf Ringe, also ist sie schon fortgeschritten. Aber ich weiß nicht, wieviel Training sie hatte, ehe sie die Schule der Göttin verließ. Ich werde sie fragen.«

»Gut. Wenn sie es kann, dann könnt ihr beide euch heute nacht meine *Faradhi*-Aufträge teilen. Ich muß Davvi anweisen, daß er Gemma eine Leibwache zuteilt, wenn er das nicht schon getan hat. Pandsala kann Chale kondolieren, von Regentin zum Prinzen. Sie werden das beide zu schätzen wissen. Du mußt außerdem mit Andrade Kontakt aufnehmen. Ich glaube nicht, daß sie und Pandsala während der letzten fünfzehn Jahre auch nur ein Wort gewechselt haben. Und Sioned muß alles erfahren, wenn der Rest erledigt ist.« Rohan stand vom Bett auf und betrachtete die Kleider, die man für ihn herausgelegt hatte. »Pandsala soll durch ihren Haushofmeister graue Trauerkleidung hochschicken lassen. Wo wird hier das Ritual abgehalten?«

»Für die Toten der anderen Prinzenreiche im Oratorium.«

»Ah. Ich hatte gehofft, ich würde es unter angenehmeren Umständen zu sehen bekommen. Es soll ein Juwel sein. Habe ich irgend etwas vergessen, Maarken?«

»Mir fällt nichts ein. Soll ich Pol zu dir hereinschicken?«

»Ja, tu das. Danke. Und dann such Pandsala für mich, damit wir beginnen können.« Er strich sich wieder das Haar aus den Augen und sagte: »Und erinnere mich daran, Pol einzuschärfen, daß er Gemma auf keinen Fall ansehen soll, wenn es nicht völlig unvermeidbar ist. Das letzte, was ich jetzt brauche, sind Gerüchte, daß ihre Heirat uns Ossetia verschaffen könnte. Außerdem ist sie doch – warte, ist sie nicht zehn Winter älter als er?«

»Mit fast fünfzehn werden Jungen schnell erwachsen«, bemerkte Maarken.

Rohan verzog das Gesicht. »Ich glaube nicht, daß er überhaupt schon gemerkt hat, daß es Mädchen gibt.«

»Mit fast fünfzehn werden Jungen schnell erwachsen«, wiederholte Maarken grinsend.

☆　☆　☆

In langen Reihen standen tropfende Kerzen nebeneinander, deren anfänglich warmer Schein unsicherem Flackern gewichen war. Rohan stand davor und war sich der Dunkelheit hinter sich bewußt. Mitternacht war längst vorbei, und das Ritual war vorüber. Er hatte hier im Oratorium zu den anwesenden Adligen und Würdenträgern gesprochen. Mit wenigen Worten über den schweren Verlust durch den Tod von Inoat und Jos hatte er seiner Pflicht als Hoheprinz Genüge getan. Die Kerzen waren an der hinteren Wand aufgestellt worden, und alle waren hinuntergegangen, wo das Abendessen auf sie wartete. Rohan sagte sich, daß er besser auch daran teilnehmen sollte, selbst wenn es kein offizielles Bankett mehr war, denn er war hungrig, und Pol würde ihn sicher gern neben sich wissen, während jetzt jeder ihn einzuschätzen versuchte. Doch Pol hatte Maarken und Pandsala, die ihm über schwierige Momente hinweghelfen konnten, und Rohan war noch nicht soweit, daß er sich hätte zu ihnen gesellen können.

Das Oratorium war etwas ganz Besonderes, es wurde überragt von einer Kuppel aus facettenreichem fironesischen Kristallglas, die aus dem Schloß über der Schlucht emporragte, und war mit weißem, mit weißem Samt bezogenem Gestühl eingerichtet. Im Licht von Sonne, Monden oder Sternen würde es schimmern. Doch kurz nach Mondenaufgang war der Himmel schwarz geworden, und rauchfarbene Wolken hatten alles Licht verschluckt. Nur die Kerzen schienen noch, aber sie waren bereits heruntergebrannt.

Außerhalb von Athmyr, dem Sitz der Prinzen von Ossetia, gingen jetzt die Körper von Vater und Sohn auf einem gemeinsamen Scheiterhaufen in Flammen auf. Der alte Prinz Chale und sein *Faradhi* würden solange warten und zusehen, bis ihre Leichen zu Asche geworden waren. Dann würde der Lichtläufer einen sanften Wind herbeirufen, damit er die Asche über das Land trug, das die beiden Prinzen geboren hatte, ein Land, das sie niemals regieren würden. Zu Ehren des Bestattungsfeuers brannten hier im Oratorium und an ähnlichen Orten in allen Prinzenreichen Kerzen: bei Davvi in Hoch-Kirat in der kleinen Kammer mit der Glaskuppel, in der großen Halle von Vologs Hof in Neu Raetia oder in dem Kalenderraum der *Faradhi* auf Graypearl, den Pol voller Ehrfurcht haarklein beschrieben hatte. Rohan fragte sich, wo Sioned das Ritual in Skybowl abhalten würde. Stronghold hatte für solche Zwecke ein besonderes Zimmer, Skybowl jedoch nicht. Er malte sich aus, wie sie einen Platz im Freien, am See, aussuchte. Vielleicht würde sie sogar Kerzen auf das dunkle Wasser hinaustreiben lassen.

Dasselbe Ritual hatte man auf Skybowl auch für seinen

Vater abgehalten – von dem Roelstra hier in diesem Raum gesprochen hatte, als sein Körper in der Wüste zu Asche verbrannte. Rohan bezweifelte jedoch, daß Roelstras Trauerrede von Herzen gekommen war.

Er wandte sich von den Kerzen ab und blickte hinauf zu der Kristalldecke, in deren geschliffenen Scheiben sich flackernde Lichter widerspiegelten. Dreißig Schritte von ihm entfernt stand ein Tisch mit einem silbernen und einem goldenen Teller und zwei Bechern aus gehämmertem Gold. Es hieß, daß die ungeschliffenen Amethyste, mit denen die Kelche besetzt waren, beim ersten Sonnenuntergang vom Himmel gefallen waren. Nur eine Hochzeit war je mit ihnen gefeiert worden, die von Roelstra mit seiner einzigen rechtmäßigen Ehefrau, Lallante. Rohan nahm an, daß Pol hier früher oder später stehen würde, bei der Hochzeit mit einem Mädchen, das zu ihm paßte. Der Herrscher der Prinzenmark konnte es kaum umgehen, in seinem eigenen Oratorium zu heiraten. Doch trotz aller Schönheit spürte Rohan eine Kälte, die diesen Raum beherrschte. Roelstra hatte hier zu lange gelebt.

Rohan ging still über den weißen Teppich zur Mitte des Raumes, über der das Glas hoch oben an geglätteten Fels grenzte. Die Scheiben waren in so feines Mauerwerk eingepaßt, daß dessen Fertigstellung sicher Jahre beansprucht hatte. Er bewunderte die handwerkliche Kunst, fragte sich jedoch, warum er nicht auch die Freude der Künstler spürte, die eine solche Schönheit geschaffen hatten. Die Gärten seiner Mutter in Stronghold – ihr Lebenswerk und ihr ganzer Stolz – riefen einen ganz anderen Eindruck hervor. Zusammen mit einem kleinen Heer von Arbeitern hatte sie das unfruchtbare Gebiet um das Schloß in ein lebendiges, anmutiges Wunder verwandelt: Jedes Blumenbeet, jeder Baum, jede Bank und jede Schleife des kleinen Bachs erzählte von der Freude seiner Schöpfer. Als er seinen Audienzsaal neu eingerichtet hatte, hatte er ein ähnliches Gefühl dabei gehabt. Es waren Künstler, die stolz auf ihr Können waren, die solch ein Juwel hervorbrachten. Dieses Oratorium aber war trotz seiner Pracht ein kalter, lebloser Ort, den nicht einmal der sanfte Kerzenschein erwärmen konnte.

Er sagte sich, daß er wohl anders denken würde, wenn er es erst einmal im Sonnenschein sah. Dann konnte er über die weite Schlucht zu der gegenüberliegenden Felswand und tief nach unten auf den wilden Faolain blicken. Dann würde ihm das Oratorium sicher nicht wie eine Kristallblase vorkommen, die sich im Dunkeln an die Flanke eines Berges krallte, kalt und einsam und vom Geist seines Feindes erfüllt.

Rohan drehte sich rasch um, als die Türen aufschwangen und Pandsala erschien. Das Kerzenlicht umrahmte ihren Körper und verwandelte ihr graues Trauergewand mit dem Schleier in dunkles, flüssiges Silber.

»Alle fragen nach Euch, Herr.«

»Ich komme sofort. Wie hält sich mein Sohn?«

Sie lächelte, und ihre dunklen Augen glänzten vor Stolz: »Er bezaubert sie natürlich alle, genau wie ich es erwartet hatte.«

»Laßt Euch nicht von seinen guten Manieren täuschen. Er kann schrecklich sein, wenn er will, und stur genug für sechs!«

»Wäre er sonst ein Junge? Die vier Söhne meines Schatzmeisters waren meine Knappen, einer nach dem anderen, und jeder war durchtriebener als sein Vorgänger.« Sie kam herein, und die Türen fielen hinter ihr wieder zu. »Aber gerade, weil er ein solcher Junge ist, sollte ich Euch warnen. Er hat von dem alten Brauch gehört, daß man seine Stärke und seinen Mut beweisen kann, wenn man die Felswand gegenüber dem Schloß hochklettert. Ich fürchte, er hat sich in den Kopf gesetzt, genau das zu versuchen.«

»Ich habe davon gehört. Es geht darum, daß man dann an den Seilen wieder herunterrutschen kann und daß es so ähnlich sein soll wie fliegen. Ich kann mir vorstellen, wie sehr ihn das reizt.«

»Ihr werdet es natürlich verbieten.«

Rohan lachte leise. »Laßt Euch etwas über meinen kleinen Drachen sagen, Pandsala. Wenn man ihm etwas verbietet, dann ist das für ihn wie eine Aufforderung, sich irgend etwas auszudenken, damit er es trotzdem machen kann.«

»Aber es ist zu gefährlich!«

»Wahrscheinlich.«

»Und er ist noch zu jung!«

»Er ist älter als Maarken, als der in den Krieg zog. Pandsala, wenn ich es verbiete, geht er nur los und macht es auf eigene Faust. Ich könnte ihn in seine Zimmer einschließen, aber wahrscheinlich würde er trotzdem einen Weg finden, herauszukommen und das zu tun, was er will. Bei Pol muß man gute Gründe vorbringen und noch listiger sein als er – und manchmal hilft nicht einmal das.«

»Aber Herr –«, setzte sie an.

»Laßt uns hinuntergehen. Ich werde Euch unseren störrischen Prinzen gleich einmal vorführen.«

Rohan hatte sich gerade mit einem vollen Teller und einem Becher Wein versorgt, als sein Sprößling mit Maarken im Schlepptau auch schon durch die Menge kam. »Gebt acht«, flüsterte Rohan Pandsala zu, die besorgt zuhörte, wie Pol um Erlaubnis bat, an der Felswand seine Stärke und seinen Mut zu erproben.

»Und ich finde, Vater, es wäre auch politisch gut für uns«, endete er mit bewundernswerter, wenn auch durchsichtiger Gewitztheit.

»Und vor allem ein Riesenspaß«, fügte Rohan hinzu.

Pol nickte begeistert. »Ich bin schon bei Stronghold und Skybowl geklettert, und Prinz Chadric hat alle Knappen an ein paar Felsen bei Graypearl unterrichtet. Das war genau über dem Meer. Ich weiß also, wie man über dem Wasser klettert, ohne nervös zu werden. Darf ich, Vater? Bitte!«

Rohan gab vor, er wolle es sich überlegen, obwohl seine Entscheidung bereits feststand – teilweise auch deshalb, weil Pandsala sofort angenommen hatte, er würde es verbieten. »Wie hast du dir dieses Heldenstück denn vorgestellt?«

»Tja, ich weiß, daß es etwas gefährlich ist. Aber Maarken könnte mitkommen, wenn er will, und Maeta klettert auch sehr gerne. Wenn wir dann noch ein paar Leute hätten, die es schon einmal gemacht haben, dann könnten sie die Führung übernehmen und uns zeigen, wie es geht. Es ist kein besonders großes Risiko, Vater. Und wenn ich hier Prinz sein soll, muß ich wirklich allen zeigen, aus was für Holz ich geschnitzt bin.«

Rohans Lippen verzogen sich zu einem Lächeln. »Maarken, wie denkst du darüber?«

Der junge Mann zuckte mit den Schultern. »Wenn er unbedingt auf dieser Verrücktheit besteht, komme ich mit.«

»Hmm. Ich werde darüber nachdenken.«

Ein Schatten von Enttäuschung huschte über Pols Gesicht, doch dann beschloß er, diese Worte so positiv wie möglich zu verstehen. »Danke, Vater!«

Ein Fremder näherte sich ihnen, der als Lord Cladon von River Ussh vorgestellt wurde, und die Unterhaltung wandte sich anderen Themen zu. Als Rohan und Pandsala wieder allein waren, drehte er sich zu ihr um und lächelte: »Nun?«

»Ich glaube, ich verstehe es jetzt, Herr. Er hat sich überlegt, wie er Euch überzeugen kann, daß es gar nicht so gefährlich ist, damit Ihr ihm Eure Erlaubnis gebt. Hättet Ihr diese Bedingungen jedoch vorgegeben, dann hätte er sicher trotzig reagiert. Und Euch vielleicht nicht gehorcht.«

»Genau. In ein paar Tagen wird er alles darüber in Erfahrung gebracht haben und mir weitere Vorsichtsmaßnahmen vorschlagen. Vor allem aber wird er sehr viel mehr übers Klettern wissen als heute.«

»Aber Ihr habt Euch schon entschieden.«

»Er hat recht, das wißt Ihr. Es wäre ausgezeichnet, wenn er schon so jung beweisen kann, was in ihm steckt.« Er sah, wie sich ihre Augen vor Schreck weiteten, deutete ihre Reaktion richtig und erklärte: »Glaubt nicht, daß ich keine Angst um ihn hätte, Pandsala. Aber ich kann ihn nicht in Seide pakken. Ich kann ihn führen, aber ich kann ihm nicht ein paar blaue Flecken ersparen. Nur so kann er ein echter Mann werden, ein Prinz, der des Landes würdig ist, das er erben wird.«

»Vergebt mir, Herr, aber...« Sie zögerte und fuhr dann fort: »Wir alle sind heute sehr schmerzhaft daran erinnert worden, wie rasch ein Prinzenleben verlorengehen kann. Pol ist einfach zu wertvoll, als daß man sein Leben aufs Spiel setzen darf.«

»Das war ich auch.« Er machte eine Pause und erzählte dann leise weiter. »Meine Eltern haben mich gut behütet, bis ich dreizehn war, weit über das übliche Alter hinaus, wo Prinzen sonst in der Obhut ihrer Eltern bleiben. Als sie mich endlich gehen ließen, kam ich nach Remagev zu meinem Cousin Hadaan, einen knappen Tagesritt von Stronghold entfernt. Dort hatte ich etwas mehr Freiheit, aber nicht viel. Als der letzte Krieg heranrückte, den mein Vater mit den Merida führte, war ich wild darauf, es mir selbst zu beweisen. Also verkleidete ich mich als einfacher Soldat und marschierte mit. Es war wirklich ungeheuer dumm von mir. Ich hätte so leicht getötet werden können. Aber sie hätten es mir, ihrem Erben, verboten, wenn ich gefragt hätte. Maetas Mutter, die damals die Wache von Stronghold kommandierte, hat mich erwischt, doch sie beschloß für sich, daß sie mich nicht gesehen hatte. Sie erkannte, daß ich es einfach tun mußte, weil meine Eltern mich zu sehr behütet hatten. Meiner armen Mutter blieb fast das Herz stehen, und mein Vater war sehr wütend. Aber er hat mich noch auf dem Feld zum Ritter geschlagen.«

»Und Ihr wollt nicht, daß Pol sich genauso zu etwas getrieben fühlt«, meinte Pandsala. »Trotzdem ist es ein schreckliches Risiko, Herr.«

»Sioned wird natürlich toben, wenn sie davon erfährt. Aber es hilft nichts. Ich frage mich oft, warum ich mich damals meinen Eltern nicht schon viel früher widersetzt habe. Vielleicht war es Mangel an Gelegenheit, aber ich glaube, es war in Wirklichkeit die Angst vor meinem Vater.« Er zuckte mit den Schultern.

»Bei mir war es das gleiche«, sagte sie und vermied es, Rohans Blick zu begegnen. »Wir hatten alle furchtbare Angst vor Roelstra. Aber Ihr habt Euren Vater sicher nie so gehaßt wie ich meinen.«

»Mit uns beiden als Beispiel, fragt Ihr Euch immer noch, warum ich es Pol wohl erlaube? Er soll es nicht nötig haben, etwas so Dämliches zu tun wie ich –«

»Oder etwas so Böses wie ich. Wir sind wirklich erbauliche Beispiele, Herr.« Sie rang sich ein dünnes Lächeln ab. »Also schön, ich verstehe. Aber ich werde dafür sorgen, daß meine besten Leute mit ihm da hochklettern.«

»Danke. Mehr können wir nicht tun, wißt Ihr: nur alle erdenklichen Vorkehrungen treffen und dann der Gnade der Göttin vertrauen.« Er seufzte traurig. »Offen gesagt finde ich die ganze Idee ungeheuer beängstigend. Aber ich muß Pol lassen, wie er ist und was er ist. Er muß so sein, ob ich es erlaube oder nicht. Warum soll ich also dagegen ankämpfen?«

»Wie Ihr wünscht, Herr.«

»Außerdem«, schloß Rohan grinsend, »ist es ganz natürlich, daß mein Jungdrache fliegen will. Pandsala, ich würde morgen gern mit jedem einzelnen Vasallen allein sprechen. Würdet Ihr das bitte für mich arrangieren?«

»Selbstverständlich, Herr.« Sie hielt nachdenklich inne

und suchte seinen Blick. »Wißt Ihr, all diese Unterschiede zwischen Euch und meinem Vater – als Männer wie als Hoheprinzen – laufen, glaube ich, nur auf das eine hinaus: Mein Vater hat sein Leben lang zu niemandem ›bitte‹ gesagt.«

☆　☆　☆

Pol war froh über seine dicke Lederjacke, als die Aufwinde vom Fluß tief unter ihm in kalten Böen über die Felswand bliesen. Drei Viertel des Sommers waren vorüber, und während es in der Wüste und auf Graypearl sicher noch sengend heiß war, hatten sich hier in den Bergen letzte Nacht bereits wieder Wolken gebildet. Nachdem ihm sein Vater nun endlich das Klettern erlaubt hatte (nach vier Tagen hartnäckiger Bitten mit genauen Plänen), hätte es Pol gerade noch gefehlt, daß ihm ein spätsommerlicher Regenschauer einen Strich durch die Rechnung machte. In zwei Tagen würden sie nach Waes aufbrechen; er mußte heute klettern, oder es war vorbei.

Zum ersten Mal, seit er sich aufwärts kämpfte, sah er nach unten und schluckte. Es war ihm nicht klar gewesen, wie weit er schon war, wie tief unter ihm der Fluß jetzt lag. Er hielt sich besser an dem Eisenring fest, der in den Fels getrieben war, und zwang sich, den Kopf zu heben. Er wollte abschätzen, wie weit es noch war und wie lange er noch zu klettern hatte. Er spürte, wie jemand an dem Seil um seinen Bauch zog, damit er den nächsten Abschnitt in Angriff nahm. Er schluckte entschlossen, denn er wollte sich nicht eingestehen, daß nur ein Dummkopf ohne Not an dieser Wand hochkletterte.

Als seine Finger und Zehen Halt fanden, kehrte sein Selbstvertrauen zurück. Es war gar nicht viel anders, als in den zerklüfteten, vom Wind verformten Steinen des Vere herumzuklettern, nur war die Wand höher. Der Ausblick war phantastisch; er fühlte sich wirklich mit den Drachen verwandt. Er stellte sich vor, er besäße Flügel und würde sich hinausschwingen und dann über die Schlucht hinwegfegen. Jede Faser seines Körpers würde singen –

»Pol! Gebt acht!«

Maetas Befehl ließ ihn aufmerken und erinnerte ihn daran, daß er eindeutig kein Drache war. Er zog sich auf einen schmalen Felsabsatz hoch und stand schwer atmend neben ihr.

»Macht Spaß, was?« Sie grinste ihn an. »Ihr haltet Euch gut. Zieht an Maarkens Seil, dann nehmen wir den Gipfel ins Visier.«

»Wie weit eigentlich noch?« Er spähte nach oben.

»Halb so weit, wie wir es schon hinter uns haben. Dann gibt es ein Picknick, und wir ruhen uns aus, und anschließend fliegen wir wieder runter.«

»Ich wünschte, wir könnten nach oben fliegen.«

Maeta lachte und rieb ihm liebevoll die Schulter. »Was zählt, ist die Herausforderung. Das Fliegen will erst einmal verdient sein, wißt Ihr. Denkt nur an den schönen, ruhigen Ritt durch die Klamm, wenn wir fertig sind! Dann könnt Ihr sogar auf Eurem Pferd einschlafen. Wir sehen uns oben, Jungdrache.«

Sie stieg wieder weiter, und Pol sah zu, wie sie die Handgriffe neben dem nächsten Eisenring suchte. Maeta zog das Seil hindurch und band es von sich los, um Pol für den nächsten Kletterabschnitt zu sichern, so wie sie durch den Mann über sich gesichert war. Bald war auch Maarken bei Pol auf dem Absatz angekommen und rang nach Atem.

»Ich muß verrückt gewesen sein, hierbei mitzumachen!«

»Wir beide«, gab Pol zu. »Mir gehen allmählich die Fingernägel aus.« Er zeigte seine zerkratzten, von den scharfen Felsen blutverschmierten Hände und grinste seinen Vetter an. »Aber das ist es wert! Sieh nur!«

Maarken schien den Himmel, die Bäume und die Felsen einzuatmen. Sein Blick blieb wie der von Pol an den bunten, wilden Blumen hängen, die sich an die Felsen klammerten. »Herrlich!« rief er aus. »Aber ich sehe lieber nicht nach unten. Beim letzten Mal hätte es mich fast mein Frühstück gekostet. Ich glaube nicht, daß ich morgen auch nur aus dem Bett klettern kann! Aber du hast recht, das ist es wert.« Er blickte angestrengt über die Klamm und zeigte auf zwei kleine Punkte. »Sind das dein Vater und Pandsala?«

Pol winkte und verlor dabei fast das Gleichgewicht. Mit einem festen Griff um Pols Schulter hielt Maarken ihn zurück. »Danke«, sagte der Junge mit weichen Knien. »Meinst du, sie sehen uns?«

»Deine blaue Jacke sieht man bestimmt eine halbe Länge weit.«

»Als wenn du unauffällig wärst!« zürnte Pol und berührte die hellrote Jacke seines Cousins. Ein neuerlicher Ruck am Seil ließ ihn aufmerken, und er stieg weiter. Nachdem sie nun schon den halben Vormittag kletterten, wußte er genau, was zu tun war. Doch die Vertiefungen im Fels waren für erwachsene Leute gedacht, nicht für einen Jungen, der erst den fünfzehnten Winter vor sich hatte. Mitunter mußte er sich gewaltig strecken, um den nächsten Haltepunkt zu erwischen, und allmählich taten seine Schultern und Beine ihm wirklich weh. »Wann zur Hölle werde ich endlich richtig wachsen?« schimpfte er vor sich hin, als er sich nach einer Nische reckte und sie nur gerade eben erreichte.

Er wollte nicht nur an Körpergröße zulegen. Während der letzten paar Tage hatte Pol an Gesprächen mit Männern teilgenommen, die eigentlich seine Vasallen waren, mit Botschaftern und mit Abgesandten aus anderen Prinzenreichen. Rohans Warnung, daß ein Prinz manchmal sehr langweiligen Leuten zuhören müsse, hatte sich dabei bestätigt; zeitweise hatte Pol kaum noch die Augen offenhalten können. Aber es war lustig, wie diese Leute zwischen ihm und Rohan hin- und herblickten – dem wahren Besitzer der Prinzenmark und dem wahren Herrscher. Sie konnten sich offensichtlich nicht entscheiden, ob sie Pols Meinungen wirklich ernst nehmen sollten oder ob sie ihn eher mit amüsierter Nachgiebigkeit behandeln sollten: als Jungen, der sich für einen Prinzen ausgab. Es wäre schön, älter zu sein, überlegte er, während sein Zeh sich einen neuen Halt suchte, so alt und so groß wie Maarken und auch mit dessen Autorität.

Er hatte sich gerade am nächsten Ring festgemacht, als er hörte, wie Metall auf dem Felsen aufschlug. Sein Kopf fuhr herum, und etwas Graues, leicht Rostiges fiel neben ihm in die Schlucht hinunter. Er sah nach oben, wo Maeta mit ausgestreckten Armen und Beinen am Felsen klebte.

»Maeta!«

»Überprüft den Ring, Pol. Schnell!«

Er untersuchte den Eisenring, und sein Herz blieb einen Moment lang stehen. Der Bolzen, der den Ring hielt, saß nicht mehr richtig fest. Unter Belastung würde er wahrscheinlich gerade noch Pols Gewicht halten können. Und wohl nicht einmal das sehr lange.

»Er ist lose, nicht wahr?« rief Maeta leise. Ihre Stimme klang etwas atemlos.

Er untersuchte die Stelle, wo der Bolzen im Stein steckte. »Jemand hat daran herumgebohrt!«

»Das habe ich mir gedacht.« Sie zögerte und sagte: »Mein Seil ist nämlich auch durchgescheuert.«

»Der Mann über Euch muß –«

»Das glaub' ich nicht. Dann hätte er sein eigenes Leben riskiert. Pol, macht das Seil los, das uns verbindet.«

Er erkannte, weswegen sie ihn dazu aufforderte. »Nein! Wenn Ihr den Halt verliert, fallt Ihr!«

»Und wenn ich falle, und das Seil ist an Euch und den Ring gebunden, reiße ich Euch mit. Tut, was ich Euch sage.«

307

»Maeta – ich kann zu Euch hochklettern...«

»Nein!« Bei ihrem heftigen Ausruf veränderte ihr Körper seine Position, und von dem schmalen Vorsprung, auf dem ihr linker Stiefel stand, fielen kleine Steinchen hinab. »Hört mir zu, als Verwandter«, sagte sie leiser. »Das ist kein Zufall. Der Ring, der gerade hinuntergefallen ist, wurde absichtlich gelöst. Ich war ein Trottel, daß ich es nicht gleich bemerkt habe. Es tut mir leid, mein Prinz.«

»Maeta, bleibt einfach, wo Ihr seid. Ich komme hoch zu Euch. Keiner von uns wird fallen –«

»Verdammt nochmal, macht das Seil los! Ich habe gar nicht vor zu fallen! Aber wenn es geschieht, dann könnt Ihr und Maarken mich nicht halten, nicht mit diesem Ring, der auch schon aus dem Felsen kommt! Tut es, Pol! Je länger Ihr braucht, desto länger muß ich bleiben, wo ich bin.«

Er schluckte seinen erneuten Protest hinunter und gehorchte. Maarken, der noch immer unten auf dem Absatz stand, rief hinauf: »Bleibt angeseilt, beide! Ich schlinge das Seil um die Felsen!«

»Maarken, laß sie nicht fallen!«

Doch was sein Vetter jetzt eigentlich tun konnte, war ihm nicht klar. Sein Blick hing an Maeta, und er wünschte, sie würde bald einen sicheren Stand finden. Sie fand einen Vorsprung und dann noch einen, und tastete nach einem Halt, der ihre Muskeln weniger beanspruchen würde.

»Pol, beweg dich nicht.« Maarken war genau unter ihm. »Ich habe das Seil an die Felsen gebunden und alle unter uns in Alarmbereitschaft versetzt. Laß mich vorbei, dann mache ich das andere Ende an Maeta fest.«

Pol preßte sich flach an die Felswand, als Maarken unter seinen Beinen entlang stieg und Halt fand, wo keine Grifflöcher in den Stein geschlagen waren. »Sie steht jetzt sicherer«, sagte der Junge und staunte über seine ruhige Stimme, die er nicht wiedererkannte. »Was soll ich machen?«

»Klettere zurück zu dem Felsvorsprung! Halt dich am Seil fest und nimm all deine Kräfte zusammen.« Maarken tätschelte ihm kurz aufmunternd das Bein, dann war er vorbei und bewegte sich auf Maeta zu.

Es war viel einfacher gewesen, sich mit den Armen nach oben zu recken, als mit den Füßen nach unten zu tasten, während seine Finger sich in die Felsvorsprünge gruben. Er war beinahe auf dem schmalen Vorsprung angekommen, als er ein leises Zischen hörte. Eine Armlänge neben seinem Kopf schlug eine stählerne Pfeilspitze Steinsplitter los.

»Maarken!« schrie er.

»Hinter die Felsen!«

Ein weiterer Pfeil blitzte bei Maarkens Füßen auf. Pol brachte sich in Sicherheit und starrte über die Schlucht zur Felsenburg hinüber. Die Pfeile mußten von dort kommen, von einem teuflisch starken Bogen abgeschossen. Doch die Türme waren so weit weg, daß er den Bogenschützen nicht sehen konnte, der in jedem der hundert Fenster versteckt stehen mochte. Pandsala wird wütend sein, dachte er, obwohl das jetzt belanglos war.

Maarken war bereits direkt unter Maeta. Seine Finger konnten ihren Knöchel berühren. Die Kletterer über ihr hatten ihr ein neues Seil zugeworfen, und sie versuchte, danach zu greifen, als sie es in die Nähe ihrer Hände schwangen. Maarken rief ihr zu, sie solle stillhalten. Ein weiterer Pfeil und dann noch einer trafen mit leisem Klirren die Steine. Pol kauerte sich mit geballten Fäusten so klein wie möglich hinter eine Felsnase. Salziger Schweiß brannte in seinen Augen. »Komm schon, komm schon«, flüsterte er. »Bitte –«

Maarken zog sich neben Maeta hoch und griff nach ihrer Taille. Sie hustete plötzlich und zuckte überrascht zusammen. Sehr langsam glitt ihre Hand nach hinten und tastete nach dem Pfeil, der neben ihrer Wirbelsäule steckte. Ein braun und gelb gefiederter Pfeil. Meridafarben.

309

Ihre Finger lösten sich. Ihr großer Körper bog sich nach hinten, so daß Pol in ihr schon totes Gesicht, ihre blicklosen, schwarzen Augen sehen konnte. Ihr Fall aus Maarkens verzweifeltem, schnellem Griff, von der grauen Wand hinunter und an Pol vorbei dauerte ewig. Sie stürzte und stürzte, prallte gegen zerklüftete Felsen und verschwand schließlich in den dunklen Tiefen der Schlucht.

Es gab keine Pfeile mehr. Mit tränenblinden Augen blickte Pol zur Felsenburg hinüber und sah, wie eine helle Flamme über den Zinnen aufsprang. Wie eine Fackel wirkte es von hier, ein einzelnes Licht vor dem schattigen Koloß der Burg. Es war eine Fackel mit Armen, die voller Qual vergeblich um sich schlugen, als Lichtläufer-Feuer Menschenfleisch verzehrte. Die Fackel flammte auf, dann sank sie zu Boden und geriet außer Sicht.

Pol fühlte Maarkens Hände auf seinen Schultern und hörte das Schluchzen in seinem Atem. »Pol – alles in Ordnung? Bist du unverletzt? Sag doch was!«

Er sah Maarken mit leerem Blick an. Schweiß und Tränen rannen über das Gesicht seines Vetters, und an seiner Stirn klaffte eine Wunde, um die sich ein Bluterguß bildete. »Ich bin nicht verletzt«, hörte er sich sagen, »aber du.«

»Nur ein Kratzer. Kümmere dich nicht um mich. Wir bleiben erst mal hier, bis du nicht mehr zitterst.« Maarken schlang seinen starken Arm um den Jungen.

»Ich zittere nicht«, sagte Pol und merkte dabei, daß er es doch tat. Er vergrub sein Gesicht an der Schulter seines Cousins.

»Schsch. Sie ist mehr wert als unsere Tränen, Pol, aber das ist alles, was wir ihr jetzt geben können. Auch wenn sie uns dafür ausschimpfen würde.«

»Wenn – wenn sie nicht darauf bestanden hätte, daß ich das Seil losmache –«

»Dann hätten wir auch dich verloren«, sagte Maarken mit

belegter Stimme. »Gütige Göttin, der Mut, den diese Frau hatte...«

Nach einer Weile beruhigten sie sich, und Maarkens Umarmung entspannte sich. »Geht's jetzt?« fragte er, während er sich selbst die Wangen abwischte.

Pol nickte. »Ich finde den, der das getan hat, und ich werde ihn töten.«

»Das hat Pandsala schon getan. Du hast das Feuer gesehen. Sie hat mit ihrer Gabe getötet.«

Schreck und wilde Freude, daß der Schütze tot war, kämpften miteinander. Doch stärker als beides war sein Zorn. Pol richtete sich gerade auf. Pandsala hatte voreilig gehandelt, indem sie den Mörder tötete, ehe man ihn befragen konnte.

»Sie wird mir Rede und Antwort stehen«, stellte Pol klar. »Ich bin hier der Prinz, und sie wollten meinen Tod. Falls die losen Ringe nicht genügen sollten, hatte der Bogenschütze den Rest zu besorgen. Warum hat Pandsala nur nicht befohlen, den Mann zu überwältigen und festzunehmen?«

»Ich bin sicher, sie wird eine gute Erklärung dafür haben.« Maarken winkte den übrigen Kletterern zu, die rasch zum Sims heraufkamen. »Im Moment sieht es so aus, daß wir auf sie schimpfen, weil sie uns das Leben gerettet hat. Wärst du lieber tot?«

»Nein. Aber sie brauchte ihn nicht zu töten – vor allem nicht so.«

»Denk dran, wessen Tochter sie ist.«

»Und wessen Sohn ich bin.« Pol rieb sich die Augen und holte tief Luft, um sich zu beruhigen. »Hast du die Pfeile gesehen, Maarken? Braun und gelb. Merida.«

»Wer sonst?«

311

Pandsala war nicht einfach nur wütend. Bei ihrem Vater oder ihrer Schwester Ianthe hätte solcher Zorn weitere Hinrichtungen nach sich gezogen. Sie wollte noch jemanden bestrafen, jemanden, an dem sie diese gewaltige Wut auslassen konnte, die aus Scham und Furcht entsprang. Sie sah, wie der Merida in ihrem Lichtläufer-Feuer zu Asche verbrannte, und nur die Gegenwart des Hoheprinzen hielt sie davon ab, den Anführer der Wache zu rufen und auch ihn zu töten, weil er einen Verräter in die Felsenburg gelassen hatte.

Rohan wandte sich mit unbewegtem Gesicht von den züngelnden, stinkenden Flammen ab. Sein Blick galt der Felswand auf der anderen Seite, wo man Pol und Maarken auf dem Weg zum Gipfel half. Er ging um die verschmorte Leiche herum, stellte sich an die Mauer und legte seine Hände flach auf den kühlen, festen Stein. Unter ihm gähnte die Schlucht, herrlich und todbringend. Der Faolain tobte weiß schäumend durch die Felsen. Wären sie in der Wüste, dann würden jetzt schon die Aasgeier kreisen. Doch sie waren nicht in der Wüste, und man würde Maetas zerschmetterten Körper weit flußabwärts finden, wenn überhaupt. Der Tod im dunklen Wasser paßte nicht zu dieser Frau, die hellem Sand und endlosem Himmel entstammte.

Er war sich Pandsalas Gegenwart hinter sich bewußt. Angesichts ihrer Wut wunderte er sich über seine eigene Erstarrung. Er sollte doch eigentlich seinen Zorn hinausbrüllen und Vergeltungsaktionen gegen die Merida fordern, die sich in den Tälern von Cunaxa versteckten. Zweimal schon hatten sie jetzt Anschläge auf Pols Leben versucht; von Rechts wegen müßte er die Leben von hundert Merida für jede Drohung gegen seinen Sohn fordern. Seine Truppen standen im Norden unter Walvis' Kommando schon an der Grenze. Er mußte nur Sioned durch Maarken über das Sonnenlicht verständigen, dann würde die Invasion sofort beginnen können.

Er wußte, warum er das nicht tun würde. Alle Beweise waren fort: die Pfeile mit den verräterischen bunten Federn, das Gesicht, das sicher die Narbe am Kinn aufgewiesen hatte. Der Mund schwieg für immer über das Geheimnis, wer der Mann war und wie er hereingekommen war. Gesetz war Gesetz, und Handeln ohne Beweise würde bedeuten, daß er wie Pandsalas Vater Roelstra wurde: ein Hoherprinz, der tat, was ihm beliebte, und der für die Gesetze nur ein Schulterzucken übrig hatte.

Rohan sah, daß Pol und Maarken die Felswand bezwungen hatten und in Sicherheit waren. Er wußte, daß sie sich eine Weile ausruhen würden, ehe sie sich auf den langen Weg zu dem Pfad machten, der zu der Furt flußaufwärts führte. Sie würden erst nach Einbruch der Dunkelheit in die Felsenburg zurückkehren, erst dann würde er seinen Sohn lebend wiedersehen.

»Herr«, setzte Pandsala an.

»Nein.« Er sah erst sie an, dann den armseligen Haufen grauschwarzer Asche auf den Steinen. »Jetzt nicht.« Er stieg langsam die Wendeltreppe zum Haupttrakt des Schlosses hinunter. Sein Ziel war das gläserne Oratorium, das im Sonnenlicht glitzerte. Das geschliffene, facettierte Glas zauberte Regenbögen auf den weißen Teppich und die Möbel, auf das Gold und Silber auf dem Tisch. Rohan ging zur jenseitigen Wand, ließ sich zu Boden sinken und saß mit gekreuzten Beinen da. Er lehnte sich gegen den Stein, der sich hier mit dem klaren Kristallglas traf. Von hier aus konnte er die Felswand sehen und beobachten, wie sein Sohn in die Schlucht hinunterstieg, und ihn in Sicherheit wissen.

Für wie lange?

Rohan senkte den Kopf und bedeckte sein Gesicht mit den Händen. Wazu war all seine Macht gut, wenn er seinen Sohn nicht schützen konnte? Er müßte jetzt eigentlich die Merida – und Prinz Miyon von Cunaxa, der ihnen Zuflucht gewährte – vernichten. Tobin würde diesen Mordversuch zum perfekten Anlaß für einen Einmarsch erklären, noch besser als ein Vorrücken von Cunaxa auf fironesischen Boden. Warum konnte Rohan das nicht?

Und er sollte noch mehr tun. Das Angebot von Firon annehmen und dieses Prinzenreich jetzt für Pol beanspruchen. Er sollte Davvi, den Bruder seiner Frau, anweisen, die Erbin Gemma auf der Stelle mit einem seiner Söhne zu verheiraten, um dadurch einen Teil von Pols Zukunft durch Blutsverwandtschaft zu sichern. Nein, dachte Rohan müde. Es gab keine Blutsverwandtschaft. Sioned war nicht Pols leibliche Mutter.

Das war Ianthe. Ianthe, die Tochter von Roelstra, dem Hohenprinzen und Tyrannen. Und hier, bei der Felsenburg, wäre Pol beinahe gestorben. Spukte Roelstras böser Geist noch immer hier herum, wie es Rohan in jener ersten Nacht zu spüren meinte?

Er drehte sein Gesicht dem Sonnenlicht zu und fühlte die Wärme auf seinem Körper. Weder Roelstras Gegenwart noch Roelstras Vorbild würden Pol verderben. Rohan würde den Einmarsch nach Cuxana nicht befehlen; er würde auch kein Prinzenreich an sich reißen oder ein junges Mädchen der Politik opfern, nur weil es nun mal als Prinzessin geboren worden war.

Er hatte gesehen, wie Roelstra seine Töchter benutzt hatte, hatte Roelstras Armeen während eines Krieges, der auf einem lächerlichen Vorwand beruhte, auf dem Boden der Wüste gesehen. Er würde kein Hoheprinz sein wie einst Roelstra. Wenn manche das als Schwäche ansahen – er zuckte mit den Schultern, denn ihm waren nur wenige Meinungen auf dieser Welt wichtig.

Er betrachtete die Regenbögen auf dem weißen Teppich, bunte Kleckse auf farblosem Grund. Das Sonnenlicht machte das Oratorium schöner, denn die Farben erzählten von seinem Lichtläufer-Prinzen. Doch die Dinge, die Roelstra hier hereingebracht hatte, mußten verschwinden.

Rohan stand auf und ging langsam zu dem reich verzierten Tisch. Seine Finger schlossen sich um einen der goldenen Kelche mit dem Amethyst. Einen Moment später splitterte eine Kristallscheibe, und der unbezahlbare Becher verschwand im dunklen Wasser der Schlucht.

☆ ☆ ☆

Pol hielt sich mit der Steifheit überbeanspruchter Muskeln und völliger Erschöpfung aufrecht. Sein Körper befolgte die Forderung seines Stolzes nur mit Mühe. Es strengte ihn an, gerade zu stehen und sich wie der Sohn seiner Eltern zu benehmen. Er marschierte in den gewaltigen Bankettsaal, ohne seinen Blick von jenen Augen abzuwenden, die ihm so ähnlich waren und in einem ebenso beherrschten Gesicht standen.

Erleichtertes Gemurmel erhob sich unter den versammelten Vasallen, Botschaftern und Gefolgsleuten. Pol war sich ihrer bewußt, doch seine Aufmerksamkeit galt vor allem seinem Vater. Er kämpfte gegen das peinliche Bedürfnis an, sich in diese starken Arme schließen zu lassen. Gerade jetzt, wo er sich wie ein Mann benehmen mußte, sehnte er sich wie nie zuvor danach, sich wie ein kleines Kind von seinem Vater umarmen zu lassen.

Rohan schritt die vier Stufen vom erhöhten Tisch herunter und legte Pol mit einem leisen Lächeln eine Hand auf die Schulter. Diese Geste und sein Gesichtsausdruck wirkten wie beiläufig, doch Pol fühlte, wie Rohans lange Finger ihn mit wilder, besitzergreifender Liebe festhielten. Dann sah Rohan über Pols Kopf hinweg auf die Menge. Sie drehten sich beide um und sahen die Versammlung an.

»Wir danken der Göttin und den guten Leuten auf der Felsenburg für die Sicherheit unseres geliebten Sohnes. Unter solchem Schutz wird er sicher lange und gut über die Prinzenmark herrschen.«

Jubel brach los, und Pol spürte, wie sein Vater steif wurde, als kämpfe auch er gegen den Wunsch, ihn fest in die Arme zu nehmen. Er verstand es. Sie waren jetzt nicht Vater und Sohn, sondern Hoherprinz und Erbe. Er sah sich um und war überrascht über die echte Freude und Erleichterung auf den meisten Gesichtern, gefesselt von dem vorsichtigen Lächeln auf den anderen. Niemand hier wünschte seinen Tod, dessen war er sich sicher. Aber es gab auch Leute, die sicher nicht allzu lange getrauert hätten.

Maarken und er folgten Rohan auf das Podest, wo Pol zwischen seinem Vater und Pandsala Platz nahm. Ihr Gesicht war bleich und ausdruckslos; sie sah ihn nicht an. Maarken saß auf der anderen Seite von Rohan. Er war ebenso erschöpft wie Pol, aber auch ebenso entschlossen, es nicht zu zeigen.

Alle im Saal schwiegen. Rohan sagte: »Erzähl uns, was passiert ist.«

Pol folgte der Aufforderung. Sie hatten sich nicht erst gewaschen und umgezogen; er wollte, daß alle die Blutergüsse und den Schmutz sahen. Vor allem Maetas Opfer hob er hervor, und wenn seine Stimme dabei zitterte, lastete ihm das sicher niemand an. Als er die Farben des Pfeiles erwähnte, der sie getötet hatte, ging ein Geraune durch den Saal. Sein Bericht schloß mit dem Dank an diejenigen, die ihn und Maarken in Sicherheit gebracht hatten. Auf dem Rückweg hatte er darauf geachtet, sich ihre Namen zu merken. Dann machte er eine Pause und sagte: »Ich danke Euch, daß Ihr mich heute unterstützt habt, und bedauere, daß ich es nicht bis zum Ende geschafft habe und Euch enttäuschen –«

Sie ließen ihn den Satz nicht zu Ende bringen. »Enttäuschen?« rief jemand. »Wir sind es, die Euch enttäuscht haben!« Und zwischen ähnlichen Rufen erhob sich eine andere Stimme: »Es ist ein blödsinniger Brauch, der uns fast unseren Prinzen gekostet hat!«

»Ich werde es noch einmal versuchen«, erklärte Pol. »Und beim nächsten Mal schaffe ich es bis oben hin und verdiene mir den Flug – und ich mache es ganz allein!«

»Nicht, wenn ich dabei ein Wörtchen mitzureden habe!« Die große, klobige Gestalt von Cladon, *Athri* von River Ussh, baute sich im Mittelgang auf. »Ihr habt Euren Mut bewiesen, und dazu ist die Kletterpartie gedacht! Wir werden nicht zulassen, daß Euer Leben ein zweites Mal aufs Spiel gesetzt wird, junger Prinz!«

»Aber wie soll ich sonst jemals fliegen wie ein Drache?« Pol war sofort klar, wie kindlich sich dieser Ausruf angehört hatte, und seine Wangen glühten. Aber das Gelächter, das durch den Saal ging, war freundlich und verständnisvoll, ja sogar bewundernd. Er war verwirrt, bis er seinen Vater flüstern hörte: »Gut gemacht! Jetzt hast du sie in der Hand, Jungdrache!« Und er erkannte, daß er so ganz nebenbei etwas sehr Kluges getan hatte. Die Adligen der Prinzenmark hätten sich durch die Mutprobe sicherlich beeindrucken lassen – doch der Anschlag auf Pol steigerte seinen Wert in ihren Augen mehr als alles andere. Und er hatte sich schließlich ihrer Ergebenheit versichert, als er schwor, es noch einmal zu versuchen. Jetzt konnten sie ihn als ihresgleichen anerkennen, er war ihr Prinz.

Es war ein seltsames Gefühl, das ihn ein wenig an seine Reaktion bei seiner Ankunft erinnerte. Es war so ähnlich, als würde er auf einem goldenen Teller präsentiert. Doch dann wurde es ihm klar: Indem sie ihn für sich beanspruchten, boten sie auch sich selbst an. Sein Vater hatte recht. Er hatte sie für sich gewonnen. Wenn er einer der Ihren war, waren sie auch die Seinen.

»Darüber reden wir ein andermal, Lord Cladon«, sagte Rohan mit einem Seitenblick auf Pol, aus dem väterliche

Strenge und prinzlicher Befehl sprachen. Wieder lief ein Lachen durch die Menge, und Cladon verbeugte sich. Er war zufrieden, was Rohans gefühlsmäßige Vorsicht betraf. »Im Augenblick«, fuhr der Hoheprinz fort, »sind wir glücklich, ihn heil und unversehrt bei uns zu haben.«

»Ich – ich habe noch etwas zu sagen.« Pol war überrascht, daß seine Stimme augenblickliche Stille hervorrief. »Maeta sagte mir, wie schön dieses Land für sie ist. Wenn wir sie finden, würde ich ihr Ritual gern hier abhalten, damit ein wenig von ihr in der Prinzenmark zurückbleibt, ehe ihre Asche in die Wüste heimkehrt.«

»Gut gesprochen, Hoheit!« Lord Dreslav von Grand Veresch stand mit erhobenem Becher da. »Auf unseren jungen Prinzen!«

Als die zwei Prinzen später nur als Vater und Sohn in Pols Zimmer waren, drückte Rohan Pol fest an die Brust. Pol klammerte sich an ihm fest, denn er zitterte vor Erschöpfung. Nach einer Weile löste er sich von ihm.

»Es macht dir doch nichts aus? Das mit Maetas Begräbnisfeier?«

»Nein. Das war ein guter Gedanke, sowohl politisch als auch persönlich. Ich weiß, daß sie es mögen würde, ein Teil des Landes zu werden, das du einmal regierst. Hier sagt man, daß die Asche der Toten zu Blumen wird.« Rohan ließ sich in einen Sessel fallen und rieb sich die Augen. »Aber ich will den Wind des weiten Sandes für mich, Pol. Versprich mir, daß du mich nach Hause bringst, ganz gleich wo ich sterben werde.«

»Vater, du kannst nicht sterben! Sag doch nicht so was!« Pol kniete sich neben den Sessel und griff nach dem Arm seines Vaters.

»Tut mir leid.« Rohan lächelte flüchtig. »Ich bin sehr müde, und als ich dich heute in der Felswand sah, hat mich das bestimmt Jahre meines Lebens gekostet.«

»Ich hätte es nicht tun sollen. Dann wäre Maeta noch am Leben.«

»Und es wäre immer noch ein Merida hier, um dich zu bedrohen. Du kannst nie vorhersagen, was sonst passiert wäre, Pol.«

Der Junge legte die Wange auf Rohans Knie. »Mutter wird nicht gerade glücklich sein«, murmelte er.

»Maarken wird es ihr schon richtig erklären. Sie wird es verstehen.«

»Sogar, daß Pandsala den Schützen getötet hat?«

»Deine Mutter... hat ähnliche Dinge getan. Sie wird auch das verstehen.«

Pol versuchte, sich seine Mutter an Pandsalas Stelle vorzustellen, und er konnte ihre grünen Augen blitzen sehen, während sie Feuer herunterrief, um zu verteidigen, was sie liebte.

»Deshalb kommt sie nicht mit Lady Andrade zurecht«, sagte Rohan plötzlich. »Die wird übrigens auch einiges dazu zu sagen haben, und ich glaube nicht, daß Pandsala auch nur ein Wort davon gefallen wird. Aber ich bezweifle, daß Andrade sie bestrafen wird. Sie hat ihr Gelübde gebrochen, aber sie hat auch dein Leben gerettet.«

»Vater, heißt du gut, was sie getan hat?«

»Der Mann hätte lebend überwältigt und befragt werden müssen. Er hätte mir den Vorwand liefern können, den ich brauche – und zwar vor Zeugen –, um in Cunaxa einzumarschieren und die Merida ein für allemal zu zerschlagen.« Er starrte auf die dunklen, leeren Fenster.

»Würdest du das denn gern tun?« fragte Pol vorsichtig.

»Ohne Rechtfertigung sind mir die Hände gebunden.« Rohan sah zu Pol hinunter. »Verstehst du? So sehr ich dich liebe, und so viel Angst ich auch um dich habe, wie kann ich gegen die Gesetze verstoßen, für deren Verabschiedung ich mich so eingesetzt habe?«

319

»Natürlich verstehe ich«, sagte Pol. Er verbarg sein Erstaunen darüber, daß sein Vater so etwas zu ihm sagte. »Außerdem stecken vielleicht gar nicht die Merida dahinter. Vielleicht ist es ja der Mann, der sich als Roelstras Sohn ausgibt.«

»Vielleicht.« Rohan rieb sich die Augen. »Beim *Rialla* wird es sicher noch schlimmer.«

»Ich werde vorsichtig sein.«

»Ich glaube nicht, daß sie es bis dahin noch einmal versuchen werden. Sie müßten es geschickter anstellen. Nicht jeder ist glücklich, daß du eines Tages über zwei Prinzenreiche und wahrscheinlich auch noch über ein gutes Stück von Firon herrschen wirst. Ich will dich nicht beunruhigen, du bist noch so jung, aber du mußt wissen, in welcher Lage wir stecken.«

Pol sagte leise: »Danke für das ›wir‹. Das hast du noch nie gesagt.«

Rohan zwinkerte ungläubig: »Wirklich nicht?«

»Nein. Es war immer für dich und Mutter oder Chay oder Maarken – nie mit mir als echtem Partner.«

Sein Vater sah nachdenklich aus. »Möglicherweise hast du mich ja heute genauso beeindruckt wie alle anderen. Du wirst erwachsen. Sehr schön. Wir, also du und ich, haben eine Menge zu bereden. Aber wir sollten auch mindestens bis morgen mittag schlafen. Und das ist ein Befehl, von dem *wir*, nämlich dein Hoheprinz und dein Vater, erwarten, daß du ihn befolgst.«

Pol zog eine Grimasse und lachte dann. »Eines Tages werde ich die Wand ganz hochklettern und dann hinunterfliegen. Ich bin nicht umsonst der Sohn des Drachen!«

»Aber immer noch ein Jungdrache. Flieg rüber in dein Bett und schlaf eine Runde.«

Kapitel 14

Andry sah seine Zuschauer an und versuchte, einen plötzlichen Anfall von Nervosität zu bekämpfen. Er hatte all seine Überredungskünste angewandt, um Andrades Zustimmung zu erhalten, daß lieber er als Urival eine Formel aus der Sternenrolle ausprobierte. Er wußte, daß es funktionieren würde. Er hatte den ganzen Tag über aufgeregt diesem Beweis für seine Theorie entgegengefiebert. Doch unvermittelt machte ihn die Vorstellung nervös, daß er uralte Zauberkünste anwenden würde. Er schluckte den komischen Klumpen in seiner Kehle hinunter und riß sich zusammen.

Er hatte die kleine Küche im Bibliotheksflügel für seine Vorstellung ausgewählt. Nicht nur deshalb, weil sich in diesem Teil der Burg zu dieser nächtlichen Stunde niemand anders aufhielt, sondern auch, weil es genügend fließend Wasser und ein Herdfeuer gab, über dem er seine Tränke brauen konnte. Und schließlich war dies auch der älteste Teil des Schlosses, wie er aus einem Plan in den Geschichtsberichten entnommen hatte, und wenn Lady Merisels Geist noch irgendwo in der Schule der Göttin umging, dann sicher hier.

Er sollte seine Versuche an Urival und Morwenna erproben, während Andrade zusehen wollte. Hollis war ebenfalls dabei. Sie wirkte ein bißchen angestrengt um die Augen herum, als sie ihm ein leises, ermutigendes Lächeln schenkte. Sie glaubte an seine Auslegung der Schriftrollen und konnte deshalb nicht an den Versuchen teilnehmen. Daher sollte sie ihm helfen und einen weiteren Zeugen abgeben.

»Ich habe eine Salbe zusammengemischt, über deren Eigenschaften ich Euch jetzt noch nichts verrate, damit Eure Reaktionen ganz spontan sind«, fing er an. »Ich habe zwei

Rezepte genommen, eines, so wie es dasteht, und das andere mit den Hinweisen aus dem Code.«

»Ich hoffe, daß Ihr seine Wirkung im Zweifelsfall mit unserer eigenen Medizin heilen könnt«, sagte Morwenna möglichst beiläufig, während ihr Blick mißtrauisch über die Tiegel auf dem Tisch schweifte.

»Natürlich.« Er sah seine Großtante an, deren Gesicht völlig ausdruckslos war. Ihre Finger aber schlugen einen langsamen, wenig rhythmischen Takt auf der Lehne ihres Stuhls. Andry schluckte und versuchte zu lächeln. »Es ist nichts Schlimmes, wirklich. Nichts, das wir nicht sofort heilen könnten.«

»Dann macht weiter«, sagte Urival.

Andry führte sie zu zwei Stühlen gegenüber der Tür, die mit der Lehne zum Herd und zum Tisch standen, wo er an zwei kleinen Kesseln gearbeitet hatte. Hollis stand mit sauberen Tüchern und einem Eimer Wasser neben ihm bereit. Andrade stellte ihren Stuhl so hin, daß sie alles sehen konnte, auch Urival und Morwenna.

»Ich werde jedem mehrere Portionen geben. Ihr werdet nicht sehen, aus welchem Topf ich sie nehme. Vielleicht ist alles die echte Salbe, oder es ist immer die falsche, oder die Proben kommen in unterschiedlicher Reihenfolge.« Als alles fertig vor ihm auf dem Tisch stand, aber außerhalb des Blickfelds von Urival und Morwenna, warf er Andrade wieder einen Blick zu. Elegant hob sie eine Augenbraue als stummes Zeichen ihrer Herausforderung. Sie wollte, daß es schiefging, daß er unrecht hatte. Die Folgen wären zu gefährlich. Andry wußte genau, daß es funktionieren würde, und im Moment war es ihm absolut gleichgültig, was das bedeutete.

»Bitte, streckt die rechte Hand aus«, sagte er. Er nahm einen Löffel dicke, warme Salbe aus dem einen Kupfertopf und schmierte auf beiden Handflächen etwas davon auf den

Ballen unterhalb des Daumens. Etwas später drehte sich Urival auf seinem Stuhl halb um.

»Und? Nichts.«

»Ich weiß. Das war genau nach dem Rezept. Hollis, wäschst du bitte ihre Hände ab?«

Diesmal tauchte er die Löffel in beide Mischungen und gab etwas von der einen auf Urivals Hand und von der anderen auf die von Morwenna. Sie erstarrte, denn sie erwartete, daß irgend etwas passierte. Doch es war Urival, der überrascht einen Schmerzensschrei ausstieß.

»Herr der Stürme! Meine Hand brennt furchtbar!« Seine Finger zitterten. Es war schmerzlich mitanzusehen, wie er sich offensichtlich fühlte.

»Schnell, wasch es ab«, sagte Andry zu Hollis. Als sie fertig war, entspannten sich seine Muskeln langsam, und die Spannung in Urivals Gesicht ließ nach.

»Das war dann wohl die richtige Mischung«, stellte Andrade mit eisiger Stimme fest. Die Finger ihrer linken Hand trommelten auf dem Tisch.

»Ja, Herrin«, sagte Andry. »Morwenna, taucht bitte Eure Hand ins Wasser. Danke. Irgendwelche Nachwirkungen, Urival?«

»Es zieht ein bißchen, aber der richtige Schmerz ist weg.« Er untersuchte seinen Daumen und massierte vorsichtig den Ballen. »Laßt es nächstes Mal länger drauf. Ich will sehen, ob es sich über die ganze Hand ausbreitet.«

Andry sagte kein Wort. Er spürte Andrades Augen wie blaues Eis auf sich liegen, als er die beiden Salben auf die Finger seiner Testpersonen schmierte. Urival fluchte. Ihm stand der Schweiß auf der Stirn. Die tiefen Falten seines Gesichts strafften sich vor Schmerz, als seine ganze Hand sich krampfhaft verrenkte.

»Nein – laß es drauf«, brachte er heraus. »Es geht durch die ganze Handfläche, oh Göttin!«

Andry zuckte vor Mitleid zusammen, als Urivals Finger sich verknoteten und die Muskeln sich so sehr zusammenzogen, daß die Knochen aus den Gelenken traten. Urivals andere Hand schloß sich so fest um die Armlehne, daß das morsche Holz splitterte. Hollis wollte seine Hand abwaschen, doch er schüttelte den Kopf.

»Schluß!« rief Andrade schließlich, als sich auch sein Handgelenk verrenkte. Hollis tauchte Urivals Hand in kaltes Wasser. Mit geschlossenen Augen und aschgrauem Gesicht fiel sein Kopf zurück. Andrade starrte Andry kalt an. »Du hast es uns gezeigt.«

»Aber es ist ungerecht, daß es nur Urival trifft.« Morwenna drehte sich um und streckte beide Handflächen aus. »Macht auf eine das Richtige und auf die andere die Fälschung. Ich weiß sowieso nicht, welches in welchem deiner kleinen Töpfe ist.«

Andry sah zu Andrade hinüber; sie nickte kurz. Er strich Morwenna die Salben auf die Hände, und sofort begannen sich die Finger ihrer Linken zu krümmen. Sie stieß die Luft durch die Zähne. »Süße Mutter! Er hat recht, es brennt furchtbar!«

Andrade stand auf, griff nach dem Wassereimer und steckte Morwennas Hand hinein. »Herzlichen Glückwunsch«, fuhr sie Andry an. »Du hattest recht. Und jetzt vernichte dieses Teufelszeug auf der Stelle!«

»Aber –«

»Vernichte es!« donnerte sie. »Und du hast Glück, daß ich nicht auch noch die Rolle auf der Stelle verbrennen lasse! Wenn sie solches Wissen enthält, sollte sie verbrannt werden!«

»Nein!« rief Andry unwillkürlich. Hollis legte ihm warnend die Hand auf den Arm, und er beherrschte sich.

»Nimm dich in acht«, warnte Andrade. »Und kein Wort darüber. Zu niemandem. Hast du mich verstanden, Andry?«

»Ja, Herrin«, stammelte er.

Als Morwenna sich wieder erholt hatte, verließ sie mit Urival und Andrade die kleine Küche. Es waren keine weiteren Worte gewechselt worden. Andry ließ sich auf einen Stuhl am heruntergebrannten Kaminfeuer fallen und starrte in die Flammen. Bitteres Schweigen umgab ihn. Hollis stand neben ihm, die Hände tief in den Hosentaschen vergraben.

»Sie ist blind vor Angst«, stieß Andry hervor. »Sie begreift überhaupt nichts.«

»Vielleicht hast du das falsche Beispiel gewählt«, meinte Hollis. »Es war wirklich beeindruckend, aber etwas so Schmerzhaftes war nicht gerade die klügste Wahl.«

»Was sollte ich denn sonst ausprobieren? Ich konnte doch nicht einfach jemanden krank machen und ihn dann mit einem anderen Rezept aus der Sternenrolle heilen?« Er stand auf und lief auf dem Fliesenboden hin und her. »Aber ich hatte recht, Hollis. Ich hatte recht. Sie will es bloß nicht zugeben. Weißt du, was über das *Dranath* geschrieben steht? Daß es die Drachenkrankheit heilt, wie wir die Seuche nennen. Lady Merisel hat in den Rollen geschrieben, daß *Dranath* die Krankheit heilen kann, und wir wissen, daß das stimmt, weil wir es selbst erlebt haben. Wenn wir das früher gewußt hätten, wenn wir damals die Rollen gehabt hätten, dann wären mein Bruder Jahni und meine Großmutter und Lady Camigwen und all die anderen noch am Leben! Und da behauptet sie, man sollte die Sternenrolle verbrennen!«

Die sonst so geduldige Hollis fuhr ihn plötzlich zornig an: »Begreifst du denn nicht, warum sie sich fürchtet? Sie hat siebzig Winter gesehen, Andry! Dieses Wissen bedroht sie, nicht weil sie eigensinnig ist, sondern weil sie alt ist und vielleicht nicht mehr genug Zeit hat, die Gefahr zu bannen, die sie da heraufziehen sieht! Kannst du das nicht verstehen?«

Er starrte sie an. So oft er sich auch heimlich als Herrn der

325

Schule der Göttin an Andrades Stelle gesehen hatte, so hatte er doch nie bedacht, daß auch er eines Tages alt werden und daß seine Zeit ablaufen könnte. Daß er dann nicht mehr sehen würde, wie Pläne Gestalt annahmen. Daß er sterben würde.

Hollis war augenscheinlich mit dem zufrieden, was sie in seinem Gesicht las. Ruhiger fuhr sie fort: »Nicht, daß sie nicht wissen will, was in der Sternenrolle steht. Sie fürchtet eine Zukunft, die sie vielleicht nicht mehr beeinflussen kann. Sie hat sich ihr ganzes Leben mit diesen Fragen beschäftigt. Wundert es dich, daß ihr das angst macht?«

»Aber sie kann mir nicht befehlen, die Rolle zu verbrennen. Das kann sie nicht!«

»Das wird sie wohl auch nicht. Sie weiß, wie wichtig die Rolle ist. Aber im Gegensatz zu dir sieht sie auch die Gefahren.« Hollis rieb sich abgespannt die Stirn. »Nimm's mir nicht übel, aber auch du solltest besser lernen, diese Gefahren zu fürchten.«

Schweigend nahm er die beiden kleinen Kupfertöpfe vom Tisch, ging damit zum Feuer, kratzte die Reste aus und schüttete sie auf die Kohlen. Ein ekelerregender Gestank verbreitete sich. Andry hustete und wich schnell zurück, als seine Nase zu brennen begann. Hollis, die ebenfalls den Rauch ins Gesicht bekommen hatte, taumelte hustend zu einem Stuhl, um sich zu setzen. Andry blickte sich verzweifelt um; seine Augen tränten so sehr, daß er kaum etwas sehen konnte. Hastig griff er nach einem Tuch und tauchte es in das saubere Wasser am Waschbecken. Er riß das Tuch in der Mitte durch, preßte eine Hälfte vor seine eigene Nase und die andere auf Hollis' weißes Gesicht.

»Atmen!« befahl er.

Durch die Wassertröpfchen, die sie einatmeten, ließ das Brennen einen Augenblick nach. Doch ihre Augen tränten, und sie husteten noch eine ganze Weile. Als sie sich beide erholt hatten, hockte sich Andry neben Hollis' Stuhl und sah besorgt zu ihr hoch.

Sie wischte sich die Augen und versuchte zu lächeln. »Anscheinend haben wir noch zu wenig übersetzt, sonst hätten wir das gewußt. Glaubst du mir jetzt?«

Andry senkte den Kopf. »Ja. Es tut mir leid, Hollis.«

Er spürte, wie ihre Finger freundschaftlich sein Haar zausten. »Hör zu, kleiner Bruder, ich hoffe jedenfalls, daß du bald wirklich mein kleiner Bruder bist. Du bist mutig und geschickt und viel intelligenter, als du sein solltest. Und du bist viel begabter, als dir jetzt im Moment bewußt ist. Ich liebe dich um deiner selbst willen, Andry, und um Maarkens willen.«

»Aber?« fragte er mit belegter Stimme.

»Du bist noch sehr jung. Man braucht Jahre, um Geduld zu lernen, Weisheit und Vorsicht. Laß nicht zu, daß deine Macht und deine Intelligenz dich das vergessen lassen.«

Er sah auf, denn er wollte ihr versichern, daß er vorsichtig sein wollte. Doch die tödliche Müdigkeit auf ihrem Gesicht wischte alle anderen Gedanken aus seinem Kopf. »Hollis, geht es dir nicht gut? Du siehst schrecklich aus.«

Sie lachte leise. »Auch das hast du noch zu lernen: wie man mit Frauen redet. Du solltest sagen, ›Du siehst ein bißchen müde aus, geh doch lieber schlafen.‹ Macht aber nichts. Ich gehe zu Sejast und laß mir von ihm eine Tasse von seinem Spezialtee geben. Der wirkt wahre Wunder.«

»Ich könnte selbst ein bißchen davon gebrauchen«, gestand Andry.

»Er schwört, daß es ein Geheimrezept von einer alten Berghexe ist.«

Andry grinste und stand auf. »Und die hat ihn schwören lassen, daß er es niemals preisgibt, sonst würde sie ihm die Augen auskratzen und ihm bei lebendigem Leibe das Blut aus den Adern saugen –«

»Andry!« schalt Hollis. »Mach dich nicht darüber lustig. Maarken hat mir erzählt, daß du dich vor Eidechsen gefürchtet hast, als du klein warst, weil du dachtest, sie wären Drachenbabys, und sie würden gleich Feuer auf dich speien.«

»Eine völlig logische Vorstellung! Aber ich glaube, man sollte sich wirklich nicht über Hexen lustig machen.« Er warf einen vielsagenden Blick zur Tür, durch die Andrade verschwunden war. »Geh schon ins Bett. Ich räume hier noch auf. Du siehst nämlich wirklich schrecklich aus!«

Sie stand abrupt auf. »Wo hältst du eigentlich deinen Anteil am berüchtigten Charme deines Vaters versteckt?«

»Den hebe ich für ein Mädchen auf, das nicht schon meinem Bruder versprochen ist.«

☆ ☆ ☆

Es war sehr spät, und Riyan mußte sich immer wieder kneifen, um wach zu bleiben. Es war meistens sehr langweilig, Lady Kiele auf ihren nächtlichen Streifzügen durch Waes zu folgen. Dieser Abend würde wohl keine Ausnahme sein.

Durch seine natürliche Geselligkeit, ganz besondere andere Gründe und aus reiner Langeweile hatte Riyan sich mit einer ganzen Reihe von Leuten aus Waes angefreundet. Sein Informant, der Diener von Jayachins Vater, mit dem er gelegentlich in einer Taverne etwas trank, hatte von einem Lakaien erfahren, daß der von einem Hilfskoch erfahren hatte, daß diesem Lady Kieles Zofe berichtet hatte (welcher der Hilfskoch den Hof machte), daß man ihr für einen abendlichen Ausritt ein Pferd hatte satteln sollen. Der Stallknecht hatte sich gern von Riyan dabei helfen lassen, so daß es ein Kinderspiel gewesen war, vor dem Beschlagen eine tiefe Kerbe in das hintere Hufeisen zu schlagen. Nach dem Regen der letzten Nacht würde er diese Kerbe auf dem feuchten Boden gut erkennen und Kiele leicht folgen können.

Das hatte Riyan dann auch getan, nachdem er zuerst einen

anderen Diener vor seine Tür gestellt hatte, der auf entsprechende Fragen etwas von einer Sommergrippe bei Riyan erzählen sollte. Es war einfach gewesen, durch eine der unzähligen Türen zu verschwinden. Und nun duckte er sich neben einen Busch und beobachtete ein kleines Landhaus, das vor ihm in einem Wäldchen lag.

Die Fenster waren mit dunklen Vorhängen verhängt, doch hier und da fielen ein paar Streifen Licht heraus, die ihn näher heranlockten. Er hielt sich zurück, denn er wußte nicht, wie viele Leute drinnen waren. Er hatte nicht die Absicht, sich erwischen zu lassen. Bis jetzt hatte er zwar keine Wachen gesehen, doch das hatte nichts zu bedeuten.

Den ganzen Frühling und Frühsommer hindurch war er Kiele immer wieder gefolgt. Meistens ging sie in die Häuser der angesehenen Bürger der Stadt – auch in das von Jayachins Vater. Die Besuche hingen zweifellos mit ihren Plänen für das *Rialla* zusammen, doch manchmal hatte Riyan auch das Gefühl, daß Kieles Besuch für ihre Gastgeber völlig überraschend kam. Alle acht bis zehn Tage zog sie los, und einmal war er ihr sogar bis zu einem Haus an den Docks gefolgt. Als er das Haus am folgenden Nachmittag wieder aufsuchte, traf er dort nur einen sehr großen Seemann und eine äußerst häßliche Dienstmagd. Er konnte sich nicht vorstellen, daß diese beiden der Herrin von Waes von Nutzen sein konnten. Riyan hatte sie danach nie wieder zu diesem Haus gehen sehen und sich dafür geohrfeigt, daß er sie verscheucht hatte. Zweifellos hatte sie von seinem Besuch erfahren, und sie hatte sich nicht wieder dorthin gewagt.

Doch heute nacht hatte ihn das markierte Hufeisen von den Toren der Stadt bis zu diesem Landhaus geführt. In einem Wald hatte Riyan die Spur zwar verloren, denn er kannte sich in der Umgebung von Waes trotz interessanter Ausflüge mit Jayachin kaum aus (normalerweise waren sie mit etwas anderem beschäftigt, als lange zu laufen, wenn

Riyans Bemühungen bisher auch noch nicht von allzu großem Erfolg gekrönt worden waren). Doch die Kerbe im Hufeisen hatte ihren Zweck erfüllt. Er hatte nur ein kleines Flämmchen gebraucht, um zu entdecken, wohin sie geritten war.

Vielleicht traf sich Kiele auf ihren Ausflügen nur mit einem Liebhaber. Bei dem Langweiler Lyell hätte Riyan ihr das nicht einmal sonderlich verübelt, doch er hielt Kiele für eine ziemlich kalte Fau, deren einzige Leidenschaften Macht und Haß waren. Er hatte außerdem genug Geschichten über ihren Vater und ihre Schwester Ianthe gehört.

Und dann war da diese seltsame Stimmung, die ihn in den letzten Tagen in der Residenz beschlichen hatte. Nachdem er Chiana mehr als einmal abgewiesen hatte, hatte diese ihn schließlich in Ruhe gelassen und sich auf Lyell konzentriert. Kiele schien das nicht einmal zu bemerken. Sie war viel außerhalb der Residenz unterwegs und erklärte jedesmal, sie würde Vorbereitungen für das *Rialla* treffen. Doch mitunter sah Riyan sie vor ausgebreiteten Plänen sitzen und mit einem heimlichen, katzenhaften Lächeln in die Ferne starren.

Als er so lange gewartet hatte, daß nicht anzunehmen war, daß doch noch eine Wache mit dem Schwert in der Hand um die Hausecke marschiert kommen würde, pirschte sich Riyan näher heran. Kieles Stute, die draußen angebunden war, kannte ihn gut genug, um nicht nervös auszuweichen oder zu wiehern, als er auftauchte. Er klopfte ihr dankbar den Hals und schlich zu den Fenstern.

Durch einen Spalt in den Vorhängen konnte er einen Teil des Zimmers überblicken. Es war sauber und bequem, wenn auch nicht luxuriös eingerichtet und hell erleuchtet, so daß Riyan blinzeln mußte. Es war das Heim von wohlhabenden, aber nicht reichen Leuten. Er erschrak, als Kiele ganz dicht am Fenster vorbeiging. Sie trug ein leichtes Sommerkleid aus grüner Seide, und er hörte geradezu, wie es bei ihren raschen, ärgerlichen Schritten raschelte. Riyan strengte sich an, die Gestalt zu erkennen, die gerade außerhalb seines Blickwinkels stand.

Ein stählerner Griff legte sich auf seine Schulter. »Was zur Hölle macht Ihr hier?« zischte eine Stimme an seinem Ohr.

Er hätte beinahe aufgeschrien vor Schreck. Eine zweite Hand legte sich auf seinen Mund, um genau das zu verhindern. Riyan wollte sich zuerst freikämpfen, doch das hätte zuviel Lärm gemacht. Als er gerade sein Messer aus dem Stiefel ziehen wollte, spürte er die Ringe an der Hand vor seinem Mund. Alle Spannung wich von ihm, und er hob die Hand.

»So«, flüsterte die Stimme, und er war frei.

Riyan folgte dem Mann. In sicherer Entfernung vom Haus und in der Deckung der Bäume sah er einen kleinen Feuerfinger über einem halbhohen Busch tanzen und hätte fast wieder aufgeschrien.

»Kleve?« flüsterte er. »Was macht Ihr denn hier?«

Der ältere Mann lächelte dünn. »Was ich fast mein ganzes Leben lang getan habe, natürlich Lady Andrades Befehle befolgen.«

»Das tue ich auch! Sie hat mir aufgetragen, ich solle Kiele beobachten –«

»Aber doch wohl nicht, daß Ihr ihr durch ganz Waes und noch weiter folgen sollt.« Kleve setzte sich kopfschüttelnd auf die Erde, und Riyan hockte sich neben ihn. »Ich habe aufgehört zu zählen, wie oft ich mich bei ihren nächtlichen Eskapaden sowohl vor Euch als auch vor ihr verbergen mußte.«

»Ihr meint, Ihr… und ich habe Euch nicht gesehen?«

»Natürlich nicht. Zählt Eure Ringe, Lichtläufer, und dann zählt meine.« Kleve schlug ihm freundschaftlich auf die Schulter. »Ihr seid gewachsen, seit ich Euch das letzte Mal in Skybowl gesehen habe.«

Kleve war einer der wenigen nichtseßhaften *Faradh'im*,

die für Andrade durch die Prinzenreiche zogen und Dinge beobachteten und mitteilten, die ein normaler Lichtläufer bei Hof nicht mitbekam. Er hatte an einigen Schachzügen während des Krieges in dem Jahr von Prinz Pols Geburt Anteil gehabt und war während Riyans Kindheit hin und wieder für ein paar Tage in Skybowl aufgetaucht, um sich dort zu erholen, nette Gesellschaft zu haben und gut zu essen. Ostvel hielt große Stücke auf Kleve, und die beiden lachten immer noch über seine Überredungsversuche, Kleve solle doch Lichtläufer an seinem Hof werden. Kleve haßte alle Mauern, ob sie nun eine Stadt oder eine kleine Burg umgaben. Er war am glücklichsten, wenn er durch das wilde Land von Cunaxa oder der nördlichen Wüste ziehen konnte.

»Warum so fern von daheim?« fragte Riyan ihn daher jetzt.

»Dasselbe könnte ich Euch fragen. Hat Clutha aufgegeben und Euch als Swalekeep rausgeschmissen, weil Ihr doch nie ein Ritter werdet?«

»Er vertraut weder Kiele noch Lyell«, antwortete Riyan grinsend. »Und ich werde auf dem *Rialla* zum Ritter geschlagen. Vater wird herkommen, hoffe ich. Versprecht, daß Ihr lange genug bleibt, um ihn zu sehen.«

»Das würde ich nicht verpassen wollen. Wißt Ihr, was Kiele vorhat?«

»Ich weiß von dem Haus an den Docks«, fing er an.

Kleve schnaubte. »Ihr meint das, von dem Ihr sie verscheucht habt? Dafür hätte ich Euch erwürgen können!« Mit einer Bewegung löschte er die Fingerflamme und spähte zum Haus hinüber. »Geht jetzt zurück in die Residenz, Riyan. Ich schaff' das hier allein.«

»Lady Andrade hat gesagt, ich soll sie beobachten«, protestierte der junge Mann störrisch.

Kleve legte seine Hand auf Riyans Schulter. »Andrade würde mich halb umbringen, und Euer Vater würde den

Rest besorgen, wenn ich zuließe, daß Euch etwas zustößt. Bis jetzt wart Ihr ziemlich sicher, Ihr habt schließlich noch nichts Wichtiges gesehen oder gehört. Aber wenn es wahr ist, was ich vermute, dann ist es hier heute nacht viel gefährlicher, als Ihr glaubt.«

»Was habt Ihr denn herausgefunden?«

»Einiges«, wich Kleve aus. »Ich hoffe, daß ich es ab heute sicher weiß. Ihr habt mir übrigens einen guten Dienst erwiesen, dadurch daß ich Euch gefolgt bin, habe ich Kiele gefunden. Die letzten paar Male ist sie mir immer entwischt.« Er kam auf die Füße. »Ich werde mal lauschen gehen. Ihr könnt mir am besten helfen, wenn Ihr in die Stadt zurückkehrt. In der Neuen Hochstraße wohnt eine Goldschmiedin. Sie heißt Ulricca. Morgen früh treffen wir uns dort. Also los.«

Riyan wollte widersprechen. »Kleve –«

»Vielleicht seid Ihr Lichtläufer und schon fast ein Ritter, aber das hier ist nichts für Euch. Muß ich erst meine Ringe zählen und Euch auf meinen Rang hinweisen?«

»Nein, aber –«

»Also tut, was ich Euch sage. Macht Euch lieber gleich auf den Weg, Ihr habt weit zu laufen.« Mit einem freundlichen Knuff entschärfte Kleve die Strenge seines Befehls. »Morgen erzähle ich Euch die ganze Geschichte.«

»Das solltet Ihr auch«, murmelte Riyan.

☆　☆　☆

Andry konnte nicht schlafen. Fast wäre er zu Hollis' Zimmer gegangen, um sie um den Spruch zu bitten, den sie von Urival gelernt hatte, doch eigentlich mußte er sie jetzt wirklich schlafen lassen. Sie war in letzter Zeit immer leicht erschöpft, ob mit oder ohne Sejasts Hexengebräu. Kopfschüttelnd zog er sich an. Er war froh, daß er in einer aufgeklärten Familie aufgewachsen war, wo Hexen und Ähnliches nur in Ammenmärchen vorkamen.

Und dennoch. Er blieb auf der Treppe stehen, als ihm plötzlich ein Gedanke kam. Einige Sachen aus der Sternenrolle konnte man eindeutig als Hexerei betrachten. Schon der Titel war eindeutig: »Die Hexenkunst«. Wenn Sejast nun wirklich auf eine Nachfahrin vom Alten Volk gestoßen war? Andry wollte lieber glauben, daß der Junge eine weise Frau mit seltenem Heilkräuterwissen getroffen hatte und nicht eine Hexe vom alten Schlag. Doch irgend jemand hatte in jener Nacht zugesehen, als Meath die Schriftrollen abgeliefert hatte. Sie waren nicht über Sonne oder Monde belauscht worden, sondern über das dünne, schwache Sternenlicht. Andry lief ein Schauer über den Rücken. Er beschloß, aus Sejast mehr über seine Hexe herauszulocken.

Durch die stillen Säle der Burg ging er zum Bibliotheksflügel hinüber. Er war schon fast an der verschlossenen Tür zu der Kammer angelangt, in der die Schriftrollen aufbewahrt wurden, als ihm einfiel, daß Hollis ja den Schlüssel hatte. Also wurde nichts daraus, die Nacht mit beruhigendem Forschen zu verbringen, dachte Andry betrübt. Womit sollte er seine Rastlosigkeit denn dann wohl besänftigen? Ein kleiner Spaziergang durch die Gärten? Vielleicht konnte er in die Ställe gehen und sein Pferd besuchen. Seit er an den Schriften arbeitete, hatte er Maycenel sträflich vernachlässigt, und jetzt fühlte er sich deswegen schuldig. Sein Vater hatte ihm den jungen Hengst geschenkt, als er Prinz Davvis Knappe wurde, ein Roß für den Ritter, der Andry nie werden würde. Sorin hatte bei seiner Abreise an den Hof von Prinz Volog Maycenels Zwillingsbruder bekommen. Eine feine Sache: Zwillinge für Zwillinge. Doch Sorin hatte Joycenel so eingesetzt, wie es sein Vater beabsichtigt hatte, und würde dieses Jahr zum Ritter geschlagen werden. Plötzlich fragte sich Andry, ob Chay wohl schrecklich enttäuscht war, daß er nicht denselben Weg eingeschlagen hatte. Und ob sein Vater sich das jemals anmerken lassen würde.

Der Hof war leer, nur ein paar Katzen waren auf der Jagd. Andry nahm den Plattenweg zu den Ställen. Er erwartete nur die Geräusche dösender Pferde in ihren Boxen. Doch das Klirren von Zaumzeug ließ ihn plötzlich aufschrecken. Er folgte dem Geräusch zum anderen Ende des Gebäudes, wobei er lautlos über das frische Stroh huschte.

»Hollis!« rief er unvermittelt, als er ihr langes, dunkelblondes Haar erkannte. »Was machst du denn hier?«

Sie fuhr herum und ließ die Trense fallen. Ein Sattel lag im Stroh neben der flinken, kleinen Stute, die sein Vater Andrade vor einigen Jahren geschenkt hatte. Trotz ihres hohen Alters wußte die Herrin der Schule der Göttin einen scharfen Ritt auf einem guten Pferd immer noch zu schätzen. Hollis starrte einen Augenblick ins Leere, dann bückte sie sich, um die Trense aufzuheben. Ihre Finger zitterten so sehr, daß das Metall klirrte.

»Ich wollte nur... ich wollte ausreiten...«

»Mitten in der Nacht? Hast du überhaupt geschlafen?«

Achselzuckend wandte sie ihm den Rücken zu, während sie die Trense am Kopf der Stute festschnallte. Andry stützte sich mit den Ellbogen auf die halbhohe Tür der Box und runzelte die Stirn. Hollis liebte Pferde und ritt für ihr Leben gern – andernfalls hätte sie kaum eine passende Frau für den künftigen Herrn von Burg Radzyn abgegeben –, doch das hier war mehr als ungewöhnlich.

»Möchtest du etwas Gesellschaft?« fragte er schließlich möglichst beiläufig.

Sie schüttelte wild den Kopf, wobei ihr die halboffenen blonden Zöpfe um die Schultern peitschten. Ihr Finger krallte sich in die schwarze Mähne der Stute, und ihr Körper begann zu zittern. Als Andry hörte, wie sich ein leises Schluchzen ihrer Kehle entrang, klappte ihm der Kiefer herunter. Er riß die Tür auf und ging zu ihr, um ihr ungeschickt über den Rücken zu streicheln. Wenn doch Maarken hier

335

wäre, um sie zu trösten! Sicher weinte sie seinetwegen, sagte sich Andry.

Als sie aufgehört hatte zu schluchzen, sah sie ihn an und versuchte zu lächeln. »Tut mir leid. Normalerweise stell' ich mich nicht so an.«

»Du brauchst keine Angst vor dem *Rialla* zu haben, weißt du«, sagte er, und folgte damit seiner Vermutung, daß es etwas mit Maarken zu tun hatte. »Meine Eltern werden dich genauso lieben wie Maarken.«

Ihre Lider flatterten. Andry erkannte, daß sie überhaupt nicht an seinen Bruder gedacht hatte. Sie versuchte nicht einmal, ihre Reaktion zu verbergen, und das verwunderte ihn noch mehr.

»Du bist müde«, fuhr er fort und bot weitere Erklärungen für ihr Verhalten an. »Du hast überhaupt noch nicht geschlafen. Geh wieder hoch, Hollis.«

Sie nickte schwach. Andry nahm der Stute die Trense ab, hängte sie an einen Nagel und hob den Sattel wieder auf seinen Bock. Als er sich umdrehte, war Hollis fort.

Im Hof holte er sie ein und berührte ihren Arm. Sie schrie leise auf und wich ihm aus.

»He! Erschreck mich doch nicht so! Was machst du eigentlich um diese Zeit hier draußen?«

Es war, als wären die Minuten im Stall einfach nicht gewesen. Nichts in ihrem Gesicht oder ihren Augen verriet ihm, daß sie ihn nicht in diesem Augenblick zum ersten Mal in dieser Nacht sah. »Ich konnte nicht schlafen. Ich bin zur Bücherei gegangen, um an den Rollen weiterzuarbeiten, aber du hast den Schlüssel.«

»Er ist oben in meinem Zimmer.« Sie warf einen beinahe verzweifelten Blick zu den Ställen hinüber.

»Ich weiß«, sagte er. Ihr Verhalten war für ihn ein einziges Rätsel. »Ich gehe einfach wieder ins Bett und tue so, als wenn ich schlafen könnte.«

»Vielleicht hilft ja ein Buch«, schlug sie vor und klang schon wieder mehr nach sich selbst. »Ich kenne ein paar, bei denen du garantiert nach den ersten zwei Seiten einschläfst.« Sie lachte, doch das klang so wild, daß er nicht einmal mehr beruhigt war, daß sie wenigstens ihren Humor wiedergefunden hatte. Sie war übermütig und ungebärdig wie ein ungezähmtes Füllen, gar nicht die kluge, praktische Hollis, die er bisher gekannt hatte.

☆　☆　☆

Kleve schlich sich zu einem der Fenster und hoffte, daß Riyan genau das tat, was er ihm gesagt hatte. Zum Kuckuck mit dem Jungen! Und zum Kuckuck mit Andrade, die Riyan etwas befohlen hatte, wozu Kleve durchaus allein in der Lage war. Er mußte allerdings gestehen, daß der junge Mann heute nacht nützlich gewesen war. Ohne Riyan hätte er Kiele nie gefunden.

Auf der Suche nach einem leicht geöffneten Fenster, durch das er hören konnte, was drinnen gesprochen wurde, schlüpfte er um die Hausecke – und bekam fast einen Fensterflügel ins Gesicht, der plötzlich weit aufgerissen wurde. Er preßte sich an die Wand und biß sich auf die Lippen, um einen Überraschungslaut zu unterdrücken. Bis die Vorhänge wieder zufielen und das Licht im Haus zurückhielten, stand er wie festgefroren.

»Hier ist es wie in einem Backofen, verdammt noch mal! Heißer als im Hochsommer in der Wüste!« knurrte eine Männerstimme. »Wenn ich diese verdammten Kleider anprobieren soll, dann solltet Ihr Euch wenigstens die Mühe sparen können, hinterher meinen Schweiß wieder auszuwaschen.«

»Ihr habt überhaupt kein Gefühl für Vorsicht! Ich bin sicher, daß mir niemand gefolgt ist, aber wenn Ihr glaubt, daß wir auf jeden Fall sicher sind, dann denkt noch mal nach!«

»Klappe, Kiele!«

»Wie könnt Ihr es wagen, mir Befehle zu erteilen! Und welcher Teufel hat Euch geritten, daß Ihr heute in die Stadt gekommen seid? So etwas ungeheuer Dämliches!«

»Ich langweile mich zu Tode! Ich kann mich schon gar nicht mehr erinnern, wie lange Ihr mich hier draußen festhaltet! Und es ist überhaupt nichts passiert – wer sollte mich denn erkennen?«

»Genau darum geht es!«

»Wenn mein alter Gefängniswärter nicht einen trinken gewesen wäre, hätte es überhaupt niemand gemerkt. Aber nein, halb besoffen wie er war, mußte er natürlich unbedingt zu Euch rennen und quatschen!«

Kleve hörte, wie etwas – vielleicht ein Stuhl – auf den Boden knallte. Kiele stieß einen leisen Schrei aus und fluchte dann. Der Mann lachte.

»Beruhigt Euch. Ihr seid gekommen, um mich zu tadeln, und ich habe kein Interesse daran. Fahren wir doch lieber mit dem Ankleiden fort.«

»Ihr werdet lernen, Euren Mund zu halten und genau das zu tun, was ich Euch sage, oder Ihr werdet uns alle zu Grunde richten, Masul!«

Als er jetzt antwortete, war seine Stimme wild und böse. »Ich habe es satt, eingesperrt zu sein, und ich habe es satt, daß Ihr mir ständig sagt, was ich zu tun und zu lassen habe, und ganz besonders habe ich Eure Zweifel satt! Wann gebt Ihr endlich zu, daß ich der bin, für den ich mich ausgebe, *Schwesterherz*?«

Kleve reckte sich, damit er durch den kleinen Spalt in den schwarzen Vorhängen sehen konnte. Seine Muskeln protestierten schmerzhaft gegen die Verrenkung, die er machen mußte, damit der blühende Busch neben ihm nicht raschelte, doch er wurde mit einem Blick auf Masuls Kopf belohnt, der sich durch den Halsausschnitt einer dunkellila Samttunika quälte.

Vor sehr langer Zeit war Kleve einmal für Andrade nach Einar gereist. Auf halben Weg wäre er beinahe von einer Gruppe Adliger über den Haufen geritten worden, die auf der Jagd waren. Es hatte keine Entschuldigungen gegeben; statt dessen hatte ihr junger Anführer ihn sogar angewiesen, seinen dreckigen Lichtläufer-Leib aus dem Weg zu schaffen, sonst würde er es bedauern. Lachend waren sie weitergeritten. Es hatte Kleve besondere Freude bereitet, ihnen heimlich zu folgen und einen kapitalen Hirsch zu verjagen, indem er ihm ein wohldosiertes Windchen schickte. Bei seiner Rückkehr an die Schule der Göttin hatte er Andrade mit der Geschichte unterhalten. Ihre Befriedigung war noch größer geworden, als er das Gesicht des Anführers im Feuer beschworen hatte. Sie hatte ihn sofort erkannt.

Das Gesicht, das er jetzt sah – grüne Augen, hohe Wangenknochen, sinnlich, von widerspenstiger Schönheit – war ohne den Bart sicher fast das lebende Ebenbild dieses arroganten jungen Herrn, des Hoheprinzen Roelstra.

Erschüttert rutschte er an der Wand hinunter und saß im Gras. Also waren die Gerüchte wahr und sein Verdacht gerechtfertigt. Der angebliche Kronprinz existierte, und Kiele deckte ihn. Wahrscheinlich hatte sie ihm die Gewohnheiten und Vorlieben ihres Vaters eingetrichtert, um ihn für das *Rialla* vorzubereiten. Und Chiana war in der Residenz in Waes. Kleve verstand das alles auf einmal sehr gut. Kieles Spaß an Chianas Demütigung würde für sie das Salz in der Suppe sein. Selbst der Herr der Stürme konnte keinen solchen Aufruhr verursachen, wie Masul es – mit Kieles Hilfe – tun würde.

Noch immer hörte er Stimmen im Haus, doch er gab nicht mehr auf sie acht. Masul probierte ein halbes Dutzend Kleidungsstücke an, die ihn Roelstra so ähnlich wie möglich machen sollten. Kleve legte den Kopf in den Nacken, schloß die Augen und stellte sich die beiden Gesichter nebeneinander vor. Zweifellos bestand eine Ähnlichkeit. Aber war er wirklich Roelstras Sohn? Und wenn – was dann? Hatte er ein Recht auf das Reich seines Vaters? Im Prinzip schon, dachte Kleve. Doch Rohan hatte Roelstra schon vor Jahren besiegt und die Prinzenmark mit dem Recht des Siegers für sich beansprucht. Aber das alles würde nichts helfen, denn selbst wenn Masul nicht der war, für den er sich ausgab, würden viele Prinzen ihm trotzdem gern glauben, und sei es nur, um Rohan Schwierigkeiten zu machen.

Politische Intrigen waren ihm zu fremd, sagte sich Kleve. Er würde diese umwerfende Nachricht an Andrade weitergeben, und die würde die Entscheidungen treffen. Darin war sie sehr gut. Mühsam kam er auf die Beine, denn seine Knochen schmerzten noch von der Feuchtigkeit des gestrigen Regens. Er brauchte Stille, ein sicheres Plätzchen und Mondlicht und kroch deshalb vom Haus fort. Er brauchte jetzt nichts mehr zu sehen oder zu hören. Kleve hielt auf die Bäume zu, wo er Riyan verlassen hatte.

Etwas warnte ihn, ein unterdrücktes, kaum wahrnehmbares Flüstern, direkt bevor er die Stimme hörte.

»Ihr hattet also wirklich recht, Kiele. Wir sind tatsächlich belauscht worden.«

Eine große, harte Hand schloß sich um Kleves Handgelenk, und die Finger gruben sich bis zu seinen Knochen ein. Der Lichtläufer wand sich, fluchte und versuchte, seine Stute zu erreichen, die dort angebunden war. Masul lachte nur, als Kleve nach den Zügeln griff, einen Fuß in den Steigbügel setzte und sich hochschwang. Masuls Faust, die ihm in die Nierengegend fuhr, ließ Kleve vor Schmerz zusammenfahren. Er verlor das Gleichgewicht und fiel zu Boden.

»Ich sagte doch, ich habe etwas gehört!« rief Kiele mit schriller Stimme. »Masul, was sollen wir bloß mit ihm machen?«

»Erst mal werden wir sehen, was er weiß.«

Kleve wußte, was das hieß. Er sah zu, daß er auf die Beine kam, hielt sich am Sattel fest und hob eine Hand. »Ihr werdet Andrade Rede und Antwort stehen! Ich bin *Faradhi*.«

In der Dunkelheit wob er eine flackernde Flamme aus der Kraft der Verzweiflung, denn in ihrem Licht sah er seinen eigenen Tod in Masuls grünen Augen. Der junge Mann lachte ihn aus. Es war ein tiefes, weiches Lachen, das Kleves Blut gerinnen ließ.

»Ich wollte schon immer mal einem begegnen.«

Kleve kämpfte kurz gegen seinen alten Schwur an, nicht mit seinen Gaben zu töten. Selbsterhaltungstrieb und der dringende Wunsch, Andrade seine Informationen zu übermitteln fochten gegen seine Ausbildung, seine Ideale, seine Berufung und seine Moral. Er wandte sein Gesicht dem Mondlicht zu und taumelte gegen die Flanke des Pferdes, als Masul ihm das Knie in den Unterleib rammte. Das Feuer erlosch, und instinktiv wob er fieberhaft an anderen Fäden. Mit betäubender Kraft durchrauschte ihn die Macht, als er in höchster Not den Strang vollendete. Der eiserne Griff verrenkte seinen Arm. In Mondlicht versponnen, fiel er auf die Knie. Während er verzweifelt die Fäden zu ordnen versuchte, kämpfte er gegen Masuls Griff an und machte eine verzweifelte Anstrengung, um das Mondlicht in ein Gewebe zu zwingen, das die Schule der Göttin erreichen konnte.

Er spürte eisige Kälte an seinem linken, kleinen Finger, die rasch einem tobenden Schmerz wich.

»Finger für Finger«, sagte Masul.

In seiner Jugend hatte er zu seiner Ertüchtigung ganz gern in den Bergen mit Räubern gekämpft, denen ihre Beute wichtiger war als ein Lichtläufer. Er war von Messern und Schwertern verwundet worden. Doch als Masuls Stahlklinge seinen Finger abhackte, war es, als würde sein ganzer Körper aufgeschnitten. Jeder Nerv schmerzte. Die Mondlichtfäden verdichteten sich zu silbernem Glas und zersprangen; die Scherben zerschnitten seinen Geist. Er schrie, doch der Schrei wurde zu Farben, die sich ebenfalls als Messer in seinen Kopf und sein Fleisch bohrten. Sein Daumen wurde von der rechten Hand abgetrennt. Wieder schrie er.

»Tötet ihn nicht! Wir müssen herausfinden, was er weiß, und ob er Andrade informiert hat!«

»Es sind nur zwei Finger. Daran stirbt man nicht. Was für ein Feigling – hört nur, wie er kreischt!«

Kleve konnte die grausame Qual nicht besiegen, die ihn von innen durchwühlte. Ein weiterer Finger fiel auf die blutgetränkte Erde. Er starb, noch ehe sie ihre erste Frage stellen konnten. Er starb nicht am Blutverlust oder am Schock, sondern an dem Stahl, der ihn wiederholt verletzt hatte, während er versuchte, seine *Faradhi*-Künste einzusetzen.

☆　☆　☆

Gerade als Segev die Sternenrolle auf dem Regal gefunden hatte, hörte er Stimmen in der Bibliothek. Mit ausgestreckten Fingern erstarrte er kurz vor dem begehrten Schatz. Mit einem kurzen Gedanken löschte er die kleine Flamme, die er zum Sehen beschworen hatte. Er sagte sich, er würde einfach abwarten, ruhig bleiben und daran denken, wie nahe er seinem Ziel bereits war. Wer auch gekommen war, er würde bald wieder fort sein. Er hatte zuvor schon hinter ein paar Regalen gewartet, bis Andry endlich ging. Er konnte auch jetzt wieder warten.

Doch er hörte Andrys Stimme. »Wenn du Wilmods Essays langweilig findest, solltest du mal Dorin lesen. Wilmod kann wenigstens argumentieren. Dorin ist einfach in jeder Hinsicht gräßlich.«

Sie waren im Nachbarraum der kleinen Kammer, in der neben anderen wichtigen Aufzeichnungen auch die Schriftrollen weggeschlossen waren. Segev überlegte rasch, wie die Bücher geordnet waren, und atmete erleichtert auf, als ihm einfiel, daß die Bücher, die Andry erwähnt hatte, auf der anderen Seite der Bibliothek standen. Doch dann erstarrte er wieder, als er die zweite Stimme erkannte. Alle seine Pläne waren zunichte gemacht.

»Ich dachte eher an ein paar Reihen Bücher über Landwirtschaft als Schlafmittel«, neckte Hollis.

Segev hörte, wie die Schritte sich entlang der langen Regale entfernten, und regte sich rasch wieder. Außer dem Türschloß hatte er nichts angerührt, also mußte er auch nichts an seinen Platz zurückstellen. Er ließ seine Finger verlangend über das Lederetui mit der Sternenrolle gleiten und schlüpfte dann zur Tür hinaus. Mit einem leisen Klikken rastete das Schloß ein. Während er den Schlüssel einsteckte, verfluchte er Andry, der alles verdorben hatte. Nachdem er Hollis Tee vorgesetzt hatte, der mit *Dranath* versetzt war, war sie seinem Vorschlag gefolgt und planmäßig zu den Ställen gegangen, um ihm ein Pferd zu satteln, damit er rasch und ohne Aufsehen verschwinden konnte. Doch jetzt konnte Segev sich nicht darauf verlassen, daß das Pferd wirklich für ihn bereitstand.

In den Schatten der Regale bewegte er sich auf die Haupttür zu, gefror aber erneut am Platz, als er die beiden zurückkommen hörte. Nebenan war eine Nische mit Stuhl und Schreibtisch. Segev setzte sich, schlug ein liegengebliebenes Buch auf und legte seinen Kopf auf die verschränkten Arme.

»Oh, Andry, – sieh doch«, meinte Hollis leise ganz in seiner Nähe. »Vorhin habe ich ihn gar nicht bemerkt. Der arme Kerl!«

»Er lernt wirklich mit Hingabe«, flüsterte Andry. »Sollen wir ihn wecken?«

»Wenn nicht, hat er morgen einen furchtbar steifen Hals.«

Sanft legte sich eine Hand auf seinen Kopf, und unwil kürlich durchlief Segev ein Schauer der Erregung. Er b die Nacht mit ihr nicht vergessen und würde das wo mals können. Er benutzte seine Reaktion, um plötzliches Erwachen vorzutäuschen, und murmelte: »Entschuldigung, Morwenna – ich habe die Antwort vergessen. Oh!« Er blinzelte und setzte sich auf. Hollis lächelte nachgiebig, und Andry grinste ihn über eine Schriftrolle hinweg an, die er mit beiden Händen vor der Brust trug. »Was ist los? Bin ich eingeschlafen?«

»Ja, und wohl schon vor einer ganzen Weile.« Hollis fuhr ihm durchs Haar. »Ab ins Bett, Sejast.«

Als er gähnend aufstand, machte er wirklich einen benommenen, übermüdeten Eindruck. Andrys scharfer Blick war zu dem offenen Buch auf dem Tisch geschweift, und er hob die Brauen genauso, wie Andrade es immer tat.

»Magnowas Abhandlungen? Das ist gar nicht so einfach.« Segev war froh, daß er das Buch wirklich kannte. Er brachte ein schüchternes Achselzucken zustande. »Einige Wörter sind schwer, aber es ist interessant.«

»Vieles davon kommt aus der alten Sprache«, bemerkte Andry. »Ist es sehr schwierig für Euch?«

»Teilweise, Herr, aber es wird schon leichter.« Er fügte kühn hinzu: »Mit den Schriftrollen wird es wohl genauso sein.«

Hollis beantwortete Andrys erstaunte Reaktion mit den Worten: »Er kommt aus den Bergen. Die Dialekte dort sind der alten Sprache näher als unsere. Er interessiert sich für Geschichte und hat mir schon einige Male geholfen.«

Der junge Lichtläufer nickte langsam. »Vielleicht würdet Ihr mir gern bei ein paar Stellen helfen.«

Segev stieß fast einen Begeisterungsschrei aus. »Wenn ich darf, Herr?«

»Die Teile über Geschichte sind oft wirklich schwierig, und es gibt einen Haufen Wörter, aus denen ich nicht schlau werde. Ich würde mich über Eure Hilfe freuen.«

»Oh, danke! Ich würde so gern mit Euch und Lady Hollis

arbeiten –« Er warf der goldblonden Lichtläuferin absichtlich einen bewundernden Blick zu. Mit ihren leuchtenden, dunkelblauen Augen gab sie das Lächeln zurück.

Andrys Lippenwinkel zuckten, denn er hatte genau das gesehen, was Segev ihn hatte sehen lassen wollen: einen Jungen, der in eine ältere Frau vernarrt war. »Morgen spreche ich mit Lady Andrade darüber. Aber jetzt sollten wir erst mal wieder alle nach oben gehen, meint ihr nicht?«

Nachdem er Andry seine Bewunderung für Hollis vorgemacht hatte, war es ein Kinderspiel, sie zu ihrem Zimmer zu begleiten. Er tat, als würde er von dem Blick auf die See zum Fenster gezogen, und legte auf dem Rückweg zur Tür den Schlüssel geräuschlos in die kleine Silberschale auf ihrem Tisch zurück, wo er ihn gefunden hatte. Er blieb so lange wie möglich, um ihr eine gute Nacht zu wünschen, und kehrte dann in sein eigenes, kleines, fensterloses Zimmer zurück.

Seine Reaktion setzte erst ein, nachdem er die Tür geschlossen hatte. Er setzte sich auf sein Bett. Die Kammer war vom Schein des Kohlenbeckens erhellt, das für Licht sorgte, aber auch sommers wie winters die Feuchtigkeit vertrieb. Fast wäre er heute nacht erwischt worden. Er wollte nicht daran denken, was Andrade mit ihm gemacht hätte, wenn sie seine wahre Identität und sein eigentliches Ziel hier entdeckt hätte – ganz zu schweigen davon, daß er Hollis *dranath*süchtig gemacht hatte.

Aber man hatte ihn nicht erwischt. Gut, er hielt jetzt zwar nicht die Sternenrolle in der Hand und galoppierte nicht zu Mireva nach Norden. Doch wenn Andry seine Idee weiterverfolgte und sich von »Sejast« bei den Rollen helfen ließ, dann war etwas viel Besseres geschehen. Er konnte freien Zugang zu ihnen bekommen und mehr lernen, als Mireva je geahnt hätte – sicherlich mehr, als sie ihm je von diesem gefährlichen Wissen beibringen würde. Ruval war derjenige, den sie in die geheimeren Bereiche der Kunst einweihen wollte; Ruval, dessen einziger Vorzug darin bestand, daß er Ianthes Erstgeborener war.

Ianthes dritter Sohn saß mit angezogenen Knien da und grinste. Er war froh, daß er die Schriftrollen nicht hatte stehlen können und jetzt hierbleiben mußte. Wenn er seine Sache gut machte, würde er lernen, was in der Sternenrolle stand, und dazu noch all die *Faradhi*-Geheimnisse, die man ihm täglich beibrachte. Vielleicht würde er sogar in Andrades Gefolge zum *Rialla* reisen. Hollis mochte ihn, und sie kam nicht mehr ohne ihn aus. Sie würde Andrade bitten, ihn mitzunehmen.

Wozu warten? Wenn er erst dort war, würde er selbst den Hohenprinzen herausfordern.

☆   ☆   ☆

Riyan preßte sich eng an einen Baum, als Kiele auf ihrer Stute vorbeigaloppierte. In der Stille der Nacht hatte er die fernen Schreie deutlich gehört und hatte sich gerade noch rechtzeitig in den Wald drücken können, um ihr auszuweichen, als er zu dem kleinen Haus zurückrannte.

Als er ankam, war alles still und verlassen. Riyan beobachtete das Haus eine Zeitlang heftig zitternd aus einer Deckung heraus, ehe er sich ihm schließlich näherte. Die Tür war nicht verschlossen. Er trat vorsichtig ein, doch es war niemand da. Es gab Spuren, daß jemand hier gewesen war, und Spuren eines überstürzten Aufbruchs.

Wieder draußen, umkreiste er das Haus auf der Suche nach einem Hinweis, was sich hier abgespielt haben mochte, doch er fand nichts. An einer Mauer waren Erde und Gras zertreten, aber das konnte die Stute getan haben. Kleve war spurlos verschwunden.

Mit wachsender Verwirrung durchsuchte Riyan nochmals das Haus. Er entdeckte Essen, benutztes Geschirr, ein zerwühltes Bett und einige Kleidungsstücke, die einem großen Mann von athletischem Körperbau passen mochten. Als er wieder im Freien stand, blickte er zu den Monden empor. Er hätte gern ihr Licht benutzt, um das Land nach Kleve abzusuchen. Doch die Erinnerung an Andrades Warnung brachte ihn davon ab, ebenso Kleves Versprechen, ihn morgen bei der Goldschmiedin zu treffen. Riyan sah auf seine vier Ringe hinab und fühlte sich verraten. Genug Wissen, um Sonnenlicht zu weben, doch nicht genug für die Monde, die er jetzt so dringend brauchte.

Er kehrte in die Residenz zurück und schlüpfte mit der ersten Dämmerung in sein Zimmer. Trotz seiner Unruhe schlief er ein paar Stunden tief und fest und war dann rechtzeitig für die Verabredung bei der Goldschmiedin.

Doch Kleve kam nicht.

GOLDMANN

Der phantastische-Verlag

Phantastische und galaktische Sphären, in denen Magie und Sci-Tech, Zauberer und Ungeheuer, Helden und fremde Mächte aus Vergangenheit und Zukunft regieren – das ist die Welt der Science Fiction und Fantasy bei Goldmann.

Die Schatten von
Shannara 11584

Das Gesicht im Feuer 24556

Raistlins Tochter 24543

Die Star Wars Saga 23743

Goldmann · Der Taschenbuch-Verlag

Wolfgang E. Hohlbein – Enwor

Wolfgang E. Hohlbein
Der wandernde Wald
23827

Wolfgang E. Hohlbein
Die brennende Stadt
23838

Wolfgang E. Hohlbein
Der steinerne Wolf
23840

Das schwarze Schiff
23850

Die Rückkehr der Götter
23908

Das schweigende Netz
23909

Der flüsternde Turm
23910

Das vergessene Heer
23911

Wolfgang E. Hohlbein
Die verbotenen Inseln
23912

GOLDMANN

Abenteuerspiele

Joe Dever/Jan Page
Der Hexenkönig
23960

Joe Dever/Jan Page
Flucht aus dem Dunkel
23950

Steve Jackson/Ian Livingstone
Der Hexenmeister vom
flammenden Berg 24200

Joe Dever/Gary Chalk
Das Schloß des Todes
23956

GOLDMANN

Terry Brooks – Shannara

Terry Brooks
Das Schwert von Shannara
23828

Terry Brooks
Der Sohn von Shannara
23829

Terry Brooks
Der Erbe von Shannara
23830

Terry Brooks
Die Elfensteine von Shannara
23831
Der Druide von Shannara
23832
Die Dämonen von Shannara
23833
Das Zauberlied von Shannara
23893
Der König von Shannara
23894
Die Erlösung von Shannara
23895

GOLDMANN

GOLDMANN TASCHENBÜCHER

Fordern Sie das kostenlose Gesamtverzeichnis an!

Literatur · Unterhaltung · Bestseller · Lyrik
Frauen heute · Thriller · Biographien
Bücher zu Film und Fernsehen · Kriminalromane
Science-Fiction · Fantasy · Abenteuer · Spiele-Bücher
Lesespaß zum Jubelpreis · Schock · Cartoon · Heiteres
Klassiker mit Erläuterungen · Werkausgaben

****

Sachbücher zu Politik, Gesellschaft,
Zeitgeschichte und Geschichte; zu Wissenschaft,
Natur und Psychologie
Ein Siedler Buch bei Goldmann

****

Esoterik · Magisch reisen

****

Ratgeber zu Psychologie, Lebenshilfe,
Sexualität und Partnerschaft;
zu Ernährung und für die gesunde Küche
Rechtsratgeber für Beruf und Ausbildung

Goldmann Verlag · Neumarkter Str. 18 · 8000 München 80

Bitte senden Sie mir das neue Gesamtverzeichnis.

Name: _____

Straße: _____

PLZ/Ort: _____